One

J.R. Ward
alias
Jessica Bird

Una donna indimenticabile

romanzo

Traduzione dall'inglese di Silvia Zucca

One

Della stessa autrice abbiamo pubblicato:

Colpevole d'amare

Prima edizione: ottobre 2015
Titolo originale: *An Unforgettable Lady*

via delle Fornaci, 66 – 00165 Roma
tel. 06.39366384

Stampato in Italia – Printed in Italy

Progetto grafico: Grafica Effe

J.R. Ward
alias
Jessica Bird

Una donna indimenticabile

1

John Smith controllò l'ora e si guardò intorno nella sala da ballo del Plaza Hotel.

Le cose stavano andando bene. Secondo il rapporto che gli era appena stato trasmesso nell'auricolare, l'aereo dell'ambasciatore era atterrato senza problemi all'aeroporto La Guardia e sarebbe arrivato al party in orario.

Gli occhi di Smith scrutavano la folla sgargiante. Era il solito evento chiassoso che sempre accompagnava le cene da cinquemila dollari al piatto. Donne ingioiellate e in abito lungo, uomini in smoking, il patrimonio netto collettivo in quella stanza saliva alla stratosfera. In mezzo alla folla in movimento, si concludevano trattative, si impostavano affari e si scambiavano malignità con sorrisi. Il posto straripava di baci lanciati a mezz'aria e di strette di mano.

Sotto i lampadari dell'elegante sala da ballo, tutta quella gente sembrava avere la meglio sul mondo intero. Smith però ne sapeva di più. Era stato ingaggiato da qualcuno di loro, aveva appreso i loro sporchi segreti, i loro vizi nascosti. Aveva persino assistito al risveglio di qualcuno alla vita vera.

Essere il bersaglio di uno stalker armato era qualcosa di cui preoccuparsi. Tuo figlio viene rapito da un pazzoide per un paio di milioni? Quello era un problema. E se le tette rifatte della tua amante sono simmetriche o no passa del tutto in secondo piano.

Il pericolo, come la malattia, era la grande livella, e i ricchi imparavano velocemente cosa era importante quando la tragedia bussava alla loro porta. E per gentile concessione, imparavano anche qualche lezione riguardo a loro stessi. Smith aveva visto duri uomini d'affari andare in pezzi e singhiozzare dalla paura. Ed era stato anche testimone della grande forza d'animo di una donna, preoccupata fino a poco prima unicamente del proprio abbigliamento.

Fare la guardia del corpo specializzata era un lavoro pericoloso, ma era la sola cosa che voleva fare. Con la sua formazione militare e nello spionaggio, e il fatto di non essere disposto a prendere ordini da nessuno, quel lavoro gli calzava a pennello. Un osservatore, un protettore, un killer, se ce n'era bisogno, Smith era il migliore nel suo campo e la sua agenzia, la Black Watch Ltd., aveva clienti importanti come uomini di Stato, operatori dell'alta finanza o della politica internazionale.

Per qualcuno poteva essere una vita dura. La professione che aveva scelto lo portava a viaggiare per il mondo, dormire in stanze d'albergo, alloggiare in casa d'altri, spostarsi da un incarico all'altro senza battere ciglio. Per lui, quella mancanza di continuità era affascinante. Necessaria.

Un borsone dell'esercito pieno di vestiti e due valigette di metallo che contenevano il suo armamentario erano le sue uniche proprietà. Il denaro che aveva guadagnato, una discreta somma, era distribuito in vari conti off-shore sotto diversi nomi. Senza un codice di sicurezza valido, e senza l'Internal Revenue Service o un'altra agenzia governativa che avesse una documentazione non riservata su di lui, era in tutto e per tutto un fantasma.

Ma ciò non significava che passasse inosservato.

Una donna in abito nero aderente gli lanciò un'occhiata invitante che molti uomini avrebbero trovato irresistibile. Lui guardò oltre. La attraversò con gli occhi. Non era interessato a un breve flirt con una divina del bel mondo. L'esperienza gli aveva insegnato a starsene con quelli della sua specie.

Le donne con cui era stato erano membri dell'intelligence o dell'esercito. Capivano la sua vita e non si aspettavano niente di più di una notte o due, di un corpo che riscaldasse i loro letti. Le civili avevano la tendenza di guardare al futuro dopo aver fatto sesso, e gestire le loro mal riposte aspettative richiedeva tempo e pazienza, requisiti che lui non possedeva.

Il suo auricolare gracchiò. Il 'pacco' era nella limousine, diretto al Plaza.

«Grazie, Tiny» disse in un piccolo trasmettitore che aveva al polso.

L'ambasciatore aveva ricevuto delle minacce di morte, ed era così che Smith era finito in smoking a quel party.

Scandagliò la folla. Non si aspettava problemi. Il posto pullulava dei suoi uomini. Li conosceva e si fidava di tutti, avendoli scelti da un'élite di corpi militari. La Black Watch era l'unico posto in cui ex ranger, marine e forze speciali della US Navy potevano lavorare insieme senza prendersi a cazzotti. Se qualcosa fosse andato storto quella sera, avrebbero collaborato e fatto l'impossibile per proteggere l'ambasciatore.

Ma Smith non era preoccupato perché sapeva qualcosa di cui nessun altro era a conoscenza. L'uomo che aveva dato la caccia all'ambasciatore era stato ucciso cinque ore prima, in un avamposto deserto del suo Stato d'origine. Smith aveva avuto una soffiata da un vecchio amico, e considerata la fonte, aveva fiducia che la notizia fosse esatta. Non significava che l'ambasciatore fosse fuori pericolo, visto che i sicari potevano essere rimpiazzati facilmente, ma diminuiva sensibilmente i problemi di quella particolare serata.

Nonostante il ridotto livello di pericolo, Smith era ancora in allerta. Sapeva qual era la posizione di tutti nella sala da ballo, secondo quale schema si stavano muovendo, come entravano e uscivano da quel posto. Neppure la miglior intelligence del mondo avrebbe potuto migliorare la sua visione periferica o la rapidità con cui assimilava informazioni.

L'attenzione era la sua seconda natura. Immutabile come il colore dei suoi occhi.

Percepì qualcuno raggiungerlo alle spalle. Si voltò ed esaminò il volto preoccupato di Alfred Alston, l'ospite del gala. Era il tipico membro della classe alta, con una testa piena di capelli prematuramente bianchi e occhiali d'ordinanza con montatura di corno. A Smith piaceva. Era facile andarci d'accordo.

«Sono terribilmente desolato di doverla disturbare, ma ha visto mia moglie?»

La sua voce aveva una leggera cadenza inglese, senza dubbio un'eredità di quando la sua famiglia aveva attraversato l'Atlantico. Nel 1630.

Smith scosse il capo.

«Avrebbe dovuto essere già qui da tempo. Detesterebbe perdersi l'ingresso dell'ambasciatore.» Le dita fini di Alston tormentavano il nodo della cravatta. «Tuttavia, sono sicuro che arriverà.»

La preoccupazione negli occhi dell'uomo esprimeva la verità più delle sue parole.

«Vuole che mandi qualcuno a cercarla?» Alston era stato molto accomodante, perciò a Smith non importava fare uno sforzo in più. E poi, non ci sarebbe voluto molto. I suoi ragazzi sapevano destreggiarsi nel traffico, tanto da far apparire i tassisti di New York dei guidatori di carri amish.

Alston gli rispose con un sorriso preoccupato. «Grazie, è molto gentile, ma non voglio disturbarla.»
«Mi faccia sapere se cambia idea. Comunque, l'ambasciatore è in orario.»
«Sono contento che sia qui, Smith. Curt Thorndyke aveva ragione. Lei sa come tranquillizzare le persone.»
Smith riprese a guardarsi in giro. L'ambasciatore sarebbe arrivato entro una ventina di minuti. Ci sarebbero state le foto di rito e le genuflessioni, poi la cena avrebbe avuto inizio...
Lo sguardo di Smith colse qualcosa.
O qualcuno, piuttosto.
Attraverso la folla, fissò la donna bionda che era appena arrivata. Indossava un abito di un color argento scintillante, e se ne stava in piedi sotto l'elaborato arco d'ingresso della sala da ballo con un'aria dannatamente troppo radiosa per essere reale.
La riconobbe immediatamente. Chi non l'avrebbe fatto?
La contessa von Sharone.
Il tono delle conversazioni si abbassò a un brusio mentre le persone registravano la sua presenza. Lo stato sociale del gala, già alto, scattò al soffitto col suo arrivo, e l'approvazione della folla era palpabile.
Se quei damerini non avessero avuto dei drink per le mani, sarebbe scoppiato un applauso, pensò Smith seccamente. Come se fosse lei l'ospite d'onore e non l'ambasciatore.
Doveva ammettere che era proprio bella. Con i capelli biondi raccolti sul capo, era la classica bellezza dai lineamenti delicati e dagli splendidi occhi verdi. E quel vestito. Modellato sul suo corpo, fluttuava come le onde del mare mentre faceva il suo ingresso nella stanza.
Cristo, era bellissima, pensò. Sempre che ti piacessero le tipe altolocate, fredde come il ghiaccio.

E a lui non piacevano.

Alston la raggiunse. Lei gli tese la mano e accettò due baci a mezz'aria vicino alle guance, l'espressione del viso che si riscaldava.

Qualcun altro le si avvicinò e poi un altro ancora, finché non fu sospinta nella sala da una marea di adulatori. Smith registrò ogni suo movimento.

Ricordò che di recente era stata sulle prime pagine, anche se i giornali non la dimenticavano mai veramente. I suoi vestiti, le sue feste, lo stravagante matrimonio erano una manna dal cielo tanto per i tabloid che per i veri giornali. Cosa aveva letto di lei ultimamente? Suo padre era appena morto. Ecco. E c'era stato un articolo su di lei e altre cinque donne nella sezione del *New York Times* dedicata allo stile. Lo aveva visto sul bancone della hall del Plaza.

Parlava di chi era nato con la camicia, pensò, osservando le grosse perle e i diamanti che le cingevano la gola e ornavano le orecchie. La fortuna della sua famiglia si contava in miliardi e quel conte col quale si era appena sposata non abbassava esattamente la media del suo capitale.

Mentre si addentrava nella sala, la donna si voltò e incontrò lo sguardo di Smith. Alzò il suo regale sopracciglio, quando lui non distolse gli occhi.

Forse la irritava essere fissata. Forse percepiva che lui non apparteneva al suo mondo, anche se era vestito per quella parte.

Forse un po' del desiderio che Smith provava trapelava dalla sua espressione.

Non reagì quando lei lo esaminò. Fu sorpreso di scorgerle una luce scaltra negli occhi e di notare che indugiava sul suo orecchio sinistro, quello con la ricetrasmittente. Non si aspettava che fosse una buona osservatrice. Di sicuro lo era quando si trattava di abiti d'alta moda. Un bel gingillo al braccio di qualche uomo facoltoso, sì. Ma che quella non fosse altro che una sofisticata messinscena, dietro cui nascondeva metà del proprio cervello? Impossibile.

La contessa avanzava nella sala, mentre la voce profonda di Tiny gli giungeva dall'auricolare. L'ambasciatore sarebbe arrivato in quindici minuti. Smith guardò l'orologio. Quando rialzò lo sguardo, lei gli stava di fronte. Si era allontanata dai suoi ammiratori.

«Ci conosciamo?» La sua voce era morbida, un po' bassa per una donna. Incredibilmente sexy.

Aveva un sorriso gentile, niente a che fare con la fredda smorfia aristocratica che si sarebbe aspettato.

Gli occhi di Smith guizzarono su di lei. I seni, sebbene nascosti dall'abito argentato, erano perfetti, la vita sottile. Immaginò le sue gambe, anch'esse coperte dal vestito, in tutto e per tutto splendide. Notò il suo profumo, leggero e intenso, che penetrava nel naso e nel sistema nervoso.

«Ci siamo mai incontrati?» ripeté lei, porgendo la mano e aspettando una risposta.

Smith abbassò gli occhi. Gli aveva porto la mano sinistra e lui aveva visto l'anello che portava all'anulare. Era uno zaffiro di proporzioni straordinarie, circondato da una fitta corona di diamanti.

L'anello gli ricordò che aveva appena spogliato mentalmente una donna sposata.

La guardò negli occhi, desiderando che se ne andasse al diavolo. Iniziavano ad attirare l'attenzione e lei se ne stava lì con la mano tesa.

«No, lei non mi conosce» disse ruvido, afferrandole il palmo.

Nell'istante in cui la toccò, una specie di fuoco gli divampò nel braccio, e ne vide un riflesso scintillare negli occhi di lei. La donna si ritrasse bruscamente.

«È certo che non ci siamo già incontrati?» Inclinò il capo da un lato mentre si massaggiava la mano, come a cercare di liberarsi di una spiacevole sensazione.

L'auricolare gracchiò un altro aggiornamento sull'ambasciatore. «Sì, ne sono certo.»

Smith si voltò e si allontanò.

«Aspetti» la sentì chiamare.

Non si fermò, ma continuò a puntare verso il fondo della sala da ballo. Spinse una porta nascosta e procedette per un corridoio pieno di sedie e tavolini accatastati. Sobrie lampade a bulbo pendevano dal basso soffitto e gettavano ombre dure sul pavimento di calcestruzzo. Il corridoio portava a un ingresso di servizio dal quale sarebbe entrato l'ambasciatore.

Udì un ticchettio dietro di sé e si voltò. La contessa lo aveva seguito.

Anche sotto quella luce toglieva il fiato.

«Cosa sta facendo?» le chiese.

«Chi è lei?»

«Che le importa?»

Lei esitò. «Mi stava guardando come se ci fossimo già incontrati.»

«Mi creda, non è così.»

Smith riprese a camminare. L'ultima cosa di cui la contessa aveva bisogno era un altro uomo che le sbavasse dietro. Senza dubbio c'erano decine di sempliciotti adoranti nella sua vita. E parlando di sempliciotti, perché suo marito non le sbavava dietro quella notte? Sembrava fosse arrivata al party da sola.

Smith gettò un'occhiata alle sue spalle.

La contessa era tornata verso la porta. La testa bassa, come se stesse raccogliendo le forze per tornare al gala.

Smith rallentò il passo. Poi si fermò.

«Cosa c'è che non va?» le gridò, la voce riecheggiò sulle pareti spoglie. Nell'istante in cui ebbe pronunciato quella domanda, avrebbe voluto rimangiarsela e mormorò: «Qualcuno si è presentato con il suo stesso vestito stasera?»

La contessa si voltò di scatto. Raddrizzò la testa e lo guardò con freddezza.

«Non c'è assolutamente niente che non vada.» La sua voce era ferma, le parole le uscivano nitide e taglienti. Forse Smith aveva solo immaginato la sua vulnerabilità. «Tuttavia, lei ignora del tutto le buone maniere.»

Smith si accigliò, pensando che era dannatamente efficiente con le critiche. Con una sola frase pronunciata in tono calmo e diretto, lo aveva fatto sentire un perfetto idiota. Senza dubbio quella donna aveva fatto molta pratica nel rimettere al loro posto le persone, e probabilmente aveva affinato la tecnica con il suo entourage di servitori e camerieri nel corso degli anni.

Lui però non era uno dei suoi lacchè e lei non doveva permettersi di ficcare il naso nei suoi affari. Anche se il sicario dell'ambasciatore era morto, l'ultima cosa di cui Smith aveva bisogno era che qualcuno come lei venisse ferito nel bel mezzo di una delle sue operazioni. Quella donna doveva tornare al party subito, così che lui potesse continuare il suo lavoro.

Era il momento di fare il duro.

Si avvicinò alla contessa con passo noncurante e si impose di ignorare il suo profumo provocante mentre la fissava negli occhi.

«C'è qualcosa che mi deve dire?» gli domandò lei rigida. «Oppure vuole solamente farmi paura?»

Smith fu sorpreso di non leggere alcuna emozione nel suo sguardo. La gente di solito indietreggiava velocemente quando lui lanciava le sue occhiate di fuoco. La bionda invece stava mantenendo il controllo della situazione.

Irritato, avvicinò il suo volto a quello di lei.

«Mi dispiace se l'ho solo offesa» disse. «Volevo che lei andasse al diavolo.»

«E perché mai?»

«Perché mi è d'intralcio.»

«Come?»

Il tempo stava passando, l'ambasciatore era sempre più vicino e la tenacia della contessa iniziava a irritarlo.

Proprio come la sua vicinanza. Guardandola, avvertì il bisogno di fare qualcosa che non aveva nulla a che fare col tempismo.

E tutto col desiderio.

Donna sbagliata, posto sbagliato, pensò. Liberati di lei.

«Mi dica, contessa, elemosina sempre le attenzioni in questo modo?» La sua voce era fredda, sprezzante.

«Non sto elemosinando un bel niente» ribatté la donna tranquillamente.

«Ha scelto l'unico uomo che non è interessato a lei e lo ha seguito fin fuori dal party. Lo giudica un atteggiamento distaccato?»

Era volutamente pungente per liberarsi di lei, ma c'era anche dell'altro. La reazione che aveva sentito nei confronti di quella donna, la forza e l'inadeguatezza delle sensazioni che provava, lo mettevano in guardia. Era come stare davanti a un fuoco.

E lui non aveva alcuna intenzione di bruciarsi.

Imprevedibilmente le labbra della contessa si sollevarono in un sorriso lieve. Invece di ottenere la reazione su cui aveva contato, una certa stizzita disapprovazione, lei lo guardò con una punta di biasimo.

E poi lo colpì comprendendo la verità.

«Lei» disse la contessa con decisione «si sente minacciato da me.»

Smith rimase sbalordito, poi si riprese con un impeto di rabbia.

Chi credeva di essere quella barbie dal sangue blu? Lui stava salvando delle vite mentre lei sfilava ai ricevimenti con abiti alla moda. Smith doveva vedersela con assassini, ladri e psicopatici per vivere. Sentirsi minacciato da lei? Al diavolo.

«Ha proprio un ego grande come una casa,» disse laconico «se pensa di poter incutere paura.»

«E lei è sempre più ostile. Mi domando perché.»

«È meglio che se ne torni dai suoi amici di là, a Frivolezza City. Sarà molto più al sicuro con i suoi Ken piuttosto che qui con me nel corridoio di servizio.»

Per tutta risposta, lei ebbe l'impudenza di fargli un largo sorriso.

Non aveva capito che era un uomo pericoloso? Un uomo armato, Cristo santo.

E perché doveva avere quel profumo tanto buono?

La contessa scosse il capo mestamente. «Sa, pensavo davvero che fosse diverso.»

Diverso? Ah, questo era certo. «Può scommetterci il suo bel culetto che non ho niente in comune con lei.»

«Là fuori, ho pensato che fosse un uomo che aveva il comando della situazione, che aveva un incarico di qualche tipo.»

«Tesoro, io sono al servizio del mondo intero.»

«Davvero? E allora perché se la prende tanto? Stiamo solo parlando.»

«*Noi* non stiamo facendo niente. Lei mi sta facendo perdere tempo.»

Smith si erse in tutta la sua altezza, e lei fece spallucce, il ritratto dell'innocenza. «Lei è tornato indietro e nessuno la sta trattenendo.»

Poi si voltò e lo guardò. «Non è neppure molto furbo.»

«E questo cosa diavolo vorrebbe dire?»

«Sun Tzu, *L'arte della guerra*. Alcune semplici regole che riguardano i conflitti tra le persone. Se il tuo nemico è arrabbiato, fa' in modo di irritarlo.» Gli scoccò un'occhiata seducente mentre posava la mano sulla maniglia. Quel sorriso ampio e rilassato lo provocava. «La tecnica della provocazione funziona particolarmente bene, anche con tipi come lei. Forse, soprattutto con tipi come lei.»

Ce l'aveva fatta.

Con un movimento brusco, che non aveva niente a che fare con la sua lucidità mentale, Smith l'afferrò e l'attirò contro di sé. Lo aveva spinto fino al punto di perdere l'autocontrollo.

E un passo più avanti.

Il sorriso divertito scomparve dal viso della contessa, che gli premette le mani contro il petto. «Cosa sta facendo?»

«Ora è troppo tardi per tirarsi indietro, contessa» ringhiò lui. «Ha provocato l'uomo sbagliato.»

Le catturò le labbra in un bacio che sapeva di punizione, le braccia strette, che la trattenevano saldamente, e gli facevano percepire ogni centimetro di lei. La sensazione che gli diede il corpo della donna premuto contro il suo fu uno shock. Le morbide curve aderivano perfettamente ai suoi muscoli tesi, e un'ondata di desiderio infuocato lo attraversò. Era come cercare di imbrigliare la luce pura. John non aveva mai provato nulla di simile.

Quando le fece scivolare la lingua tra le labbra, un gemito le salì dalla gola. Sentì che gli si aggrappava alle spalle, mentre smetteva di opporsi e iniziava a rispondere al bacio.

E poi il suo auricolare gracchiò. L'ambasciatore era arrivato.

Smith interruppe il bacio bruscamente, facendo un passo indietro e respirando a fatica. Lei aprì i suoi incredibili occhi verdi e lo fissò, senza parole.

John non si mosse, sprofondato nella visione di lei. Aveva le labbra gonfie e rosse per il bacio, il respiro affannoso, e le guance arrossate. Era una donna indimenticabile, che avrebbe dovuto dimenticare. Altrimenti sarebbe impazzito, questo era poco ma sicuro.

Smith le girò le spalle e si allontanò, sapendo che avrebbe fatto molto meglio a essere all'ingresso di servizio, quando l'ambasciatore sarebbe sceso dalla sua limousine. Non aveva mai perso un cliente e non avrebbe iniziato quella sera.

Devi solo dimenticare di averla incontrata, si disse mentre si affrettava sul pavimento di cemento.

Le probabilità erano davvero scarse.

Dannazione, perché diavolo l'aveva seguito? E perché lui non aveva continuato per la sua strada quando lei l'aveva raggiunto?

Perché in realtà la cosa tra loro era già iniziata, pensò cupo.

Il suo sesto senso gli diceva che i loro destini si sarebbero incrociati di nuovo.

2

Cuppie Alston era morta.

Quelle parole avevano continuato a rimbalzarle nella testa per tutto il giorno, dal momento in cui Alfred l'aveva chiamata per darle la terribile notizia. Grace ancora non riusciva a credere a ciò che era successo, né riusciva a darsi pace sul fatto che l'amica fosse stata uccisa la notte prima, mentre erano al ballo dell'ambasciatore.

Quell'idea surreale era stata la sua terribile compagna di viaggio da New York City alle Adirondacks. Per chilometri e chilometri di autostrade, stradine di campagna e poi tortuosi passi di montagna, la sua mente si era ribellata alla notizia della tragedia, in un incessante amalgama di ricordi felici, che ora si erano tinti di grigio e di dolore.

Come poteva essere vero, si domandò ancora, mentre si fermava davanti alla villa sulle rive del lago Sagamore, spegneva il motore della Mercedes e fissava l'oscurità.

Non le piaceva tutto quel silenzio o l'immobilità intorno a lei. Senza nessuna distrazione, la sua mente piombava vertiginosamente verso l'isteria. Non solo perché Cuppie era morta ma perché ora lei stessa era in pericolo.

Grace chiuse le dita intorno al volante e lo strinse forte. La logica le diceva che non era stata seguita. Ma la paura le suggeriva che avrebbe potuto esserlo. Fissò l'oscurità della notte, alla ricerca di ombre. Le trovò che si agitavano e si contorcevano, proiettate dalle fronde degli alberi che ondeggiavano nel vento.

Solo il giorno prima non avrebbe mai scrutato in giro alla ricerca di angoli bui e non si sarebbe chiesta che cosa potessero nascondere.

Ma ventiquattr'ore prima qualcuno che conosceva non era stato brutalmente assassinato.

Grace appoggiò la fronte sul volante.

Tutta la faccenda era inconcepibile, come un film horror.

Cuppie trovata morta. Nel foyer del sontuoso attico degli Alston a ovest di Central Park. Vicino al corpo, un recente articolo sulle sei donne più in vista della città. Cuppie era stata la prima descritta e la sua immagine era stata strappata.

L'articolo si concludeva con Grace.

Questo era il motivo per cui aveva passato il pomeriggio alla stazione di polizia. Nessuno a parte l'assassino sapeva chi sarebbe stata la prossima vittima, ma Grace conosceva quale idea si fosse fatta la polizia. Il tenente l'aveva trattata con i guanti di velluto quando era entrata per essere sottoposta a delle domande, anche se aveva una voce dura, da fumatore, e gli occhi stanchi di chi non si lasciava impressionare troppo facilmente. Grace aveva intuito che la stava trattando come una vittima.

Quando era entrata nell'ufficio pieno di scartoffie, il tenente aveva fatto del suo meglio per coprire le foto della scena del crimine, ma non era stato abbastanza veloce. Grace aveva fatto in tempo a vederle e per poco non aveva vomitato. La gola di Cuppie era stata squarciata, e c'era un buco laddove avrebbero dovuto esserci le corde vocali.

Non aveva bisogno di una laurea in medicina per capire quale violenza fosse stata perpetrata. Qualcuno aveva pugnalato Cuppie, ancora e ancora. Non aveva solo voluto ucciderla, aveva voluto distruggerla.

La nausea montò di nuovo e Grace aprì la portiera, sporgendosi fuori, nonostante avesse ancora la cintura allacciata. Aveva lasciato la chiave inserita, la macchina emise un tintinnio allegro, e Grace si trovò a contare i secondi successivi alla cadenza di quel suono elettronico. Osservando la ghiaia sulla strada, si domandò che cosa avrebbe mai raccontato se il suo stomaco avesse continuato a contorcersi per la paura.

Sarebbe stato meglio avere qualcosa di carino da dire quando la sua più vecchia amica le avrebbe aperto la porta. Ma non era il tipo da fare battute del tipo 'ho appena rimesso nella tua aiuola'. Molto meglio procedere con un 'congratulazioni per il tuo matrimonio, Carter'. O 'come ci si sente a essere la signora Farrell?'.

Grace sollevò gli occhi sulla casa. Qualcuno passò dietro una finestra e lei pensò che le era dispiaciuto essersi persa il matrimonio di Carter e Nick. Suo padre era stato seppellito il giorno prima delle loro nozze e quei due eventi della vita, una fine e un inizio, avevano significato che nessuna delle due potesse fare da supporto all'altra. Tuttavia, c'erano state numerose telefonate.

E ora c'era un'altra ragione che spingeva Grace a raggiungere la sua amica. Proprio quando Grace aveva pensato di non poter reggere un'altra brutta sorpresa, quando già la morte di suo padre le era parsa un peso impossibile da sopportare e il fallimento del suo matrimonio qualcosa di imbarazzante da portarsi dietro, la vita le aveva tirato un altro colpo.

Tutto considerato, era stato un anno orribile. Il punto più alto lo aveva raggiunto con il suo matrimonio, in gennaio, e le cose da allora erano andate sempre peggio.

Perlomeno era settembre e non mancava molto alla fine dell'anno, pensò.

Il rumore dell'automobile iniziò a darle sui nervi e tolse la chiave dal quadro. Fu difficile fare leva su tutte le sue energie e andare, nonostante il freddo della notte stesse penetrando attraverso i suoi vestiti. Agli occhi della sua amica non voleva mostrarsi meno che perfettamente felice, ma lo sforzo era troppo grande.

Poi, come in un lampo, tra i ricordi udì la voce di suo padre, severa e autoritaria. *Su col morale, Stella di Mare. Vediamo quel sorriso.*

Quel ritornello della sua infanzia glielo faceva rivedere come era stato, chino su di lei, con uno sguardo pieno d'amore e determinazione. Grace raddrizzò la schiena e slacciò la cintura.

Avrebbe avuto tempo per crogiolarsi nelle cose che non poteva cambiare durante il viaggio verso casa. Piangere per sé stessa non le avrebbe ridato suo padre, né avrebbe cambiato le implicazioni dell'articolo o il fatto che Cuppie era stata seppellita lunedì.

Grace aprì lo specchietto di cortesia per controllare il trucco. Le occhiaie erano ancora nascoste, ma il lucidalabbra era andato via. Cercò nella borsetta, lo trovò e lo avvicinò alle labbra.

Il contatto la fece fermare, e invece del rossetto, si passò le dita sulle labbra.

Riusciva ancora a sentire il suo bacio. Quell'incontro di bocche e lingue e corpi che l'aveva fatta rabbrividire fino nell'anima era ancora così vivido in lei, come quando si erano appena lasciati. Non poteva dimenticare come si era sentita afferrare con durezza e poi stringere contro il corpo di quello sconosciuto, il modo in cui l'aveva toccata, il tumulto che Grace aveva sentito nel sangue.

In quel corridoio spoglio, Grace aveva avuto il suo primo assaggio di passione.

Chiuse di scatto lo specchietto, turbata.

Era terribile pensare che non lo avrebbe rivisto mai più.

Non aveva idea di chi fosse o da dove venisse, e sapeva che fare delle domande riguardo a un uomo come quello avrebbe sollevato molte chiacchiere. Legalmente, Grace era ancora sposata, e lui era un uomo pericolosamente attraente. L'ultima cosa di cui Grace aveva bisogno era innescare dei pettegolezzi.

Dio solo sapeva quanto la gente chiacchierasse già di suo.

Ciò di cui aveva bisogno era mostrarsi allegra, sforzarsi di entrare in quella bellissima casa e gioire della felicità dell'amica.

Mentre scendeva dalla macchina, si gettò un'occhiata alle spalle. Con movimenti veloci, afferrò le sue valige Vuitton e corse verso la villa. Non fece in tempo a mettere i piedi sotto il portico che Carter Wessex aprì la porta e l'accolse a braccia aperte.

«Woody! Ce l'hai fatta!»

Grace lasciò cadere il bagaglio e strinse forte tra le braccia l'amica.

«Ehi, tutto bene?»

«Benissimo, proprio benissimo. Sono felice di vederti.» Grace sorrise mentre si staccavano l'una dall'altra.

«Be', hai un aspetto fantastico. Come sempre.»

Grace abbassò lo sguardo sul completo Chanel che indossava. Non vedeva l'ora di levarselo di dosso. Le ricordava la stazione di polizia.

«Perché non lasci qui i bagagli e andiamo in cucina?» Carter si passò una mano tra i capelli corvini, spingendoseli dietro le spalle. «Hai mangiato?»

Lo stomaco di Grace brontolò in protesta. «Non ho fame, ma gradirei un bicchiere di vino.»

O anche due.

«Be', di vino ne abbiamo a volontà» disse Carter mentre le faceva strada verso il retro della casa. «Sono così felice che tu sia venuta per il week-end. Nick sta viaggiando da Londra ad

Albany in aereo, poi proseguirà il viaggio in macchina. Sarà a casa entro un'ora. Non vede l'ora di conoscerti meglio.»

«Anch'io. Quei grandi ricevimenti in cui l'ho sempre incontrato non sono le occasioni più adatte per fare amicizia.»

Carter rise. «Ed è precisamente il motivo per cui ho smesso di andarci.»

Quando si furono sistemate intorno al massiccio tavolo di quercia in cucina, con un piatto di formaggio e frutta tra loro, Grace sollevò il suo bicchiere di chardonnay. «Alla migliore amica e compagna d'armi. Che il tuo matrimonio possa essere lungo e pieno di gioia.»

Gli intensi occhi blu di Carter si illuminarono di una luce calda, mentre le sorrideva. «Sono felice che tu sia qui.»

«Anch'io.» Grace distolse lo sguardo. «Allora, dimmi del matrimonio. Eri bellissima?»

«Come va?» La voce dell'amica aveva una nota strana.

«Te l'ho detto. Sto bene, Mrs Farrell. Ora, voglio i dettagli, mi va bene anche la versione con le note a parte della Cliff Notes.»

«Sembri esausta.»

«Mi hai appena detto che ero favolosa.»

«Sei favolosa e stanca.» L'espressione di Carter si addolcì. «Sono preoccupata per te. So quanto eravate legati tu e tuo padre.»

Grace fissò il vino. «Parliamo solo di cose belle. Non vorresti almeno mandarmi in visibilio con i dettagli della luna di miele?»

Il silenzio che seguì le disse che Carter non si sarebbe lasciata sviare.

Grace si portò il bicchiere di vino alle labbra e lo vuotò in due sorsate. Coraggio liquido, pensò, inclinando poi il calice verso l'amica.

Carter glielo riempì di nuovo.

«Hai letto della morte di Cuppie Alston sui giornali di oggi?»

Carter corrugò la fronte. «Una tragedia terribile. La conoscevi bene, vero?»

Grace annuì. «Ero al ricevimento l'altra notte. Ad attendere il suo arrivo come tutti gli altri.»

«Dev'essere stato orribile.»

«Proprio così. Il cocktail è stato prolungato finché è stato possibile, poi la cena è iniziata senza di lei. E la sua sedia vuota...» Grace rabbrividì. «Vicino al corpo è stato trovato un articolo di giornale dedicato ai personaggi più in vista della città. Cuppie era una delle donne di cui si parlava.»

«Non dirmi che si pensa possa trattarsi di un serial killer.»

Grace fece un respiro profondo. «Ci sono anch'io in quell'articolo. Oggi sono stata interrogata dalla polizia.»

La risposta della sua amica fu un sibilo scioccato.

«Mio dio, Grace.» Carter si sporse sul tavolo, facendo cadere un salino.

Grace cercò di rassicurare l'amica stringendole forte la mano, mentre con l'altra raddrizzava il salino.

Proprio allora, la porta sul retro si aprì e Nick Farrell entrò in cucina. Entrambe sollevarono lo sguardo.

Farrell era un uomo imponente, di potere, vestito con un elegante gessato, camicia blu chiaro e cravatta scura. Mentre posava un lungo bacio sulle labbra della moglie, Grace spostò discretamente lo sguardo.

«Ecco qui, questa non è solo Grace Woodward Hall,» disse Carter con un cenno verso Grace, dall'altra parte del tavolo «questa è la mia vecchia amica Woody.»

Un paio di occhi grigio chiaro la scrutarono. «Ho sentito un sacco di cose sulle avventure che tu e Carter avete condiviso.»

Mentre gli stringeva la mano, Grace si sforzò di sorridergli. «È vero, siamo quasi state buttate fuori da Groton per avere contrabbandato dei secchielli per il ghiaccio, ma la storia della St Mark's Lacrosse Team è totalmente inventata.»

Lui rise e gettò uno sguardo a Carter. Istantaneamente, la sua espressione cambiò. Le sopracciglia scure si aggrottarono. «Cosa c'è che non va?»

Lo sguardo di Carter guizzò di nuovo verso Grace. E quando questa si strinse nelle spalle, la sua amica spiegò. Alla fine del racconto, Farrell aveva un'espressione cupa.

«Ecco cosa faremo» disse.

«Per favore,» lo interruppe Grace «non è un vostro problema. Non voglio...»

«Chiameremo John Smith.»

«Questa è un'idea grandiosa» dichiarò Carter.

«Chi è John Smith?» chiese Grace. «A parte un uomo con un nome ridicolmente comune?»

«Mi ha aiutato in passato» spiegò Farrell. «È una guardia del corpo. Di prima classe. E molto discreto.»

«Non penso che sia necessario.»

Nick le scoccò un'occhiata tagliente. «Chiunque abbia lasciato quell'articolo, probabilmente ha appena incominciato. Lo vuoi incontrare una di queste notti, quando sarai da sola?»

L'immagine della gola squarciata di Cuppie si ripresentò alla sua mente come un flash e Grace sentì stringersi il cuore dalla paura.

Carter corrugò la fronte e le accarezzò il braccio con fare protettivo. «Non essere duro, Nick.»

«Vi chiedo scusa, ma lo sai che ho ragione. Ha bisogno di una guardia del corpo.»

Grace evitò lo sguardo intenso dell'uomo. L'ultima cosa che desiderava era discutere con qualcuno come Farrell riguardo alla propria sicurezza. Non doveva disperdere energie e aveva l'impressione che Nick fosse il tipo d'uomo che raramente faceva un passo indietro dopo aver preso una decisione.

«Chiamo subito Smith» annunciò Nick lasciando la stanza.

Grace fece un respiro profondo e chiuse gli occhi. Non sarebbe dovuta venire, pensò.

Carter si affrettò a scusarsi. «Mi dispiace. Nick sa essere un po'... aggressivo quando qualcosa lo spaventa. Ci stiamo lavorando. Lo fa solo perché è preoccupato.»

Grace scrollò le spalle, sentendole in tensione. «Non volevo mettervi in allarme. Non sono una star del cinema che ha bisogno di un bodyguard, e non voglio una specie di poliziotto mangia ciambelle che mi segua dappertutto.»

«Da ciò che ho sentito su quell'uomo, Smith mi sembra più un killer professionista.»

Grace stirò le labbra in una linea. «Non voglio nemmeno quello.»

Quando Farrell tornò, una decina di minuti dopo, disse: «Smith sarà qui domattina.»

Grace aprì la bocca per protestare, ma Carter e Nick la fissarono con un'identica espressione determinata.

Non c'era da stupirsi che formassero una così bella coppia, pensò. Anche se le loro discussioni sarebbero potute sfociare in una rissa di quartiere.

«Immagino che non faccia male parlargli» disse Grace dandosi per vinta.

Quando i due amici le sorrisero, prese un altro sorso di vino. Si sentiva intorpidita. Come le era successo spesso nelle settimane precedenti, si domandò che razza di vita stava facendo.

Il mattino seguente, Grace passeggiò avanti e indietro per il salone, finché non si accorse di lasciare un'impronta nel tappeto di Aubusson. Si costrinse a fermarsi di fronte a uno specchio in stile vecchia America e osservò il proprio riflesso. Il suo viso appariva sfigurato dal vetro piombato e quella distorsione le sembrava appropriata.

Non si sentiva bene.

Si passò una mano sulla gonna e si aggiustò la camicetta di seta, anche se nessuna delle due era in disordine. Aveva indosso lo stesso completo con cui era arrivata. Dopotutto, si trattava di affari e Chanel la faceva sentire perfettamente padrona di sé.

Grace possedeva molti capi Chanel.

Si sentiva irrequieta e controllò la chiusura dei pesanti orecchini di diamanti che indossava. Erano entrambi sicuri. Osservò le scarpe. Non una macchia. Non le sarebbe importato se ci fosse stato uno strappo o una macchia da passare urgentemente con il seltz. Senza nulla su cui spostare l'attenzione, poteva solo lottare contro la mancanza di ossigeno in quella spaziosa stanza inondata di sole.

Andò alla finestra e l'aprì, godendo della fredda brezza autunnale sul viso. Fuori, il lago era calmo, il sole stava splendendo, il giorno era pieno di promesse. Perversamente, avrebbe preferito che piovesse.

«È appena arrivato» disse Carter dalla porta.

Grace si voltò proprio quando Nick raggiungeva sua moglie e le posava le mani sulle spalle.

«Sei pronta?» le chiese.

«Andiamo da Mr Smith» replicò Grace mentre il batocchio di ottone della porta d'ingresso emetteva un rumore stentoreo.

Era tutto sbagliato, pensò Grace, mentre Nick apriva la porta. Non voleva una guardia del corpo. Voleva solo che Cuppie fosse ancora viva. Voleva tornare alla sera di giovedì, al Plaza e vedere Cuppie seduta tra suo marito e l'ambasciatore, fino al dessert.

Grace giocherellò col suo orologio, gettando qualche occhiata al quadrante di platino. Non avrebbe assunto chiunque fosse entrato in quella stanza per poi pentirsi di aver anche solo accettato quell'incontro. Nick poteva avere a cuore i suoi interessi, ma Grace sentiva di essere stata costretta.

Che cosa c'era in lei perché gli uomini pensassero di poterla controllare? Suo padre, anche se le era completamente devoto, era stato una figura dominante e dal polso di ferro. Da lui Grace aveva imparato ad accettare il buono e il cattivo, anche le richieste più irragionevoli, in nome dell'amore che le portava. Ma questa consapevolezza non voleva dire giustificarsi per essersi lasciata convincere a sposare l'uomo più sbagliato.

Suo marito Ranulf era altrettanto difficile. Con le sue idee europee, riguardo a ciò che le signore dovrebbero o non dovrebbero fare, aveva dato prova di essere un degno successore di suo padre in quando a ordini.

Anche con sua madre non era stato facile.

Grace respirò a fondo mentre sentiva le voci degli uomini e poi il tramestio dei loro passi.

Era venuto il momento di smetterla di essere gentile e prendere in mano le redini della sua vita. Come risultato del suo cedimento della sera precedente, un poveretto era stato trascinato da chissà dove solo per perdere tempo. Non voleva quel tipo di aiuto. E non aveva intenzione di lasciare che la preoccupazione prevaricatrice di Nick Farrell, o quella più velata della sua vecchia amica, la obbligassero ad assumere un bodyguard.

Fece una smorfia. Quanto all'uomo che era venuto con la speranza di essere assunto, era pronta a scusarsi, a dirgli che c'era stato un malinteso. Gli avrebbe risarcito la spesa, ovviamente. Sì, quella era la cosa giusta da fare.

Grace sollevò la testa e smise di respirare. Dovette sbattere le palpebre per accertarsi che non stava sognando.

«Lei» mormorò mentre fissava il volto duro dell'uomo che l'aveva baciata.

Il suo cuore batteva frenetico.
Che cosa ci faceva lì? Era...
Ma certo, giovedì sera stava proteggendo l'ambasciatore. Ecco perché si trovava al ballo. Ecco perché se ne stava in disparte rispetto agli altri, duro, granitico, diverso.
Peccato che non fosse lì per proteggere Cuppie.
Grace deglutì a fatica. Era esattamente come lo ricordava, imponente e più freddo del ghiaccio. Il suo volto era disegnato con linee decise e il suo naso aveva l'aria di essere stato rotto almeno una volta. La mandibola squadrata, i capelli corti come quelli di un militare e gli occhi di un blu intenso e penetrante. Indossava una giacca di pelle nera e un paio di jeans consunti, ma sprizzava autorità da tutti i pori, proprio come quando aveva indosso lo smoking.
Mentre le stava di fronte, Grace ricordò perfettamente come si era sentita quando lui l'aveva baciata, ma non avrebbe saputo dire cosa lui ne pensasse. Non lasciava trasparire la benché minima emozione. Non era trasalito, né aveva mostrato incredulità nel vederla, e neppure curiosità. Il suo sguardo opaco non aveva tradito nulla a parte l'intelligenza e una sorta di silenziosa e cupa minaccia.
«Vi conoscete?» chiese Nick.
Quando l'altro uomo non offrì alcuna spiegazione, Grace mormorò: «Ci siamo incontrati... in un certo senso, a un ricevimento. Di recente.»
Nick inarcò il sopracciglio quando Grace fece un passo avanti, porgendo la mano. Avvicinarsi a John Smith la rendeva nervosa, timorosa che qualcosa di ciò che era accaduto tra loro potesse trasparire dalla sua espressione.
«È un piacere rivederla.»
Non appena lui le afferrò la mano, Grace avvertì una sorta di scarica elettrica. La sensazione la percorse tutta, dalle dita, su per il braccio, fino a fermarsi nel suo petto. Si tirò indietro di scatto.

Proprio come aveva fatto la prima volta che gli aveva stretto la mano.

«Preferisci che rimaniamo con te?» chiese Carter. «Mentre parlate?»

Una luce beffarda gli accese lo sguardo mentre si sedeva in una delle poltrone davanti al divano. Anche da seduto, sembrava comunque alto, pensò Grace.

«Non sembra sorpreso di vedermi.» Grace si sistemò sul sofà, incrociando le gambe. Gli occhi di Smith seguirono ogni suo movimento, indugiando sui polpacci, prima di tornare sul viso.

«Non mi lascio cogliere di sorpresa.» La sua voce era profonda e roca, e lasciava trasparire una totale sicurezza di sé.

Era l'uomo più virile che avesse mai incontrato, pensò Grace, con l'indispensabile miscela di orgoglio, arroganza ed ego che gli derivava da un certo sovraccarico di testosterone. Certo, sembrava duro come la pietra, perciò la fiducia in sé stesso era giustificata. Di certo, Grace non avrebbe voluto irritarlo. Lo aveva già fatto una volta e tutto quel che ne aveva ricavato era una fantasia da cui non riusciva più a liberarsi.

«Dunque, parliamo del perché mi trovo qui.» Smith incrociò le braccia sul petto. Emanava onde d'impazienza, che scorrevano attraverso la sua voce bassa.

Le dita di Grace andarono al pesante anello di fidanzamento che portava al dito e iniziarono a girarlo avanti e indietro in circolo. Quando gli occhi pungenti di Smith si posarono con un guizzo sul movimento, si sforzò di rimanere seduta immobile.

Avrebbe potuto dirgli di andarsene, come aveva in programma, e come avrebbe fatto se ci fosse stato uno sconosciuto seduto su quella poltrona.

E lui era uno sconosciuto, ricordò a sé stessa.

«Temo che abbia perso tempo.» Quando lei si fermò,

Smith sollevò un sopracciglio. «Voglio dire, non penso che possa aiutarmi. Ehm... non penso di aver bisogno d'aiuto.»

Mentre incespicava nelle parole, Grace si domandò dove diavolo avesse la testa. Probabilmente in quello stesso buco nero dov'era finita tutta la sua vita.

«Posso rimborsarla per il suo viaggio sin qui» aggiunse velocemente.

«Ne sono sicuro» disse lui lentamente, tornando a guardarle gli anelli. C'era un sottile sdegno nei suoi occhi, una certa durezza nelle sue labbra, che suggerivano ci fossero altri posti in cui avrebbe preferito trovarsi.

Lei si stizzì di fronte a quel tono e a quell'espressione. Era chiaro che non l'avesse molto in stima. Allora perché era venuto? Per fare un favore a Nick?

«E mi scuso per qualsiasi seccatura.»

«Che gentile.»

Il silenzio tra loro si prolungò.

«È solo che non penso di essere tanto in pericolo da giustificare la presenza di una guardia del corpo.»

«Appunto.»

«Sì. Nick ha insistito per chiamarla. Non è stata una mia idea.»

«Oh, davvero.»

Grace gli lanciò un'occhiata truce. Lui rispose con uno sguardo annoiato. Poteva almeno fingere di essere interessato, pensò lei.

Incrociò le braccia sul petto, realizzando poi di imitare la sua posa e quindi riportò le mani sul grembo. Avvertiva un assurdo bisogno di urlare che le stava dando ai nervi con tutto quel suo burbero silenzio, facendola sentire sciocca e frivola.

Strizzò gli occhi e cedette al bisogno infantile di parlargli. Solo per provare che poteva farlo.

«Vivo e lavoro a New York City. Ha mai sentito parlare

della Hall Foundation?» prima che potesse rispondere, Grace proseguì, come se le parole riuscissero a toglierle un po' d'ansia e un po' di frustrazione. Forse di quella sessuale. Per poco non si fece piccola piccola. «La mia famiglia la fondò nel tardo Ottocento. Diamo sovvenzioni a studiosi, storici dell'arte, archeologi, chiunque sia seriamente interessato alla storia americana...»

Lui sollevò una mano per fermarla. C'era una cicatrice in mezzo al palmo e Grace si domandò come se la fosse procurata. In un combattimento corpo a corpo?

«Per quanto riguarda lo spot pubblicitario, passo. Mi dica qualcosa che non so. Può tralasciare qualsiasi cosa sia di pubblico dominio.»

Grace si accigliò di fronte a quelle parole brusche. «Vivo a Park Avenue...»

«Lo so.»

«Il mio ufficio si trova a...»

Un sopracciglio scuro si aggrottò.

Grace gli lanciò un'occhiataccia. «Odio i musical, e il cibo messicano mi provoca flatulenza. Lo odio, comunque.»

Fu sorpresa di vedergli arricciare all'insù uno degli angoli della bocca.

E così Mr Tutto D'Un Pezzo sapeva anche sorridere, pensò Grace in un impeto di trionfo.

«Non sapeva nessuna delle due cose?» lo sfidò.

Gli occhi di John Smith non si mossero da quelli di lei. «No.»

«Bene. Vediamo, sono un'accanita lettrice di romanzi d'amore. Gaelen Foley scrive quei favolosi intrecci storici...»

«Non voglio sapere cosa legge» la interruppe sardonico «e non potrebbe importarmi di meno del suo intestino. Perché non va al punto?»

Grace strinse le labbra. Qualsiasi possibilità di congedarlo in modo cordiale e ponderato stava sfumando velocemente.

La collera iniziava a montarle dentro e Smith sembrava del tutto a proprio agio nel vederla andare in ebollizione, mentre lui stesso manteneva una calma perfetta.

Ebbene, avrebbero giocato entrambi la carta della freddezza. Grazie all'esempio gelido di sua madre, Grace era maestra nell'arte della glacialità.

Si schiarì la gola. «Cosa dovrei dirle? Perché non condivide le informazioni che ha raccolto su di me? Così non continuerò ad annoiarla.»

I loro sguardi si misurarono mentre Grace attendeva una risposta.

3

Seduto di fronte alla contessa, Smith stava perdendo la pazienza. Per quanto improbabile sembrasse, quella donna tutta perfettina, appollaiata sul divano, stava riuscendo di nuovo a dargli sui nervi.

Era così dannatamente bella seduta su quell'elegante pezzo d'arredo. Si era seduta con precisione, le gambe accavallate all'altezza delle ginocchia, le mani giunte elegantemente di fronte a sé. Con i capelli raccolti sulla nuca, e indosso quell'elegante abito dal taglio semplice, era in tutto e per tutto una lady. Dignitosa, aggraziata, elegante.

La contessa si spostò, accavallando di nuovo le lunghe gambe.

Gli occhi di Smith colsero le caviglie delicate, i polpacci ben disegnati e lui sentì un puro, assoluto impeto di lussuria. Si domandò come sarebbe stata senza quegli eleganti vestiti addosso e decise che probabilmente sarebbe diventata isterica se qualcuno le avesse chiesto di mettere i pantaloni di una tuta da ginnastica.

Quando aveva ricevuto la telefonata di Farrell, era stato tentato di declinare l'invito. Il suo istinto gli aveva detto che prendere come cliente la contessa von Sharone sarebbe stato un affare complicato e non solo per via del loro bacio. Lei era conosciuta in tutto il mondo. Una icona, Cristo santo. Una diva di primordine, capace di far impallidire e sembrare ridicoli attori e cantanti d'opera.

Ma era andato, nonostante tutto. Era curioso di rivederla di persona un'ultima volta, se non altro per provare a sé stesso che era soltanto una donna. Una donna più bella di molte altre, forse, ma era prima di tutto un essere vivente, una persona che respirava e che un giorno avrebbe avuto i capelli grigi e le macchie sulla pelle, proprio come tutte le altre. Niente di speciale.

Cercando di trovarle qualche tratto negativo, la studiò con cura, ma solo per concentrarsi sul colore dei suoi occhi. Erano di un verde freddo ora che era adirata con lui.

Accidenti a quel bellissimo colore, pensò. Verde mela.

«Il gatto le ha mangiato la lingua?»

Lui corrugò la fronte, e pensò che cercava di punzecchiarlo. Ma non avrebbe attaccato stavolta. «Onestamente, non può prendersela se ho studiato il suo profilo.»

«È più il suo atteggiamento.»

«Non sono qui per fare l'affascinante.»

«Che sollievo. Detesto far notare alle persone i loro fallimenti.»

Smith avvertì un inaspettato desiderio di sorridere. Il senso dell'umorismo di quella donna era sorprendente. E così il fatto che fosse nervosa. Con le mani continuava a intrecciare le frange di un cuscino di seta.

«Dunque, ha intenzione di parlarmi oppure no?» gli domandò brusca.

Sì, c'era decisamente un che della diva in lei.

«So dove vive e dove lavora» disse John lentamente. «So che è molto ricca. E so che è stata nominata in quell'articolo sulle donne più prestigiose, trovato vicino al corpo di Cuppie Alston.»

Gli occhi di Grace si spalancarono mentre lei impallidiva. «Questo come lo sa?»

«Ho un bel po' di amici altolocati a New York.»

«Oh.» La contessa esitò, poi si portò una mano tremante ai capelli.

Smith era affascinato da quella dimostrazione di paura, considerando che aveva esordito dicendogli di non ritenersi in pericolo.

«Allora vuole dirmi la verità?» le chiese.

«Riguardo a cosa?»

«Su come si sente.» Fissò apposta la mano che le tremava.

Lei, velocemente, la strinse all'altra in grembo.

«Io... ah... sono un po' disorientata» mormorò. «Non ho mai ricevuto delle minacce prima d'ora.»

«Questo mi sorprende.»

«Perché?»

John percepì che gli aveva fatto quella domanda solo per indurlo a parlare ancora, come se volesse prendere tempo per riguadagnare il controllo di sé. Decise di essere indulgente.

«Conduce una vita d'alto profilo, con un calendario da fare invidia all'Amtrak. Lascia il suo attico ogni mattina alla stessa ora, va a correre, arriva in ufficio alle otto in punto. Lavora fino alle sette, poi esce, torna a casa per le undici. E nel fine settimana fa lo stesso.»

«È riuscito a scoprire tutto questo in meno di ventiquattr'ore?» L'espressione della contessa era incredula.

«Tre domande. È tutto ciò che mi è servito. E stavo passando con la macchina davanti a casa sua mentre il portiere parlava.» Abbassò gli occhi sugli anelli che lei portava alle dita. «So anche che suo marito non si è più visto in giro dal mese scorso. Nonostante la morte di suo padre.»

Di colpo, lei si alzò dal divano e raggiunse le finestre. Anche se il suo passo era sciolto e calmo, Smith non si lasciava ingannare. Grace von Sharone stava di nuovo giocherellando col suo anello.

C'era qualcosa che non andava con suo marito, pensò.

Quando lei rimase in silenzio, disse: «Dunque, ora che le ho mostrato le mie carte, mi vuole far vedere le sue?»

Ci fu una pausa protratta. La donna si avvicinò ancora di più alla finestra e appoggiò una mano sul vetro. Le sue unghie erano corte ma non eccessivamente curate. Fu un'altra sorpresa, ma in effetti aveva un senso. Non era tipo da esagerare neppure con il trucco.

Quando finalmente si voltò per guardarlo, il viso della contessa era atteggiato in un'espressione tranquilla. Era una dolce bugia, pensò Smith mentre con gli occhi scendeva lungo la graziosa linea del suo collo. La mano sottile si sollevò per indugiare sul colletto, come se sentisse gli occhi di lui sulla pelle.

C'era una certa eleganza nel modo in cui si muoveva, pensò John. Scioltezza. Era sorpreso di trovarla così attraente.

Quando poi lei parlò, nella voce le sentì un'urgenza brusca e seppe che gli stava per raccontare ogni cosa. O quasi.

«All'incirca tre settimane fa ho notato che qualcuno mi seguiva. È stato subito dopo la morte di mio padre. Stavo camminando nel grattacielo degli Hall dopo che si era fatto buio e ho pensato che ci fosse qualcuno dietro di me. Quando sono uscita, un'ora più tardi, c'era qualcuno dall'altra parte della strada. Qualcuno che mi stava aspettando.»

Le parole le uscirono veloci e nervose, come di getto, e John pensò che probabilmente era abituata a tenersi dentro ciò che provava. Per preservare la sua immagine da sogno, senza dubbio.

«Era un uomo o una donna?»

«Non potevo vederlo bene. Ma ho dato per scontato che fosse un uomo.»

«E come sapeva che quella persona stava aspettando lei?»

«Perché quando ho raggiunto la macchina se n'è andata. A dir la verità, poteva anche essere solo un paparazzo. Cercano avidamente mie immagini con un'espressione affranta per il lutto.»

«Ma lei non crede che si trattasse davvero di un fotografo, vero?»

«Non mi ha scattato nessuna foto. E poi, un paio di giorni dopo, ho avuto la conferma di essere pedinata. Ero diretta a Newport in macchina, con le ceneri di mio padre. È stato il mio autista ad accorgersene per primo. C'era una berlina bianca dietro di noi e ci ha seguito per tutta la strada fino nel Connecticut.»

Le mani della contessa erano impegnate col cinturino del suo orologio, a giocare col fermaglio, ad aprirlo e chiuderlo, aprirlo e chiuderlo, provocando un clic a ogni movimento. Smith aveva il sospetto che dietro quella calma apparente lei stesse urlando.

«Di nuovo, mi ero detta che doveva essere qualcuno della stampa, un giornalista che aveva ricevuto una soffiata e sapeva che stavamo portando i resti di mio padre a casa. C'erano dei fotografi al cimitero e ho rivisto una berlina bianca fuori dai cancelli.»

«Si sentiva minacciata, dunque.»

Lei annuì, riluttante. «E non è finita. Ogni volta che esco da un ristorante vedo un'ombra dietro di me. Quando lascio il lavoro, lo giuro, vedo una figura dall'altra parte della strada. Ieri mattina, sono uscita di casa e ho creduto di vederla in un angolo.»

La contessa si fermò e guardò il lago. Aveva la fronte corrugata. Stava cercando delle risposte, Smith ne era certo. Aveva notato quello stesso sguardo interrogativo in altre persone che pensavano di aver perso il controllo della loro vita.

Chissà perché, Smith sentì il desiderio di dirle qualcosa.

Non era il tipo che offrisse la propria simpatia, neanche alle donne che si trovavano in pericolo. Le emozioni non facevano parte del suo bagaglio. Lui era quello che salvava le vite, non che dava sostegno, ma c'era qualcosa in lei che lo colpiva, qualcosa di unico e importante. Non era una donna in preda all'isteria o che usasse la paura per ottenere attenzione. Era spaventata, sinceramente impaurita, eppure teneva la testa alta e stava cercando in tutti i dannati modi di essere forte.

Era affascinato da quella dimostrazione di forza di volontà, specialmente considerando quanto era nervosa.

Lei fece un respiro profondo e si voltò a guardarlo. «La polizia mi ha chiamata il mattino dopo il ritrovamento del corpo di Cuppie. Mi hanno sottoposto a un bel po' di domande.»

Smith ripensò alla notte del ricevimento. Ricordava l'espressione preoccupata di Alfred Alston all'arrivo dell'ambasciatore, quando questi si era dovuto sedere di fianco a una sedia vuota. La moglie di Alston non era mai arrivata perché i suoi piani per la serata erano stati stroncati da una tragedia. Invece di godersi la cena e ingaggiare una leggera e arguta chiacchierata con il diplomatico internazionale, la donna aveva lottato contro il suo assassino e poi era rimasta a morire dissanguata, circondata da deliziosi capolavori d'arte e costose antichità, nessuna delle quali aveva potuto salvarla.

Secondo la polizia, l'identità dell'omicida era un mistero, il movente fumoso. La sola prova reale era l'articolo di giornale trovato accanto al corpo. Non ci voleva un genio per sapere che il killer poteva rimettersi presto al lavoro.

«Cosa dice suo marito di tutto questo?» chiese Smith.

L'espressione di lei s'indurì, ma la contessa rimase in silenzio, come se stesse cercando una risposta.

«Contessa, dove si trova suo marito?»

Lei si irrigidì. «In Europa.»

«Quando tornerà?»
Una pausa. «Perché, è rilevante?»
«Quell'uomo è sposato con lei. In effetti sono sorpreso che non sia qui oggi. Molti mariti non la prendono troppo bene quando le mogli sono minacciate da un assassino.»
«È un uomo impegnato. Non voglio disturbarlo.» Distolse lo sguardo.
Gli occhi di Smith si strinsero in due fessure. «E perché la polizia non sa che era seguita? Non voleva disturbare nemmeno loro?»
Lei ricominciò a girarsi l'anello sul dito. «Come fa a sapere che...»
«I ragazzi giù al distretto sono stati piuttosto disponibili riguardo a ciò che sapevano su di lei. E non hanno fatto menzione del fatto che sia stata seguita» le spiegò con freddezza. «Perché se l'è tenuto per sé?»
Lei si strinse nelle spalle. «Per quello che ne so, meno dico alla polizia e meglio è. Ci sono fughe di notizie e sono stufa di essere sulle prime pagine dei giornali dopo settimane di reportage non-stop. L'ultima cosa di cui ho bisogno è essere additata come paranoica o che qualcuno mi colleghi all'assassino.»
«Perciò preferisce morire piuttosto che finire sui giornali?»
Lei si strinse tra le braccia. «Questo non è carino.»
Smith si passò una mano tra i capelli, impaziente. Era sorpreso di sentirsi tanto frustrato di fronte a lei. «Mi scusi.»
«Grazie.» La contessa si schiarì la gola. «Come ho detto prima, non sono sicura di aver bisogno di lei... dei suoi servizi. Abbiamo il nostro servizio di vigilanza al grattacielo degli Hall e posso chiamare qualcuno all'istante col cellulare. Tuttavia, sono sicura che non si tratti di niente di serio.»
«No che non è sicura.»
La contessa distolse ancora lo sguardo. «Non mi dica cosa penso e cosa no.»

«Allora sia onesta con me, così non dovrò farlo.»

L'improvviso impulso a obbligarla ad assumerlo lo colpì, e Smith dovette chiedersi che cosa stesse facendo. Non erano affari suoi se lei voleva farsi ammazzare. Il solo fatto che si stesse divertendo a pungolarla affinché si prendesse cura di sé stessa lo infastidiva. Cosa diavolo gli importava?

Si alzò e prese a passeggiare per la stanza.

«Dove sta andando?»

Lui le parlò da sopra la spalla.

«Nonostante sappia dell'articolo trovato insieme al corpo e abbia ammesso di essere stata stalkizzata, non è pronta a prendere la cosa seriamente. Non è stata sincera con la polizia, so che non è stata totalmente onesta con me, e dice di non essere neppure sicura di volere aiuto. Non abbiamo nient'altro di cui discutere.»

«Perciò se ne sta andando? Così?» Iniziò a seguirlo mentre si dirigeva all'ingresso.

«Non cercherò di costringerla a proteggersi. Ma le offro gratuitamente una previsione. Una di queste due cose succederà. In entrambi i casi mi richiamerà: si darà una svegliata oppure verrà ferita. È la sua vita, a lei la scelta.»

La voce di lei era provata dalla fatica quando porse una mano e gli toccò il braccio. «Pensa che sia una faccenda tanto seria?»

Smith le guardò prima la mano e poi la fissò negli occhi. Lei fece un repentino passo indietro. «È lei quella che non riesce a dormire la notte.»

«Come sa che non riesco a dormire?»

«Esperienza.»

Smith si frugò nella tasca posteriore dei pantaloni. Nel farlo, la giacca si aprì lasciando intravedere la sua pistola. Pensò di notare l'espressione nauseata di Grace.

«Ecco il mio biglietto.» Scarabocchiò un numero sul retro. «Il mio cellulare.»

Lei lo prese. «Verrà se la chiamerò?»

Lui si strinse nelle spalle. «Forse.»

«Ma se avessi bisogno di lei?»

«È la mia vita. E posso scegliere chi voglio aiutare.»

Tornò a guardare il biglietto. Aprì la bocca, come se fosse sul punto di dire qualcosa, ma poi scrollò le spalle rassegnata.

«Mi sembra giusto.» Quando incontrò lo sguardo di Smith, il mento della contessa era di nuovo sollevato, in un atteggiamento di studiata determinazione. «Immagino che questo sia un addio.»

Mentre la fissava, John ebbe la sensazione che avrebbe smosso mari e monti pur di non chiamarlo.

Era un bene che non se la prendesse sul personale.

«Arrivederci, contessa.» Aprì la porta e uscì nel sole autunnale.

«Mi ha baciata solo perché era arrabbiato con me, vero?»

Quelle parole, pronunciate piano e dolcemente, lo fecero fermare di colpo. John non si aspettava che lei rivangasse ciò che era successo tra loro, meno ancora che lo facesse in modo tanto diretto.

Si voltò verso di lei. La luce pallida del sole le scendeva a cascata sul viso, mettendole in risalto gli zigomi e la morbida curva delle labbra. I capelli biondi brillavano con decisione.

«Sì, ero arrabbiato.»

«Era quello che pensavo.» Una curiosa insicurezza le colorò l'espressione, dandole una sfumatura che John non capiva. «Grazie di essere stato sincero.»

Be', lo era stato in gran parte. Perché quella parte di lui che aveva continuato a baciarla senza riuscire a smettere la tenne per sé stesso.

Poi ebbe una rivelazione.

«Non succederà più se lavorerò per lei» disse con un certo fastidio. Non aveva mai dovuto fare quella raccomandazione prima d'ora.

Lei annuì. «Mai più.»

«*Mai* più.» Sorrise mesto di fronte all'esitazione di lei.

Se solo avesse saputo quanto poco doveva preoccuparsi. John aveva la reputazione di essere freddo nella mente e nel cuore, e se l'era meritata. Nessuna barbie, poco importava quanto fosse bella, avrebbe cambiato le cose. O lui.

La contessa rimase sulla soglia, indecisa, né fuori né dentro la casa.

«C'è qualcos'altro che la preoccupa?» le chiese brusco. «Vuole delle referenze o roba simile?»

Lei scosse il capo mentre fissava il biglietto da visita. «No, non ho bisogno di referenze. So che è il migliore perché Nick Farrell dice che lo è. E perché si comporta come se non potesse essere niente di meno.»

Perlomeno aveva capito.

John la guardò in silenzio.

«Abbia cura di sé» le disse voltandole le spalle.

«Dove vive?»

«Scusi?» Tornò a guardarla. O, meglio, le lanciò uno sguardo truce.

John era pronto ad andarsene, impaziente di lasciarsi la faccenda alle spalle, e non era abituato a rispondere a domande personali. I suoi clienti di solito erano talmente presi dai loro problemi che la sua vita non era mai messa in discussione. Era una delle cose che preferiva del suo lavoro.

Lei fece spallucce. «Mi stavo solo chiedendo dove fosse diretto.»

«Me ne sto andando. È tutto ciò che ha bisogno di sapere.» Camminò a passo svelto verso la macchina.

Grace osservò Smith entrare nel SUV nero e allontanarsi. Nell'accendersi, l'auto sollevò una nube di polvere biancastra dalla ghiaia. Abbassò di nuovo gli occhi sul biglietto da visita. Era un cartoncino bianco e spesso, inciso con dell'inchiostro nero.

Black Watch, Ltd. C'era un numero nell'angolo a sinistra, ma nessun indirizzo.

Lo girò e guardò i numeri che aveva vergato con colpi decisi. Vi passò sopra le dita.

Non aveva avuto intenzione di dirgli tutto, aveva desiderato che quell'incontro fosse corto e cordiale, ma non era andata così. Sorrise desolata. Nulla poteva essere corto e cordiale con John Smith.

E di certo non aveva avuto alcuna intenzione di rivangare il bacio. Quella piccola indiscrezione le era scappata fuori dalle labbra traditrici. Era stata una cosa stupida da chiedere. Si aspettava davvero che lui dicesse di averlo fatto perché l'aveva trovata irresistibile?

Dopotutto, Smith era uno degli uomini più aggressivi e impetuosi che avesse mai incontrato. Diamine, aveva l'aria di uno che poteva masticare l'acciaio e sputarlo a pezzettini. Senza dubbio desiderava una donna ruvida e attraente a completamento della propria durezza, qualcuno che fosse selvaggiamente femminile. Qualcuna che potesse starsene sdraiata sulla schiena, nuda e aperta per lui, tentandolo con la propria sensualità. Una donna che sapesse scatenarsi, senza remore mentre facevano l'amore.

Non una donna rigida, una specie di santerellina, modello della società perbene.

Il disappunto le bruciava nello stomaco.

Dimenticatelo, si disse. Dimenticati di lui.

Afferrando la maniglia d'ottone, Grace fece forza sulla pesante porta. Mentre la spingeva, colse ancora con gli occhi la polvere sollevata dalla macchina, persistente nell'aria come una promessa sul futuro.

4

La settimana seguente, Grace si trovava nell'ufficio che era stato di suo padre per controllare la lista degli invitati al gala annuale della fondazione, quando l'interfono gracchiò sommessamente. Lei sobbalzò e la penna le scivolò sul foglio.

La voce della sua assistente uscì metallica dall'apparecchio. «Mr Lamont sta venendo da lei e io ho qualcosa da farle firmare.»

Fantastico, pensò. Aveva proprio bisogno di un altro incontro con quell'uomo. Ogni volta che si parlavano i loro rapporti diventavano sempre più tesi.

«Vieni prima che arrivi lui.»

Grace si sistemò il foulard di Hermès intorno al collo. Allentò il nodo, ma ancora lo sentì come un cappio, e finì col toglierlo del tutto. La seta cadde sulla scrivania in una vibrante macchia di colore giallo e mandarino.

Era stanca e stufa di sobbalzare ogni volta. Gli attacchi di panico erano scatenati da una moltitudine di cose come le suonerie dei cellulari, il rumore di passi nella hall, trambusti improvvisi. Si sentiva come una marionetta. Strattonata in qua e in là da fili sui quali non aveva il controllo.

Era un inferno, pensò, appoggiando le mani sul tavolo e stirandosi.

La sedia e la scrivania erano state il ponte di comando di suo padre. Erano mobili massicci di mogano intagliato a mano, adatti a un uomo dalla stazza e dal comportamento autoritario di Cornelius Woodward Hall. Da bambina, quando lui l'aveva portata in ufficio durante il fine settimana, Grace si era seduta sulle sue ginocchia e si era sentita totalmente al sicuro, circondata dalle sue braccia e dal peso di tutto quel legno.

Ora, con soltanto sé stessa a riempire quella sedia, si sentiva persa, piccina contro l'alto schienale e i grossi braccioli. Eppure era riluttante a sostituirli. Erano parte di suo padre, così come i quadri che ritraevano paesaggi emozionanti, il formale tavolo delle conferenze e i libri rilegati in pelle sugli scaffali.

Pensava a lui ogni volta che entrava nella stanza. Aveva mantenuto il portapipa e il piattino delle caramelle ancora pieno delle mentine che lui adorava, e il busto di bronzo che ritraeva suo padre a circa cinquanta anni e che mostrava un bell'uomo dal sorriso distaccato e lo sguardo affilato. Ultimamente, i ricordi che aveva di lui le sembravano i suoi unici alleati alla fondazione.

Quando suo padre era morto per un infarto, le aveva lasciato quasi un miliardo di dollari, così come il titolo di presidente e quello di direttore generale della Hall Foundation. Il denaro era entrato in suo possesso mentre il patrimonio era ancora sotto processo sospensivo di approvazione e la sua presidenza si era dimostrata meno che assoluta. Un lavoro che era suo per diritto di nascita, e per il quale era stata educata sin da quando aveva iniziato a lavorare come stagista alla fondazione, ai tempi del college. Sfortunatamente, l'intento di Cornelius era apparso chiaro solo nel testamento, e altri si erano fatti un'idea diversa di chi avrebbe dovuto trovarsi seduto sulla poltrona presidenziale.

Grace era all'altezza del compito di dirigere la fondazione. Conosceva gli impiegati e la *mission* dell'azienda, così come la strategia da adottare per il suo futuro. Sapeva di cosa ci fosse bisogno sia per il lato affaristico che per l'assetto sociale che portava milioni di dollari nelle casse. Sapeva anche che c'era chi pensava che non sapesse fare il suo lavoro, che fosse troppo giovane e inesperta, che un cambio della guardia potesse essere una buona cosa.

Alcuni dei suoi più accaniti detrattori avevano anche da obiettare il fatto che fosse una donna. Quella critica in particolare le faceva uscire il fumo dalle orecchie. Come se il fatto di portare i pantaloni fosse in qualche modo un requisito per il successo.

Il centro nevralgico dei suoi oppositori era un gruppetto unito di direttori, capitanati da Charles Bainbridge, l'amministratore delegato. Erano tutti uomini anziani che avevano rispettato suo padre, ma erano pronti a dargli battaglia se pensavano che sbagliasse. Erano persone che Grace conosceva da sempre, che erano state ospiti in casa sua il giorno di Natale o durante la festività del 4 luglio. Qualcuno di loro probabilmente l'aveva vista col pannolino e ancora la ricordava con l'apparecchio ai denti.

Poteva capire che fosse difficile per loro vederla in modo diverso, ed era determinata a dimostrare quanto valesse. Sperava solo di averne il tempo, prima che la scalzassero in una qualche posizione di rappresentanza e mettessero Lou Lamont al suo posto.

La porta del suo ufficio si aprì e Katherine Focerelli entrò. Kat aveva all'incirca venticinque anni e lavorava alla fondazione di giorno, mentre di sera studiava Legge. Grace l'aveva assunta il giorno dopo la morte di suo padre, quando si era insediata nel suo ufficio. In poche settimane, Kat sembrava già sapere come andavano le cose e non pareva lasciarsi intimorire da Lou Lamont.

E quell'ultima caratteristica era molto importante per Grace.

La giovane si era dimostrata anche un valido rimpiazzo per quella specie di cane da guardia con i capelli grigi che era stata per anni la segretaria di Cornelius. Liberarsi di quella vecchia arpia era stata una delle prime cose che Grace aveva fatto assumendo il potere.

«Ecco qui i documenti per lo scavo Randolph» disse Kat, con una fossetta che le si formava sulla guancia mentre sorrideva.

Grace sfogliò le pagine, controllando che i cambiamenti che aveva deciso fossero stati apportati correttamente. Lo erano.

Mentre firmava, disse: «E così, cosa sta architettando Lamont?»

«Dice di aver bisogno di dieci minuti, ma non mi ha voluto spiegare il perché. L'ho messo in agenda perché mi hai detto di non dirgli mai di no. Comunque, il tuo appuntamento delle cinque è stato rinviato e il sindaco vuole che lo chiami alle sei e trenta. Oh, e ti va bene se esco un po' prima stasera? Ho un appuntamento al buio.»

«Solo se mi racconti tutto domani mattina» disse Grace, passandole le carte attraverso la scrivania.

«Non può essere peggio dell'ultima volta.»

«Quello che voleva metterti in contatto col tuo artista interiore?»

«No, l'ultimo era il tizio con la fissazione per Peter Pan. Quello che voleva che facessi body painting su di lui col mio rossetto era quello di due volte fa.»

«È difficile starti dietro.»

«È difficile anche rimanere seri. Dio, quand'è che incontrerò un vero uomo?»

L'immagine di Smith attraversò la mente di Grace non appena Kat pronunciò quelle parole.

Grace puntò i tacchi sul tappeto e spinse indietro la poltrona. L'ufficio si trovava all'ultimo piano del grattacielo e occupava quasi l'intero angolo a nordest. La vista che si godeva dalle finestre era una delle sue più grandi attrattive.

Guardò il maestoso skyline di New York, un complesso di palazzi che si ergevano dalla terra, grigio argento, metallo e nero. Con il sole che calava all'orizzonte in quel momento, il cielo si colorava di bagliori dalle sfumature pesca.

Faceva molta fatica a dimenticare Smith. L'uomo continuava a rimanere nella sua mente, come una spinta emotiva che non riusciva a scrollarsi di dosso fin da quando le aveva voltato le spalle per la seconda volta. Si domandava ancora se doveva chiamarlo, anche solo per sapere una cosa con certezza. Se l'avesse fatto, avrebbe dovuto decidersi ad assumerlo. Smith non era il tipo da tollerare che il suo tempo venisse ancora sprecato.

L'interfono gracchiò. «Mr Lamont è qui.»

Grace tornò alla scrivania. «Digli che arrivo subito.»

Attraversò il folto tappeto orientale e aprì una porta a scomparsa che rivelò il bagno privato di suo padre. Negli specchi dorati, controllò lo chignon e il make-up. Tutto stava reggendo bene. Aveva un aspetto elegante e composto, proprio quello che una Hall avrebbe dovuto avere.

Era un bene che nessuno sapesse la verità.

Le faceva male lo stomaco, per aver mangiato tic tac e barrette alla frutta per pranzo. Il principio di un'emicrania le pulsava nelle tempie, il piede sinistro aveva una vescica a causa del nuovo paio di Jimmy Choo che indossava e il fermaglio del reggiseno le graffiava la pelle della schiena, provocandole un'irritazione senza fine.

Stava uscendo dal bagno quando il suo cellulare si mise a suonare. Correndo alla scrivania, rispose brusca. La voce aspra del tenente Mark, all'altro capo del telefono, le gelò il sangue nelle vene.

«Abbiamo trovato un altro cadavere» le disse.

Grace strinse il cellulare nella mano, la plastica che le tagliava la pelle. «Chi?»

«Suzanna van der Lyden. Stamattina presto.»

Le venne un capogiro, che la fece crollare sulla poltrona di suo padre. Aveva visto Suzanna due sere prima all'eminente raccolta annuale di fondi. La donna aveva presieduto l'evento negli anni passati.

«Dove è... avvenuto?»

«A casa sua.»

«Avete un'idea di chi...» Non riuscì a finire la frase.

«Stiamo ancora analizzando la scena del crimine. L'abbiamo trovata stanotte quando suo marito, che era in viaggio, ci ha chiamati dicendo che non riusciva a rintracciarla. Mi ascolti, voglio assegnarle qualcuno.»

«Assegnarmi qualcuno?»

«Un paio di miei uomini. Così sarà protetta.»

Il suo primo impulso fu quello di dire sì, ma poi immaginò una foto che la ritraeva circondata da poliziotti sulla prima pagina di qualche tabloid.

«Non si preoccupi,» continuò Marks, che ovviamente indovinava ciò che pensava «saranno in borghese.»

«Vorrei avere un po' di tempo per pensarci.»

Marks esitò. «Okay, sa dove trovarmi.»

Quando Marks riappese, Grace restò immobile, raggelata nella poltrona, col telefono in mano.

Avrebbe dovuto fare qualcosa, pensò. Chiamare qualcuno. Andare in un posto sicuro.

Solo che non c'era nessuno da cui potesse andare e nessun posto dove potersi nascondere. Da sua madre difficilmente avrebbe trovato conforto e buoni consigli. Aveva già abusato dell'ospitalità di Carter. E preferiva stare per conto suo piuttosto che con Ranulf.

Era totalmente sola.

Ed era ironico, considerando che aveva passato la mattina a fare la lista dei cinquecento luminari più eminenti della città.

Quando l'interfono gracchiò, Grace sollevò la testa di scatto.

«Mr Lamont dice che deve andare a un altro appuntamento.»

«Bene. Sto arrivando» rispose Grace.

Ma in realtà era bloccata. La sua mente era paralizzata, il corpo non le rispondeva. Di colpo, sentì il petto contrarsi, come se avesse inalato qualcosa di tossico, e scattò in piedi. Sapeva cosa sarebbe successo.

L'attacco d'ansia arrivò forte e duro, portando con sé una devastante sensazione di soffocamento. Non riusciva a respirare. Non poteva... Non c'era... Non aveva aria nei polmoni.

Aprendo la bocca, cercò di rassicurarsi dicendo a sé stessa che stava introducendo aria. La sentiva passare attraverso le labbra e sulla lingua, ma non sembrava arrivare oltre. Mentre il corpo non rispondeva più alla sua mente, si aggrappò alla scrivania e iniziò a sudare freddo. Respiri veloci, fuori e dentro, fuori e dentro. Freneticamente, sollevò una mano e si asciugò la fronte. Non le portò alcun giovamento, diamine. Aveva le dita intorpidite e tutto quel che riuscì a fare fu di impigliarsi nei capelli.

Fece ruotare la sedia, il suo sguardo colse le grandi finestre e la vista mozzafiato, e Grace emise un gemito mentre le girava il capo. Tornò a voltarsi, appoggiandosi con la schiena all'imponente poltrona, piegandosi in avanti e coprendosi la testa con le braccia.

Cercò di pensare ai momenti più felici. Suo padre il giorno della sua laurea, raggiante tra la folla. Il modo in cui si era sentita quando aveva finito la sua prima maratona. Quel Thomas Cole che aveva appena comprato.

Buone cose, cose felici. Cose che non avessero nulla a che vedere con la morte né con la violazione della sua privacy e con il terrore. Cose che avrebbero bloccato l'immagine di Cuppie che giaceva morta su un pavimento di marmo.

Gradualmente, in maniera quasi impercettibile, iniziò a notare che le tremavano le gambe. E anche le mani. E che il reggiseno le stava ancora pungendo la schiena.

Il respiro iniziò a tornarle normale. Il suo cuore rallentò i battiti.

Quando se la sentì, sollevò la testa e si passò la mano tremante sullo chignon. Una ciocca si era slegata e se la portò dietro all'orecchio.

La stanchezza la investì come un'onda, ma fu un sollievo. Qualunque cosa era meglio che una devastante esplosione di paura.

Oddio.

Non sapeva come sarebbe potuta andare avanti.

Qualche minuto più tardi, Grace attraversò le doppie porte dell'ufficio che conducevano alla reception. Quando le aprì e incontrò lo sguardo irritato di Lou Lamont, aveva riguadagnato il controllo di sé.

«Mi dispiace di averti fatto aspettare.» Fu orgogliosa del suo sorriso sciolto e del suo tono quasi distratto.

Lamont la oltrepassò, sbraitando un comando. «Katy, le spiacerebbe portarmi un Earl Grey? E lo faccia caldo questa volta.»

Katy fece una smorfia e si alzò dalla scrivania, mentre Grace chiudeva la porta con un certo fastidio.

Non appena si sedette, Lamont si sbottonò accuratamente la giacca e si tolse un bruscolo dai pantaloni con un colpetto della mano. Un suono discontinuo. Il ritmo della sua scarpa che batteva contro l'angolo della scrivania. La sua impazienza era una delle prime cose che Grace aveva notato. Ebbene sì, quella, e la sua acqua di Colonia.

Grace coprì uno starnuto col dorso della mano.

«Salute» disse lui sollecito. «Ti stai ammalando?»

Come se sperasse segretamente che si fosse buscata qualcosa di letale e veloce.

«Affatto.» Grace si sedette, osservando gli occhi di Lamont che guizzavano su di lei. Sapeva che l'attenzione dell'uomo non era sessuale. Non desiderava il suo corpo, erano il suo lavoro e quel pezzo particolare d'arredamento sul quale Grace aveva appoggiato le natiche.

Il cellulare di Lamont squillò.

«Mi perdoni» disse traendolo dalla giacca del suo abito di ottimo taglio.

Mentre l'uomo iniziava una litania di 'sì' e 'assolutamente', Grace rifletté sul tempo che lo conosceva. Lamont aveva iniziato la sua scalata diversi anni prima, sui gradini più bassi, lavorando part-time come esaminatore delle sovvenzioni mentre prendeva un master in storia dell'arte alla New York University. Quando Grace era salita a bordo a tempo pieno, lui aveva ottenuto da suo padre la promozione a senior manager.

Era un uomo di bell'aspetto, alto e magro, e il suo stipendio era migliorato, e così la qualità dei suoi abiti. Gradualmente, si era lasciato alle spalle l'accento del Bronx, che ora si notava solo quando era arrabbiato. Negli anni, si era abituato ad accumulare potere e a ottenere quello che voleva con qualsiasi mezzo – duro lavoro, aperte minacce o suadente persuasione. Era anche bravo in quel che faceva. Si era rivelato un direttore dell'ufficio sviluppi di primo livello, capace di far guadagnare alla fondazione fenomenali somme di denaro, provenienti da ricchi donatori e grandi corporazioni. Per rovescio della medaglia, era insolente, ambizioso e frustrato per essere stato oltrepassato dalla figlia di Cornelius.

Stava cercando altri lavori e, con un'ondata di tristezza, Grace ricordò che era stata Suzanna a metterla dell'avviso. Alla fine della settimana precedente, la donna l'aveva chiamata per dirle che Lamont stava ficcanasando in giro al museo, cercando un modo per prendere il controllo del loro ufficio sviluppi. Suzanna, come presidente del consiglio di amministrazione, lo aveva rimproverato duramente, dicendogli che non aveva alcuna intenzione di mettere in pericolo il rapporto del museo con la fondazione Hall. Evidentemente, Lamont se ne era risentito.

Concluse la telefonata e si infilò l'apparecchio nella tasca. «Dobbiamo parlare del gala. Mancano sei settimane e ho bisogno di prendere il comando. Voglio dire, tu sei così occupata col resto, è impossibile che riesca a fare tutto.»

Scoccandogli un sorriso, Grace si sporse in avanti e prese una delle penne d'oro di suo padre. Mentre se la rigirava tra le dita, gli occhi di Lamont si illuminarono, come se avesse voluto strappargliela di mano.

«È un'offerta gentile, Lou. Ma il gala è sotto controllo.»

«Davvero? Allora perché Fredrique non si è ancora visto?»

«Non mi avvarrò di Fredrique quest'anno e glielo ho già comunicato tre settimane fa.»

La fronte di Lamont si corrugò vistosamente. «Ma lo utilizziamo sempre. Si occupa lui dei party che contano.»

«Non più. Dopo il fiasco della scorsa primavera, quando ha cercato di far entrare degli elefanti al Waldorf, la gente ha dovuto riconsiderare seriamente la sua spinta creativa. Gonfiava anche i conti. Mimi Lauer dice che non lo userà più dopo il grande evento del balletto della stagione di quest'anno e so che neppure il museo era contento della sua prestazione.»

Pensò di nuovo a Suzanna.

«Ma ieri gli ho detto che lo avremmo assunto» disse Lamont a denti stretti.

«Allora farai meglio a richiamarlo.»

«Quindi di chi ci avvarremo?»

«Di me.»

Lui ruppe in una grassa risata. «Stiamo parlando di cinquecento delle persone più importanti di New York e questo è il primo gala dopo la morte di tuo padre. Non possiamo permetterci che vada male.»

«Siamo una fondazione no-profit. Non butterò migliaia e migliaia di dollari solo per farmi consigliare sul colore delle tovaglie.»

«Ma fa molto più di questo. Coordina la presentazione delle portate, l'andirivieni degli ospiti...»

«Tutte cose che posso fare io.»

«Ma tuo padre ha sempre...»

Lei tagliò corto alzando il tono di voce. «Mio padre, come hai puntualizzato, è morto. E Fredrique è una spesa di cui non ho bisogno.»

«Guarda, sai bene quanto me che in questa città bisogna muoversi come funamboli. La fondazione non dovrebbe perdere credibilità solo perché vuoi risparmiare qualche dollaro.»

«Fredrique non è la risposta. E penso che ti stupirai del mio senso dell'equilibrio.»

Lamont si alzò, mentre la frustrazione aveva la meglio su di lui. «Spero che, quando sarò di ritorno dalla Virginia, tu ci abbia ripensato.»

«Oh, giusto. Stai andando a vedere la Finn Collection. Quando parti?»

«Domani pomeriggio.»

«Bene, allora hai ancora la possibilità di cambiare il biglietto.»

«Cambiare?»

«Nessuno di noi dovrebbe viaggiare in prima classe. A meno che non paghiamo di tasca nostra la differenza.»

Gli occhi di Lamont si strinsero in due fessure, e Kat scelse proprio quel momento per entrare con il vassoio.

«Metta da parte la bustina del tè usata» borbottò mentre

strattonava la ragazza nell'oltrepassarla. «La riutilizzerò di certo al nostro prossimo incontro.»

Kat riguadagnò l'equilibrio. «Vuoi il suo tè?»

«No, grazie.» Ma la testa di quell'uomo su di una picca non sarebbe stata una cattiva idea, pensò Grace. «E puoi gettare la bustina.»

Kat stava ridendo quando si chiuse la porta alle spalle.

Non appena fu sola, Grace sprofondò nella poltrona, sentendosi del tutto svuotata. Non poteva immaginare di restare in ufficio un momento di più. Doveva pensare.

Prese il portafogli e il foulard che si era tolta, e raggiunse Kat alla sua scrivania.

«Fammi il favore di chiudere. Ho bisogno di una pausa.» Si avvolse la sciarpa di seta intorno alle spalle e raggiunse il guardaroba per prendere il cappotto di cachemire.

Kat la guardò perplessa. «Stai bene?»

«Sono solo stanca. E voglio vedere cosa stanno facendo gli operai del mio bagno degli ospiti. Se vado ora, posso ancora intercettarne uno che lavora fino a tardi.»

«Vai sempre al Met stasera?»

Grace respirò a fondo. «Sì.»

«Okay. E non preoccuparti. Sistemo tutto io qui.»

Grace sorrise. «So che lo farai.»

Il piccolo orologio digitale sul computer di Smith segnava l'1:07 A.M. Era rimasto online per fare delle ricerche su di un potenziale cliente, ma non aveva fatto molti progressi. Si era trovato impantanato nella sezione dell'archivio del *New York Times*, a guardare le fotografie della contessa von Sharone.

Il che era una totale perdita di tempo, pensò mentre cliccava su di un'altra immagine.

Gli era rimasta in testa per tutta la settimana e ancora di più dopo che il tenente Marks lo aveva rintracciato quel pomeriggio. Un'altra donna dell'alta società era stata uccisa, la seconda menzionata in quell'articolo. Stava aspettando che Marks lo richiamasse per dargli ragguagli sulla scena del crimine, anche se tecnicamente non lo riguardava.

Marks però glielo doveva. Il figlio del tenente era stato sotto il comando di Smith durante la guerra del Golfo. Smith lo aveva tirato fuori da una zona di battaglia dopo che era stato colpito da una pallottola e Marks era uomo da ricambiare i favori.

L'articolo che gli era comparso sullo schermo era vecchio di poco più di un mese e riguardava il funerale del padre di lei. Sulla destra c'era una fotografia della contessa che camminava con sua madre e suo marito attraverso un prato costellato di lapidi. Si avvicinò al computer. Lei indossava un completo nero e un cappellino, e portava una borsetta nera. Con il capo chino e gli occhi puntati avanti a sé, il viso sembrava lo studio di una bellezza dolente. Sua madre, in contrasto, era tutta rigido riserbo, non tradiva alcuna emozione. Eppure, era ovvio da dove la contessa avesse preso la sua eccezionale bellezza.

Prese in esame il marito. Il conte restava discosto dalla moglie di un paio di passi e di un milione di miglia emozionali, con l'aria di chi è stato catapultato in quella fotografia da un altro contesto. Il suo bel volto mostrava solo una blanda indifferenza e, con le mani sprofondate nelle tasche della giacca, sembrava che facesse solo quattro passi.

Il cellulare di Smith suonò. «Sì?»

La voce affaticata dalle battaglie di Marks sembrava ancora peggiore del solito. «Ho le informazioni, se vuoi.»

«Spara.»

«La vittima è stata scoperta nell'ingresso, proprio come l'altra. La gola è stata squarciata, un vero lavoro da macellaio. C'erano segni di lotta, ma nessuno scasso per entrare.»

«Ed entrambe le donne vivevano in palazzi di lusso, vero? Portieri, porte di sicurezza, registri da firmare.»

«Esatto.»
«Allora come ha fatto a entrare?»
«Non ho una risposta per questa domanda. I ragazzi hanno controllato tutte le aree comuni, le finestre al pianterreno e le porte. Non ci sono serrature o vetri rotti.»
«Avete controllato il registro?»
«Lo stiamo facendo.»
«Allora dimmi la parte bizzarra.»
Marks rise. «Come sai che ce n'è una?»
«C'è sempre.»
«Okay, c'è qualcosa di strano. Non ci abbiamo fatto caso sulla prima scena del crimine, ma mi ha colpito in questa. Riguarda i vestiti delle vittime. Erano strappati, sgualciti, insanguinati, ma erano sistemati compostamente sui corpi. Come se l'assassino li avesse rassettati prima di andarsene.»
«Vuoi dire che l'assassino ha un debole per l'ordine?»
«Sì. Le uccide e poi le ricompone, in un certo senso. La vittima della notte scorsa giaceva sul suo tappeto costoso, sangue dappertutto, quadri storti alle pareti, perché probabilmente l'ha sbattuta contro il muro. Ma l'abito che indossava era ben abbottonato. La gonna ben tirata alle ginocchia. Il colletto in ordine. Doveva aver perso una delle scarpe – lo sappiamo perché ci abbiamo trovato del sangue – ma lui gliela ha rinfilata.»
«Un Freddie Krueger con un disturbo ossessivo compulsivo?»
«Sì. Proprio così.»
«Avete trovato impronte?»
«Assolutamente no. Il ragazzo portava i guanti. Il sangue è della vittima. Abbiamo l'impronta parziale di un piede, ma si tratta di una maledetta Nike. Chi non ne possiede un paio?»
«Che numero?»
«Quarantadue. Uomo. Probabilmente è di altezza media. Stiamo cercando capelli o scaglie di pelle sotto le unghie del-

la vittima.» Marks diede un colpo di tosse. «Ehi, comunque, cos'ha a che fare con te tutto questo?»

In risposta Smith emise un grugnito evasivo.

«Be',» disse Marks «aspettati di risentirmi. Il nostro uomo si sta solo riscaldando.»

«Chi c'è dopo nell'articolo?»

«Isadora Cunis. Il padre è un industriale, sposata con un uomo ai vertici di Wall Street. Ho parlato con lei stamani, così come con le altre. Le ho detto di lasciare la città e credo che accetterà il consiglio.»

«Chiamami quando hai novità.»

«Ci puoi scommettere.»

Smith depose il telefonino e si disconnesse dal sito.

Si guardò attorno nella stanza, nervoso. L'hotel nel quale risiedeva era piccolo e si trovava nel distretto dei teatri di New York. Il posto era pulito e tranquillo, quello che ci voleva per dargli una valutazione a cinque stelle.

Si alzò e raggiunse la finestra che aveva aperto. Sentiva la città al di sotto, il suono dei clacson e il rombo persistente dei taxi anche se era tardi.

Veniva da Los Angeles per verificare le minacce ricevute dal direttore generale di una delle maggiori multinazionali del mondo. Smith e il rampollo sessantenne dell'industria si erano incontrati a cena nella lussuosa suite di quest'ultimo al Plaza. Dopo un'ora di conversazione, Smith aveva rifiutato il lavoro, nonostante avesse ricevuto un'offerta con sette cifre per due mesi di ingaggio.

Era stato facile andarsene.

Mr Multinazionale sosteneva di essere minacciato dagli ecoterroristi. Di recente aveva rasato al suolo duecento acri di foresta pluviale per costruire un complesso di manifattura e assemblaggio in Brasile. Gli ecologisti, come l'uomo gli aveva spiegato, erano pronti a ribellarsi.

Ma Smith aveva fatto i compiti e sapeva che era una bugia.

Il direttore generale conduceva due vite. Era retto e leale come icona del sogno americano, un miliardario che si era fatto da solo, con una bellissima seconda moglie incinta che aveva la metà dei suoi anni. L'altra vita riguardava le armi, e non aveva niente di tenero come il bimbo che doveva nascere. A quanto pareva, il ragazzo aveva portato con sé molto più che qualche aggeggio sulle sue barche, andando avanti e indietro attraverso il Canale di Panama.

Per come la vedeva Smith, probabilmente l'uomo stava cercando di venire fuori da quei traffici illeciti e solo ora si rendeva conto di quanto fosse diverso dal negoziare intorno a un tavolo per le conferenze con uomini in giacca e cravatta. Entrambi quei lavori ti potevano rendere ricco, ma se con uno ricevevi un ombrello dal manico d'oro o un bell'orologio, quando ti ritiravi, con l'altro ottenevi un proiettile in mezzo alla fronte e probabilmente venivi tagliato a pezzi. La tua famiglia sarebbe già stata fortunata se avesse avuto un corpo da seppellire.

Dal punto di vista di Smith, non bastava a giustificare che si assumesse l'incarico. Non voleva che Mr Multinazionale venisse ucciso. Veder piangere un uomo che era il re del proprio mondo non era piacevole, ma Smith aveva le sue regole. Se doveva rischiare la vita per qualcun altro, questi doveva essere onesto con lui.

Aiutava anche che quel qualcuno non si fosse cacciato nei guai da solo.

Ma non lo aveva lasciato senza sapere dove rivolgersi. Prima di andarsene, Smith gli aveva passato il numero di telefono di un'altra agenzia di sicurezza.

Comunque, se avesse preso il lavoro, avrebbe dovuto scambiare i clienti. L'indomani doveva partire per il Paraguay e Tiny detestava doverlo sostituire, anche se lo avrebbe fatto senza battere ciglio. Tiny era così grosso da far sembrare delicato un quarterback, e duro tanto quanto

Smith, ma odiava i tropici. Per qualcosa che aveva a che vedere con i ragni.

Andando in bagno, Smith si tolse la canotta. Nella luce che inondava il locale, i suoi muscoli si disegnavano in drammatico rilievo, un potente spettacolo di carne e ossa che lui non si fermò ad ammirare. Era stato al top delle condizioni fisiche per tutta la vita ma il suo corpo era solo una delle ragioni per cui era considerato un eccellente picchiatore in una professione piena di uomini duri.

Ciò su cui si soffermò furono i sentieri che gli solcavano la pelle, gli incroci e le linee che si distorcevano quando i muscoli si muovevano. Erano cicatrici, il testamento frastagliato di una vita con cui aveva chiuso. Alcune avevano una ventina d'anni, provenivano dalla sua violenta giovinezza, altre erano più recenti. Alcune erano il risultato di attentati alla sua vita, altre distintivi del suo coraggio. Ci era abituato, non le considerava strane o brutte. Erano come braccia o gambe, parte del suo essere, come se vi fosse nato.

Il che, ovviamente, non era vero. Solo che non ricordava più il tempo in cui non le aveva avute.

Senza pensarci, fece scorrere la mano sulla linea rosa pallido di una cicatrice che solcava i suoi muscoli addominali. Pensò alla contessa e immaginò che fosse lei a toccarlo, con le sue mani delicate. Il solo pensiero lo eccitò.

Imprecò ad alta voce.

Era solo una meravigliosa fantasia, ma tutto finiva lì.

D'altra parte, una donna come quella sicuramente era avvezza a toccare la pelle liscia, non deturpata di ricchi banchieri e aristocratici. Uomini la cui professione non richiedeva di essere ricuciti con ago e filo. Uno sguardo alla mappa degli orrori di Smith e probabilmente la contessa sarebbe scappata nella direzione opposta.

Ma forse non lo avrebbe fatto. Smith pensò a quel mento, sollevato in alto.

Oh, Cristo, ma chi stava prendendo in giro? Non lo avrebbe scoperto mai.

Spense la luce e uscì dal bagno. Si tolse i pantaloni e li gettò sullo schienale di una sedia, poi si disconnesse da internet e si distese sul letto. Non si diede la pena di infilarsi sotto alle coperte. La notte era incredibilmente calda per essere autunno e aveva spento il termostato della stanza, così l'aria condizionata non si sarebbe accesa.

Detestava l'aria forzata.

Incrociò le braccia sul petto e chiuse gli occhi, pronto per l'oblio. Era bravo a dormire. Si spegneva come una luce e si svegliava altrettanto velocemente. Di solito gli bastavano tre ore per notte e si sentiva ricaricato.

Solo che dalla settimana precedente era tutto diverso. Ultimamente si addormentava con difficoltà, e così, pochi minuti più tardi, si infilò la camicia e si tirò a sedere. Con l'immagine della contessa che gli turbinava nella testa, Smith si appoggiò contro lo schienale imbottito, incazzato.

Quella trance senza sogni in cui cadeva ogni notte era la cosa più vicina alla routine che aveva. Il fatto che ora l'avesse persa per colpa di una donna era semplicemente inaccettabile.

Forse aveva solo bisogno di distendersi.

Si sporse sul comodino e prese un sigaro lungo e sottile dal pacchetto quasi pieno. Il lampo dell'accendino brillò giallo nel buio, la punta del sigaro si illuminò di arancione quando inalò.

Probabilmente era quello. Aveva bisogno di fare sesso.

Mentre espirava, la sensazione che il corpo della contessa contro il suo gli aveva dato gli tornò alla mente.

Ma, Cristo, non con lei.

Il telefono squillò.

Smith si girò da una parte e dall'altra, e prima che l'apparecchio trillasse ancora se lo portò all'orecchio.

«Pronto?»

Ci fu un lungo silenzio. «Parlo... con John Smith?»

Il suo corpo seppe a chi apparteneva quella voce ancora prima che il suo cervello la riconoscesse.

«Sì.»

«Sono Grace Hall» disse la voce. «Ho bisogno di lei.»

Quando Smith mise giù il telefono, si domandò perché ci avesse messo così tanto a chiamare.

Tiny, a quanto pareva, sarebbe dovuto andare in Paraguay.

5

Venti minuti dopo, Smith era a Wall Street e saliva gli scalini di granito del grattacielo di famiglia. Mentre si avvicinava alla porta girevole, un uomo della sicurezza in uniforme aprì la porta.

«Mr Smith?»

Dopo che ebbe risposto, l'uomo si fece da parte e lo lasciò passare. «La sta aspettando» disse. «Su nel suo ufficio, all'ultimo piano. Prenda l'ascensore laggiù.»

Smith fece un cenno all'uomo e salì sull'ascensore. Cinquantadue piani più su, l'apparecchio si fermò e John uscì in un sontuoso corridoio. Vedeva una lama di luce sotto una doppia porta e vi si avvicinò, i piedi non facevano rumore sul fitto tappeto. Passò accanto ad alcuni uffici e sale per conferenze e pensò che, se non fosse stato per gli spettacolari dipinti appesi ai muri, avrebbe potuto trovarsi nei corridoi di una qualsiasi azienda di successo.

Rallentò mentre si avvicinava alle porte. Senza bussare, le spinse e la vide.

La sagoma della contessa si stagliava contro la vista scintillante della città, indossava un abito rosso ed era di spalle, con lo sguardo rivolto alle finestre. La seta fluente le copriva interamente le gambe, lasciandole scoperta la schiena. Con i capelli raccolti, aveva le curve aggraziate di una ballerina classica.

Sentì il desiderio colpirlo nelle viscere, mentre lei coglieva la sua immagine riflessa nel vetro. La sentì trasalire e sembrò le ci volesse un momento per riprendere il controllo e voltarsi. Quando lo fece, i suoi bei lineamenti erano tirati per la tensione.

«Si muove molto silenziosamente» disse.

Lui si strinse nelle spalle. «Non ha senso annunciarmi con la marcia trionfale.»

Lei sorrise mentre Smith si sentiva stringere il petto. Non era tipo da farsi intimidire dalla bellezza, ma scoprì di assorbire quella di lei attraverso la pelle. Lei lo riscaldava.

Non gli piaceva quell'effetto.

«Che cosa sta succedendo?» le chiese brusco.

«Non ha sentito la notizia?» La paura le faceva tremare la voce, rendendola più alta di quanto ricordasse.

«Riguardo a Suzanna van der Lyden?» Fece un cenno con la testa.

Lei si strinse tra le braccia. Nel muoversi, i diamanti che indossava scintillarono.

«Non ci posso credere.» La contessa voltò la schiena al panorama della città, come se non volesse essere vista mentre lottava per riguadagnare il controllo di sé. «Dio, come si deve sentire la sua famiglia. Ha un figlio piccolo. Aveva.»

Gli occhi della contessa brillarono. Lo misurò a lungo, come se cercasse di capire dai suoi occhi che razza di uomo fosse.

«Posso fidarmi di lei?» gli chiese con una quieta urgenza.

«Con tutta sé stessa, contessa.»

Ci fu una pausa. Poi si voltò verso di lui. «Mio marito e io ci siamo separati. Stiamo divorziando.»

Lo guardò con attenzione, chiedendosi probabilmente se

la sua parola sarebbe stata davvero onorata oppure no. Senza dubbio temeva che potesse correre a spifferare la notizia ai giornali, e non la biasimava per questo. La separazione del conte e della contessa von Sharone sarebbe stato uno scoop.

Dopo un momento, lei proseguì: «Non sono pronta a darne l'annuncio, non prima che il divorzio sia definito. È questo il motivo per cui non ho detto alla polizia di essere seguita.»

«Pensa che suo marito le stia facendo stalking?»

«Potrebbe aver pagato qualcuno per tenermi d'occhio.»

«È ancora innamorato di lei?»

La contessa si strinse nelle spalle. «Ne dubito. Ma questo non significa che non tenti di trovare qualcosa da usare contro di me.»

«E lei?»

«Se sono ancora innamorata? No. L'ho sposato perché credevo di esserlo.» Emise una risata amara. «A mio padre piaceva molto. Mia madre era legata alla sua famiglia. Pensavo ci fosse di peggio nella vita che sposare un bell'uomo, membro di una famiglia reale.» Tornò a guardare la finestra. «Mi sbagliavo, ovviamente. Non ci si dovrebbe mai sposare per niente di meno che l'amore.»

Smith corrugò la fronte.

«Senza offesa, contessa, ma crede davvero di riuscire a tenere celata una notizia come questa? Dopo il matrimonio che ha fatto?» Ricordava di averne letto durante un volo da dio solo sa dove. Centinaia di personaggi dell'élite mondiale avevano assistito all'evento in Europa. Il suo vestito da solo era costato più di centomila dollari, se i tabloid avevano azzeccato le cifre.

«Ci sono diversi affari in corso qui alla fondazione e ho bisogno di essere considerata forte e in grado di fare il mio lavoro. Se la notizia della mia separazione venisse divulgata adesso, la gente penserebbe che sono sull'orlo di una crisi di nervi.»

«E lo è?»

«Le sembro nevrotica?» La sua voce era ferma quando i loro sguardi si incontrarono nel vetro.

Smith scosse la testa. Con quel vestito rosso, era seducente come il peccato, ecco com'era.

La risata aspra le uscì di nuovo dalla gola. «Bene. Ho imparato nell'ultimo mese a credere a questa particolare illusione.»

«Perché non ci sediamo?» la invitò lui brusco. «Ha l'aria di chi è sul punto di cadere.»

Quelle graziose spalle si raddrizzarono di colpo e Smith pensò che volesse aggredirlo. Non avrebbe ammesso di essere stanca se non dopo aver dato voce alla paura che l'attanagliava.

Ma invece di discutere, lei si sedette a una grande scrivania e Smith prese posto di fronte. Aspettò che parlasse di nuovo, per fargli quelle domande formali alle quali si era preparato a rispondere.

Grace era determinata a non scoppiare a piangere di fronte a Smith, ma sentiva che sarebbe potuta andare in pezzi in ogni momento.

Aveva passato le ore precedenti pensando a come potersi prendere cura di sé stessa e l'unica risposta che le era venuta in mente riguardava lui. Quando aveva lasciato il Met, e non era riuscita a tornare a casa perché aveva paura di stare da sola, aveva fatto il suo numero di telefono.

Era lui quello che voleva. L'unico che voleva. Era un bastardo, una testa calda, figlio di puttana, capace di mettere un assassino in fuga. L'avrebbe tenuta al sicuro. Con lui a proteggerla, forse Grace avrebbe potuto passare un giorno intero senza avere un attacco d'ansia. Forse sarebbe stata in grado di concentrarsi di nuovo sul suo lavoro. Forse poteva riavere indietro una parte della sua vita.

Tornò a guardarlo. Aveva scelto una poltrona appena dietro la pozza di luce che la lampada riversava sulla scrivania. Nell'ombra, aveva un aspetto pericoloso, così immobile e guardingo. Non poteva vederne gli occhi, ma sapeva che erano fissi su di lei. Nonostante la paura, Grace sentì un'ondata di calore e dovette ricordare a sé stessa che erano lì per discutere d'affari.

Si schiarì la gola. «Vorrei assumerla.»

Trattenne il fiato, in attesa della sua risposta.

Lui si accomodò meglio sulla poltrona, la giacca di pelle frusciò piano.

«Quanto oltre è disposta a spingersi?»

«Che cosa vuole dire?»

«Quali provvedimenti intende prendere?»

Lei sollevò un sopracciglio. «Del tipo?»

Il tono di lui divenne impaziente. «Cambiare i suoi programmi. Limitare le sue attività. Lasciare la città.»

Lei sgranò gli occhi. «Non posso lasciare la fondazione. Ci stiamo preparando per il gala e...»

Smith scosse la testa risoluto e fece per alzarsi.

«Aspetti un minuto.» La voce di Grace aveva il tono del comando. «Dove sta andando?»

Smith si immobilizzò, con le braccia che facevano leva sui braccioli. Lo sguardo che le riservò era quello di chi non era solito sentirsi impartire degli ordini.

«Voglio dire, per favore, non se ne vada. Lei è il migliore. E io voglio il migliore.» Più dolcemente aggiunse: «Ho bisogno di lei.»

Smith si alzò e la guardò ergendosi in tutta la sua altezza. Quando si mise le mani sui fianchi, la giacca gli si tese sulle spalle.

Non aveva dubbi che fossero tutti solidi muscoli, pensò Grace. A dire il vero, lo sapeva già, visto che gli era stata spinta addosso. Lui l'aveva tenuta stretta.

La vampata di desiderio che sprizzò nella sua ansia non era un miglioramento e Grace avrebbe voluto imprecare. Perché non era accecata dalla calma? Bloccata da un'ondata di pace interiore? Non poteva perdere l'equilibrio per la tranquillità e il relax?

No. Il suo portatore di sollievo era la lussuria.

«Per favore,» disse «non se ne vada.»

«Signora, sono il migliore perché i miei clienti tendono ad avere vita più lunga rispetto a quelli degli altri. La ragione è che fanno quello che dico loro di fare.» Il suo tono era annoiato, anche se la sua espressione era intensa. «Non ho interesse nel discutere con un cliente su quello che devo fare per farlo sopravvivere.»

«Lei non capisce.» Grace si alzò, così da poterlo perlomeno guardare negli occhi. «Ho bisogno di essere qua adesso.»

«Preferisce dare un party piuttosto che restare viva?» La sua voce era resa cupa dalla disapprovazione e lui iniziò a girarsi. «Guardi, le posso raccomandare chi farà tutto quello che vorrà. È pieno di bei quarti di manzo che le starebbero dietro.»

Grace si affrettò a oltrepassare la scrivania, per frapporsi tra lui e la porta.

«Mi ascolti un momento.» Prima che potesse ribattere, lei gli indicò il busto sulla scrivania. «Quello è mio padre. Mi trovo in quest'ufficio perché lui è morto, e perché lo ha deciso lui. Sono in lotta con il consiglio e il suo secondo. Se me ne vado adesso mi daranno il benservito e per tutti non sarò nient'altro che un fantoccio.»

«Ho un bel gruppetto che mi rema contro nel consiglio d'amministrazione. Il braccio destro di mio padre li sta mettendo contro di me perché vuole la poltrona. Se sparisco adesso, perderò il controllo della fondazione perché mi estrometteranno. Sarebbe la prima volta che un Hall non ricopre quella carica e io non posso lasciare che accada.» Lo guardò implorante. «C'è molto di più in gioco che un semplice ricevimento. Ma non ce la faccio più a convivere con la paura. Mi sta uccidendo.»

Lui la studiò per un momento. «È pronta a essere completamente onesta con me?»

«Le ho detto di mio marito, no?»

Si era sentita a disagio nel rivelargli del suo matrimonio. Smith era, con l'eccezione del suo avvocato, la sola persona a cui l'avesse detto e non le era piaciuto dare voce alla verità. I tabloid sarebbero stati disposti a sborsare fior di soldi per quel tipo di informazione, ma che scelta aveva? Doveva fidarsi di qualcuno e John Smith non sembrava affatto il tipo che vendeva pettegolezzi per denaro. Sembrava avere troppa dignità per fare cose come quella.

«Sa se c'è qualcuno che vorrebbe farle del male? Ha dei nemici?»

Grace corrugò la fronte. «Come ho detto, Lou Lamont vuole il mio lavoro. È un uomo aggressivo, ma non posso credere che...»

«Sarebbe stupita di sapere quanta gente lo è. Qualcun altro?»

Lei scosse la testa. «Nessuno che mi venga in mente.»

«Ha degli amanti?» le chiese in modo asciutto.

«Santo cielo... perché lo chiede?»

«Devo lavorare con lei, ho bisogno di sapere tutto.»

«Mi accetta come cliente?» replicò.

Ci fu un lungo silenzio. «Dovrò stare con lei per tutto il tempo.»

«Certo.»

Gli occhi di John Smith, di un blu vivido e brillante, si strinsero in due raggi. «Se lo faccio, lei sarà completamente onesta con me e farà quello che dico.»

In quel momento, non le sarebbe importato neppure se le avesse chiesto in cambio il suo primogenito. «Assolutamente.»

«Allora sì, la proteggerò.»

Grace fece il suo primo vero respiro da settimane. «Grazie a dio.»

«Non ha risposto alla mia domanda» disse lui. «Ha degli amanti?»

Lei corrugò la fronte. «No, non sono coinvolta in nessuna relazione.»

«C'era qualcun altro durante il suo matrimonio?»

«Non riesco a immaginare perché questo potrebbe essere...»

«Non mi dica che le serve un corso intensivo sui delitti passionali.» La voce di Smith era tagliente come una trivella.

Grace pensò che doveva essere abituato a essere obbedito. Come suo padre. Come suo marito si era aspettato da lei.

E lei aveva appena acconsentito a fare tutto quello che le avrebbe chiesto.

Dalla padella alla brace, pensò sconsolata.

Ne aveva abbastanza di essere mite e compiacente. Lui l'avrebbe protetta e Grace era sollevata di essere una sua cliente, ma ciò non significava che gli avrebbe permesso di trattarla con prepotenza.

Sfortunatamente, Smith aveva una ragione valida per voler conoscere tutto della sua vita sentimentale.

Grace prese un respiro profondo. «Io gli sono stata fedele. Sempre.»

L'ombra di un'emozione gli attraversò il volto. Era disapprovazione? Molte persone consideravano la fedeltà una virtù.

«Allora, cosa succede adesso?» gli chiese.

«Conoscerò le sue guardie di sicurezza qui alla fondazione. Lei comincerà ad andare e venire in modo meno prevedibile. Io mi trasferirò nel suo appartamento.»

Grace smise di annuire. «Si trasferirà?»

«Non posso tenerla d'occhio se non sono lì in giro» disse

lui asciutto. «E non è che il maniaco che la perseguita lavori solo i giorni pari o quelli dispari.»

Grace era senza parole. Non aveva mai pensato che sarebbero dovuti stare così vicini. «È sicuro che sia necessario?»

Lui la guardò cupo. «C'è qualche problema?»

«Sta parlando di venire a vivere in casa mia.» Grace si portò una mano al collo, sentendosi vulnerabile. «Non so niente di lei.»

«Scommetto che non sa niente neppure del tizio che le paga le tasse.»

Lei pensò al suo contabile, che portava un paio di piccoli occhiali da lettura e le arrivava alla spalla. Eugene Fessnick, ragioniere, che dormiva nella stanza degli ospiti... Non sarebbe stata la stessa cosa. Affatto.

«Ma lei è... diverso.»

«Sono più al livello dell'autista, vero?»

Lei corrugò la fronte, pronta a correggere l'impressione sbagliata che gli aveva dato, cioè che lo ritenesse inferiore, ma lui non sembrava turbato. Non gli importava nulla di quello che poteva pensare di lui, intuì. Per lui, non aveva peso. La sua attenzione era focalizzata sulla sua missione. Sulla salvezza di Grace. Nient'altro aveva importanza.

Solo che lei non voleva essere percepita come quel tipo di persona che spesso gli altri credevano che fosse. Superficiale, snob, privilegiata. Aveva lavorato sodo per combattere quell'immagine. La sua 'empatia' con le persone comuni, come suo marito l'aveva chiamata, era stata uno dei motivi per cui Ranulf era insoddisfatto di lei come moglie.

Scosse la testa. «Non era ciò che intendevo. È solo che lei...»

Smith le voltò le spalle e si incamminò per il corridoio. «Viene con me, contessa? O vuole passare la notte in ufficio?»

Grace si rifiutò di seguirlo. «È solo che non conosco molte persone come lei... all'apparenza così dure. Un po' mi intimidisce, le devo dire la verità. E visto che deve venire a casa mia, rende anche tutto questo così... reale.»

Smith si fermò sulla porta, sprofondando le mani nelle tasche e puntando gli occhi verso il corridoio. Il suo profilo era rigido, bello. Indifferente.

«Le dispiacerebbe guardarmi mentre le parlo?» chiese Grace.

Quando lui si voltò di scatto, Grace si mise in guardia, aspettandosi un rimprovero. O peggio. L'espressione di Smith era così dura, che pensò si licenziasse ancora prima di iniziare il lavoro.

La sua voce aveva un accento severo quando parlò. «Contessa, dobbiamo chiarire una cosa. Non sono qui perché lei mi conosca. Sono qui per salvarle la vita. Niente di più. Se vuole parlare dei suoi sentimenti e del modo in cui ci relazioniamo l'uno all'altra, chiami le sue amiche. Si divertirà molto di più.»

Lei perse la pazienza. «Ebbene, mi perdoni se cercavo di metterla a suo agio. Stavo solo cercando di rassicurarla sul fatto che...»

«Dolcezza, io sono sempre a mio agio.»

Lei gli scoccò un'occhiata ironica. «Non mi sembrava quando ci siamo incontrati la prima volta. Mi è parso chiaramente su di giri e adirato con me.»

«Eri un'autentica peste, Barbie.»

«Solo perché mi stavi fissando.»

«Sì, be', dovresti esserci abituata. Oppure ti metti giù da gara solo perché ti piace giocare con i trucchi?»

«Io non mi metto giù da gara...» Grace perse il filo del discorso. «Perché stiamo litigando di nuovo?»

Si fissarono di malumore l'un l'altra in silenzio.

E poi, all'improvviso, lui sorrise. Il modo in cui il suo volto si trasformò le tolse il fiato. Se era notevole da serio, era praticamente irresistibile quando si addolciva.

Forse era meglio pregare che continuasse con i suoi modi scontrosi.

«Cosa c'è di divertente?» borbottò lei.

«C'è dell'acciaio sotto quell'addobbo per vetrine, non è vero?»

Lei arrossì. «Mi piace ritenerla forza d'animo.»

Il sorriso di Smith scomparve. «Be', comunque la chiami, fanne buon uso con qualcun altro. Io non prendo ordini, io li do. È chiaro?»

Grace si morse la lingua e disse a sé stessa che quella era un'ottima possibilità non farsi mettere i piedi in testa ed essere tenuta in conto. «Non mi importa di fare quello che ritieni più giusto. Ma un rapporto di dare e avere renderebbe tutta questa faccenda più facile.»

«Io non sono per il dare e avere. Spiacente.»

Lei inclinò il capo da un lato. «Perciò io devo solo starmene zitta e buona e fare quello che pensi sia meglio? Puoi trasferirti a casa mia, prendere possesso della mia vita, costringermi a rispondere alle tue domande personali sulla mia... la mia...» Prese a balbettare perché non riusciva a pronunciare la parola 'sessualità' di fronte a lui e si sentì ridicola. «Ma non posso neppure controbattere, anche quando potresti avere torto?»

«Impari in fretta, contessa.»

«Questo non è carino.»

«Allora analizziamo la realtà. Tu hai bisogno di me più di quanto io ne abbia di te. Perciò, chi detta le regole del gioco?»

«Non penso che tu mi piaccia granché» disse lei. Ed era vero. Non era certa di capire quello che davvero provava per lui ma non si poteva dire che le fosse simpatico.

«Bene. Renderà le cose più facili tra noi.»

Lei corrugò la fronte, pensando che quel commento fosse strano.

«Perciò, concordi con i termini del mio contratto?» le domandò.

Lei fece un respiro profondo e annuì lentamente.

«Allora andiamo.»

Smith si guardò attorno nella stanza, cercando la borsetta e il soprabito di lei, che si trovavano sulla superficie lucente del tavolo da conferenza. Li prese entrambi e si avviò alla porta.

Grace lo raggiunse, a testa alta. Sarebbe bruciata all'inferno piuttosto che farsi vedere risentita. Gli si piazzò davanti e aspettò.

«Cosa c'è?»

«Oh, pensavo che mi avresti aiutato a mettere il cappotto» disse sentendosi una sciocca. Certo, a quell'uomo non importava un fico secco dei convenevoli sociali. «Dallo a me.»

Lo vide corrugare la fronte e poi abbassare gli occhi sulle mani che le stava tendendo. Le consegnò la borsa.

Quindi, con un movimento veloce, si chinò su di lei e le sistemò la sciarpa intorno al collo e alle spalle. Non si ritrasse subito. Le sue mani indugiarono sulla stoffa sottile, e Grace sentì il cuore in gola, mentre non riusciva a staccare gli occhi da quelli di lui.

Dischiuse le labbra, quando notò che lui gliele guardava.

Ma Smith non fece alcun tentativo di baciarla.

«Ricordati, contessa, non sono il tuo accompagnatore. E non lo sarò mai.»

Fece un passo indietro, e lei dovette portarsi velocemente una mano alla gola, per impedire alla sciarpa di scivolare sul pavimento.

6

Quando arrivarono all'ingresso dell'edificio, la guardia di sicurezza non c'era. «Probabilmente sta facendo il suo giro di ronda» disse Grace, la voce che si perdeva nello spazio immenso. «Devono farlo. Chiamo il mio autista.»

Mentre prendeva il cellulare, guardò Smith. Gli occhi dell'uomo registravano ogni linea di quell'enorme atrio e i suoi ornamenti neoclassici.

«Posso capire come mai questo palazzo è considerato patrimonio nazionale» sottolineò lui. «È il gemello del Chrysler Building, vero?»

Lei annuì. «Furono costruiti in due anni ciascuno. Le porte dell'ascensore sono l'elemento che preferisco. I motivi egizi, tutto il passe-partout argento e l'ottone lucente. E anche il soffitto non è male.»

Entrambi sollevarono lo sguardo sui tre episodi che erano rappresentati sul soffitto.

Poi lui si voltò verso un paio di porte massicce, alla sommità delle quali c'era una lastra di marmo bianco con la scritta: 'Woodward Hall Museum'.

«Il museo è aperto al pubblico ogni giorno?»

«Eccetto il giovedì.»

«Quant'è grande?»
«Prende quattro piani dell'edificio e ha il suo sistema di ascensori. Ci sono tre piani per le mostre e uno per la biblioteca, gli uffici amministrativi e il laboratorio dove ci occupiamo della conservazione dei pezzi.»
«Domani avrò bisogno di fare un giro nell'edificio. E vorrei vedere anche le piante e i bozzetti.»
«Va bene.» Grace compose il numero del suo autista.
Quando la limousine si fermò di fronte all'edificio, lei e Smith scivolarono fuori nel buio. Attraversarono una ventina di metri della strada pavimentata in granito, passando accanto alla mastodontica statua di George Washington e poi scesero una manciata di gradini bassi.
Ogni tanto, quando Smith rimaneva più indietro, Grace gettava un'occhiata oltre la spalla. I loro occhi si incontravano e poi lui li distoglieva per studiare la piazza e le strade intorno. Non c'erano altre persone e un unico taxi passò a gran velocità ma lei non era spaventata. Affatto.
Che cambiamento paragonato a quando si era sentita morire dalla paura solo un'ora prima. Con Smith accanto, non temeva più niente. Riusciva a sentirne la forza e la protezione che l'avvolgevano tutta.
Era addestrato per uccidere. Era davvero una forza della natura.
Il suo nuovo compagno di stanza.
«Sei armato?» gli chiese d'un tratto.
«Sempre.»
Lei rabbrividì.
Il suo autista sembrò sorpreso quando scese dalla vettura per aprirle la porta e vide Smith.
«Buonasera, signore.»
Smith gli fece un cenno ed entrò con lei.
Anche se l'interno della macchina era fresco, Grace ebbe l'impulso improvviso di aprire il finestrino. Sentiva il biso-

gno di avere più aria. Sebbene le stesse seduto di fronte con un'espressione calma e controllata, c'era in lui qualcosa di aggressivo.

Oh, smettila, si disse. Non è mica il Messia!

Grace sorrise e guardò fuori dal finestrino.

Perché allora sarebbe stato vestito con un lenzuolo bianco e avrebbe indossato un paio di sandali. Probabilmente avrebbe avuto una specie di aureola intorno alla testa, e forse dei cherubini che gli fluttuavano in giro. Certamente non avrebbe avuto una giacca di pelle, quell'espressione intensa e una pistola.

Mentre lo stress le faceva venire da ridere, se lo immaginò assurdamente abbigliato con una toga, e seppe che doveva darci un taglio. Dopotutto, anche lui aveva una miriade di difetti. Probabilmente era stonato quando cantava sotto la doccia, russava come un trombone, e aveva l'elastico delle mutande consumato.

All'idea di lui mezzo nudo, Grace sussultò e prese a massaggiarsi le tempie. Quella specie di modello Calvin Klein che le frullava in testa non le era d'aiuto, non se voleva smitizzare quell'uomo.

Si coprì gli occhi con le mani, ma poi allargò un po' le dita per guardarlo. Smith stava guardando fuori dalla macchina mentre fiancheggiavano Park Avenue. A ogni lampione, un bagliore di luce gli disegnava le linee dure del volto e poi svaniva.

Come si era rotto il naso? E quante volte?

«John Smith è il tuo vero nome?» chiese ad alta voce.

Lui si voltò nella sua direzione. Grace pensò che la sua espressione di pietra significava che non le avrebbe risposto, invece lo vide fare spallucce. «Vero quanto basta.»

«Come ti devo chiamare?»

«Come vuoi.»

«Risponderai a Pookie, allora?»

Lui tornò a guardare fuori dal finestrino, ma Grace intravide sollevarsi un angolo della sua bocca. «No.»

Grace osservò i suoi capelli corti, la linea orgogliosa della sua mascella, soffermandosi infine sulle sue morbide labbra. Improvvisamente sentì caldo, ricordando il loro bacio.

Smith si voltò e strinse gli occhi nel guardarla, come se sapesse a cosa stava pensando.

«Stavi per dire qualcosa?» le disse con un tono dolce, disarmante.

Lei spostò lo sguardo.

«Nessun'altra domanda, contessa?» La stava canzonando.

«Nessuna a cui ti daresti la pena di rispondere» borbottò lei.

E nessuna che aveva il diritto di fargli. Grace si stava chiedendo se fosse sposato. Non gli aveva visto alcun anello, ma alcuni uomini non li portavano.

Quando si fermarono di fronte a casa, Smith si sporse verso di lei. La sua voce era quasi un ringhio basso.

«Devi stare attenta con quei tuoi occhi, contessa. Potrebbero chiedere cose che non vuoi davvero.»

E poi aprì la portiera e uscì.

Oddio, pensò Grace. Come poteva vivere nella stessa casa con lui? Fece un respiro profondo. Perlomeno avrebbe avuto quella notte per pensare, perché di certo non poteva spostarsi da lei fino all'indomani mattina. Forse il giorno dopo. C'era tempo per pensare.

Grace raccolse la sciarpa intorno alle spalle e uscì dalla macchina. Mentre Smith l'accompagnava sotto la tettoia verde e oro dell'ingresso, lei cercò il modo per porre termine a quella serata in un tono leggero e amichevole. Quando la guardia le aprì la porta, Grace stava cercando di inventarsi uno dei suoi commenti arguti. Ma la sua mente era vuota. E in quelle circostanze forse la cosa migliore era dire buonanotte e lasciar perdere.

Quando lui fece per entrare, Grace si immobilizzò.

«Ehm... vieni su? Stanotte?» Il tono di voce era di un'ottava più alta del solito e il portiere, discretamente, si smaterializzò.

Smith fece cenno all'autista della limousine di andarsene.

«Era negli accordi.» I suoi occhi avevano un'espressione laconica. «C'è qualche problema? Ancora?»

«Cosa ti metterai per dormire?» si lasciò sfuggire Grace.

«La mia pelle di solito va benissimo.»

«Oh, certo, sì.» E aveva pensato che la sua fantasia in intimo fosse dura da digerire. «Mmm...»

«Cosa stai aspettando?»

Non aveva una risposta adatta. Non era necessario fargli sapere che stava cercando di togliersi dalla mente l'immagine di lui completamente nudo.

Mentre lo guidava attraverso l'atrio grandioso, una vocina dentro di lei si lamentava di non aver avuto il tempo di prepararsi perché lui si stabilisse lì. A dormire nella stanza da letto di fianco alla sua.

A dividere il bagno con lei.

Le scappò una risatina isterica quando ricordò che il bagno degli ospiti era in pezzi. Non c'era neppure l'acqua corrente. Smith avrebbe usato i suoi asciugamani, il suo sapone, la sua doccia.

«Cosa c'è di tanto divertente?» John si chinò in avanti e premette il pulsante per chiamare l'ascensore. I suoi occhi blu la studiarono pigramente, come se non gli interessasse davvero sapere cosa l'avesse divertita.

Così pensò bene di dirglielo.

«Stavo immaginando cosa penserai domattina quando ti farai la doccia e dovrai usare il mio sapone alla lavanda.» Rise ancora per la tensione nervosa. «Sei sicuro di non aver bisogno di niente? Un rasoio? Un pettine? Oppure scendi dal letto sempre così figo?»

«Ebbene, chi l'avrebbe mai detto. La contessa conosce le parolacce» rimarcò Smith quando arrivò l'ascensore.

«Sono piuttosto brava a usare lo slang» disse lei. «Solo l'altro giorno, mi è caduto un barattolo sul piede e ne ho dette un po'.»

«Cos'era, caviale?»

«No, lucido da scarpe.»

«Ecco, questa è un'altra sorpresa.» Accennò un inchino portandosi il braccio al petto, mentre le teneva aperta la porta. «Vostra altezza.»

Lei corrugò la fronte. La stava ancora prendendo in giro e, stupidamente, si sentiva urtata.

Dopotutto, stava andando a vivere con lei. Anche se non sarebbero mai diventati amici, di sicuro potevano fare uno sforzo per rispettarsi l'un l'altra. Di certo lei ci avrebbe lavorato. Anche se era tentata da una parte di gridargli contro e dall'altra...

Non gli avrebbe permesso di baciarla un'altra volta.

«Chiamami Grace, per favore» mormorò entrando. «La sciocchezza del titolo nobiliare stride un po'.»

Negli stretti confini dell'ascensore, Smith non vedeva l'ora che si riaprissero le porte.

Grace gli stava di fronte, perciò lui godeva della vista del suo collo e della nuca, ed era l'ultima cosa di cui avesse bisogno. Per tutto il percorso, aveva immaginato di cingerle la vita e attirarla contro di sé, di farle sollevare il mento e di baciarla con passione, a lungo.

Se quel dannato ascensore avesse rallentato ancora, non avrebbe risposto di sé, pensò con un'imprecazione.

Lavorare con la contessa sarebbe stato difficile. Mentre era nella limousine con lei, aveva dovuto guardare fuori dal finestrino per non fissare gli occhi sulla generosa porzione di gambe che il suo abito gli aveva rivelato. E poi aveva sentito il suo sguardo su di sé, ed era stato dannatamente tentato di darle esattamente ciò che quegli occhi gli stavano chiedendo.

Merda, si era sentito piccato quando gli aveva detto di essere sempre stata fedele al marito. Come se quell'aristocratico l'avesse meritato dopo il modo in cui l'aveva guardata al funerale del padre.

Quando finalmente le porte si aprirono, e misero piede nel corridoio, si sentì sollevato.

C'erano due porte senza targa su entrambi i lati del breve corridoio, mentre una terza aveva una scritta rossa luminosa che diceva USCITA.

Sentì il suono argentino delle chiavi mentre lei apriva la porta sulla sinistra. Non appena entrarono, la contessa scalciò via le scarpe con gli alti tacchi e sospirò prima di saltellare in giro accendendo le luci.

Smith rimase impressionato dalla casa, ma non sorpreso. Aveva immaginato che vivesse in un palazzo da sballo. L'attico al dodicesimo piano, con la vista spettacolare, i dettagli antichi della fine del secolo scorso, i mobili di legno intarsiato, le modanature del parquet, costavano un occhio della testa, e non guastava che i mobili e i quadri fossero pezzi da museo.

«Suppongo di doverti far fare il giro della casa» disse lei senza molto entusiasmo.

Era tardi e doveva essere esausta, ma John aveva bisogno di sapere come muoversi e dubitava che si sarebbe sentita a suo agio se si fosse messo a curiosare in giro da solo.

«Fai strada» le disse con un cenno d'assenso.

Mentre la seguiva nel soggiorno notò una serie di doppie porte che si aprivano su un terrazzo illuminato. C'erano divani e poltrone rivestiti di seta, tavolini antichi, lampade orientali. Un pianoforte maestoso spiccava in un angolo.

Raggiunse un impressionante camino di marmo. Sopra la mensola lavorata c'era il dipinto a olio di una scena di montagna. Un soldato inglese, con la giubba rossa, era illuminato dall'unico raggio di sole che bucava un cielo plumbeo.

«Bel quadro» disse Smith con noncuranza.

«Grazie, l'ho appena acquistato. È un Thomas Cole. Faccio collezione dei dipinti della Scuola di Hudson River.»

Smith aveva l'impressione che volesse finire al più presto il tour della casa, ma non aveva intenzione di accelerare il passo. Mentre osservava l'arredamento, notò i sensori di movimento nella stanza, che senza dubbio erano collegati a un servizio di sicurezza. Era ovvio che la contessa non si fosse data la pena di attivarli, visto che non li aveva disattivati quando erano entrati in casa.

Si fermò di fianco a un tavolo sul quale c'era una serie di fotografie. Lei compariva in molte, in apparenza felice accanto a persone diverse, alcune delle quali Smith riconobbe come potenti o famose. Una delle foto che catturò la sua attenzione era uno scatto spontaneo, che la ritraeva in bianco e nero con suo padre, in un'importante cornice d'argento. I loro sorrisi erano radiosi, e gli occhi di Grace erano pieni d'affetto mentre guardava l'uomo al suo fianco. Non c'era nulla di artificioso, nulla di formale. Erano solo padre e figlia, che godevano della reciproca compagnia.

«È stata fatta l'anno scorso» mormorò lei. Quando gli si avvicinò, il suo profumo, una sottile miscela di limone e fiori, lo raggiunse. «Eravamo a Willings, la nostra residenza di Newport, il 4 luglio. Nessuno di noi immaginava che ci rimanesse così poco tempo.»

Grace voltò le spalle bruscamente. «La sala da pranzo è da questa parte.»

Ma lui indugiò vicino al piano, soppesandone le dimensioni. Era uno Steinway e la sua superficie nero laccato brillava nella luce morbida. Aprì la tastiera, il pollice e il mignolo raggiungevano agilmente un'ottava. Il suono era pieno e rotondo. La sua mano assunse una posizione diversa, suonando prima un accordo in mi maggiore e poi in mi minore. Un buon meccanismo, perfettamente accordato.

Un bell'oggetto.

«Suoni?» C'era della sorpresa nella sua voce, mentre le note si spegnevano.

Smith richiuse la tastiera. «No.»

Non le avrebbe detto che la musica era stata la sua salvezza e uno dei modi per trovare pace da adulto.

La sua vita non era tranquilla. Per molta parte del tempo doveva essere duro, iperattento, stare in guardia. In quelle rare occasioni in cui aveva bisogno di una pausa, tuttavia, il piano riusciva a calmarlo, lo trasportava in acque tranquille. L'altro modo in cui davvero riusciva a rilassarsi era con il Tai Chi.

La seguì nella stanza a fianco, arredata con un lungo tavolo di mogano e dodici sedie. Il lampadario di cristallo, che pendeva dal soffitto da un medaglione di gesso decorato, prese a brillare quando lei accese la luce. Come in salotto, pesanti tendaggi di seta in una delicata sfumatura crema erano appesi alle finestre, trattenuti da corde di seta.

Attraverso il tavolo lucente, Smith la guardò. Con quel vestito rosso e quei diamanti, la contessa apparteneva a quella stanza regale.

Si domandò come fosse con i capelli sciolti. Mentre faceva l'amore. La immaginò con la testa gettata indietro, nell'agonia della passione, le unghie lucide che si aggrappavano al lenzuolo mentre il suo corpo tremava all'apice del piacere, la bocca si lasciava sfuggire roche parole di desiderio.

Era qualcosa che sarebbe valso la pena di vedere.

Ed era un vero peccato che lui non l'avrebbe mai visto, si disse con risolutezza. Perché, a meno che non le fosse andato di traverso un osso di pollo, o che svenisse e avesse bisogno di un intervento di pronto soccorso, non si sarebbe mai più avvicinato alle sue labbra o al suo corpo.

Quando l'aveva attirata a sé in quel corridoio, non era ancora una cliente. Era una donna desiderabile che aveva giocato con lui e aveva avuto una lezione. Ora, Smith aveva accettato la responsabilità di salvarle la vita. Ciò significava che la sua fantasia poteva lavorarci sopra quanto voleva, ma non avrebbe fatto assolutamente niente perché diventasse realtà.

La seguì, attraverso una porta basculante, in una cucina di grandi proporzioni. C'era un assortimento da ristorante in un angolo, un immenso frigorifero d'acciaio lucido in un altro, e piani di lavoro in granito nel mezzo. Era una stanza sorprendentemente high tech, considerato quanto fosse in stile antico il resto della casa.

«Ora hai visto quasi tutto.» La voce le tremò nella gola.

«Hai domestici che vivono qui?»

Lei scosse il capo. «C'è una signora che viene a farmi le pulizie durante il giorno. Ora, se non ti dispiace, ti mostro la tua stanza.»

«E ho bisogno di vedere dove dormi tu.»

Grace distolse lo sguardo. «Certo.»

Mentre si avviavano dall'altra parte dell'attico, lei si fermò a raccogliere le scarpe e John fu colpito da quanto semplice e umano fosse quel gesto. Nonostante i diamanti e il vestito alla moda, Grace Hall era solo una donna stanca, a cui probabilmente facevano male i piedi.

«Da quanto tempo vivi qui?» le chiese.

«Circa cinque anni.»

Lo condusse in una grande camera con due letti gemelli. Le pareti erano rivestite di una stoffa da parati di seta blu e il tappeto orientale sul pavimento era coperto con della plastica.

Lei esitò prima di aprire una porta a doppia anta. Dentro, John vide una vasca da bagno con i piedi ad artiglio e varie porcellane appoggiate sul pavimento. «Come ti dicevo, dovrai usare il mio bagno e la mia doccia. Questo lo sto rinnovando.»

Gli occhi di Grace lo fissarono per un istante.

«La mia camera da letto è da questa parte.»

Lo guidò più avanti nel corridoio.

La stanza da letto padronale era in varie sfumature crema e una serie di porte-finestre si apriva su un terrazzo. John notò con approvazione che anche qui c'erano i sensori di movimento.

Mentre si guardava in giro, vide una foto su un comò primi Novecento americano. Si avvicinò e fissò con durezza il volto del conte Ranulf von Sharone.

«Bell'uomo» commentò.

«Cosa? Oh, quella. Devo metterla via.»

«Ti stai aggrappando alle illusioni del passato, contessa?»

La guardò e rimase sorpreso. Aveva le labbra piegate all'ingiù e chiuse strettamente, mentre i suoi occhi verdi vibravano di rabbia, anche se quel commento era stato gettato lì casualmente.

Non aveva ancora superato il trauma della separazione, pensò lui. Non aveva importanza che a lui dicesse che non era più innamorata.

«Lascia che ti spieghi una cosa, signor Smith. Non mi piace essere derisa.»

La guardò, e gli piacque la sua forza di volontà. «Allora chiamami John. La cosa del signore stride un po'.»

Con un movimento veloce, lei raccolse l'orlo della sua elegante gonna e marciò verso di lui a testa alta.

Quando incontrò lo sguardo indignato di Grace, Smith si sentì percorrere da un brivido d'eccitazione. Non c'erano molte persone che l'avrebbero affrontato. Tiny era una di queste. E forse Eddie. La gente ricca che lo assumeva lo trattava sempre con deferenza e rispetto, così come gli agenti del governo con le cariche più alte e i leader politici con cui aveva a che fare. I civili di solito si limitavano a starsene alla larga.

E invece questa donna, la cui esile figura era diverse spanne meno della sua, questa lady a piedi scalzi e in abito da ballo, lo guardava con autorità e sfida, tanto da ricordargli il comandante di un battaglione di ranger a Fort Benning.

All'inizio, aveva pensato che fosse solo una belloccia, quando faceva la sussiegosa. Da incazzata, era un'autentica meraviglia.

«Signor Smith, se dovremo vivere nella stessa casa, dovrai tenere a bada il tuo ego e la sua tendenza all'essere condiscendente che ne deriva. Ho già avuto a che fare con un padre che mi comandava a bacchetta e un marito che ha cercato di farlo. Non tollererò che nessun altro cerchi di prevaricarmi.»

Dio, se aveva voglia di baciarla di nuovo. Desiderava davvero, davvero tanto baciarla.

Le sorrise. Qualcosa molto vicino a un raggio di sole gli stava fluendo attraverso il sangue e gli risvegliava parti che erano rimaste sopite per anni. Avrebbe voluto ridere. Gettare la testa all'indietro e lasciarsi andare tenendosi la pancia.

Chi l'avrebbe mai detto che dietro a quell'apparenza fredda ed elegante ci fosse un tale fuoco? Ma poi, perché avrebbe dovuto sorprendersi? Aveva già avuto un assaggio della sua passione.

«Ci siamo capiti?» gli domandò. «Desidero mettere la mia vita nelle tue mani e seguire i tuoi ordini, ma non intendo essere messa in ridicolo.»

Lui inclinò il capo da un lato, in un modo che avrebbe potuto significare qualsiasi cosa.

Stava pensando che dopo che tutto fosse finito, forse avrebbero potuto passare una notte insieme. In quel modo, le sue fantasie non sarebbero state una fonte di distrazione, ma solo un preludio.

Non era una cattiva idea, decise, sentendosi appagato.

Lei emise un sospiro frustrato e gli fece un cenno verso una porta aperta. «Quello è il mio bagno.»

«Cosa c'è oltre quelle?» gli indicò una serie di porte a doppia anta.

Lei lo oltrepassò e le aprì. Una luce si accese a illuminare una fila di vestiti appesi. Completi, gonne, pantaloni, abiti da sera. Scarpe di ogni foggia concepibile e allineate sul pavimento per colore.

Grace inspirò profondamente e Smith vide che afflosciava le spalle mentre si voltava verso di lui. Ora che la rabbia le era passata, sembrava un cadavere ambulante.

«Quand'è stata l'ultima volta che hai dormito tutta la notte?» le chiese.

La sorpresa la fece arrossire.

«Prima che mio padre morisse.» Fece una pausa. «A dire il vero, forse è stato qualcosa che è successo prima del mio matrimonio.»

Si guardò attorno, e sembrò comprendere di non avere altro posto dove andare, e rimase in sospeso.

«A che ora ti svegli?» le chiese.

«Presto. Verso le sei. Esco per una corsa.»

«Io vengo con te.»

«Fantastico.» Esitò. «Starai con me tutto il giorno?»

«Sì.»

«Non sarà noioso?»

«Sarò occupato.»

«A fare cosa?»

«A guardare te.»

Gli occhi di Grace si sollevarono in quelli di lui. Erano pieni di vulnerabilità e inconsapevoli della richiesta di Smith.

Lei corrugò la fronte, come se quello stesso pensiero fosse venuto a lei. «Dimmi, ti piace il tuo lavoro?»

Quando doveva fare la guardia a qualcuno come lei, sì, gli piaceva, pensò Smith. Ma non rispose alla sua domanda.

«Dormirai bene stanotte» le ripeté invece, dirigendosi verso la sua stanza. «E tieni aperta la porta. Devo essere in grado di sentirti.»

«John?»
Lui si fermò e la guardò da sopra la spalla.
«Grazie. Apprezzo molto...»
Lui tagliò corto dicendo che era ciò che faceva per tutti i suoi clienti. «Non perdere tempo a essermi grata. Abbiamo un accordo professionale. Tutto quello che dovrai fare sarà pagarmi alla fine del lavoro e io sarò felice.»
Lo sguardo di lei si rabbuiò. «Va bene.»
Sentì una strana sensazione nel petto, quando si voltò e si allontanò da lei.
Capì che doveva aver urtato i suoi sentimenti. Ancora.
E, chissà perché, se ne rammaricava.
Mentre entrava nella sua nuova camera da letto, si domandò che cosa diavolo non andasse in lui. Quando aveva iniziato a preoccuparsi dei sentimenti degli altri?
Di quelli della contessa in particolare?

7

Grace si svegliò di colpo, annaspando tra le lenzuola. Sudata nella luce fioca dell'alba, il corpo teso, cercò di capire che cosa avesse disturbato il sonno in cui era crollata per la stanchezza.

C'era solo silenzio.

Si guardò attorno. Per quanto ne sapeva, era da sola.

Pensò immediatamente a Smith.

Si stava aggirando per l'appartamento? Oppure si trattava di qualcun altro? Scivolò fuori dal letto, cercando di decidere se andare a cercarlo. Quando il silenzio si protrasse, pensò che non aveva alcuna ragione per svegliarlo. Era la sua guardia del corpo, non la sua copertina di Linus.

Sentendosi a disagio, raggiunse le porte-finestre. Era quasi l'alba e nubi sottili accarezzavano l'orizzonte. Per le strade, i lampioni erano ancora accesi e Central Park era una distesa buia e densa.

Quindi erano sopravvissuti alla loro prima notte insieme, pensò. E non era andata tanto male. C'era stato solo un attimo di tensione, dovuto alla lingua tagliente di lui e alla stanchezza e al nervosismo di lei. Tutto considerato, poteva dirsi un trionfo.

Ora doveva solo accettare di dividere il bagno con quell'uomo, e sarebbe stata praticamente libera.

Stava per voltarsi, quando Smith uscì sulla terrazza dalla porta del salotto.

Il fiato le si mozzò in gola mentre si sporgeva in avanti, fino a battere la fronte sul vetro. Imprecando, si tirò indietro e se la massaggiò.

Lui era nudo fino alla cintola, e indossava i pantaloni neri che gli aveva visto la sera prima. Il suo corpo era tutto ciò che Grace aveva sospettato. Una muscolatura forte, dura, e non aveva un grammo di grasso, per quel che le era dato di vedere. Mentre si muoveva, Grace notò i muscoli della schiena che si contraevano. Si irradiavano dalla spina dorsale fino alle spalle, dando volume alla parte alta del suo dorso.

Fu allora che notò i segni sulla pelle. Cicatrici. Diverse sulla schiena, una che gli correva sul fianco, una riga frastagliata sulla spalla destra.

Grace sollevò una mano, come se potesse lenire il suo dolore a distanza, e cercò di immaginare che tipo di vita avesse condotto. Dove era stato. Cosa gli era successo.

Il bisogno di conoscere il passato di John Smith era intenso.

Non c'era da stupirsi che fosse così duro. Aveva conosciuto l'inferno e molto dolore fisico.

Lo guardò, come incantata, mentre si muoveva furtivo per la terrazza, schivando piante e mobili da giardino, fermandosi solo quando fu a un paio di passi dalla ringhiera di ferro. Di fronte al sole, giunse le mani e chinò la testa.

Grace si domandò se un po' di tenerezza potesse essere sopravvissuta in un uomo come lui. Pensò ai suoi lineamenti duri, ai suoi occhi impassibili, a quel tono annoiato che, sospettava, lui avesse coltivato come una maschera per celare i suoi veri pensieri. Voleva sapere che cosa ci fosse sotto quel camuffamento.

Quando lui tornò ad alzare la testa, iniziò a piegarsi assumendo le antiche posizioni del Tai Chi. Grace era affascinata.

Era in grado di domare la sua potenza virile, tutti quei muscoli e quella ossatura capaci di una forza brutale, e disciplinarli in movimenti fluidi, calmi. Mentre il sole sorgeva dietro di lui, la sua silhouette si tirava e si spingeva nell'aria in una danza aggraziata.

Grace rimase davanti al vetro finché lui non tornò alla posizione di partenza.

Quando chiuse gli occhi, riuscì solo a vederne ancora l'immagine. Quel sensuale caleidoscopio la turbava, perciò si voltò e andò a prendere il suo diario. Liberare i pensieri sul foglio le aveva sempre dato un certo sollievo, e ultimamente aveva scritto molto sul libretto rilegato in pelle. La penna le corse sulla pagina finché non ci fu più niente da dire riguardo all'attrazione che provava per lui.

Quando richiuse il quaderno e lo ripose tra i cuscini, pensò di riposarsi ancora un momento, ma il suo corpo reagì diversamente. Molto più tardi, riemerse da un sonno profondo e pesante. E i sogni seducenti che aveva fatto sembravano riluttanti a lasciarla andare. O forse era il contrario.

Emise un gemito nel guardare l'orologio. Aveva dimenticato di puntare la sveglia e aveva dormito oltre il tempo. Erano le otto e venti ed era in ritardo. Si sedette e spinse via i capelli dal viso, quindi stirò le braccia sollevandole oltre la testa.

Ancora, il suo primo pensiero fu Smith. Dopo essersi infilata una vestaglia, percorse il corridoio fino alla stanza degli ospiti. La porta era aperta e bussò sullo stipite. Non ottenendo risposta, si sporse dentro.

Il letto era stato rifatto e non c'era nulla fuori posto, come se nessuno fosse stato in quella camera. O era un mago nel rifare i letti, o aveva dormito sul pavimento. Oppure non aveva dormito affatto?

Grace si diresse in salotto. Lui non era neppure lì.

Sentì un brivido d'ansia e si domandò se non se ne fosse andato, ma il pensiero l'abbandonò velocemente. Le aveva detto che se anche avesse deciso di andarsene, non l'avrebbe lasciata da sola.

La porta della terrazza era aperta di uno spiraglio e Grace la raggiunse, sentendo una brezza fresca sulla pelle. Smith non era fuori, ma lei indugiò per un momento.

Tutto era come l'aveva visto l'ultima volta. I crisantemi erano ancora gioiosamente fioriti nei loro vasi sotto il porticato, le loro piccole corolle bianche spiccavano ricche tra le sottili foglie verdi. L'elaborato tavolo di ferro battuto, con le sedie raccolte e l'ombrellone chiuso in un fascio stretto, era esattamente dove l'aveva visto l'ultima volta. La vista era uguale a sempre, con il parco e gli edifici che aveva sempre visto, dove erano stati ieri e dove sarebbero stati domani.

Solo che c'era un fantasma in quel panorama familiare. Grace lo rivide nella luce dell'alba, mentre faceva i suoi esercizi.

«Ti è piaciuto quello che hai visto stamattina?» La voce di Smith, profonda e laconica, proveniva da dietro di lei.

Grace si voltò di scatto e lottò contro l'impulso di portarsi le mani alle guance.

Lui era in piedi in salotto, con una tazza fumante in mano. Se la portò alle labbra, i suoi occhi visibili oltre il bordo erano puntati intensamente su di lei, come due fiamme blu.

Per fortuna si era rimesso la camicia. Ma Grace immaginò ancora il suo torso nudo. Quando Smith abbassò lo sguardo su quello che lei indossava, le sue labbra si indurirono.

Grace si strinse addosso la vestaglia, desiderando di aver indossato qualcosa di più spesso.

Come un parka. O uno scafandro, per l'amor del cielo!

«Allora?» la incalzò, un sopracciglio alzato.

Sembrava determinato a ottenere una risposta. Per sua sfortuna, la sola cosa che Grace aveva in mente di dirgli era:

'Sì, ti muovi in modo davvero fluido, ma potresti metterti nudo la prossima volta?'

E come faceva a sapere che l'aveva guardato? Sembrava totalmente concentrato su quello che stava facendo.

Smith prese un altro sorso dalla tazza.

«E così hai trovato il caffè.» Grace sollevò il mento, pensando che non poteva obbligarla ad ammettere niente che lei non volesse. «Ne hai fatto abbastanza per due?»

Chiamò a raccolta i propri sensi e sollevò le spalle per affrontarlo, preparata a evadere la sua domanda.

Lui però le afferrò il braccio con un movimento veloce, e Grace sentì le sue dita attraverso la seta sottile, come se non avesse indosso alcunché. Abbassò lo sguardo sulla sua mano, affascinata dal fatto che quel contatto fosse sufficiente per mandarla in tilt.

Quando lui non disse niente, riluttante, sollevò di nuovo gli occhi nei suoi.

«Sono un uomo che gradisce la sua privacy, contessa.» Si portò la tazza alle labbra in un movimento disinvolto, come se non la stesse trattenendo affatto. Lei colse un sentore di tè alle erbe, non di caffè. «Non apprezzo le intrusioni nel mio tempo libero.»

Non c'era ombra di rabbia nella sua voce o nella sua espressione, ma l'avvertimento era ovvio comunque.

Lei si sforzò di mantenere lo sguardo fermo nei suoi occhi. «Ero solo curiosa di capire cosa stessi facendo.»

«Davvero?» disse lui, il tono indolente non la ingannava.

«Sì, davvero.»

Grace cercò di divincolarsi, ma invece di lasciarla andare, lui l'attirò più vicina a sé. Strinse gli occhi sulle sue labbra, e Grace si stupì di notare che la sua rabbia si stemperava in qualcos'altro che non riusciva a riconoscere. Non c'era niente del suo abituale self-control in quello sguardo.

Si passò la lingua sulle labbra, sentendosi la gola arsa, e

dovette distogliere gli occhi. Quindi li abbassò sull'avambraccio che la tratteneva. I muscoli spessi le dicevano che avrebbe potuto trattenerla tanto quanto avesse voluto e che Grace non avrebbe potuto farci niente.

«Lasciami andare.» Cercò un tono che sembrasse di comando. Era come se pensasse che facendo la voce grossa lui non si sarebbe accorto di ciò che stava succedendo davvero dentro di lei. Sfortunatamente, l'affanno nella sua voce era più un invito che un rimprovero.

Quando lui strinse ancora gli occhi, Grace sentì che qualcosa era cambiato, qualcosa che si percepiva, piuttosto che vedersi. Come se Smith stesse soppesando un problema.

Grace strattonò ancora il braccio, ma lo fece con poca convinzione. Non voleva liberarsi davvero.

Smith appoggiò la tazza sul tavolino lì accanto e lentamente sollevò l'altra mano. Grace sentì una carezza delicata scenderle dai capelli fino al collo.

«Rispondi alla mia domanda, contessa.» La sua voce era profonda, piacevole e provocante. «Ti è piaciuto quello che hai visto?»

Grace deglutì a fatica, mentre sentiva le dita di Smith sotto il mento. Le sollevò il viso con una lieve pressione.

La risposta più ovvia, l'unica risposta sicura, era no.

Ma sapeva che avrebbe capito che era una bugia. La guardava così intensamente che Grace pensò di non avere altra scelta che quella di dirgli la verità.

«Sì.» Pronunciò quella parola in modo tranquillo, non più forte di un sospiro. E fu allora che capì che avrebbe fatto l'amore con lui. Per quanto fosse pazzesco, per quanto fosse pericoloso, se glielo avesse chiesto, lei lo avrebbe accolto dentro di sé e non si sarebbe tirata indietro. Era perfettamente sbagliato. La vita le stava già sfuggendo di mano e andare a letto con un uomo come Smith avrebbe significato spingere il piede sull'acceleratore, senza freni.

Ma non le importava.

La stretta sul braccio si allentò e lui fece un passo in avanti, l'altra mano che le si infilava tra i capelli. Le accarezzò la pelle sensibile della nuca.

Esitante, lei pose le mani sui muscoli poderosi delle sue spalle. Percepì il calore del suo corpo attraverso la camicia sottile.

Ma nel momento stesso in cui lo toccò, lui aggrottò la fronte, come se si rendesse conto di quello che stava facendo.

Si ritrasse in modo brusco.

«Qualcosa non va?» Le parole le sfuggirono dalle labbra in un respiro roco.

«Stai cercando di sedurmi, contessa?» C'era qualcosa di strano nel tono della sua voce.

La mente di Grace era strozzata dalle sensazioni, sconvolta da quelle parole. «Cosa?»

«Quanto tempo è passato dall'ultima volta che sei stata a letto con tuo marito?» le chiese spazientito. «O ti interessa soltanto poter dire di aver provato qualcosa di diverso dal solito?»

La rabbia penetrò lo stupore che l'aveva interdetta. «Eri tu solo un attimo fa... Io non ci avrei mai provato con te.»

Lo sguardo di lui la percorse tutta. «Te ne sei stata su quella porta stamattina, a guardarmi con quella tua camicia da notte trasparente, con l'aria della verginella affamata. Che diavolo dovevo pensare?»

Grace puntò le mani sui fianchi. «Non ti ho mai guardato così.»

Smith si sporse verso di lei. «Vuoi riprovare e così vediamo qual è la verità?»

«Non so di cosa stai parlando.»

«E perciò quando mi hai assunto, ieri notte, non stavi pensando a nessuna posizione orizzontale in cui mettere la sicurezza che stavi comprando?»

Grace lo fissò a bocca aperta. Poteva anche aver fantasticato, ma lui di certo era decisamente sgradevole nel riconsiderare la verità.

Gli puntò il dito contro il petto, in un modo decisamente poco signorile.

«Eri tu quello che mi ha afferrato il braccio poco fa.» Quel gesto la fece sentire più forte e continuò a tamburellargli sul torace, rovesciandogli addosso le parole. «E non ti ho chiesto di toccarmi. Prima di iniziare a fare il bigotto con me, sarà meglio che ti guardi allo specchio. Se c'è qualcuno affamato qui, quello sei tu.»

Sollevò il mento con decisione e gli voltò le spalle. Non aveva fatto che tre passi, quando lui la fece voltare su sé stessa.

Le sue labbra calarono impietose su quelle di Grace, che gli rispose con la medesima forza. Lei gli si aggrappò alle spalle, spingendosi contro di lui, mentre le braccia di Smith la cingevano. I loro corpi si unirono con impeto.

Gemendo, John si staccò dalle sue labbra, seppellendo il volto tra i suoi capelli, come se stesse lottando contro sé stesso per riguadagnare il controllo. Ma Grace non voleva che se ne andasse. Quando iniziò a tracciarle sul collo una linea di baci roventi, lei emise un sospiro di desiderio e sollievo, gettando indietro la testa, mentre lui le accarezzava la pelle con i denti e con la lingua, assaporandola. La bocca di Smith proseguì l'esplorazione, scendendo verso la clavicola, dove aveva posato il dito poco prima, fino all'avvallo tra i seni.

Brutale, le spinse la vestaglia giù dalle spalle, fino a che ricadde in onde dalla cintura che aveva in vita. Gli occhi di John parvero illuminarsi alla vista dei capezzoli turgidi che spiccavano tra la seta. Lentamente li circondò con le mani, soppesandoli, mentre Grace lo guardava senza fiato. Muovendo solo i pollici, prese ad accarezzarla, indugiando sui picchi appuntiti finché lei non chiuse gli occhi e gemette di piacere.

«Dio, hai un tale fuoco dentro» le disse stupito.

Grace aprì gli occhi e, attraverso quell'alone di sogno, notò la strana espressione del suo volto, un miscuglio di passione e meraviglia. Ebbe il fugace pensiero che se lui si fosse accorto che lo stava guardando, l'avrebbe nascosta.

Agganciò con un dito le spalline della camicia da notte e le fece scivolare morbidamente lungo il braccio. Il pizzo e la seta si dispersero lasciando scoperto il seno. Lentamente, lui si chinò e prese uno dei capezzoli tra le labbra. Rabbrividendo di piacere, Grace gli accarezzò i bicipiti con le unghie. Osservò la sua lingua spuntare e leccare la tenera punta. Mordendosi le labbra, Grace gemette di nuovo.

Nello stordimento, riconobbe un rumore diverso. Qualcosa vagamente preoccupante.

Chiavi.

Smith la spinse via da sé velocemente, aprendo gli occhi e scattando verso la porta.

«Gli operai» disse lei, brusca.

Lottò per rinfilarsi le spalline della camicia da notte e la vestaglia, senza però riuscirci. Aveva la mente confusa, le mani che tremavano e la stoffa sembrava avercela con lei.

«Ci penso io.» La voce di Smith rivelava la sua agitazione e le faceva scudo col proprio corpo mentre la porta si apriva.

Grace scappò in cucina non appena tre uomini oltrepassarono la porta. Quando sentì le loro voci, si appiattì contro il frigorifero, lottando ancora per coprirsi.

Si prese la testa tra le mani. Com'era potuto succedere?

Be', conosceva la risposta. Prendi un uomo in buona salute con una donna che ha fantasticato su di lui dal primo momento in cui si sono incontrati e mettili insieme in uno spazio chiuso. Era lussuria, pura e semplice.

Era stato solo un bacio, si disse. La gente lo faceva di continuo.

Be', sì. Ma non in quel modo.

Santiddio, cosa c'era che non andava in lei? Mancavano due settimane al suo trentesimo compleanno, e stava per diventare una donna divorziata. Non era una sciocchina di vent'anni, capace di credere che un paio di baci fossero un evento di sostanziale importanza. Quelle poche scintille di passione potevano trasformare una donna vinta dallo stress in una femme fatale e un uomo duro in un eroe romantico.

Sapeva di dover fare a sé stessa il favore di stare lontana da lui, ma come poteva accadere? In pratica, Smith doveva restarle accanto ogni minuto del giorno.

La porta si aprì.

Grace guardò Smith negli occhi. Era tornato l'uomo controllato, arrogante e sicuro di sé che conosceva.

Ma sapeva di non aver immaginato la sua passione. Il loro primo bacio poteva essere spiegato con la rabbia e la frustrazione. Quello che era appena successo no.

«Mi sono fatto dare le loro chiavi e ho detto loro che li avresti chiamati per comunicargli quando tornare.»

«Grazie. Eh... vado a vestirmi.»

«Dobbiamo parlare.»

Lei scosse la testa. «No, non dobbiamo. Perché... perché questo non accadrà mai più. Non sarebbe mai dovuto accadere, in primo luogo.»

Ci fu un momento di silenzio. «Non potrei essere più d'accordo.»

«Quindi non c'è nulla di cui parlare.»

Gli occhi di Smith fissarono il suo viso. «Le debolezze non riconosciute hanno la sgradevole abitudine di trasformarsi in problemi.»

Lei iniziò a rigirare l'anello di fidanzamento sul dito, in parte per imbarazzo, ma soprattutto per l'attanagliante frustrazione per sé stessa e la situazione. Quando Smith fissò lo sguardo sulla grossa pietra, lei lasciò ricadere le mani.

«Ti posso assicurare» disse provata «che non ho intenzione di gettarmi su di te. Se è questo che intendi come problema. Credo che siamo a posto.»

Quando non lo sentì replicare, aggiunse: «Te ne andrai?»

Gli occhi di Smith si rabbuiarono. «No. Io non lascio così un incarico. Mai. Ma voglio essere chiaro. Tutto ciò che ci sarà tra noi sarà lavoro, niente di più.»

«Concordo completamente.»

«Sono contento che la pensi come me.»

La scelta di quelle parole la irritò. Grace sollevò il mento.

«Non la penso come te. È la verità.» Distolse lo sguardo e colse l'ora sul timer del microonde. «Faccio una capatina rapida e indolore alla toilette. Siamo in ritardo.»

Quando se ne fu andata, Smith entrò in salotto e prese a passeggiare avanti e indietro.

Nonostante la predica che tra loro c'era solo lavoro, una parte di lui malediceva quella dannata interferenza. Era una vera sfortuna essersi imbattuto negli unici operai di tutta la città che arrivavano in orario. Nove spaccate. I bastardi.

Ma, diamine, avrebbe dovuto essere grato a quei ragazzi con gli attrezzi alle cinture e le matite dietro alle orecchie. Erano l'unica ragione per cui non aveva fatto l'amore con lei ancora e ancora. Sul tappeto. Senza l'allegra brigata di tute da lavoro, non avrebbe avuto il tempo di capire dove l'avrebbe condotto il futuro. Invece, l'avrebbe fatta sua.

Il che sarebbe stato una pessima idea. Illudere una donna sola e spaventata, con una relazione inappropriata non era qualcosa di cui voleva far parte.

Anche se era stato come accendere una fiamma ossidrica.

Era un vero peccato che non stessero dormendo sotto lo stesso tetto in circostanze diverse. La contessa era animata da una passione genuina, sotto quell'apparenza frigida. Fuoco e ghiaccio. Non riusciva a ricordare quando avesse incontrato un'altra donna altrettanto focosa.

Scosse la testa. Non avrebbe mai immaginato una cosa del genere.

Allungò una mano e prese la fotografia che la ritraeva con il sindaco di New York.

Non era preoccupato perché la desiderava. Era una bellezza mozzafiato, con una buona dose di grinta sotto quell'apparenza patinata da WASP, e lui dopotutto era un uomo. Ma, sebbene lei fosse una vera tentazione ambulante, questo non significava che avrebbe mandato a gambe all'aria il mondo di Smith. Quando la minaccia fosse passata, quando avessero trovato il suo stalker, lui sarebbe uscito dalla sua vita esattamente come vi era entrato. Ci avrebbero dato un taglio deciso, si sarebbero scambiati una stretta di mano, e poi via, lui se ne sarebbe andato verso un altro incarico. Esattamente come aveva fatto con gli altri clienti.

Ripose la foto e tornò a prendere la tazza che aveva usato. Odiava il tè alle erbe ma era l'unica cosa che aveva trovato in cucina, a parte una spugna, che avrebbe potuto usare insieme a un po' di acqua calda. Quando lei gli aveva chiesto se avesse trovato il caffè, Smith non aveva idea di cosa stesse pensando. Dopo un'estesa ricerca, aveva trovato solo poche scatolette di caviale, dei cracker e un bel po' di spazio vuoto negli armadietti. Il frigo era anche peggio. Alcune bottiglie mezze vuote di condimento per insalata e un tubetto di mostarda. Ecco tutto.

Lo stomaco gli brontolò quando tornò in cucina. Prese il caviale e i cracker e frugò nei cassetti finché non trovò un coltello. Rotto il sigillo del contenitore, marchiato Zar Imperiale, iniziò a stendere il caviale sui cracker e a infilarseli in bocca.

Niente male, pensò, ma avrebbe dovuto rimpinguarle la cambusa, se voleva vivere con lei.

Quando sentì bussare, raggiunse l'ingresso.

«Sì?» disse senza aprire la porta. Notò con disappunto che non aveva lo spioncino.

Ci fu un attimo di esitazione. «Sono... ah, sono Joey, il portiere. Lei chi è?»

«Un amico della contessa.»

«Oh.» La confusione dell'uomo era palese.

«Posso aiutarla, Joey?»

«C'è un pacco. È arrivato ieri. La signora ha dimenticato di prenderlo.»

«Lo lasci pure nel corridoio.»

«Mmm... okay.»

Smith aspettò un minuto o due prima di aprire la porta.

Dietro di lui, sentì che lei lo aveva raggiunto. «Chi era?»

Lui gettò un'occhiata dietro la spalla. Fresca di doccia, indossava un accappatoio e portava un asciugamano sulla testa. Il suo viso era pulito e un po' arrossato, e Smith cercò di non pensare a come doveva essere il resto di lei.

Quando John sollevò la scatola avvolta nella carta da pacchi marrone, si domandò se ci fosse un modo per indurla a indossare sempre quella cosa invece dell'altra più sottile, la vestaglia di seta con cui si era presentata. Non c'era motivo per torturarsi.

«Un pacco per te.» Smith portò dentro la scatola. Era piccola, un cubo di circa una quindicina di centimetri.

«Oh, grazie.» Lei fece per prenderla.

«Non così in fretta» disse lui. «Lascia che l'apra io.»

Diffidente, lei si strinse addosso l'accappatoio e lo seguì in cucina.

Lui depose la scatola sul ripiano e si frugò in tasca, traendone un astuccio che portava sempre con sé. Era delle dimensioni di un portafogli e quando lo aprì, alcuni strumenti di acciaio inossidabile brillarono. «Hai dei guanti di gomma qua in giro?»

Lei ne tirò fuori un paio giallo dall'armadietto sotto il lavello, passandoglieli con uno sguardo preoccupato. Lui se li infilò ed esaminò il pacchetto con attenzione, guardandolo, portandoselo all'orecchio e annusandolo. Il nome della contessa e l'indirizzo erano stati scritti sulla sommità, ma a parte quello non c'erano altri elementi che lo identificassero.

«Riconosci la calligrafia?» le chiese.

Lei scosse la testa, mentre lui proseguiva.

«Dove hai imparato tutto questo?» Grace indugiava nello specchio della porta, osservandolo al lavoro. Il profumo del sapone che aveva usato gli piaceva. Cercò di ignorarlo.

«Qua e là.»

Inaspettatamente, lei rise. Quando le scoccò un'occhiata severa, lei si portò una mano alla bocca.

«Scusa. Ho la tendenza a ridere al momento sbagliato.»

«Chissà perché ma ne dubito.» Estrasse un coltello sottile dal kit.

«No, è vero. Facevo diventare matto mio padre. Una volta, durante un party, uno degli ospiti si ubriacò e cadde nella fontana. Tutti lo fissarono in silenzio mentre annaspava, eccetto me. Come piaceva raccontare a mio padre, dal mezzo della folla, si era levata una risata come un cattivo odore.»

Smith inserì il coltello nella carta e iniziò a tagliare intorno alla sommità. «I bambini possono avere un tempismo sbagliato.»

«È stato due anni fa.»

Le scoccò un'altra occhiata e poi si fermò a riflettere. Era incredibile che qualcuno posato come lei potesse fare una tale gaffe, e si domandò quali altre piccole manie e birichinate avesse combinato.

Le labbra di Grace si sollevarono in un sorriso dolce e John si sentì stringere il petto.

Corrugò la fronte e tornò al lavoro. «Lasciami indovinare, l'uomo che aveva bevuto era un personaggio importante.»

«Il vescovo Bradford. Non proprio il tipo a cui rideresti in faccia.»

«Dove ho già sentito questo nome?»

«Bradford Bourbon. Il migliore del Kentucky.»

«Difficile immaginare un re del bourbon che non regge gli alcolici» borbottò Smith.

«Strano, è quello che diceva anche mio padre.»

Quando Smith ebbe finito, sollevò il coperchio e vide il marchio blu di Tiffany brillare sotto un sottile strato di velo.

«Che cos'è?»

«Se è un pacco bomba, devo ammettere che hanno un gusto eccellente.» Estrasse la scatola cautamente e la depose sul ripiano. «Ti dispiace se faccio io gli onori?»

Quando lei scosse la testa, lui tagliò anche la stoffa e sollevò il coperchio.

John sentiva la tensione che irradiava, mentre prendeva l'involto. Quando lo aprì, lesse ad alta voce: «A Woody, con amore. Bo. P.S. Non vedo l'ora di vederti la settimana prossima.»

Grace iniziò a ridere, una risata argentina, di sollievo.

«Cos'è tanto divertente?»

«Si dà il caso che Bo sia la nipote del vescovo Bradford. La conoscerai come Barbara Ann Bradford, senatrice del Kentucky. Che coincidenza.»

Smith prese a tirare fuori la carta velina, creando una morbida pila sul ripiano. «Dando per scontato che non ti stia ripagando per aver riso in faccia a suo zio, credo che non ci scoppierà in faccia.»

Tra la carta, trovò una piccola scatola di porcellana con dei fiori sopra. Si chiese se dovesse aprirla, ma poi decise che era abbastanza sicuro perché potesse farlo lei. Aveva la sensazione che Grace apprezzasse la privacy in quel caso, visto che si trattava di un regalo personale, perciò gliela passò.

Quando lei sollevò il coperchio, la vide trasalire.

«Cosa c'è?»

«Niente» disse lei dolcemente. Avvolse la scatolina tra le mani, cullandosela contro il petto e tenendola stretta.

Lui tornò a riempire il pacchetto con la carta. Era sorpreso della propria curiosità riguardo a quello che aveva trovato dentro la scatolina.

Grace gli indicò con un cenno il caviale e i cracker sul ripiano. «Vedo che hai frugato in giro cercando qualcosa da mangiare. Mi dispiace. Non pensavo che avrei avuto compagnia... ieri notte.»

«Meglio di altre cose che mi è capitato di trovare durante gli anni.» Si tolse i guanti e li ripose sotto il lavandino. «Riguardo alla tua domestica.»

«Therese?»

Lui annuì. «Quando è venuta stamattina, le ho detto che avrà un periodo di riposo.»

La contessa corrugò la fronte. «Ma è del tutto affidabile. È stata con la mia famiglia per anni e...»

«Hai un autista?»

Lei annuì mentre lo guardava diffidente.

«Chiamalo e digli che lo mandi un po' in vacanza. Voglio uno dei miei uomini al volante.»

«Ma Rich è stato l'au...»

«Voglio uno dei miei.»

Grace scrollò la testa. John sapeva che stava discutendo con sé stessa.

«Tutto questo non sarà per sempre» le disse goffamente. «Guarda, lo so che è dura, ma non sei sola.»

Grace sollevò di scatto gli occhi su di lui. «Hai ragione. Sto vivendo con un killer professionista e sono minacciata da un pazzo assassino. Dovrei proprio cercare la solitudine.» Fece un respiro profondo. «Mi dispiace. Non meriti di subire la mia frustrazione.»

«Posso sopportarla.»

Lei lo guardò per un lungo momento, gli occhi verdi erano del colore delle foglie in primavera. «Ne sono sicura. Hai l'aspetto di chi può sopportare tutto.»

E grazie a dio è così, pensò Smith, ricordando la sensazione che aveva provato sentendola stretta contro di sé.

«La doccia è libera» gli disse lei.

«Okay.»

Grace lo condusse fino alla sua stanza da letto, lungo il corridoio.

«Ci sono delle salviette e un rasoio.» Attraversò la stanza, andando verso lo spogliatoio e spinse la porta per aprirla. «Se hai bisogno di qualcosa...»

«Starò benissimo.»

Lei annuì e si richiuse la doppia porta alle spalle.

8

Mezz'ora dopo lasciarono l'appartamento e scesero nell'atrio. Mentre presentava Smith a Joey, il fedele portiere, Grace vide un SUV nero fermarsi accanto al marciapiede. Era grosso quanto un carro armato, con i finestrini scuri, e Grace era convinta che al volante potesse esserci solo il fratello gemello di Smith.

«Dov'è Rich?» chiese il portiere vedendo la macchina diversa.

«Si è preso una piccola vacanza» spiegò Grace in tono noncurante. «Oh, e gli operai non torneranno per un po'. E neppure Therese.»

Il portiere le scoccò un'occhiata interrogativa mentre Smith gli consegnava un biglietto da visita. «Se qualcuno chiede di entrare nell'appartamento, mi chiami al cellulare immediatamente. Nessuno deve metterci piede a mia insaputa, okay?»

«Sì, certo.»

«Buona giornata» disse Grace mentre uscivano sotto la tenda. Si avvicinarono alla macchina e Smith la precedette aprendole la portiera. Grace si arrampicò sul sedile posteriore, cercando di non squarciarsi la gonna.

«Buongiorno!» la voce gioviale e tonante fu uno shock. «Non la volevo spaventare. Sono Eddie.»

Una mano delle dimensioni della zampa di un orso si sporse verso di lei e Grace la strinse, guardando quel volto che poteva essere ritratto su una cartolina natalizia: rotondo, con le guance rosate, la barba bianca, l'uomo alla guida era la copia sputata di Babbo Natale.

«Ehm...» Grace sorrise e scosse la testa. «Mi scusi se la fisso. È solo che lei somiglia...»

«A Brad Pitt? Sì, me lo dicono tutti.» L'accento newyorkese era forte e deformava le parole. A Grace piacque. «Perciò la devo chiamare contessa?»

«Assolutamente no. Sono Grace.»

«Okay, Grace.» Le fece l'occhiolino.

Non appena Smith salì dall'altra parte, le portiere vennero chiuse con la sicura e lo stereo acceso.

«'Giorno, Boss» disse Eddie dando gas e immettendosi nel traffico. Grace si aggrappò al bracciolo per non essere sbalzata in braccio a Smith. Mentre il motore della Explorer ruggiva, e Eddie schiacciava il freno per evitare di finire contro un taxi, Grace si allacciò la cintura e pregò il cielo che l'aiutasse a raggiungere il centro tutta intera.

Eddie la guardò attraverso lo specchietto. «Ehi, Grace, che gli hai dato a colazione? Mi sembra un po' teso. Un po' seccato. Un po'...»

«Non dell'umore per le tue buffonate» borbottò Smith.

Gli occhi di Grace fissarono un attimo il sedile accanto al suo. Il volto duro di Smith era rilassato.

«Avanti, Grace» la pungolò Eddie. «Che gli hai dato?»

L'uomo la fissava attraverso lo specchietto retrovisore mentre schiacciava gas e freno come se fossero i pedali di una bicicletta. Anche solo per indurlo a guardare di nuovo la strada, gli disse: «Temo non abbia mangiato molto.»

«Ah.» Si rivolse a Smith. «Cosa hai mangiato? Una ciotola di cereali che sapevano di cartone ma buoni per il colon?»

«Caviale» gli rispose Smith, secco.

«Gesù! È questo che voi gente ricca mangiate a colazione?» Un'altra strizzatina d'occhio a Grace. «Be', non puoi mantenere un uomo come lui a uova di pesce. Boss, vuoi che ci fermiamo a comprare qualcosa lungo la strada?»

Il tono era leggero, ma la domanda era seria. Grace ebbe l'impressione che Eddie fosse abituato a prendersi cura di Smith.

«Credo di potercela fare.»

«Bene» sbuffò Eddie. «Sai, non potrai mai battermi in una gara di peso con abitudini del genere.»

«Quel trofeo te lo puoi pure portare a casa.»

Eddie tornò a guardare Grace attraverso lo specchio. «Sai, posso batterlo a occhi chiusi a tavola, e ne posso anche alzare di peso due come lui. Certo, probabilmente anche lui ne alzerebbe due come me, ora che ci penso. Il che è ancora più impressionante»

Smith fissava fuori dal finestrino, il volto composto in studiata calma e concentrazione, nonostante le accelerate e gli strattoni. Grace ebbe l'impressione che fosse a suo agio con Eddie e si domandò come si fossero incontrati. Forse erano imparentati in qualche modo.

Passò lo sguardo dall'uno all'altro. No, forse no.

«Dobbiamo pensare a una scusa... per te» disse Grace all'improvviso. «Non voglio che la gente pensi che ho bisogno di un bodyguard.»

Smith la guardò sollevando un sopracciglio. «Comprensibile.»

«Un consulente. Sei un consulente di qualcosa.» Gli sorrise. «Sviluppo organizzativo.»

Lui corrugò la fronte. «Cos'è?»

«Gli esperti di sviluppo organizzativo aiutano le compagnie a superare lo stress organizzativo migliorando la comunicazione del personale e aiutando le persone ad andare d'accordo. Come se i colletti bianchi di Wall Street facessero lezione di Yoga...»

Lui si strinse nelle spalle. «Per me va bene.»

«E spiegherebbe anche il tuo guardaroba.»

«Cosa c'è che non va nei miei vestiti?» chiese noncurante, ovviamente per nulla propenso a cambiare anche se il suo abbigliamento fosse stato considerato offensivo.

Lei osservò la sua giacca di pelle con un sorriso. «Non sei esattamente il tipo da gessato aziendale e scarpe lucide con la punta rialzata.»

Eddie scoppiò a ridere. «Ebbene, lui è più il tipo da total black. Ha più vestiti neri di un becchino.»

«Non c'è niente di male nel nero» ribatté Smith.

«Certo, se fai l'imbalsamatore.»

«Sai che è solo il mio secondo lavoro.»

I due uomini si scambiarono un'occhiata e il sorriso di Grace scomparve. Non poteva fare a meno di chiedersi se Smith avesse mai dovuto uccidere qualcuno.

«Parlami del tuo vice» le disse.

«Lou Lamont è a capo del dipartimento sviluppo. Come ti ho detto, mi rema contro, in modo più o meno diretto, dal momento in cui sono entrata in carica.»

«Ebbene, forse posso aiutarlo ad accettarti.» La mandibola di Smith si serrò e una ruga apparve tra le sopracciglia.

«Pensavo che non ne sapessi nulla di sviluppo organizzativo.»

Eddie rise. «Stai guardando l'uomo che ha guidato una squadra di Army Ranger attraverso il deserto. Ce la può fare a trattare con un tizio col colletto bianco. Fidati.»

Grace arrossì e guardò Smith. Doveva essere stato un ufficiale, pensò. E aveva combattuto nell'operazione Desert Storm.

Lo fissò, come se avesse potuto trovargli le risposte scritte in volto, o sulle sue mani, o nel modo in cui sedeva. Teneva un braccio appoggiato al finestrino e l'altro allungato sullo schienale. Così disteso, la giacca rimaneva aperta e la camicia nera si tirava sul torace. Il luccichio della pistola si intravedeva appena. La sicurezza di sé era evidente.

Ma non c'erano indizi, nessun segno che l'aiutasse a capire.

Grace tornò a guardare fuori dal finestrino, cercando di distrarsi osservando la gente sul marciapiede. Qualsiasi cosa pur di impedirsi di pensare a lui.

Anche se, a rigor di logica, le sarebbe servito qualcosa di grosso. Come la parata di Macy's per il giorno del Ringraziamento. Un corteo presidenziale. Elvis, di ritorno dall'oltretomba.

Quando Eddie si fermò di fronte allo Hall Building, Smith si sporse in avanti. «Ho bisogno delle cose che ho lasciato in hotel.»

«Nessun problema. Altro?»

«Cibo. Molto cibo.»

«So cosa ti piace.»

«Perfetto.»

Grace afferrò la maniglia ma Smith la fermò. «Permettimi.»

Scese, si guardò in giro, poi le aprì la portiera.

Grace si fermò davanti al finestrino aperto di Eddie. «È stato bello conoscerla.»

«Anche per me. Ora, gli farai mangiare qualcosa di sostanzioso per pranzo? Un bel sandwich. Dell'insalata. Magari un po' di frutta. Bisogna tenere alto il valore del potassio e le proteine sono molto importanti.»

Smith sollevò gli occhi al cielo. «Non dirmi che sei tornato a fare i corsi professionali.»

«Certo. Ne ho appena finito uno di nutrizione. Ora farò scrittura creativa.»

«Oh, merda.» Smith sollevò una mano mentre Eddie si rituffava nel traffico. «Ci risiamo.»

Grace gli lanciò un'occhiata interrogativa mentre passavano accanto a George Washington. Era sorpresa che si lasciasse andare.

«Eddie non si è mai diplomato. E quando ha compiuto cinquant'anni ha deciso che era tempo di completare la sua istruzione. Siamo passati attraverso storia medievale, francese e panificazione, l'anno scorso.»

«Ma è meraviglioso.»

«Sì, a parte il fatto che mi faceva mangiare i suoi compiti. Non è molto bravo a fare cose soffici e leggere. In compenso faceva ottimi mattoni.»

Grace lo guardò e una risata spontanea le uscì dalla gola. Lui aveva parlato in tono noncurante, ma se aveva dato per scontato che stesse semplicemente attraversando la piazza come stava facendo lei, si era sbagliata. Gli occhi di Smith, calcolatori e imperscrutabili, stavano studiando i pedoni intorno a loro, notavano le porte girevoli verso cui si dirigevano, misuravano la strada dietro di loro. Il suo passo era disinvolto, ma Grace sapeva che poteva scattare in azione nel tempo di un respiro.

Mentre entravano nell'atrio, pensò all'attrazione che provava per lui.

Che avesse ragione? Era affascinata da lui perché provenivano da due mondi diversi? Non pensava che fosse per quello. Non le importava da che pianeta provenisse, era l'elettricità tra di loro che la tentava. Avrebbe potuto essere un altro damerino ben vestito e col sangue blu, come suo marito, o il meccanico di un garage. Quando era tra le sue braccia, non pensava alla sua dichiarazione dei redditi.

Non appena furono nel grattacielo, la gente iniziò ad avvicinarsi per salutarla, per parlarle. Ci vollero dieci minuti perché riuscissero a raggiungere gli ascensori, e Grace continuò a conversare con diversi membri del suo staff mentre salivano. Chiese notizie delle mogli, dei mariti, dei bambini, di vari membri delle famiglie, chiamandoli tutti per nome.

Quando emersero all'ultimo piano e iniziarono a percorrere il corridoio verso il suo ufficio, lui le disse: «Conosci tutti qui.»

«Mio padre ispirava lealtà. Molti degli impiegati lavorano qui da decenni.» Grace buttò un'occhiata dentro una sala conferenze e salutò le persone radunate per il meeting. Anche loro la salutarono.

«Piaci anche tu.»

Lei lo guardò sorpresa mentre giungevano alla scrivania di Kat. La giovane depose lentamente la penna, con gli occhi che si spalancavano per la sorpresa.

«Buongiorno, Kat» la salutò Grace.

«Buongiorno.»

Grace celò un sorriso e li presentò. «Il signor Smith resterà con me per un paio di settimane, per un lavoro di consulenza. Ci sono già delle chiamate?»

Kat si schiarì la gola e sfogliò delle carte. Guardò ancora Smith e poi, alla fine, il suo capo. «Ah, sì. Sì, le ho lasciate sulla tua scrivania. Oh, e Sua signoria, il conte, ha telefonato. Ha chiesto di richiamarlo, dice che sai dove trovarlo.»

«Saremo nel mio ufficio per la mattinata.»

«Il conte ha detto che è urgente.»

«Allora spero di tenerlo un po' col fiato sospeso» mormorò lei senza scomporsi.

«Cosa?»

«Niente, Kat. Grazie.»

Quando le porte si chiusero e rimasero soli, Grace depose la borsa sulla scrivania e si sedette sulla poltrona di suo padre.

Si schiarì la gola, imbarazzata. «Ebbene, ah... che cosa farai per tutto il giorno? Non voglio che ti annoi.»

«Non sono un ospite, ricordi?» Smith si sedette al tavolo delle conferenze. «Sto lavorando. Proprio come te. Ho bisogno delle piante di questo edificio e del programma della tua prossima settimana.»

Grace aprì la bocca per dire qualcosa, ma l'interfono gracchiò.

«Lou Lamont è qui per te.»

«Ti sembra che voglia ancora un po' di Earl Grey?» chiese Grace.

Kat ridacchiò e poi sussurrò: «No. Non mi sembra dell'umore di rimanere a lungo.»

«Prendi nota, vuoi? Per Natale gli regaliamo un bel copriteiera. E, inoltre, puoi stamparmi la tabella degli appuntamenti per la prossima settimana e dire alla security di portarmi le mappe dei piani dell'edificio?»

«Le mappe? Del piano presidenziale?»

«Di tutto l'edificio.»

«Ah, okay.»

Grace si stava alzando quando Lamont fece irruzione nella stanza.

Non appena vide Smith si immobilizzò.

«E lei chi è?» Il tono dell'uomo era imperioso.

Smith si alzò lentamente e Lamont lo fissò, sorpreso.

Con voce calma, Grace li presentò e propinò a Lamont la storia dello sviluppo organizzativo.

«Senza offesa» disse Lamont rivolto a Smith, con un tono sprezzante «ma lei ha più l'aspetto di un buttafuori.»

Smith abbozzò un sorriso mentre si sedeva senza rispondergli. Sembrava fregarsene completamente dell'uomo che aveva di fronte, e Lamont dovette ingoiare il rospo.

Allora guardò Grace. «Perché abbiamo bisogno di un consulente di sviluppo organizzativo?»

«La fondazione ha subìto un forte cambiamento e abbiamo bisogno di aiuto.»

«Questo è ridicolo. Mi hai detto che non possiamo usare Fredrique, che poteva davvero fare la differenza, solo per introdurre questa specie di cosa New Age, della comunicazione emotiva interpersonale» Il disgusto rese taglienti le parole dell'uomo.

«Pensi che il signor Smith abbia un aspetto New Age?»

Gli occhi di Lamont guizzarono attraverso la stanza fino all'altro uomo, poi fissarono di nuovo Grace. «E cosa speri di ottenere?»

«Abbiamo bisogno di un team unito.»

«*Unito!*» Scosse la testa. «Tuo padre e io abbiamo diretto questo posto per anni. La fondazione non ha bisogno di un team, ha bisogno di un leader forte al vertice.»

«Vediamo le cose in modo diverso.» Prima che potesse ribattere, lo fermò aggiungendo: «Quello che davvero mi piacerebbe fare sarebbe che tu la smettessi di farmi la guerra.»

«Io non ti sto facendo la guerra. Sei solo sulla difensiva.»

«Perciò quelle conversazioni private che stai avendo con i membri del consiglio sono solo di supporto? Fammi capire cosa non sto afferrando.» Grace gli sorrise calma mentre Lamont cercava una risposta da darle. «Ora basta. Non dovresti essere in Virginia?»

Lamont sprofondò le mani nelle tasche e iniziò a spiegare quel cambiamento di programma. «Questo è il problema. Ho parlato con Herbert Finn Terzo, stamattina. Hanno cambiato idea. Non metteranno all'asta la loro collezione al gala.»

Grace nascose subito il suo disappunto.

Ogni anno, il gala della fondazione Hall offriva all'asta un importante pezzo antico della storia americana. Il venditore conveniva di tenere per sé metà del denaro e otteneva un massiccio sconto sulle tasse. In cambio, la fondazione acquisiva una generosa donazione e la serata era pervasa da un entusiasmo che faceva sì che la gente facesse a gara per aggiudicarsi un biglietto dell'evento. All'asta le offerte venivano fatte velocemente, a un ritmo sostenuto e agguerrito. In passato, avevano venduto la bozza autografa del discorso sul 'sogno' di Martin Luther King, uno schema, praticamente intonso, della battaglia di Gettysburg, e la prima bandiera di Betsy Ross.

Perdere la partecipazione della Finn Collection e le sue lettere era un duro colpo.

Grace si lasciò andare lentamente sulla poltrona di suo padre. «Questo è un peccato.»

«Credo che stiano aspettando di vedere se il gala potrà essere un'attrazione anche quest'anno. È esattamente quello che temevo ed è una ragione in più per rivolgersi a Fredrique.»

La voce di Lamont era insolitamente trattenuta e Grace intuì che fosse legittimamente deluso. Ma si rifiutò di affrontare di nuovo l'argomento dell'organizzatore degli eventi.

«Non sarà un problema.»

«Dove troviamo qualcosa di allettante quanto dodici lettere perfettamente conservate firmate da Benjamin Franklin e Thomas Jefferson? Sono quelle cose che di solito non cadono dal cielo. E lascia che ti ricordi che fu tuo padre a portare da noi la Finn Collection, non tu.»

Lei sorrise mostrando i denti. «Troverò qualcos'altro.»

«Ma mentre tu ti intrattieni col tuo consulente di sviluppo organizzativo» ribatté lui con tenacia «il gala si avvicina di giorno in giorno.»

«Sì, lo so.»

Lamont sembrava pronto a discutere, ma poi, di punto in bianco, marciò verso la porta. «Fa' come vuoi.»

Dopo che se ne fu andato, Grace sfogliò con impazienza qualche documento che aveva sulla scrivania. Incapace di starsene seduta, scattò in piedi e andò alle finestre. Mise le mani sui fianchi e guardò il grattacielo di fronte.

Stava marciando verso il bagno, quando Smith parlò. «Avanti. Dillo.»

Lei si schiarì la gola. «Dire cosa?»

«Quello che stai pensando.»

«Non sto pensando a niente.» In effetti, era in preda a un tumulto di emozioni, e non voleva lasciarsi andare di fronte a lui. Le sembrava di mostrarsi debole, dato l'autocontrollo che lui invece sfoggiava. Grace si sforzò di tornare alla scrivania e sedersi.

«Bugiarda.»

«Che cosa diavolo vuoi da me?» gli chiese guardandolo rabbiosa. La tranquilla curiosità sul suo volto la irritava.

«Perché è così importante per te mantenere il controllo?» le domandò.

«E me lo chiedi tu?» Smith inarcò un sopracciglio. «Un uomo che fa sembrare Terminator sciolto e accomodante?»

«Questo sì che è un paragone originale» le disse sarcastico. «Non l'avevo mai sentito.»

Lei distolse lo sguardo. «Penso che tu abbia ragione. Non c'è motivo per cui dobbiamo conoscerci.»

Sentì lo sguardo di Smith su di lei. Non appena la rabbia svanì, Grace si rammaricò di avergli parlato con tanta durezza. In circostanze normali, non perdeva la pazienza facilmente, ma ora lo stress la stava consumando.

Anche se Smith era tranquillo, il fatto di averlo sempre intorno la agitava.

Fece un respiro profondo. «So che Lamont ingigantirà il problema fino a fargli assumere proporzioni enormi. Probabilmente in questo momento sta chiamando Bainbridge. Non posso assentarmi un minuto.»

Si appoggiò allo schienale della poltrona e fissò il busto di suo padre. Era stata tanto dura anche per lui? Se era stato così, non lo aveva dato a vedere.

«E il peggio è che Lou ha ragione. Il tempismo è davvero pessimo. Non ho assolutamente idea di dove trovare qualche importante cimelio da battere all'asta.»

L'interfono gracchiò.

«Sì?»

«Ho in linea tua madre.»

Grace fece una smorfia, sentendosi come presa in una morsa.

«Fantastico» borbottò. Quando sollevò il telefono, la sua voce era allegra e il tono leggero. «Ciao mamma. Stasera. Certo. Ne sono felice. Sì. Alle otto? Va bene. Ciao ciao.»

Riappese il ricevitore. E quando sollevò gli occhi, gli fece un sorriso stanco. «Ti senti mai come se vorresti metterti a urlare?»

Prima che lui potesse rispondere, Kat suonò di nuovo, per un'altra chiamata.

La giornata passò in una confusione di meeting, documenti e gente che voleva delle cose. Niente di insolito a parte il fatto che tutto era complicato dalla presenza di Smith.

Anche se restava in silenzio, la sua figura la colpiva, così come colpiva chiunque altro. Gli uomini avevano la tendenza a sottomettersi, come se il suo aspetto li intimidisse. Le donne avevano la stessa reazione di Kat. Bastava un'occhiata perché sgranassero gli occhi e facessero le fusa. Grace avrebbe potuto fare il conto alla rovescia prevedendo che furtivamente si aggiustassero l'acconciatura.

E sapeva che avrebbe fatto meglio ad abituarcisi quando il consigliere generale della fondazione Hall, una donna robusta, andò da lei per parlarle. Seduta di fronte a Smith, quell'arcigno modello di bigotta si lasciò andare a una risata fanciullesca, come mai nessuno l'aveva sentita prima.

Francamente, era stata dura non sbarrare gli occhi davanti a quel comportamento. E chi l'avrebbe mai detto che anche lei avesse degli estrogeni?

Ma la verità era che Grace si sentiva irritata nel vedere tutte quelle donne uscire di senno per cercare di attirare l'attenzione di Smith. Lui sembrava non notarlo, e questo era probabilmente il motivo per cui tutte facevano i salti mortali. Gli occhi dell'uomo non si posavano mai troppo a lungo o inopportunamente su nessuna di loro, anche quando una delle giovani contabili si tolse la giacca e inarcò la schiena mostrando nella sua direzione il seno pieno e sodo.

In quel momento, la tentazione di approfittare del suo ruolo autoritario e licenziare quella specie di aspirante Betty Page fu tanta, ma Grace lasciò perdere.

Rifiutò anche di rimuginare sulle implicazioni di quel suo impulso passeggero. Cercare di approfondire perché stesse avendo quella reazione possessiva non le avrebbe fatto alcun bene. Aveva la sensazione che la risposta non le sarebbe piaciuta.

Fortunatamente, fu l'ultimo incontro della giornata.

9

Quando in serata tornarono all'appartamento, Grace si cambiò in fretta: indossò un abito nero corto, afferrò una pesante stola e si diresse alla porta mentre Smith si metteva la giacca di pelle.

«Dove vai?» gli chiese.

«Vengo con te.»

Lei scosse la testa, risoluta. «Oh, no. Semplicemente non puoi.»

Lui inarcò un sopracciglio e la guardò annoiato.

«Come spiegherò a mia madre la tua presenza?»

«Io faccio sempre un'ottima impressione» replicò lui dolcemente.

Grace si passò una mano sulla fronte. «Perdonami, non volevo dire questo. Solo che non so cosa dirle.»

«Che ne pensi della verità?»

Lei scosse la testa con vigore. «Non è possibile.»

«Non puoi dire a tua madre che hai una guardia del corpo?»

«Lei non sa niente...» Grace fece un vago gesto con la mano «di tutto questo. Mia madre e io non siamo esattamente molto intime.»

Smith socchiuse gli occhi fissando l'anello di fidanzamento. «E non le hai detto neppure del divorzio, vero?»

Grace corrugò la fronte, desiderando che quell'uomo avesse meno spirito d'osservazione e fosse meno acuto. Si chiese quali altre cose avesse capito di lei. Sapeva quanto spesso lo pensava?

«Perché ha importanza?»

«No, non ne ha.»

«Allora perché lo hai chiesto?» La sua voce stava prendendo degli spiacevoli toni acuti, ma non poteva evitarlo. Smith aveva la capacità di farle perdere la pazienza più velocemente di chiunque altro. Era quasi come se si divertisse a metterla di cattivo umore.

Lui fece spallucce. «Era solo un'osservazione.»

«Tienitela per te» mormorò lei a mezzo fiato.

«E dove starebbe il divertimento allora?»

Grace gli lanciò un'occhiataccia e lui sollevò le mani in segno di resa. «Okay, okay. Tu e tua madre potete cenare da sole.»

«Grazie» gli disse lei, riluttante.

Smith si diresse alla porta.

«Dove stai...»

«Io me ne starò a qualche tavolo di distanza. È il massimo che posso tollerare come compromesso.» Raggiunse l'ingresso e schiacciò il pulsante dell'ascensore.

Lei gli fissò la schiena, dritta come un fuso, e seppe che non ci sarebbe stata nessun'altra negoziazione.

Smith entrò nella sala da pranzo dell'esclusivo Congress Club e si sentì catapultato indietro di un secolo. Con il suo pavimento di marmo bianco, le pareti rosso scuro e gli importanti tendaggi dorati, quel posto sembrava l'interno di una banca o un bordello d'alta classe a seconda delle vostre frequentazioni.

Appesi alle pareti c'erano i ritratti dei donatori, tra i quali Smith riconobbe qualche faccia che lo fissava dalle cornici dorate. Erano sulle banconote che aveva nel portafogli e sulle monete che tintinnavano nelle sue tasche. Non ne fu sorpreso. The Congress, come era conosciuto quel posto, rappresentava la tradizione, la ricchezza, il potere costituito. I suoi membri avevano forgiato la storia del Paese per lungo tempo, nel bene e nel male, e lo facevano ancora.

Mentre veniva condotto al suo tavolo, osservò gli altri commensali. Le persone lo guardavano, con quelle loro facce aristocratiche non mostrando altro che apertura e benevolenza. Anche se non lo conoscevano, sapevano però che era lì solo perché frequentava uno di loro.

Il maître lo condusse attraverso la sala, gli fece un inchino mentre si sedeva sulla poltrona di pelle. Il suo tavolo per due aveva una candela accesa in un candeliere d'ottone, posate d'argento massiccio e un bel dispiego di cristalleria. «Gradite da bere, sir?» L'uomo si sporse in avanti e con un gesto plateale gli pose di fronte una cartella in pelle.

Smith scosse la testa.

Mentre il maître scompariva, Smith cercò di allentare la cravatta che gli era stata prestata all'ingresso, odiandola. Anche la giacca blu navy che gli avevano dato era troppo stretta, ma non provò a liberarsene. Grace fece il suo ingresso nella sala in quel momento.

Salutava gli uomini e le donne ai tavoli accanto ai quali passava, con un sorriso radioso, i gesti eleganti e raffinati. Sembrava perfettamente a suo agio, ma lui riusciva a leggerle dentro. Sapeva che era nervosa perché continuava a portarsi la mano alla gola e, nella luce fioca, i suoi occhi erano spenti. Era chiaro che avesse messo il pilota automatico delle occasioni mondane.

Non appena ebbe preso posto, un uomo le si avvicinò. Smith aggrottò la fronte. L'uomo doveva essere tra i trenta e i quaranta ed era tirato a lucido come una Rolls Royce nuova di zecca. Capelli scuri un po' lunghi, belloccio, l'espressione piuttosto truce, e indossava un abito costoso. Un sangue blu in tutto e per tutto.

Quando si chinò e baciò Grace sulla guancia, lei si illuminò senza finzioni.

E Smith avvertì l'inappropriato bisogno di attraversare la sala per aiutare l'uomo a raggiungere brutalmente la sua destinazione, qualsiasi essa fosse.

Per i dieci minuti successivi, il bellimbusto parlò e Grace rise. Quando si separarono, lei sembrava davvero rilassata. Mentre Mr Fascino continuava a passeggiare nella sala, Smith lo fissava, immaginando il piacere che gli avrebbe dato spezzargli le gambe.

Fu sorpreso quando l'uomo si fermò al suo tavolo.

«La conosco?» Aveva un accento colto, la voce profonda e il sorriso più aggressivo che il decoro avrebbe concesso.

Da vicino era davvero un bel ragazzo. Decisamente il tipo di Grace.

«Non credo» rispose Smith, cupo.

«No?» L'uomo alzò una spalla. «Allora perché ha l'aria di chi trarrebbe un grande piacere dalla mia improvvisa dipartita?»

«Forse non sono dell'umore di essere disturbato.»

«Ha una soglia di tolleranza davvero bassa se si lascia sconvolgere da un po' di cortese conversazione.»

«No, ma lei mi ricorda il motivo per cui sono un misantropo.»

Mr Fascino sorrise e si sporse un po' verso di lui. «Ebbene, mi duole deluderla, ma in generale godo di un'ottima salute. Si gusti la cena, straniero.»

Il tipo aveva del fegato, doveva ammetterlo, si disse osservando lo spasimante di Grace che si allontanava.

Gettò uno sguardo attraverso la stanza. Lei sembrava in ansia mentre lo guardava, ma il loro contatto visivo fu interrotto quando una sorprendente donna di mezza età fu accompagnata al tavolo di Grace. Smith continuò a osservarla, mentre il viso di Grace immediatamente assumeva un atteggiamento fintamente calmo e le due si scambiavano dei baci nell'aria, sfiorandosi appena le guance.

Dunque quella era Mammina.

La madre di Grace era talmente magra che Smith si chiese se mangiasse abbastanza. Le due avevano gli stessi zigomi alti, lo stesso naso dritto, un collo similmente arcuato. Come quelli di Grace, anche i capelli chiarissimi della madre erano raccolti sulla nuca, e indossava un abito nero. Mentre la più anziana spiegava il tovagliolo e se lo poneva con cura in grembo, Smith adocchiò un diamante di notevoli dimensioni.

Un cameriere raggiunse il tavolo di Grace, e Smith vide la madre sollevare gli occhi imperiosa. Pronunciò poche parole. Il cameriere annuì con deferenza e poi guardò Grace. Lei sorrise, qualcosa che la madre aveva dimenticato di fare, e iniziò a parlare. La madre la interruppe.

«Sir» disse una voce accanto al tavolo di Smith. «Che cosa le posso portare?»

Lui non staccò gli occhi da quello che stava accadendo dall'altra parte della sala. «Niente.»

«Chiedo scusa?»

Lui si accigliò. «Si limiti a portarmi del cibo. Su di un piatto.»

Il cameriere in smoking si schiarì la gola. «Abbiamo un eccellente...»

Con lo sguardo che Smith gli lanciò, l'uomo ammutolì e corse via.

Smith tornò alla scena che si svolgeva al tavolo di Grace. Il loro cameriere se ne era andato e la madre stava parlando. Mentre le labbra della donna si muovevano, una sottile disapprovazione fluttuava nell'aria circostante come un cattivo odore.

«Sono terribilmente spiacente, sir» disse un'altra voce

all'orecchio di Smith. «Ma c'è qualcosa sul menu che potrebbe gradire?»

Grandioso. Il cameriere aveva chiamato i rinforzi.

Smith non si diede la pena di nascondere la propria irritazione. «Non ho guardato il menu.»

Gli occhi degli altri commensali iniziarono a focalizzarsi su lui e su ciò che stava accadendo al suo tavolo.

Cristo, non potevano fare a meno di fargli una scenata?

«Dunque, forse vorrebbe esaminarlo?» suggerì il nuovo arrivato. Si chinò verso di lui e aprì la cartella di pelle. «Abbiamo un'ampia selezione di...»

«C'è qualche problema?» disse una terza voce.

Smith era pronto a ruggire quando vide che gli altri due erano scattati sull'attenti come se qualcuno li avesse colpiti con un giornale. Era il maître.

«Questo gentiluomo...» prese a dire il più alto.

«È un ospite della contessa von Sharone» spiegò il maître con calma. Gli altri due guardarono Smith sorpresi, quindi gli offrirono dei sorrisi così calorosi e sinceri che li avrebbe potuti scambiare per missionari.

Smith si appoggiò allo schienale della poltrona e incrociò le braccia sul petto. «Non me ne frega niente di quello che mi portate, basta che non sia la carcassa di un animale investito.»

«Certo, Mr Smith. Subito.» Il maître gli fece un inchino e i camerieri si affrettarono a seguirlo.

John tornò a guardare Grace.

«Chi è quell'uomo laggiù?» chiese la madre di Grace.

«Quale uomo?» disse lei, anche se sapeva con precisione a chi si stesse riferendo.

«L'uomo che ha parlato con Edward e i due camerieri. Non credo di averlo mai visto prima. Pare stia creando problemi.»

Grace bevve un sorso d'acqua. «Com'è andato il tuo viaggio da Newport?»

Sua madre continuò a fissare il gruppetto in smoking intorno a Smith, come se potesse esorcizzare quella scocciatura. «Il viaggio è andato a meraviglia. A meraviglia.»

«E come ti stai trovando?»

Con grande sollievo di Grace, finalmente sua madre distolse lo sguardo dal tavolo di Smith.

«Mercedes Walker viene da Boston domani. Organizzeremo una piccola riunione.»

«Ad ogni modo, Jack è qui stasera.»

«Davvero?» Stavolta, quando la madre scrutò la sala, il suo sguardo si scaldò d'affetto. Fece un saluto con la mano in direzione di Jack, mentre lui le faceva un cenno con la testa.

Grace scoccò un'occhiata a Smith, domandandosi che cosa si fossero detti lui e Jack e quale problema ci fosse stato con i camerieri. Gli occhi di lui, quando i loro sguardi si incontrarono, erano così intensi da scuoterla nel profondo. Corrugò la fronte. Se non stava attenta, avrebbe fatto l'errore di scambiare le sue attenzioni per qualcosa di più che interesse professionale.

Il che l'avrebbe spinta su un terreno pericoloso.

Lo stava pagando per proteggerla, ricordò a sé stessa. Era il suo lavoro. Non era vinto dal suo fascino misterioso.

Soprattutto perché lei non ne possedeva.

Ranulf se ne era accorto, purtroppo. Per quanto fosse bella, non era una donna dotata di sex appeal. Non lo era mai stata. E il disappunto di suo marito per la loro vita sessuale, palese e manifesto, aveva finito per evidenziare ciò che aveva sempre pensato di sé stessa.

Ricordò i baci che lei e Smith si erano scambiati. Lui era stato passionale, perché tale era il suo temperamento. Il trasporto di John nei suoi confronti era il risultato della sua virilità, non certo una reazione alle sue presunte qualità.

«Grace?»

La voce acuta di sua madre la riportò al presente. «Scusa?»

«Ti stavo parlando del mio prossimo viaggio a Parigi. Sarò ospite del visconte di...»

Stavolta, Grace fece attenzione ad ascoltare la dettagliata spiegazione dei programmi di sua madre. L'unica pausa fu quando il cameriere servì loro gli antipasti. Nel vedere il filetto di salmone che le veniva servito, Grace soppresse una smorfia.

Odiava il pesce.

«Ti piacerà molto di più del manzo, tesoro» disse sua madre mentre un identico piatto le veniva posto dinanzi. «Ora raccontami del gala.»

«Penso stia procedendo piuttosto bene.» Grace sollevò la forchetta. Non le piaceva mentire, ma non aveva intenzione di dire la verità a sua madre.

«Tuo padre ha sempre avuto talento per questi eventi. È stato lui ad assicurarsi la prima bandiera di Betsy Ross per l'asta, ti ricordi?»

Grace si lasciò prendere dal racconto di quell'aneddoto che aveva già sentito e risentito innumerevoli volte. Ricordò a sé stessa di annuire ogni volta che percepiva una pausa, si portò la forchetta alle labbra e introdusse un pezzetto di salmone in bocca. Lottò per non strozzarsi.

I suoi occhi abbandonarono il volto ben conservato della madre e viaggiarono attraverso la sala che conosceva alla perfezione. Quel posto le ricordava suo padre. Aveva amato cenare in quella sala da sola con lui. Avevano incominciato a farlo come tradizione per il suo compleanno, da ragazzina, e quando era cresciuta erano tornati lì regolarmente.

Suo padre la guardava con attenzione mentre lei parlava, e per tutto il tempo disegnava con un cucchiaio d'argento sulla pesante tovaglia di lino. Poteva ancora sentire quel tenue suono tra loro. Lui tracciava con il cucchiaio cerchi immaginari mentre l'ascoltava. E quando era il suo turno di parlare, disegnava quadrati invisibili, girando gli angoli mentre le spiegava i punti del suo discorso.

Quelli erano stati i momenti migliori del loro rapporto. Ma il senso di perdita le suggerì di accantonare quei dolci ricordi per un altro momento, più privato.

Grace guardò Smith e s'irrigidì. Ebbe la sensazione che quegli occhi socchiusi stessero vedendo attraverso il suo sorriso finto e le sue maniere attentamente misurate. Sospettava che Smith sapesse che si sentiva esausta, tesa e sola. Sapeva anche che si odiava per aver permesso a sua madre di ordinare per lei?

«Grace» la chiamò sua madre, tagliente.

Si voltò. «Mi dispiace. Che cosa stavi dicendo?»

«Ti chiedevo di Ranulf.»

La mano di Grace si strinse con forza intorno alla forchetta. «Oh, sta bene.»

«Tuo marito è un uomo meraviglioso. Sai che mi ha scritto?»

«Quando?» Cercò di mantenere un tono di voce leggero. Senza picchi. Piacevole.

Dentro di sé si stava chiedendo perché diavolo Ranulf avesse cercato un contatto con sua madre. Ora che erano separati, avrebbe dovuto rapportarsi con la sua di famiglia. Fece mentalmente un appunto di parlarne con il suo avvocato.

«La lettera è arrivata la settimana scorsa. Diceva che sarebbe venuto in città e che avremmo dovuto vederci tutti e tre insieme.» Quel tono di disapprovazione faceva irrigidire le spalle di Grace come se una morsa le attanagliasse la spina dorsale. «Pensavo l'avresti portato con te stasera.»

«Aveva degli impegni.»

«Be', ti ho chiamata con scarso preavviso. Gli porteresti i miei saluti?»

«Certo.»

«Ora dimmi, quando avrete dei bambini?»

A Grace andò di traverso il pesce. Tossendo, armeggiò per portarsi il tovagliolo alla bocca.

Sua madre non mollò la presa. «Il tuo primo anniversario di matrimonio si avvicina. È tempo, non pensi? Tuo padre non ha avuto l'opportunità di conoscere i suoi nipoti. Non voglio che la stessa cosa succeda a me.»

Grace bevve un sorso d'acqua. Poi un altro. «Sono occupata con la fondazione ora. Non posso...»

Un gesto impaziente della mano cancellò le sue parole. «Lascia che sia Lamont a dirigere quel posto. È ciò che tuo padre avrebbe voluto davvero.»

Gli occhi di Grace si accesero di rabbia. Lentamente, posò il bicchiere. «Che cosa hai detto?»

«Onestamente, non puoi pensare che tuo padre volesse confinarti in quell'ufficio tetro per tutto il tempo. Ha formato Lamont per questo. D'altra parte, cosa ne vuoi sapere tu di come dirigere la fondazione? Stavo parlando con Charles Bainbridge l'altro giorno, e gli dicevo che sei davvero sotto stress. Devi prenderti cura di Ranulf ora, non preoccuparti degli affari. E Charles era d'accordo.»

Grace sentì il sangue defluirle dal volto. Bainbridge era l'amministratore delegato ed era a capo degli uomini che le remavano contro.

Sua madre sembrava preoccupata. «Tesoro, non stai mangiando. Il pesce non è di tuo gradimento? Chiamo Edward.»

Non appena sua madre iniziò a sollevare la mano, Grace intervenne: «No, no, il salmone è buonissimo.»

Nel silenzio che seguì, cercò di riprendere il controllo.

«Mamma, come hai potuto farmi questo?» le chiese senza alzare la voce.

Sua madre parve sorpresa. «Prego?»

«Come hai potuto minare la mia autorità così?»

«Buon dio, stai parlando di Bainbridge? Ti ho fatto un favore. Non puoi farti carico di tutte quelle responsabilità.»

«Sarò io a deciderlo.»

Carolina Hall s'irrigidì.

Mentre l'espressione di sua madre diventava di ghiaccio, Grace lottò per non lasciarsi sommergere dal biasimo.

«Trovo il tuo commento e i tuoi modi sgarbati.»

Grace fece un respiro profondo.

«Mi dispiace, mamma. Ma so di poter essere ciò di cui la fondazione ha bisogno e voglio avere la possibilità di dimostrarlo. Il tuo parlarmi alle spalle con Bainbridge non mi aiuta a raggiungere i miei obiettivi.» Quando la madre la fissò con durezza, Grace giocò la sua carta vincente. «Dopotutto, davvero vuoi che qualcuno diverso da un Hall diriga la fondazione?»

Quelle parole colpirono Carolina. Lentamente venne il disgelo.

«Tu e tuo padre siete sempre stati uguali. Una volta che si era messo in testa di fare qualcosa, niente lo poteva smuovere. Tuttavia, credo ancora che dovresti concentrarti su Ranulf e la famiglia che avrai con lui. È ciò che ho fatto io con tuo padre e guarda il successo che è stato il nostro matrimonio. Non vuoi ottenere lo stesso risultato?»

Come se il matrimonio fosse un gioco da vincere, una scacchiera dove trionfare sull'altro.

A parità di condizioni, pensò Grace, preferirei avere una buona partnership piuttosto che qualcosa degno di un trofeo.

Cercò di cambiare argomento di conversazione. «Mamma, lo sai che stiamo organizzando un tributo per papà durante il gala di quest'anno?»

«Ah, è una bellissima idea. Lo sai, è stato tuo padre a dare il via alla tradizione del gala.»

«Lo so.» Grace trattenne lo sfinimento che sentiva in quelle parole.

«Era il 1962 quando gli venne l'idea. Organizzammo il primo gala a casa nostra...»

Quando la tavola fu sparecchiata, il cameriere chiese loro se desideravano il dessert.

«Non lo vogliamo» rispose sua madre. «Solo il caffè. Senza zucchero.»

Grace si stava augurando di poter saltare il caffè quando sua madre le disse: «Non hai un bell'aspetto.»

«No?» Prese ancora il bicchiere dell'acqua e ne centellinò qualche goccia. Voleva risparmiare l'ultimo sorso nel caso in cui sua madre avesse buttato l'ennesima bomba e le avesse fatto andare qualcosa di traverso.

«No. E mi sei sembrata molto distratta stasera. Non stai dormendo, vero?»

«Sono impegnata.»

«Sei triste per tuo padre?»

Quelle parole furono pronunciate tanto tranquillamente che Grace quasi non le sentì. Sollevò la testa sorpresa.

«Sì, è così. Mi manca terribilmente.»

Il caffè arrivò insieme al conto. Carolina tratteggiò accuratamente la sua firma, seguita dalla sigla WH1. Indugiò con la penna in mano, fissando il pezzo di carta. I suoi occhi si sollevarono, fino a fissarsi sulla candela che bruciava sopra il tavolo tra di loro.

«Tu e lui siete sempre stati molto attaccati. Lo adoravi. Ricordo che una volta, quando eri bambina, ti ho trovato nel suo armadio. Era andato via per affari, per una settimana o due. Tu ti eri messa i suoi vestiti, ti eri infilata i suoi completi. Ti eri allacciata una cravatta intorno al collo, che quasi arrivava a terra. Dovevi avere cinque o sei anni.»

Grace sorrise triste. «Me lo ricordo. Eri furiosa perché non mi era permesso entrare nelle vostre camere da letto.»

«Davvero? Non ricordo. Quello che ricordo è la tua spiegazione. Mi dicesti che l'avevi fatto perché lui era via, avevi bisogno di fare il suo lavoro per lui, ma non avevi niente di adatto da metterti. Eri davvero deliziosa.»

Gli occhi di sua madre si offuscarono, un piccolo cambiamento che sarebbe durato un attimo. Grace tese la mano per stringere quella di sua madre. Fu sorpresa quando rimasero così per un lungo momento.

«Lo hai sempre ammirato» mormorò sua madre. «La tua fiducia in lui era invidiabile.»

Grace corrugò la fronte. Invidiabile? Che strano modo di mettere le cose, pensò. Specie per sua madre, che aveva dedicato la sua vita a sostenere il suo uomo.

Carolina si tirò indietro, depose la penna e portò il caffè alla bocca. Sbatté le palpebre più volte.

«Ti manca?» le chiese Grace con dolcezza.

«Certo. Ho vissuto con quell'uomo per quarantasei anni. Ci si abitua ad averli intorno. Com'è il tuo caffè? Il mio è un po' freddo.»

Grace sospirò. Non prendeva mai il caffè di sera e non aveva intenzione di bere quello che le era stato servito.

«Il mio va benissimo» mormorò.

«Il che mi ricorda» disse sua madre «che stiamo chiudendo tardi Willings quest'anno, per via della morte di tuo padre. Voglio che tu venga a Newport per il week-end del Columbus Day.»

«Va bene.»

«Tu e Ranulf verrete insieme.» Lo sguardo di sua madre si affilò, appena sopra il bordo della tazzina.

Grace si irrigidì.

Avrebbe dovuto dirglielo, pensò. Non aveva intenzione di cambiare idea riguardo al divorzio e il tempo non avrebbe cambiato la reazione di sua madre.

«Mamma, ho bisogno di parlarti.»

Una voce maschile e familiare la interruppe. «Signora Hall, come sta?»

«Jackson Walker!» esclamò sua madre, accettando un bacio sulla guancia. «Speravo sarebbe venuto. Come sta?»

«Molto bene, grazie.» Jack sorrise e il suo volto regale parve meno austero.

«Come sta Blair?»

«Perfettamente, sotto tutti gli aspetti.»

Grace sentì sua madre ridere e lasciò che la conversazione si affievolisse. Guardò Smith. Stava bevendo il caffè, con gli occhi puntati nella sua direzione.

«Hai sentito, Grace?»

«Mi dispiace, che cosa?»

«Anche Jack e Blair verranno per il fine settimana del Columbus Day.»

«Meraviglioso.»

Grace offrì un sorriso entusiastico al suo vecchio amico, ma quando lo guardò negli occhi, seppe di non essere riuscita a ingannarlo.

Quando si voltò per allontanarsi, lui indugiò con la mano sulla sua spalla. Sporgendosi su di lei per baciarle la guancia, le sussurrò: «Chiamami se vuoi parlare, okay?»

Lei annuì, mettendo la mano su quella di lui. «Grazie.»

Mentre se ne andava, Jack attraversò la stanza salutando alcuni dei commensali.

«È un gentiluomo adorabile, quel Jackson» disse sua madre. «Sai, se non avessi trovato Ranulf, era lui che speravo sposassi. I Walker sono un'eccellente famiglia e lui è un uomo di successo.»

«Sì, è vero.»

Sua madre gettò un'occhiata all'orologio a pendola. «È tardi. Devo andare.»

Mentre si dirigevano verso il guardaroba, sua madre le chiese: «Stavi per dirmi qualcosa?»

«Non è niente, mamma. Niente.»

10

Eddie proruppe in un grido di gioia quando Smith gettò gli avanzi sul sedile davanti. «Bonus! Che cosa mangio? Aragosta? *Filet mignon*?»

Stavano aspettando che Grace salutasse sua madre di fronte al club.

«Penso che siano spaghetti.»

Eddie allungò il collo. «Fammi capire. Tu vai in un posto del genere e ordini dei maledetti spaghetti?»

«Non li ho ordinati.» Il volto di Grace era teso mentre sorrideva e annuiva. Era stupito che la madre non se ne accorgesse.

«Che significa che non li hai ordinati? Una fatina ha scosso la bacchetta e si sono materializzati?»

«La fatina non l'ho vista, ma mi sono stati portati da un suo diabolico piccolo aiutante.»

Eddie rise. «Io non metterò mai piede là dentro.»

«Molto saggio.»

Quando la madre fu inghiottita dalla Town Car nera, Grace raggiunse il SUV e Smith le aprì la portiera. Mentre Eddie si allontanava dal marciapiede, Smith le lanciò un'occhiata. Aveva l'aria di chi è stato passato al torchio ma non implorava pietà. Nessun sospiro di sollievo, nessuna tirata per sfogarsi riguardo a quello che non andava con sua madre.

Solo quieta sopportazione. Forza delicata.

Curioso, non aveva mai pensato che le due parole potessero essere usate insieme.

«Cena burrascosa?» chiese.

Lei appoggiò la testa allo schienale e gli lanciò un'occhiata di traverso. Le palpebre erano socchiuse. «Sarebbe potuto andare peggio.»

Voltò la testa dall'altra parte.

Avevano attraversato tre isolati quando Smith si rivolse brusco a Eddie. «Penso che siamo seguiti. Frena.»

Grace sollevò la testa di scatto mentre la Explorer si fermava. Una macchina bianca li oltrepassò.

«Sembra la berlina che mi ha seguito al funerale di mio padre» disse.

«Inseguila» ordinò Smith a Eddie.

L'Explorer tornò a lanciarsi nel traffico. Smith fece del suo meglio per prendere il numero di targa, ma i taxi e le altre macchine continuavano a frapporsi tra loro e la berlina. Mentre si avvicinavano a un incrocio, pensò che sarebbero stati fortunati. Il semaforo stava diventando arancione e solo una macchina li separava dalla loro preda.

Ma con uno scatto inaspettato, la berlina tagliò passando col rosso e fuggì lungo la via. Eddie diede gas al motore per sorpassare il veicolo davanti a loro, ma un taxi gli bloccò la strada all'ultimo momento. Smith osservò il fanalino di coda della berlina farsi più piccolo fino a scomparire.

«Hai visto qualcosa, Eddie?»

«No, ero troppo occupato ad avvicinarmi a quella dannata macchina.»

Smith scoccò uno sguardo a Grace. «Portaci a casa.»

«Certo, Boss.»

Quando si fermarono di fronte al palazzo, Smith scese e aiutò Grace a uscire dalla macchina. Quando lei gli fu accanto, frugò nel portabagagli e tirò fuori un borsone e le valigette di metallo che Eddie aveva preso dal suo hotel.

«Grazie per l'aiuto» disse al suo amico.

«Nessun problema. E il portiere ha ritirato la consegna del negozio di alimentari venti minuti fa. Mi ha detto che l'ha lasciata nel corridoio. A che ora hai bisogno di me domani?»

«Sette e mezza.»

«Bene.»

Nonostante avesse l'aria di chi sta per svenire, Grace si sporse verso il finestrino e sorrise a Eddie. «Quando scalderà la pasta, lo faccia su un fornello, se può. Fuoco alto e la muova. In questo modo le verdure si manterranno croccanti. Credo che le piacerà. Lo chef viene dalla Toscana. Buonanotte, Eddie.»

Smith lanciò un'occhiata al suo amico. L'uomo aveva un'espressione confusa, affascinata.

«Buonanotte, Eddie» disse Smith, sarcastico.

«Sì, Boss» rispose l'uomo distrattamente, rimettendo in moto.

Sulla strada verso l'edificio, Smith chiese: «Come facevi a sapere cosa avevo preso per cena?»

«Non sei l'unico osservatore qui.»

Quando raggiunsero l'appartamento e Grace cercò di aprire la porta, le tremavano le mani. Le ci vollero diversi tentativi prima che riuscissero a entrare. Mentre lei si piegava per prendere una delle buste della spesa, Smith le disse di non preoccuparsi.

«Allora andrò a letto» gli rispose mentre lui disattivava l'allarme e portava le buste in casa.

La seguì lungo il corridoio, depose il borsone e le valigette vicino al letto in cui aveva dormito la notte precedente, e proseguì verso la camera di lei. Quando Grace lo guardò interrogativa, lui le spiegò che stava solo controllando la stanza.

Dopo una rapida ispezione alla camera padronale, proseguì la perlustrazione dell'attico, quindi sistemò la spesa e si ritirò in camera. Si stava sfilando la giacca di pelle quando udì il rumore dell'acqua corrente provenire dal fondo del corridoio.

Mentre gettava la giacca sulla sedia, immaginò Grace che si spogliava, con i capelli sciolti sulle spalle. Le ciocche che le arrivavano giusto alle punte dei capezzoli e lui spostava con un gesto delicato per baciarle la pelle. Si figurò le bionde onde che gli accarezzavano il torace, cadendogli sul volto mentre facevano l'amore.

Sentì che l'acqua veniva richiusa.

Tutto ciò che avrebbe dovuto fare era attraversare il corridoio, pensò. Entrare nella camera da letto di Grace e prenderla tra le braccia. Perché aveva la sensazione che, sebbene lei si fosse detta d'accordo sulla distanza da tenere, si sarebbe lasciata travolgere di nuovo dalla passione.

Un bacio e sarebbe stata sua.

Mentre il sangue gli martellava nelle vene, Smith si fermò.

Che diavolo stava facendo?

Scosse la testa.

Che *diavolo* stava facendo?

Con deliberata lentezza, si tolse la fondina e trasse fuori la pistola. Fissò il metallo nero e la propria mano e le dita che lo stringevano. L'arma era stata fabbricata per lui, con precise specifiche, e ce n'erano altre due identiche nelle valigette.

Il peso familiare della pistola era confortante.

La preoccupazione per Grace no.

Ricordò l'uomo al Congress Club, quello ben vestito che l'aveva baciata sulla guancia e l'aveva fatta sorridere. Smith non ci aveva pensato allora, ma la sua reazione aggressiva verso quell'uomo ora gli fu più chiara. Si era comportato come un amante geloso, e non come una guardia del corpo professionale.

Forse aveva solo bisogno di una vacanza. Un po' di tempo da qualche parte al caldo, dove i drink scorrevano come acqua e le donne erano facili.

Sì, era quello che gli ci voleva.

Una dannata vacanza.

Corrugò la fronte. E realizzò che in tutta la sua vita non se ne era mai concessa una.

Qualche giorno dopo, Smith scoprì che la sua ossessione per Grace stava peggiorando. Il risultato non era sgradevole. La frustrazione sessuale gli toglieva il sonno e lo metteva di malumore.

E già era conosciuto per il suo cattivo carattere.

Dal suo posto al tavolo delle conferenze, guardò l'ufficio. Grace aveva la testa immersa in qualche documento e lui cercò di non fare caso alla camicetta di seta che si apriva lasciando intravedere la sua pelle.

Eccitato, cercò sulla sedia una posizione più comoda.

Grandioso. Al lavoro con un'erezione.

Davvero professionale.

Smith sentì che il suo umore sprofondava nel baratro di quel terreno pericoloso, così trasse di tasca il cellulare e compose il numero del tenente Marks. Sapeva che un aggiornamento sul caso avrebbe distolto la sua mente dalla dannata camicetta di quella donna.

«Come vanno le cose, tenente?»

«Oh, Cristo, non bene.» L'uomo sembrava stanco. «Il capo della polizia mi sta col fiato sul collo perché il nome di quelle donne è inciso su tutte le istituzioni culturali di New York. La stampa sta sollevando un putiferio, chiedendo conferma dell'articolo del *Times* ritrovato accanto al primo corpo. E io sto cercando di scovare quello stronzo che si è lasciato sfuggire la soffiata. E non abbiamo ancora nessun sospettato.»

Smith tenne bassa la voce. «Avete controllato i portieri degli edifici dove vivevano?»

«Sì. Il turno di giorno e di sera in entrambi i casi è stato ricoperto da personale che lavora lì da cinque anni. La loro fedina penale è pulita e tutti dicono di non aver visto niente di sospetto nelle notti in questione. Neppure i registri dei visitatori e delle consegne dicono nulla. Tutti hanno firmato entrata e uscita. Nessuna falla.»

«Nessun nome che si ripete sull'uno e sull'altro registro?»

«Pochi. Questi tizi ricchi tendono a frequentare le stesse persone. Il viavai di quei posti non ci è d'aiuto. Stiamo indagando il passato di ognuno di quei nomi.»

«Non avete trovato nessuna connessione tra i mariti di quelle donne? Affari? Piacere?»

«Non abbiamo ancora controllato. Buona idea» Marks fece una pausa. «Allora, come sta la contessa?»

Gli occhi di Smith guizzarono nella direzione di lei. «Tiene duro, considerato lo stress a cui è sottoposta.»

«Gran donna. Qualcun'altra con i suoi soldi avrebbe potuto essere una vera spina nel fianco, ma lei mi sembra sorprendentemente normale.»

Parlarono ancora un po' dei test che la polizia forense aveva eseguito sulle scene del crimine. Quando Smith riappese, tornò a guardare la stanza. Kat era entrata e Grace stava ridendo per qualcosa che la ragazza le aveva detto. Kat aveva sul volto un largo sorriso.

La gente aveva la tendenza a sorridere con Grace, osservò.

Chi entrava nel suo ufficio o la incontrava nei corridoi, quando si allontanava, era sempre sorridente e di buonumore.

'Sorprendentemente normale' non era una descrizione sufficiente.

«Grazie, Kat» disse Grace, sfogliando i documenti. «Mi sei stata di grande aiuto.»

L'assistente si illuminò. «Provvedo subito ad apportare i cambiamenti.»

«Non ti preoccupare, sono le sei passate. Va' pure a casa.» Gli occhi di Grace caddero verso di lui, ma si affrettò a spostarli subito.

«Be', non sono di fretta» disse Kat.

«Non dirmelo. Un altro appuntamento?» Grace la guardò indulgente.

«È solo un drink. È un ragazzo dell'ufficio IT. Spero che parleremo anche di qualcos'altro a parte il Java o i Sims.» Kat raccolse i documenti e si avviò alla porta. «Buonanotte, Signor Smith.»

Smith le fece un cenno senza guardarla direttamente. Grace gli lanciò un'occhiata e poi tornò a guardare la schiena della ragazza.

«Buonanotte, Kat» disse dolcemente, l'espressione preoccupata.

Quando la porta si chiuse, strinse gli occhi verso di lui. «Potresti essere un po' più gentile con lei.»

«Con chi?»

«Kat.»

Lui corrugò la fronte. «Di cosa stai parlando?»

«Credo che abbia una cotta per te.»

Smith si strinse nelle spalle e iniziò a raccogliere i documenti che aveva revisionato. Stava facendo delle ricerche per un amico riguardo a un caso di frode. «Non è colpa mia.»

Grace si alzò in piedi. «È vero. Ma neppure sua. Quando la ignori in quel modo, urti i suoi sentimenti.»

Né lo sguardo né il tono di Grace erano combattivi, ma John si mise sulla difensiva. L'idea che il suo comportamento non fosse stato all'altezza delle sue aspettative lo infastidì, e per una ragione che non gli andava di verificare attentamente.

Perché gli sarebbe dovuto importare cosa quella donna pensava di lui?

Smith sorrise cupo. «Vuoi che le dia un appuntamento o roba del genere?»

Il suo primo istinto era stato quello di fare un commento tagliente per poi lasciar cadere l'argomento, ma la sua baldanza svanì quando comprese che Grace non stava cercando di controllarlo. Era davvero preoccupata per i sentimenti della giovane segretaria.

Smith avrebbe voluto imprecare. Era più facile lottare contro qualcosa piuttosto che acconsentire a una richiesta posta con una certa considerazione, e lui avrebbe preferito il primo caso, specie visto l'umore che si ritrovava. L'attrazione per lei, insieme alla frustrazione che gli stava facendo vedere l'inferno, lo rendevano ancora più aggressivo del solito.

Il che significava qualcosa.

«Perfetto» disse cupo.

Lei sorrise. «Vedi, non è poi così male, no?»

Come se fosse un bambino che doveva essere blandito.

Il gentile rimprovero fu tutto ciò che ci volle per scatenare il suo malumore. Smith scattò in piedi e marciò attraverso la stanza. Il sorriso di Grace svanì.

Quello che voleva fare, quando torreggiò su di lei, era baciarla.

Invece le disse: «Ora ne ho abbastanza. Non voglio essere trattato con condiscendenza.»

Lei lo guardò impaurita, poi i suoi occhi scivolarono giù verso l'apertura della camicia, come se ricordasse come era stato sentirlo contro di sé. Le sue labbra si dischiusero.

Gesù santissimo.

Non desiderava altro che baciarla.

Perciò, prima che facesse qualcosa di veramente stupido, Smith represse il suo malumore e il suo desiderio e tornò al tavolo delle conferenze. Raccolse le sue cose e usò il tempo che gli rimaneva per rimproverare sé stesso.

Cristo, di tutte le donne sulla faccia della terra... perché doveva essersi ostinato proprio con lei? Odiava le complicazioni e non c'era nulla di più complicato che una bellissima e ricca donna che era anche sua cliente. E perché non poteva semplicemente lasciar perdere? Nel corso degli anni aveva dimenticato un sacco di altre donne. Praticamente tutte quelle con cui era stato, a dire il vero.

Ma questa? Non riusciva a togliersela dalla testa.

Tutte le notti, quando gli sembrava di impazzire, si convinceva che avrebbero potuto finire a letto insieme non appena quel lavoro fosse finito. Avrebbero passato un paio d'ore atleticamente divertenti, magari un giorno o due. E poi lui se ne sarebbe andato.

Quando fissava il soffitto, nel buio della stanza, quello gli sembrava un buon piano, ma di giorno sapeva che era una pessima idea. Se fosse andato a letto con quella donna, lei avrebbe finito per volere tutte quelle cose che Smith non poteva darle. Avrebbe voluto più che qualche ora, più che pochi giorni. Avrebbe voluto una relazione. Senso di sicurezza. Un po' di stabilità.

E poi tutti gli annessi e connessi che si sarebbe aspettata. Secondo i giornali, era stata corteggiata dagli scapoli più ambiti del pianeta. Uomini che non avevano niente di meglio da fare che compiacerla. Uomini che, senza dubbio, si presentavano alla sua porta ben vestiti, con le scarpe lucide, diamanti e perle in dono. Uomini capaci di sussurrare cose dolci in quelle sue belle orecchie e far sì che quelle stronzate sembrassero credibili.

Smith non poteva piegarsi a cose come quelle per salvarsi l'anima, neppure per andare a letto con lei e calmare i propri ardori.

Appartenevano a due mondi diversi. Lui viveva ai bordi della società, in quella nicchia di penombra che stava tra i criminali e la brava gente. Lei era un idolo, un sogno romantico per tutte le persone del Paese. Passava le sue giornate nel grattacielo della sua famiglia, le serate nelle sale da ballo, i week-end a Newport. Lui negoziava con scellerati rapitori e scambiava proiettili con fascisti e pazzi maniaci per vivere.

Lei era raso e platino. Lui pelle e piombo.

Oh, diavolo. Perché iniziava a sembrare un cantante di musica country?

Gettò uno sguardo attraverso la stanza. Grace si era alzata e stava osservando il sole che tramontava. Gli occhi di John percorsero il suo corpo, dalla nuca, dove i suoi capelli erano strettamente appuntati, fino ai tacchi alti.

La lussuria, calda e carnale, pompò dentro di lui.

Si infilò la giacca e sorrise a denti stretti, pensando che erano tutti e due dannatamente fortunati che lui riuscisse a controllarsi.

Perché se non fosse stato per tutti quegli anni di addestramento militare, e per il fatto che la sua mente fosse più forte del suo corpo, l'avrebbe scopata in quel momento stesso.

Grace fece ancora quel sogno alcune notti più tardi. Il sogno in cui suo padre tornava da lei.

Si svegliava e si accorgeva che lui era sulla porta della sua stanza. E nella luce fioca, notava che le sue labbra si muovevano, ma non riusciva a sentire la sua voce. Continuava ad affievolirsi, come per colpa di una cattiva connessione.

Cosa?, gli chiedeva lei con la mente. Che cosa mi stai dicendo?

Il volto di suo padre sembrava preoccupato e lei continuava a fissarlo mentre lui parlava sempre più velocemente.

Non riesco a sentirti.

E poi, per la prima volta da quando lui era morto, Grace sentì la sua voce.

Calla Lily.

Grace si tirò a sedere di scatto, col cuore che le martellava in gola, il fiato mozzato nel petto. Scostò le coperte, mise i piedi sul pavimento e si preparò psicologicamente, prima di esaminare in giro. Guardò verso la porta della sua stanza. Lui se ne era andato.

Lui non era mai stato lì, si corresse.

Incespicando nel bagno, tastò nel buio finché trovò il bicchiere. Aprì l'acqua e aspettò con la mano sotto il getto che diventasse fredda. Ripeté a sé stessa che il lavandino era reale, il marmo sotto i suoi piedi era reale, la pallida luce che proveniva dalle finestre era reale.

Ma suo padre non lo era stato.

Riempì il bicchiere, prese un paio di grossi sorsi e assaporò il familiare sapore pungente e metallico dell'acqua. Dopo aver rimesso il bicchiere sotto al getto, fece un respiro profondo e si irrigidì.

L'odore del tabacco le solleticò il naso, facendole desiderare di starnutire. Come sempre accadeva quando suo padre si accendeva una delle sue pipe.

E il bicchiere, così come la sua sanità mentale, le scivolò di mano.

Smith si era appena acceso un sigaro e stava fissando la notte quando udì il rumore del vetro che si infrangeva. Lanciando il sigaro nel posacenere, afferrò la pistola e attraversò di corsa il corridoio.

Mentre faceva irruzione nella camera di Grace, sentì la sua voce provenire dal bagno.

«Sono qui.»

Accese la luce e la vide, in punta di piedi, circondata dai vetri rotti.

«Sto bene. Sto bene» gli disse, socchiudendo gli occhi contro la luce accecante. «Ho solo fatto cadere un bicchiere.»

Quando fu in grado di metterlo a fuoco, fissò il suo petto nudo e in quel momento si accorse che indossava solo un paio di boxer. Grace spalancò gli occhi e John seppe che stava fissando le sue cicatrici.

«Sei sicura di non essere ferita?» le chiese con durezza, facendo scorrere lo sguardo sul corpo di lei, cercando di mantenerlo professionale.

Fallì. Come in risposta alle sue fantasie, lei non indossava molto, solo un sottile strato di seta con decori in pizzo. La vista dei suoi seni che si affacciavano in quelle fragili coppe gli fece desiderare di crollare sulle ginocchia, e al diavolo i vetri rotti.

«Sto bene. Davvero. Mi dispiace di averti svegliato.» Grace si guardò attorno, come a cercare una via d'uscita.

«Non pensare neanche di muoverti. Ti taglieresti.» Smith depose la pistola sul ripiano.

Lei fissò l'arma con diffidenza. «Penso che starò bene se solo...»

«Sta' ferma» le disse brusco. «C'è vetro tutto intorno. Dammi un minuto.»

Tornò in camera sua e indossò una camicia e gli stivali. Quando tornò nel bagno, calpestò i vetri rotti e l'afferrò.

«Che cosa stai facendo?» mugolò lei mentre la sollevava tra le braccia. Lui non replicò. Il vetro che sfrigolava sotto le spesse suole parlava da solo.

Giunto al tappeto, la lasciò andare ruvidamente e lei barcollò un poco. John sapeva che era meglio lasciarla andare velocemente, altrimenti sarebbe successo qualcosa. Qualcosa come lui che la spingeva sul letto e poi la ricopriva col suo corpo.

Di pessimo umore, Smith raggiunse la cucina e tornò con una scopa per raccogliere i frammenti. Era sul punto di uscire, quando si fermò e la guardò di nuovo.

Aveva indossato un pesante accappatoio e si era seduta sul bordo del letto nell'inconsistente luce della abat-jour. Gli volgeva la schiena e sembrava fissare qualcosa nell'oscurità di Central Park.

Lasciala stare, si disse. Non è affar tuo cercare di scuoterla. Sei pagato per farle da guardia del corpo, non da strizzacervelli.

«Tutto okay?» le chiese comunque.

«Sì» gli rispose in un sussurro. Poi si voltò e lo guardò da sopra la spalla. «Davvero» aggiunse.

«Vuoi lasciare accesa la luce?»

Lei annuì.

«Buonanotte» le disse ricevendo un borbottio in risposta.

Smith andò in cucina per riporre la scopa, e stava per rientrare nella propria stanza quando sentì un rumore lieve, appena percettibile. Si immobilizzò per sentirlo ancora. Quando si ripeté, comprese che era un singhiozzo.

Percorse in silenzio il corridoio buio e rimase nascosto oltre la soglia. Lei si era stretta le braccia intorno al busto e si cullava avanti e indietro sul bordo del letto.

«Grace?» sussurrò. Era la prima volta che la chiamava per nome.

Lei scattò in piedi, asciugandosi gli occhi in tutta fretta. «Cosa c'è?»

«Perché stai piangendo?» John le guardò le spalle, rigide come cemento. «Dimmi che cosa ti ha svegliato poco fa.»

Lei fece un gesto vago con la mano. «Sto bene.»

Smith trasse un respiro profondo. I piagnistei delle donne non avevano mai avuto potere su di lui. Di solito era attratto dalla forza, non dalla debolezza.

Ma non poteva voltarle le spalle e lasciarla sola in quel grande letto a far finta di stare bene.

«No che non stai bene.»

Lei si voltò, i suoi occhi verdi erano ostili.

John quasi sorrise, credendo di riconoscere in quella reazione una maniera a lui familiare di allontanare da sé le persone.

«Credevo che non dovessimo conoscerci» gli disse lei a denti stretti.

Lui si strinse nelle spalle. «Forse mi sbagliavo.»

No, aveva ragione. Ma anche se l'istinto gli urlava di tornarsene in camera sua, sarebbe rimasto con lei finché non si fosse calmata.

Lei lo fissò con aria di sfida. «Okay, prima tu.»

Tirando su col naso con determinazione, incrociò le braccia sul petto. Quando lui rimase in silenzio, lei gli lanciò uno sguardo pungente.

«Allora? Non c'è niente che tu voglia condividere? Nessun oscuro segreto di cui tu voglia parlare?»

«Questa cosa non riguarda me» rispose lui, goffo.

«Ti capita mai di rispondere a domande che ti riguardano?»

Mai, in un milione di anni, pensò lui.

«Senti,» le disse in tono ragionevole «ora sei stressata. Parlarne un po' ti potrebbe fare bene.»

«Fottiti.» Gli scoccò uno sguardo feroce. «Che ne dici?»

Lui le sorrise, provocandole un brivido per la schiena. «Una parola piuttosto forte per una contessa.»

«Be', non mi sento molto nobile in questo momento. Sono stufa di sentirmi andare in pezzi dentro e dover fare finta di stare... *meravigliosamente*.» Fece un respiro profondo. «La rigida politica del sorriso può essere molto stancante quando la tua vita è uno schifo.»

Lui la guardò mentre si infilava sotto il lenzuolo e si tirava la coperta fino al mento. «Ora, ti dispiace? Vorrei dormire un po'.»

Smith si avvicinò al letto e vide i suoi occhi spalancarsi mentre le si sedeva accanto.

«Ti dico una cosa» disse lui piano. «Dente per dente, va bene?»

«Cosa?»

«Ti racconto qualcosa di me, ma poi dovrai parlarmi. Ti lascio anche la scelta. Vuoi sapere qualcosa del mio addestramento tra i ranger? O che ne dici del calore secco della guerra del Golfo? Vuoi sapere cosa non riesco a digerire? Non è il cibo messicano.»

Lei lo fissò per un lungo momento. «Sei serio?»

Accidenti a lui, pareva proprio di sì.

«Sì, sono serio.»

Grace si tirò sedere e appoggiò la schiena alla testiera imbottita. Gli venne da pensare che era la tentazione fatta persona. I suoi capelli, liberi sulle spalle in dolci onde, brillavano di riflessi biondi. La sua era una bellezza classica, ma con le labbra socchiuse e il naso un po' arrossato dal pianto c'era in lei un che di vulnerabilità.

Si sforzò di non fissare la scollatura della sua camicia da notte o quello che gli poteva rivelare.

«Voglio sapere delle tue cicatrici» gli disse lei, brutale.

Smith dovette fare uno sforzo fisico per non sobbalzare.

Merda. Non era quello che aveva avuto in mente.

Era stato pronto a darle un piccolo assaggio di quanto era difficile essere al comando di un plotone in battaglia. Magari raccontarle un piccolo aneddoto di guerra con un bel finale, tipo quando aveva salvato un vecchio e la sua famiglia. E l'intolleranza al lattosio non rappresentava qualcosa che potesse mettere sul piatto della bilancia.

Ma le cicatrici? Non aveva mai parlato a nessuno di quelle, neppure a Tiny o Eddie.

Non tutte le ferite che gli erano state inflitte appartenevano alla sua vita adulta.

«Hai detto che potevo scegliere» mormorò lei. «E io ho scelto.»

Smith si schiarì la gola, frugando nella sua mente per trovare le parole ma non venne a capo di niente.

La mano di lei si posò delicata sulla sua spalla, facendolo trasalire. Attraverso la maglietta, sentiva le dita di Grace muoversi avanti e indietro, come se lo esplorasse, soffermandosi qua e là.

Si sarebbe messo a correre, se avesse potuto. Ma il suo corpo si sentiva legato.

Lei seguì col dito una delle cicatrici sul suo fianco, una delle più vecchie, poi si fermò. «Raccontami di questa.»

Un'immagine gli tagliò la mente con la precisione raccapricciante di un coltello e John rivide chiaramente gli eventi occorsi diversi decenni prima. Sentì montare la nausea, ma si impose la calma.

«Per favore.»

Quella richiesta gentile era la promessa di un conforto che non gli era mai stato dato. Che non aveva mai voluto prima.

Rispose prima ancora di riuscire a fermarsi.

«È la bruciatura di una sigaretta.» Non riconobbe la propria voce. Rigida e leggermente roca, come se provenisse da lontano. «A mio padre piaceva fumare. Riusciva sempre a trovare da accendere. Per quanto riguarda i posacenere, però, la storia era diversa. Alla fine, imparai a schivarlo ma passò un po' di tempo prima che ci riuscissi.»

Sentì un sibilo e comprese che era stata lei a emetterlo.

Non proseguì. Non c'era bisogno che lei conoscesse altri dettagli.

«Mi spiace davvero tanto.»

Tutto quello era profondamente sbagliato, gli urlava una voce dentro di sé.

Con tutte le donne che aveva avuto, tutte quelle mani a cui aveva concesso di toccarlo, non aveva mai, *mai* lasciato affiorare l'argomento. Anche quelle che avevano subìto loro stesse delle lacerazioni, avevano saputo che era meglio non parlare della sua mappa degli orrori.

E ora, quella donna sofferente e bellissima, quella lady, che non poteva sapere niente di ciò che aveva subìto, dei posti in cui era stato, della gente con cui aveva avuto a che fare, questa donna delicata voleva entrare nei suoi incubi.

«Vengono tutte da...» Non finì la domanda.

Un muscolo nella mascella di Smith si irrigidì.

Si sforzò di scrollare le spalle. «Diciamo soltanto che ho avuto diverse esperienze.»

«Le voglio vedere. Tutte.»

Lui vacillò, e si scostò da lei. «Tutto questo è già andato troppo oltre.»

«Io non credo» incalzò lei, avvicinandosi ancora.

Smith si sentì completamente incapace di pensare a qualcosa di razionale quando le dita di Grace si posarono sul suo ventre. Le afferrò le mani in una stretta brutale.

«Non lo vuoi fare davvero.»

«Invece sì. Non ho paura del tuo passato.»

«Dovresti averne.»

«Non ce l'ho. E non ho neppure paura di te.»

In un movimento gentile, lei si liberò e, lentamente, gli sollevò la maglietta. John prese a respirare più velocemente e il suo corpo, tra le loro due volontà, vacillava nel conflitto.

Quando l'aria gli accarezzò la pelle, non poté più resistere. Balzò in piedi e si levò quella cosa maledetta di dosso. Allargò le braccia, sentendo tendersi completamente i muscoli.

«Ecco l'intero spettacolo» le disse con brutalità. «Fronte e retro.»

Gli occhi di Grace rimasero sul suo volto.

«Avanti, contessa. Ora non vuoi più guardare? È troppo per te?» le gridò con sarcasmo. Lei lo faceva sentire vulnerabile con tutta la sua empatia e non gli piaceva quella sensazione di nudità.

Grace scosse il capo, gli occhi seri, come se avesse accolto il suo passato dentro di sé e sentisse l'eco del suo dolore ripercuotersi nel corpo.

«Non hai più tanta voglia di toccarmi, vero? Ora che puoi vedere tutto.»

Sperava che se l'avesse maltrattata abbastanza, lei avrebbe

fatto un passo indietro. Le altre che avevano tentato di avvicinarsi a lui erano scappate via quando aveva mostrato loro quella stessa rabbia.

Ma Grace non fuggì.

Lentamente, si alzò dal letto e tese una mano. Quando gli sfiorò lo stomaco, con delicatezza, lui trasalì.

Il suo primo istinto fu quello di gridare. Era furioso per quella sfida che lei gli aveva lanciato, per essersi esposto così tanto; perché gli era tanto vicina che poteva sentire il suo profumo; perché gli stava offrendo compassione e comprensione e calore quando lui era duro e orribile, segnato dalle battaglie della vita.

«Io ti trovo bellissimo» gli disse piano, sollevando gli occhi su di lui.

«Allora sei del tutto cieca.»

Lei scosse il capo lentamente. «Io ti vedo. Completamente. E chiaramente.»

Grace gli tracciò una linea lungo lo stomaco e si fermò giungendo all'elastico dei boxer. Lui si sentì eccitare da quella carezza e divenne istantaneamente consapevole di essere mezzo nudo e che anche lei non indossava quasi niente, e che erano soli nel buio.

Le afferrò le braccia e la strattonò contro di sé. Con durezza. L'unica risposta che lei gli diede fu di gettare la testa indietro e continuare a guardarlo.

«Non toccarmi in questo modo» cercò di pronunciare quelle parole il più aspramente possibile. «Perché se mi tocchi così io non ti tratterò più come la coraggiosa Florence Nightingale che sei.»

«E cosa farai?»

Lui la scosse e osservò i suoi capelli ondeggiarle intorno alle spalle, catturando la luce fioca.

«Accidenti a te» ringhiò. «Non farlo.»

Gli occhi di Grace erano dolci, luminosi. Caldi. John sapeva a cosa stava pensando e non c'entrava nulla col fatto di parlare. Con quegli occhi socchiusi, lei gli stava dicendo quello che voleva. E ciò che voleva era lui.

Nonostante la sua rabbia. Nonostante le cicatrici che gli marchiavano la pelle.

Fu l'unica parte onorevole che era rimasta in lui a parlare.

«Ascoltami, contessa. Questo mio corpo è fatto per scopare. Sai di cosa sto parlando? Si tratta di una notte e via, di una sveltina contro il muro, di farmi una donna senza sapere il suo nome e senza che me ne importi niente. Tu non vuoi questo.»

Lei parve abbattuta, come se le avesse rubato qualcosa.

«Merda.» Lasciò andare la propria frustrazione in un profondo sospiro. Tutto quello che aveva sempre sognato era tra le sue braccia, ma l'unica cosa che poteva fare era lasciarlo andare. «Non capisci? Ti meriti di più di quello che posso darti. Hai bisogno di qualcuno che si innamori di te. Non qualcuno che ti scopi e poi ti lasci nei casini.»

«Tu non lo faresti.»

«Oh, sì che lo farei.» Smith non poteva voltarle le spalle, ma neppure voleva baciarla perché sapeva che sarebbe stato perduto.

Perciò immerse le mani nelle onde dei capelli di lei e li attirò verso di sé. Le punte le accarezzarono i seni, che si alzavano e si abbassavano al ritmo del respiro che le usciva dalle labbra. John sollevò una ciocca e se la portò sotto il naso. Inspirò, sentendo la fragranza di gelsomino. Quando lasciò ricadere i capelli, osservò la ciocca sistemarsi nella fossetta tra i seni e arricciarsi con compiacenza intorno a uno dei capezzoli coperti dalla seta.

Gesù santissimo, la desiderava da impazzire.

Le fissò le labbra. Erano schiuse, morbide, arcuate.

«Non voglio ferirti» le disse cupo. La verità fu una sorpresa.

«Lo so.» Lei sollevò una mano e gli fece una carezza, muovendo il palmo contro la pelle ruvida per la barba incolta.

«Ma io non voglio essere salvata. Non è ciò che voglio. Non stanotte.»

Combattere contro sé stesso era dura. Respingerla era... impossibile.

John si chinò su di lei e le accarezzò dolcemente le labbra con le sue. Quando la sentì gemere, premette ancora di più e l'avvolse tra le braccia. Mentre con la lingua le accarezzava il labbro inferiore, sentì che Grace aumentava la stretta su di lui. Facendosi ancora più vicino, proseguì a esplorare la sua bocca.

Le dita di John raggiunsero le spalline della camicia da notte. Lentamente, fece scivolare i nastri di raso dalle sue spalle finché non rimase nuda di fronte a lui, il corpetto di seta in onde scomposte intorno ai suoi fianchi. Sentì il sangue ruggirgli nelle orecchie e la fece distendere con la schiena sulla trapunta di pizzi. Prese a baciarla dal collo, per poi scendere deliziando i suoi seni e poi il suo ventre.

Con urgenza crescente, le mani si spostarono sulla curva dei fianchi, poi sulle cosce. Immergendosi sotto il sottile strato della sua camicia da notte, le accarezzò le gambe, spingendo via la seta impalpabile.

Quando fece scivolare la mano tra le sue cosce, sentì la pelle delicata e il calore che emanava. Mentre saliva sempre più in alto, assaporò la sensazione che gli dava sentirla ondeggiare sotto di lui, e sollevò gli occhi. L'immagine di lei, con la schiena inarcata e la testa voltata in modo da poterlo guardare era la più erotica che avesse mai visto.

John le premette le labbra sul ventre, appena sotto l'ombelico, e pregò di non perdere l'autocontrollo. Mentre le sue mani si avvicinavano ancora di più al centro, la sua bocca proseguiva a baciarla attraverso la seta. Aveva tutta l'intenzione di conoscerla intimamente. Con le dita. Con la lingua. Con tutto il suo corpo.

L'eccitazione che provava aveva raggiunto un picco così alto che non si accorse subito delle mani di Grace che si puntavano contro le sue spalle. Aveva iniziato a dimenarsi, ma John aveva dato per scontato che fosse per la stessa passione che lui stava provando. Si sbagliava.

«No! Basta!» esclamò Grace, nel panico, scattando via.

Prese a lottare con la camicia da notte per rinfilarsela, tirando a sé il cuscino per coprirsi i seni. Era scossa e pallida.

Smith si ritirò sul bordo del letto e si prese la testa tra le mani. Lottava per abbattere la rabbia che lo pervadeva, maledicendo sé stesso a ogni respiro.

«Mi... mi dispiace» disse lei piano. Sporse una mano per toccargli il braccio.

Lui si strattonò via. L'ultima cosa di cui aveva bisogno era la sua mano che lo toccava. Non quando stava cercando di convincere il cavernicolo che c'era in lui a tornare alla civiltà.

«Non è che non voglia...»

«Ma la tua capatina nei bassifondi è più dura di quanto pensassi?» La voce di John era ruvida.

«Buon dio, no. Nient'affatto. È solo che... mio marito...»

«Non credo di voler sentire parlare di lui adesso, se non ti dispiace.» Smith si alzò. Aveva il dannato bisogno di allontanarsi da lei. «Buonanotte, contessa.»

Lasciò la stanza di lei di corsa, camminando veloce verso la propria, a falcate rabbiose. Voleva chiudere tutte le porte tra loro.

Chiuderle a chiave, Cristo santo. Sentiva il bisogno di mettere qualcosa di molto più robusto tra loro che la sua forza di volontà.

11

Il mattino dopo, Grace armeggiò per spegnere la sveglia. La sua mano sbatté sul comodino, raggiungendo il suo diario, la lampada, tutto eccetto la sveglia. Aprì gli occhi, zittì l'aggeggio, e collassò di nuovo tra i cuscini.

Fuori c'era l'uragano e la pioggia batteva violenta contro le finestre.

Guardò a terra e vide la camicia che Smith si era tolto. Trasalì arrossendo nel ricordare cos'era successo dopo. Riusciva ancora a sentire le sue labbra calde, le sue mani che l'accarezzavano dappertutto. Il ricordo di come erano passati dalla rabbia ai baci era sfociato dalla ragione alla perdita del controllo. Grace si sentiva come se l'avesse posseduta.

Tirarsi indietro, fermarlo, era stato un atto di auto conservazione.

Dopo che l'aveva fatta distendere, e aveva preso a baciarle il ventre, ad accarezzarle le gambe, portandola sempre più in alto in una specie di frenesia che mai aveva sperimentato prima, si era sentita travolgere e si era spaventata. Non le aveva fatto male, ma le cose erano andate troppo in fretta e lei non era stata in grado di comprendere quello che le bolliva dentro. Le insicurezze, insulse e spiacevoli, avevano squarciato la passione riportandole alla mente dei ricordi da cui non era riuscita a scappare.

Alla fine del suo matrimonio, la sua vita sessuale con Ranulf si era disintegrata in un penoso esercizio fatto di umiliazioni. Via via lui aveva perso le illusioni che si era fatto sulla moglie, era diventato un amante sempre più violento, e lei aveva imparato a temere di stendersi a letto e sentire che lui le si coricava a fianco. Ciò che prima era stato una piacevole esperienza era diventato qualcosa che doveva sopportare e la sua fredda risposta era servita solo a peggiorare le cose. Ranulf era diventato impotente e aveva dato a lei la colpa di quella disfunzione sessuale. L'aveva incolpata di ogni fallimento, dicendole che era frigida e poteva a stento essere definita una donna.

Una volta gli aveva risposto, spiegandogli che per apprezzare il sesso una donna aveva bisogno di qualcosa di più che delle mani ruvide che le allargavano le gambe, ed era stata l'unica volta in tutta la sua vita che aveva temuto di essere picchiata da un uomo.

Anche se sapeva che Ranulf l'aveva derisa crudelmente, perché si sentiva umiliato ed era deluso del loro matrimonio, una parte di Grace si era chiesta se non avesse ragione.

Aveva avuto un solo amante prima di suo marito e non avrebbe descritto l'attrazione tra loro come travolgente. Tra la sua esperienza passata e il vivido e sprezzante vocabolario di Ranulf, aveva forti dubbi di riuscire a soddisfare un uomo. E di poter essere soddisfatta.

Ma poi era arrivato John Smith.

La sua reazione a lui aveva cancellato il dubbio di essere frigida. Ma non era riuscita a dissipare l'altro suo cruccio. Se c'era un uomo su tutto il pianeta che Grace desiderava soddisfare quello era Smith. Solo che non era sicura di riuscire a farlo.

Conoscere le basi del sesso non era una garanzia di riuscire a fare qualcosa di più che un mero esercizio cardiocircolatorio.

Diamine, lo aveva imparato da Ranulf, prima che diventasse meschino.

Quando i dubbi avevano prevalso sul desiderio del suo corpo, Grace aveva desiderato soltanto rallentare quello che stava succedendo tra loro. Aveva bisogno di un momento per riguadagnare fiato, per prepararsi a fare il salto in quel territorio inesplorato.

Ma lui non si era fermato, e lei era stata assalita dal panico perché quella foga le aveva ricordato Ranulf.

Non biasimava John per essersene andato su tutte le furie.

Grace gettò via le coperte, si alzò dal letto e raccolse la camicia bianca di lui. Non voleva che pensasse che si era tirata indietro perché non lo desiderava. Poteva aver perso temporaneamente i suoi nervi saldi, ma non il desiderio che provava per lui.

Indossò l'accappatoio e uscì dalla camera da letto. Lo trovò in camera sua, seduto sulla chaise-longue vicino alla finestra. Lui sollevò gli occhi dal libro che stava leggendo nello stesso istante in cui lei apparve sulla porta. La sua espressione era di totale chiusura.

«Non vai a correre stamattina?» le chiese brusco.

Lei annuì mentre una raffica di vento sbatteva la pioggia contro le finestre.

«Io... ah, ti ho riportato la camicia.» La depose su uno dei letti e si schiarì la gola. «Senti, a proposito della notte scorsa...»

Lui chiuse il libro con uno scatto e fissò il mattino grigio fuori dalla finestra. «Ti devo delle scuse.»

Grace corrugò la fronte. «Di cosa stai parlando?»

Lui le scoccò un'occhiata feroce. «A parte il fatto che non avrei mai dovuto mettermi in quella situazione, non ti ho lasciata andare quando avrei dovuto. Non mi ero accorto che volessi smettere. La sola giustificazione che posso offrirti è che di solito io non mi... preoccupo di quello.»

Lei spalancò la bocca per la sorpresa. Si era aspettata che lui fosse furioso perché non aveva ottenuto ciò che voleva. Quella di certo sarebbe stata la prima reazione di suo padre e di Ranulf.

Gli occhi di Smith erano socchiusi, come se volesse tagliarla fuori prima che potesse parlare.

«Non avevo intenzione di spaventarti. E non negarlo» disse quando lei scosse la testa e aprì la bocca per parlare. «So quello che ho visto nei tuoi occhi ieri notte. Ed era paura.»

«Ma io voglio che tu sappia perché non potevo...»

«Non sono affari miei e, a essere onesto, non voglio sentire le tue ragioni. Non sono rilevanti. L'ultima cosa di cui hai bisogno è di avere paura in casa tua. Di me.»

«Non sei tu che mi minacci.» La voce di Grace era sincera.

Lui la guardò pensoso, ma poi scosse il capo.

«Anche se è vero, non ha importanza.» Riaprì il libro. «Fammi sapere quando la doccia è libera.»

«John...» Lui sollevò ancora gli occhi, con un'espressione scura. «Non mi sono tirata indietro perché non ti desidero.»

«Francamente, speravo che fosse questo il motivo.»

Lei corrugò la fronte. «Ma perché?»

Lui non rispose. Invece, i suoi occhi tornarono al libro.

Grace non ebbe altra scelta che lasciarlo. C'era ancora così tanto da dire ma sapeva che lui non le avrebbe più parlato.

Quando raggiunsero il grattacielo Hall, dopo una lunga e tranquilla corsa attraverso il traffico, Grace si fermò a parlare con alcune persone nell'atrio, mentre Smith proseguì e discusse con l'addetto alla sicurezza in carica.

«È quello il consulente?» chiese un dipendente in un sussurro indicando Smith con un cenno.

E così la voce si era sparsa, pensò Grace annuendo.

«È un po' difficile credere che sia un esperto di sviluppo organizzativo.»

«È uno specialista» si intromise una donna squadrando Smith con attenzione.

Grace era di cattivo umore quando entrò con lui nell'ascensore.

«Perché hai quella faccia?» le chiese lui, non appena rimasero soli.

«Quale?»

«Quella di chi vorrebbe torcere il collo a qualcuno.»

«Non so di cosa tu stia parlando.»

«Certo che lo sai.»

Le porte dell'ascensore si aprirono al piano e lei gli scoccò un'occhiata di sfida. «Vuoi davvero andare avanti? Perché, se non ricordo male, stamattina eri tu quello muto come un pesce.»

Smith le sorrise pigramente mentre attraversavano il corridoio.

«*Touché*» disse piano mentre raggiungevano la scrivania di Kat e la ragazza sollevava la testa.

«Ha chiamato il senatore Bradford» disse a Grace. Guardò Smith diffidente, come se si aspettasse che non la salutasse neppure. «Voleva ricordarti del vostro appuntamento al Plaza venerdì. Alle sette. Cravatta nera.»

«Grazie. Sarò lì alle sette spaccate.»

«Buongiorno, Kat» disse Smith in tono casuale.

«Buongiorno.» Gli occhi della ragazza si illuminarono.

«Com'era il giovanotto dell'ufficio IT?»

«Ehm... a dire il vero, era okay.» Un sorriso esitante le apparve sulle labbra. «Gli piace il baseball, tra le altre cose, e, ah, forse usciremo di nuovo.»

«Accertati che paghi la cena.»

Kat si guardò attorno, come se fosse imbarazzata dall'attenzione che lui le dava. «Ehi, gradisce qualcosa...? Caffè?»

«Caffè, grande idea. Grazie. Nero.»

Dopo che Grace e Smith furono entrati nell'ufficio, lui raggiunse il tavolo delle conferenze e si sedette, aprendo i documenti sui quali stava lavorando. Iniziò a prendere appunti, evitando deliberatamente lo sguardo di approvazione che Grace gli stava lanciando.

Quando Kat entrò con il caffè, si richiuse la porta alle spalle.

«Cosa c'è?» le chiese Grace.

«C'è un uomo qua fuori» disse la ragazza consegnando la tazza fumante a Smith. «Non ha un appuntamento e chiede di vederti, qualcuno che si chiama Fredrique.»

Grace fece una smorfia. «Riguarda il gala. Ha organizzato lui il ricevimento e si è occupato del catering lo scorso anno ma non l'ho riassunto perché ci costa una piccola fortuna. Probabilmente vuole solo alzare la voce per il lavoro che non gli ho confermato.»

«Sembra pronto ad aspettare.»

«Davvero?»

«Si è portato un thermos e un giornale.»

«Fallo entrare allora» disse Grace, infastidita. «Non ha alcun senso trasformare la sala d'attesa in una caffetteria.»

Quando Fredrique entrò, le sorrise con calore. Vestito di bianco come uno chef, l'uomo aveva con sé una piccola borsa termica da picnic. Pareva aver messo su peso, pensò Grace, anche se forse era solo l'effetto del cotone pesante sopra la sua corporatura tozza. Quando le si avvicinò per fingere di baciarla sulle guance, lei accettò quel saluto senza riserve.

«Prego, si sieda» lo invitò indicandogli una sedia davanti alla scrivania.

Quando lui prese posto, si gettò un'occhiata alle spalle, verso Smith. «E chi è quello?»

«Cosa posso fare per lei?» Il tono di Grace era diretto.

Fredrique tornò a guardarla riluttante, come se avesse sperato di essere presentato.

«Le ho portato alcuni assaggi. Dalla nuova linea di antipasti che sto sviluppando con Lolly Ramparr della NightWorx.

Conosce, Lolly, vero? Lei e io ci conosciamo da un sacco di tempo.»

Grace affilò lo sguardo. Dubitava che l'uomo stesse lavorando con Lolly. Dopo aver interpellato diverse ditte, Grace aveva deciso di avvalersi della NightWorx per il catering del gala di quell'anno, perché avevano una buona reputazione e prezzi ragionevoli, considerata la loro popolarità. Lolly le aveva chiesto specificamente se Fredrique avrebbe lavorato all'evento e Grace le aveva spiegato le ragioni per cui non lo avrebbe utilizzato quell'anno. Lolly, una persona diretta, pur se non scortese, le aveva detto che aveva smesso di collaborare con lui per delle ragioni molto simili.

Fredrique posò la borsa sulla scrivania, aprì i manici e tolse il coperchio. «Ho capito che userà Lolly quest'anno per il gala» disse in tono casuale. «È un vero talento, come anche lei riconoscerà assaggiando questi.»

Tirò fuori un piatto bianco. Sopra di esso vi erano tre montagnole di mousse color pesca su di una specie di cracker.

«Le chiamiamo torrette di gamberi.» Le offrì il piatto come se le stesse mostrando dei gioielli. «Le provi e se ne innamorerà.»

«Mi dispiace, Fredrique. Sembrano deliziose, ma sono allergica ai crostacei.»

Lui corrugò la fronte e riprese il piatto. Lanciò uno sguardo a Smith e disse: «Forse il signore vuol fargli onore?»

Smith, che aveva voltato la sedia in favore di Fredrique e lo stava guardando, scosse il capo.

L'altro si prese un momento per incassare il colpo. «Non ha importanza, porterò qualcos'altro. Forse un filetto al sesamo in crosta e patatine di stagione. Oh! Ho un meraviglioso agnello ripieno di funghi...»

«Apprezzo il pensiero, ma le devo ricordare che non abbiamo bisogno dei suoi servigi al momento.»

Fredrique si irrigidì e ripose il piatto nel cestino. Con movimenti precisi rimise il coperchio e riunì i manici sulla sommità. «È un peccato per il gala perdere il mio contributo. Mimi Lauer è rimasta elettrizzata per il lavoro che ho svolto all'evento del balletto.»

Grace non ne era sicura, visto Mimi l'aveva chiamata di recente per esprimerle la sua frustrazione al riguardo.

«Non so cosa dirle, Fredrique. Non ci avvarremo di un organizzatore di eventi quest'anno.»

Di colpo, lui sorrise.

«Forse non alla fondazione, ma privatamente?» Ricominciò a prendere slancio. «Come sa, do dei party favolosi nelle case private. Anche se la mia agenda si sta riempiendo, potrei assicurarle una data. Ho in programma di incontrare Isadora Cunis questa settimana, riguardo alle vacanze, ma posso farle scegliere una data prima. Sempre che possa darmi un anticipo oggi stesso.»

«Non credo.» Grace non voleva farlo continuare e sapeva che doveva essere chiara. Era insistente e qualsiasi tergiversazione cortese sarebbe stata vista come un'apertura. «Ma apprezzo l'offerta.»

Si alzò, sperando che avesse compreso l'antifona.

Fredrique la fissò e poi, lentamente, si alzò in piedi, lisciandosi l'uniforme da chef con movimenti secchi. Grace si sforzò di sorridergli, mentre lui prendeva la borsa termica, quindi lo accompagnò alla porta.

«Grazie per essere venuto» gli disse, sperando di riuscire a spingerlo oltre la soglia. La sua giornata era pienissima e l'ultima cosa che voleva era dover blandire l'ego di qualcuno il cui cibo era di seconda scelta e che l'anno prima glielo aveva fatto pagare l'esorbitante cifra di ventimila dollari.

Tuttavia, Fredrique non sembrava volersi far liquidare tanto in fretta. Si prese tutto il tempo, si guardò attorno per l'ufficio mentre lei gli teneva aperta la porta.

«Che dipinto magnifico» mormorò fissando il paesaggio sopra al tavolo delle conferenze.

«Grazie. Ora, se non le dispiace, ho un altro appuntamento.»

Fu presa in contropiede quando lui le andò sotto. «È sicura di volerlo fare?»

Grace corrugò la fronte ma prima di avere il tempo di rispondergli, la mano di Smith si abbatté sulla spalla dell'uomo.

«E lei vuole fare un passettino indietro, Fredrique?» Il sorriso di Smith era caloroso come il Polo Nord.

L'altro lo guardò sorpreso e subito si scostò da Grace. Fece un leggero inchino. «Sono certo che ci rivedremo presto, contessa» mormorò.

«Grazie per averlo indotto a indietreggiare» disse Grace a Smith quando questi tornò a sedersi al tavolo delle conferenze.

«Non si è mai troppo cauti.»

Lei nascose un brivido. «Probabilmente dovrei avvertire Isadora che quell'uomo è a caccia di affari e lei è la prossima sulla sua lista.»

D'altra parte, pensò con una certa freddezza, lei e Isadora avevano altre cose di cui parlare. Le amiche che avevano perso. Quell'articolo orrendo.

Grace passò il resto della settimana in uno stato di stordimento. Sembrava esserci una serie infinita di problemi con cui confrontarsi. Gli inviti per il gala, che dovevano essere spediti immediatamente, tornarono indietro dalla tipografia. La loro ristampa costò una piccola fortuna e, quando Grace guardò il prodotto finito, l'assenza della descrizione del pezzo più importante della collezione dell'asta era lampante. Sperava che gli altri non se ne accorgessero, ma sapeva che l'avrebbero fatto.

Lamont aveva avuto ragione al riguardo: fare il lavoro di suo padre e mettere insieme un evento prestigioso era un fardello pesante da portare. Avere a che fare con ristoratori, compagnie di noleggio, tecnici del suono, pubblicitari e grafici era un'incredibile perdita di tempo. Con l'aumentare delle richieste, e l'evento che si avvicinava, iniziò a fare affidamento su Kat sempre di più.

Fortunatamente alla ragazza non dispiaceva avere qualche responsabilità extra.

Grace era così distratta dal lavoro e dalle implicazioni tra lei e Smith che aveva quasi dimenticato il pericolo che stava correndo.

Fino a quando il tenente Marks telefonò di nuovo.

Lei e Smith erano appena entrati nell'attico dopo aver partecipato all'apertura straordinaria di una galleria in tarda serata, quando il telefono iniziò a squillare. Nel sentire la voce del tenente, la paura tornò, vivida e orribile.

«Non si preoccupi» le disse. «È solo una telefonata di controllo. Ha visto niente di insolito? Smith è sempre con lei?»

Sentì un certo sollievo e si sedette sul divano. «Sì, è qui. E no, niente di che.»

«Me lo può passare?»

Grace chiamò Smith. «Marks vuole parlare con te.»

Mentre Smith prendeva il telefono, lei lo guardò in ansia. Non aveva idea di cosa stessero parlando, tutto ciò che sentiva da parte di Smith erano delle brevi repliche. Quando riagganciò il telefono, fu delusa che John non le dicesse niente.

«Qualcosa che non va?» gli chiese.

Lui scosse il capo.

«Allora di cosa avete parlato?»

Lui scrollò le spalle e prese ad avviarsi in fondo al corridoio. Grace si affrettò a seguirlo.

«Dimmelo» lo implorò aggrappandoglisi. Il suo braccio era muscoloso e caldo sotto le sue dita, e le ricordò di come si era sentita a essere stretta contro il suo corpo.

Quando lui spostò lo sguardo sul punto in cui si toccavano, lei tolse la mano ma fece un passo e gli si mise di fronte, bloccandogli la strada verso la camera da letto.

«Non mi tenere nascoste le cose» gli disse schietta. «Preferisco sapere delle cattive notizie piuttosto che dover affrontare ciò che la mia testa può immaginare.»

Smith la guardò impassibile prima di parlare. «L'unica cosa che sanno è che le vittime sono state uccise dalla stessa persona. Hanno i risultati dei test eseguiti sul DNA ricavato dal sangue e dai capelli presenti sulle due scene del crimine e dalla pelle rinvenuta sotto le unghie delle vittime. Per quel che riguarda il resto, non hanno una direzione. Nessun sospetto. Nessun movente.»

Grace si appoggiò al muro con un fianco e una spalla, sentendosi male nell'immaginare le due amiche che cercavano di graffiare l'assassino. E il fatto che la polizia non fosse riuscita a fare molti progressi era scoraggiante. Inconsciamente aveva dato per scontato che stessero raccogliendo prove e indizi che avrebbero avuto qualche senso.

«Non posso credere che non abbiano trovato niente» disse, guardando il folto tappeto nel corridoio. Grace affondò i tacchi a stiletto sul suo Manolo Blahnik, tracciando delle mezzelune sulla superficie altrimenti liscia, color crema. Fu un tentativo di evitare lo sguardo di lui e in parte la dura realtà di cui stavano discutendo, ma la distrazione funzionò solo per il primo scopo. «Hanno cercato abbastanza?»

«Marks ha una buona reputazione e dirige una squadra unita. Il bastardo che ha ucciso quelle donne è stato fortunato a potersi spingere tanto oltre.»

«Oppure sa quello che sta facendo.»

La voce di Smith suonò dura. «È un principiante.»

Lei fece una smorfia disgustata pensando alle foto del corpo di Cuppie. «Che cosa te lo fa dire?»

Quando non le rispose, Grace lo guardò negli occhi.

«Sei sicura di voler parlare di questo?» le disse impacciato.

«Te lo sto chiedendo io, giusto?» ribatté lei punta dall'orgoglio vincendo la paura. Non voleva che lui pensasse che era incapace di discutere razionalmente di qualcosa che la colpiva così da vicino. Allo stesso tempo, il suo stomaco aveva iniziato a contorcersi per la nausea.

Smith non le rispose e Grace si sentì raggelare.

«Parlami, Cristo santo» lo esortò ruvida. «Questo tuo giocare alla Sfinge inizia a darmi sui nervi.»

Smith abbozzò un sorriso. «Ho chiesto a Marks di controllare ogni eventuale connessione tra i mariti delle donne menzionate nell'articolo. Dice che a parte qualche connessione sociale, non sembra che ci siano elementi in comune. Non sono sorpreso.»

«Allora che cosa pensi? Perché sta succedendo tutto questo?»

Nell'aria aleggiava anche un'altra domanda: perché a me?

«Credo che il movente sia personale. Il legame è tra di voi, non tra i vostri mariti. Quello che ti posso dire è che Marks sta facendo il possibile. È un poliziotto dannatamente bravo. Qualcosa salterà fuori, prima o poi.»

«E cosa succederà fino ad allora? Quante di noi...?»

Grace non riusciva a pronunciare la parola che continuava a rimuginare nella testa. Non era mai facile parlare della morte, pensò, ma era praticamente impossibile pronunciare la parola *morire* quando pensavi a te stesso.

Si strinse le braccia intorno alla cassa toracica, rimpiangendo la nebbia di sicurezza in cui aveva vissuto negli ultimi giorni.

«Grace. Guardami.»

Lei sollevò il capo.

«Mi hai assunto per proteggerti.» Lei annuì quando lui fece una pausa. «Ed è quello che farò.»

«Lo spero. Dio, lo spero veramente.»

«Non sperarlo» le disse. «*Credici.*»

Lei lo guardò negli occhi e vide la sua sicurezza, il potere, il controllo. Tutto sembrava prometterle che la fiducia che riponeva in lui sarebbe stata ricompensata.

Quando le porse la mano, fu un gesto inatteso.

«Andiamo a letto.»

Grace spalancò gli occhi, poi comprese che non si stava riferendo al sesso. Con quelle parole scelte a caso intendeva dire che doveva riposare.

Lei gli prese la mano, e si sentì avvolgere dalle sue dita calde e forti. Attraversarono il corridoio insieme, finché non raggiunsero la stanza di lui, quindi Smith interruppe il contatto in silenzio e la lasciò.

Indossata la camicia da notte, Grace se ne stava sdraiata a letto nel buio quando lo sentì entrare in bagno. Sentì scorrere l'acqua e qualche minuto più tardi lui uscì.

«John?»

«Cosa?» La sua voce nel buio era rassicurante.

«Sono felice che tu sia qui.»

Ci fu solo silenzio e Grace diede per scontato che lui fosse tornato nella sua stanza.

«Anch'io» disse lui dolcemente.

Sorpresa dalla sua risposta, si voltò per scoprire di essere da sola.

Qualche ora più tardi era ancora sveglia. Si sentiva soffocare in mezzo a tutti i cuscini e alla spessa trapunta. Prese il diario e una penna, e raggiunse il salotto. Quando passò accanto alla porta di Smith, vide che la luce era spenta.

Seduta sul divano, incrociò le gambe, ma cominciò a pensare invece che scrivere. Quando Smith le aveva preso la mano, ne era stata sorpresa e, ricordando i loro palmi l'uno contro l'altro, pensò ad altre cose che lui aveva fatto e che erano state inattese.

La mattina precedente, quando erano tornati a casa dopo la corsa, Grace aveva indugiato più a lungo del solito sotto la doccia. Era poi andata in cucina per dirgli che era il suo turno, ma lui le aveva messo in mano una tazza di caffè fumante e le aveva indicato un piatto di pane tostato.

Grace era rimasta senza parole.

«È cibo» le aveva detto piano. «Forse non lo riconosci perché non hai mangiato molto la scorsa settimana.»

«Certo che ho mangiato. Io...»

«L'insalata che hai avuto per cena ieri sera non conta. Stai perdendo peso e non puoi permettertelo.»

Grace si era guardata. John aveva ragione. La gonna le stava un po' larga sui fianchi.

«Mangia.» Aveva spinto il piatto di pane tostato verso di lei.

Grace aveva preso una fetta di pane e aveva visto che era spalmata di marmellata alle fragole. «Sono anni che non mangio pane e marmellata.»

Non appena assaggiata, l'appetito le era tornato. Dopo quattro fette, e dopo aver finito il caffè, aveva sospirato soddisfatta. Era tempo ormai che si reggeva con i nervi, e aveva dimenticato di sfamare il corpo.

Ricordò di averlo guardato. Per tutto il tempo in cui aveva mangiato, lui se ne era stato in piedi contro il bancone, le braccia incrociate, a osservarla.

«Vorrei ringraziati per questo» gli aveva detto lei in tono sarcastico «se me lo lasci fare.»

Lui si era stretto nelle spalle, ma quando non aveva fatto alcun commento pungente, Grace gli aveva sorriso.

«Allora grazie.»

Lo sguardo acuto di Smith era guizzato sul piatto vuoto. «Mi prendo cura della mia cliente.»

Grace sorrise al ricordo dell'espressione di John. L'immagine di lui in qualche modo timido era assurda, ma così le era sembrato. La semplice gratitudine per le premure che le aveva dimostrato era stata per lui difficile da accettare ma non l'aveva rifiutata.

Era un passo avanti, pensò Grace. Proprio come lo era stato l'averle preso la mano.

Ma un passo verso cosa?

Nel suo cuore, Grace desiderava di più. Voleva tutto di lui.

E il desiderio diventava sempre più forte a mano a mano che lo conosceva.

Sulle prime, si era chiesta se ci fosse stato un altro lato, qualcosa che andava al di là del suo carisma aggressivo. Ora sapeva che c'erano diverse sfaccettature, meno ruvide. Per la maggior parte, le teneva nascoste dietro la maschera dell'autocontrollo, ma emergevano dalle sue azioni, dalle semplici cortesie che dimostravano che si preoccupava per gli altri. Che si preoccupava per lei.

La colazione era solo un esempio di quanto premuroso potesse essere. Non lasciava mai in disordine il bagno. Cercava sempre di essere cordiale con Kat. Si cucinava i pasti, puliva la cucina, e in qualche modo non lasciava impronte di fango sui tappeti, neppure nei giorni di pioggia.

Erano piccole cose, ma significavano tanto per lei. Ed erano insolite. Avere per casa un uomo che non richiedesse una costante attenzione o le presentasse una lunga lista di richieste era un'esperienza nuova. Ranulf le avrebbe chiesto di organizzare il loro calendario sociale, di assicurarsi che l'attico fosse ben rifornito, di occuparsi dei suoi piccoli e grandi bisogni, di intrattenere ospiti a cena quasi ogni sera, anche se lei lavorava a tempo pieno e lui no. E tutto questo senza un grazie da parte sua perché lo riteneva un dovere femminile.

Grace non sarebbe mai più caduta in quella trappola.

Fissò il diario e la data che aveva scritto all'inizio della pagina bianca. Quel giorno avrebbe compiuto trent'anni. Alle 7:05, per essere precisi.

In preda a una sensazione bizzarra, scrisse: 'Tutto ciò che voglio per il mio compleanno oggi è John Smith. Nel mio letto, con un nastro intorno al collo e nient'altro addosso.'

Soffocando una risata, Grace spinse il diario e la penna da una parte. Si stava comportando in modo ridicolo, certo, ma era divertente fantasticare. Di certo era molto meglio di quando la testa se ne andava per conto suo. Quando rimaneva sveglia fino a tarda notte, immaginava cose che la facevano arrossire. Alla fine, tornò nel corridoio, si fermò davanti alla porta aperta della camera di Smith, e per un momento immaginò di entrare e trovarlo nel buio, poi si sforzò di proseguire verso la propria stanza.

Il mattino seguente, fece una doccia e andò a cercarlo. Erano caduti in una certa routine. Lei andava in bagno per prima e, mentre si vestiva, andava lui.

«Smith?» Sporse la testa nella stanza di lui. Il letto era rifatto come sempre, e non c'era disordine in giro. L'eredità della vita militare, pensò. Quando si voltò, vide una sbarra nera appesa allo stipite della porta del bagno. Una sbarra per trazioni. Perciò era così che si teneva in forma.

In salotto, lo trovò che fissava il cielo del mattino. Dopo giorni di nuvole grigie, l'orizzonte era di un blu pallido e il sole si stava levando sulla città.

«La doccia è libera.»

Lui non mostrò alcuna sorpresa al suono della sua voce, anche se Grace non aveva fatto rumore nel raggiungerlo. Si stava abituando ai suoi sensi assurdamente fini e il fatto che sembrasse sapere sempre dove si trovava. John la fissava attraverso il riflesso del vetro della finestra.

Quando non lo sentì dire niente, si schiarì la gola. «Ehm... la doccia?»

Gli fece un cenno col pollice, dietro di sé.

Lui non replicò, ma continuò a fissarla attraverso il vetro.

Grace avvertì uno strano formicolio, di fronte a quel silenzio. C'era qualcosa di diverso in lui quella mattina.

Quando finalmente si voltò, l'espressione del suo volto la sciocco. C'era calore nei suoi occhi, quel tipo di bruciante intensità che non gli aveva più visto dalla notte in cui l'aveva fermato. Grace pensò al corpo di John stretto al suo, a quello che aveva provato quando l'aveva toccata. Gli occhi dell'uomo si focalizzarono sulle sue labbra, come se stesse pensando alla stessa cosa.

Quando attraversò la stanza a grandi falcate, Grace si sentì rinvigorita all'idea di quel contatto, pronta per sperimentarlo ancora.

«Faccio veloce» disse lui oltrepassandola.

La delusione fu terribile. Era sicura che l'avrebbe presa tra le braccia e cercò di mascherare il suo disappunto sorridendo con nonchalance.

Ma poi lui si fermò e si chinò sul suo orecchio. «Buon compleanno, Grace.»

Grace percepì il suo respiro accarezzarle il collo e lo sentì tracciarle una carezza sulla guancia con l'indice.

Una scarica di elettricità la fece sobbalzare ed emettere un gemito sorpreso.

Colta in contropiede, Grace si sedette in poltrona, domandandosi cosa diavolo significasse. E perché lui non aveva accompagnato con le azioni ciò che i suoi occhi sembravano promettere?

Aggrottò la fronte. Come faceva a sapere che era il suo compleanno?

Gli occhi di Grace scrutarono la stanza mentre cercava di fare i conti con la propria confusione. E poi lo vide, aperto sul divano. Il suo diario.

Oddio.

Lo prese e guardò ciò che John doveva aver letto.

Sì. Il suo piccolo desiderio di compleanno.

Fece una smorfia, sentendosi ridicola.

Un salto temporale, pensò chiudendo la copertina. Ecco di cosa aveva bisogno. Così sarebbe potuta tornare alle tre di quel mattino e si sarebbe ricordata di portare con sé il diario.

Un salto temporale o un briciolo di buonsenso.

12

Nella doccia, Smith lasciò che l'acqua gli scorresse sulla testa e sulle spalle. Era abbastanza calda da pungergli la pelle, ma aveva bisogno di qualche distrazione e il dolore fisico faceva sempre il suo effetto.

Era a letto a fissare il soffitto nel buio, quando lei aveva lasciato la sua stanza, la notte prima. Quando aveva attraversato il corridoio, e si era fermata di fronte alla sua porta, la tentazione era stata quasi irresistibile. Riusciva ancora a provare la sensazione del lenzuolo stretto nel suo pugno, quando si era obbligato a lasciarla proseguire da sola verso la sua camera da letto.

Non appena lei si era rinfilata sotto le coperte, era stato il turno di John di vagare per l'attico. Mentre passava da una stanza all'altra, aveva pensato che fossero entrambi insonni e nervosi anche se non necessariamente per la stessa ragione. Quell'esitazione di fronte alla sua porta poteva essere stata causata dalla paura, ma John voleva credere che ci fosse un'altra ragione. Voleva credere che Grace non potesse dormire perché era sessualmente frustrata proprio come lo era lui.

E aveva scoperto di avere ragione quando, passando accanto al divano, aveva visto il piccolo diario dimenticato aperto su di un cuscino. Si era chinato e aveva guardato la calligrafia elegante e precisa, e aveva sorriso nel leggere.

Gli sarebbe piaciuto da morire essere il suo regalo di compleanno.

Fece scorrere l'acqua ancora più calda.

Cristo. La desiderava. E, nonostante si fosse tirata indietro, era ovvio che anche lei lo desiderasse ancora. Cosa ci sarebbe stato di male se si fossero arresi al loro bisogno? Una volta soltanto?

Okay, violava ogni standard professionale. Ma era maledettamente stanco di lottare e sentirsi frustrato giorno e notte.

Puntò le braccia contro la parete di marmo e vi si appoggiò, sentendo i muscoli della schiena tirarsi e l'acqua colpirlo dietro al collo.

Gli piacevano le ripartizioni chiare. Sicurezza e pericolo. Intelligenza e stupidità. Aveva sempre creduto che la vita fosse piuttosto semplice se stavi attento e facevi le scelte giuste. Giusto e sbagliato non erano poi così difficili da capire.

Per esempio, andare a letto con una cliente era sia pericoloso che stupido.

Smith si voltò e lasciò che il getto lo colpisse sulla schiena. Cercò di sciogliere la tensione dei muscoli con movimenti circolari delle spalle, anche se sapeva che non avrebbe risolto niente. Niente gli dava sollievo ultimamente e percepiva la pressione che il suo corpo stava immagazzinando. Aveva il sospetto che l'unico modo per liberarsene sarebbe stato passare una notte a letto con Grace.

O magari un fine settimana.

Perlomeno sapeva che era al sicuro dal killer, pensò cupo.

Poi, il tattico che c'era in lui venne fuori. Quello di cui aveva bisogno era valutare spassionatamente la situazione. Prendere in esame risorse e responsabilità. Pianificare lo scontro.

Era stato un ranger, per l'amor del cielo. Era addestrato per ragionare in situazioni gravi.

Chiuse l'acqua e uscì dalla doccia. Prese l'asciugamano e iniziò ad asciugarsi.

Lei lo desiderava. E lui si sentiva nello stesso modo. Quelle erano le *risorse*. Va be', forse chiamarle risorse non era proprio esatto. Ma era la verità.

Passò alle *responsabilità*. La lista era molto più lunga.

Per prima cosa c'era la loro relazione professionale. Svegliarsi di fianco a una cliente sicuramente non era mai stato uno dei traguardi che si era prefissato. Sapeva dannatamente bene che il sesso portava sempre il rischio di un coinvolgimento emotivo per la donna, ma ciò diventava ancor più vero se questa era la donna che stava proteggendo. Non che lui fosse chissà quale bocconcino, ma in situazioni di vulnerabilità era facile per una persona attaccarsi a chi la stava proteggendo e il sesso avrebbe solo incoraggiato quel legame inappropriato.

E poi c'era il modo in cui si comportava di solito. Dopo aver dormito con qualcuno, John si allontanava. Non c'erano coccole o abbracci o paroline affettuose nel buio. Di solito se ne andava perché doveva prendere un aereo, ma in quei rari casi in cui non doveva partire, si allontanava perché si sentiva in trappola. Gli strascichi sdolcinati del sesso gli erano sempre parsi una forzatura. Lui non aveva niente da dire a quelle donne.

A parte addio.

Grace poteva essere una donna molto sofisticata ma era chiaro che non fosse una scommettitrice. John aveva il sospetto che si fosse concessa solo a uomini con cui aveva sentito un certo legame emotivo ed era stato per quello che si era tirata indietro la notte che erano quasi stati insieme. Quando aveva cercato di dargli una spiegazione, John non aveva voluto condividere i suoi sentimenti. Sapeva dannatamente bene che la confidenza era il pane dell'intimità e non voleva incoraggiarla.

Non voleva intimità con nessuna donna.
Imprecò.
Parlando di territori nuovi e inesplorati. Non aveva mai pensato prima d'ora alle conseguenze del fare l'amore con una donna. Prima era stato solo un esercizio binario. Se voleva qualcuna, l'aveva.
E poi proseguiva per la sua strada.
Smith si allacciò l'asciugamani intorno alla vita e pulì il vetro dal vapore.
Si guardò con durezza, fissandosi risoluto.
Allora qual era la risposta?
Era sicuro di poter fare l'amore con lei senza compromettersi emotivamente. Soprattutto perché era incapace di creare un legame intimo. Il suo stile di vita lo portava a viaggiare in diverse parti del mondo ogni due per tre, per mete che era tenuto a non divulgare. E se la costante lontananza poteva non costituire un problema, di sicuro il suo lavoro lo era. Non voleva tornare da qualcuno costretto a vivere per un mese senza sue notizie, domandandosi per tutto il tempo se sarebbe effettivamente tornato.
Troppa pressione.
Quando lavorava, aveva bisogno di pensare solo alla sicurezza dei suoi clienti e alla propria. Non c'era spazio per preoccuparsi di una donna che soffriva per lui. Quello era il motivo per cui, all'età di trentotto anni non si era mai sposato e non aveva mai passato più che una breve sequenza di notti con una donna.
Smith era solo al mondo, a eccezione delle persone della Black Watch, e gli andava bene così. Non sentiva mai il peso della solitudine perché era sempre in movimento. E dato che non aveva famiglia, non c'erano sensi di colpa in agguato per via di quelle dannate vacanze che sembravano saltare fuori ogni cinque minuti. Era libero.
Ma le emozioni di Grace?

Se dovevano fare l'amore, lei aveva il diritto di sapere cosa aspettarsi. Il che non era niente più che gran sesso.

Smith si vestì con la veloce efficienza che gli era stata inculcata dall'esercito. Farsi la barba gli occupò un totale di tre minuti da quando prese il tubetto della schiuma a quando depose il rasoio. I suoi capelli erano così corti che non aveva neppure bisogno di pettinarli.

Era sul punto di uscire quando con lo sguardo colse una macchia di seta color lavanda appesa al retro della porta. Se la figurò sul corpo di Grace e immaginò di farla scivolare lentamente dalla sua pelle.

Che ne sarebbe stato di lui se si fosse lasciato coinvolgere emotivamente?

Non gli sembrava che ci fosse neppure la più remota possibilità, ma non doveva sottovalutare il rischio. Che sarebbe successo se avesse fatto l'amore con Grace e avesse iniziato a nutrire sentimenti per lei? Già era arrivato a rispettarla. E la trovava attraente sotto diversi punti di vista.

Cristo, per la prima volta nella sua vita stava pensando alle ripercussioni che il sesso avrebbe potuto avere tra lui e una donna. Era lì che le cose erano diverse.

Perciò cosa significava tutto quello per lui? Anche se era meglio che lei non gli si affezionasse, era maledettamente cruciale che fosse lui a non farlo. Nessuno dei due poteva permettersi che la sua obiettività venisse compromessa e, col cuore occupato, la mente si sarebbe indebolita. I medici non operavano le persone della propria famiglia per questo stesso motivo.

La suddivisione era la risposta, pensò, sfiorando con le dita la camicia da notte.

Fortunatamente, era una tecnica in cui eccelleva. La sua abilità a dividere pensieri ed emozioni significava che poteva affrontare le situazioni con la mente lucida e il corpo calmo, e rimanere così anche quando iniziavano a volare le pallottole. Tutto quello che doveva fare era chiudere delle porte dentro di sé e sopprimere i propri sentimenti.

Era una questione di forza di volontà.

Si disse che non c'era ragione per cui non potesse riuscire a prendere le distanze da Grace emotivamente. Nella poco probabile eventualità in cui avesse provato qualcosa per lei.

Strinse forte la seta nella mano.

La desiderava, ma non era disposto a mentire per portarsela a letto. Le avrebbe dato la possibilità di scegliere. Sarebbe stato franco con quello che poteva offrirle, che non era niente di più di un contatto fisico, e lei avrebbe deciso per entrambi.

Dopotutto, era una donna adulta. John aveva passato abbastanza tempo con lei per sapere che era intelligente e onesta con sé stessa. Se c'era qualcuno capace di prendere una decisione lucida, quella era Grace.

Quando aprì la porta, stava sorridendo.

«Smith?»

Si voltò nella direzione della voce.

Lei era nello specchio della porta che conduceva allo spogliatoio, la camicetta di seta solo parzialmente infilata oltre la cintura della gonna nera. Era ovvio che lo stesse aspettando.

«Riguardo a ciò che hai letto... là...» I suoi occhi lottarono per mantenersi in quelli di lui, ma poi cedette e abbassò lo sguardo arrossendo.

«Non sapevo che fosse il tuo diario finché non è stato troppo tardi» le disse, incapace di trattenere un sorriso.

«Sì, be', ah...»

Smith le si avvicinò, fermandosi solo quando riuscì a vedere le pagliuzze dorate nei suoi occhi verdi.

«Mi piace la tua idea di regalo di compleanno» le disse. La sua voce era ancora più bassa del normale.

Grace sgranò gli occhi.

Si chinò, tanto da poterle parlare all'orecchio. «Anche se non dovrei, voglio che tu mi desideri.»

Sollevò una mano e le sfiorò la base del collo col pollice, laddove poteva sentire le sue pulsazioni. Il cuore le martellava nel petto, così forte che i battiti si confondevano l'uno con l'altro.

«Credo di essermi sbagliato su noi due» le disse muovendo le dita lungo la clavicola di lei. La pelle di Grace era calda e morbida.

«Riguardo a cosa?» riuscì a dire lei, roca.

Aveva gli occhi luminosi mentre fissava quelli di John, pieni di paura e trepidazione.

Lui avvicinò le labbra al suo orecchio.

«Dimmi,» le sussurrò «cosa vorresti che ti facessi?»

Il fiato le sfuggì dalla bocca in un gemito.

Lui le scostò i capelli da un lato e, lentamente, prese il suo lobo tra i denti. «Che cosa vuoi?»

Lei sollevò una mano posandogliela sulla spalla e lo allontanò.

«John» mormorò. Si schiarì la gola. Lui capiva che stava cercando di essere forte, la guardava mentre cercava di tenere a freno il fuoco che le divampava nel sangue, e la rispettò per questo. La sua voce era normale quando alla fine parlò. «Perché non mi dici che cosa *intendi*?»

John fece un passo indietro.

«Non vedo nessuna ragione per cui noi due non dovremmo...» Stava per dire *fare sesso*, ma gli sembrò un po' troppo rude. «Essere amanti.»

E che ne dici di adesso?, pensò. Sbarazziamoci dei vestiti. Immergiamoci l'uno nell'altra.

Grace si portò una mano alla gola. «Che cosa ti ha fatto cambiare idea?»

Una domanda dannatamente buona, pensò John, sapendo che lei meritava una risposta onesta.

«Perché ti desidero come non ho mai desiderato nessun'altra donna» disse d'impeto.

Prima che gli potesse rispondere, proseguì, ricordando a sé stesso cos'altro doveva dirle.

«Senti, io posso darti piacere. Ma devi sapere che alla fine del lavoro uscirò dalla tua vita. Nessuna stabilità, nessun 'e vissero felici e contenti'.» La fissò negli occhi, col desiderio che lei comprendesse bene e volesse ancora andare a letto con lui. «Finché questo succederà, ti posso promettere, nessuno ti farà provare quello che posso farti provare io.»

Sentì il desiderio vibrare nella propria voce.

«Pensaci» le disse prima di allontanarsi da lei. «E fammi sapere cosa decidi.»

Grace lo guardò allontanarsi.

Non avrebbe potuto sorprenderla di più se le avesse detto di essere superman.

Aveva pensato che si fosse scordato di ciò che era successo nella sua camera da letto quella notte, che lo avesse accantonato con la stessa indifferenza con cui trattava molte altre cose. Ovviamente non era stato così.

L'idea che lui la desiderasse era profondamente appagante. Ciò che le aveva proposto molto meno.

Poteva davvero concedersi quel flirt? Una breve e intensa relazione basata sul desiderio fisico e niente di più?

Si ricordò del suono che la voce di John aveva avuto al suo orecchio, e pensò sì, diamine, certo che posso.

Grace tornò nello spogliatoio, si sedette sul puff della toeletta e cominciò a spazzolarsi i capelli.

A parte che, se era sincera con sé stessa, sapeva che da parte sua non ci sarebbe stata solo attrazione fisica. Era attratta da lui, e le sue emozioni erano già coinvolte.

Nessun 'e vissero felici e contenti'.

Depose la spazzola, e arrotolò i capelli in uno chignon.

Prima del matrimonio con Ranulf, era stata capace di credere in una vita felice. O, perlomeno, moderatamente felice in un senso stabile del termine. Ora non lo era più.

La domanda era, a quanto pareva: poteva andare a letto

con Smith e mantenere il proprio equilibrio? Doveva astenersi dal ricamare su di loro, e finire per credere in un futuro che lui le aveva detto esplicitamente che non avrebbero avuto. Perché sapeva benissimo che lui non avrebbe cambiato idea se lei si fosse innamorata. Se le aveva detto che se ne sarebbe andato e non l'avrebbe rivista mai più, l'avrebbe fatto. Non aveva alcun dubbio.

Controllò lo chignon da vari angoli e appuntò un'altra forcina sul retro.

Se fosse rimasta ferita, sarebbe stata solo colpa sua.

Pensò ai suoi baci e sentì il desiderio di dargli subito una risposta. Era una tentazione dirgli subito di sì e vedersela con le conseguenze più tardi, andare da lui e cadergli tra le braccia seduta stante.

Ma quel tipo di spontaneità nel prendere decisioni era stata la radice dei suoi problemi con Ranulf. Le aveva chiesto di sposarlo e lei aveva acconsentito, accantònando i dubbi. Se si fosse presa un po' di tempo per pensare, probabilmente avrebbe seguito quella voce dentro di lei che le diceva che erano male assortiti.

Stavolta, avrebbe preso la sua decisione attentamente. Nonostante volesse disperatamente fare l'amore con John.

D'ora in avanti, avrebbe scelto la propria strada con più cautela.

Alla fine della giornata di lavoro, Grace guardò la pila di documenti sulla scrivania e si sentì come se stesse fissando una montagna. Il cumulo era cresciuto nonostante tutte le pratiche che aveva delegato, eliminato o chiesto a Kat di archiviare. Era stanca e distratta e l'ultima cosa che desiderava era andare al Plaza per il party del suo compleanno che Bo le aveva preparato.

«Non ce la posso fare» mormorò.

Smith sollevò gli occhi dal tavolo delle conferenze.

«Non posso uscire stasera» disse a voce più alta. «Mi dispiace.»

Lui si strinse nelle spalle. «Perché ti stai scusando con me? Mica abbiamo un appuntamento.»

Le sue parole la punsero sul vivo, ma aveva ragione. Non stavano uscendo insieme come una coppia. Erano solo due persone che andavano insieme nello stesso posto.

E pensava di riuscire a fare l'amore con lui senza essere emotivamente coinvolta?

Per tutto il giorno la sua risposta alla proposta che le aveva fatto era stato un solido *sì*. Sì e *adesso*. Ma forse si stava solo illudendo.

Grace prese il telefono e compose il numero del Plaza, quindi chiese della senatrice Barbara Ann Bradford. Non appena Bo alzò il ricevitore, lei iniziò a dire: «Mi dispiace, ma...»

Bo si mise a ridere e nel suo accento del Sud le fece capire che non accettava scuse. «Non provarci neppure con me. Sono in città per quarantotto ore, per il tuo trentesimo compleanno. Verrai a cena, ti divertirai, e ti lascerai prendere in giro per il fatto che stai invecchiando.»

«Sono solo esausta.»

«Tutti quelli che verranno stasera sono amici. Amici veri. Se finirai con l'addormentarti durante la cena, ti metteremo su un divano. Sarai elegante come sempre, solo un po' più silenziosa.»

«Forse sarebbe meglio vederci domani per...»

La voce di Bo si fece più gentile. «Woody, tu hai bisogno di noi adesso. Ecco perché ti ho mandato il regalo.»

Grace fece ruotare la poltrona di suo padre per guardare il panorama, desiderando di essere sola. Non voleva piangere di fronte a Smith e le lacrime le affioravano agli occhi.

«Oh, Bo, non so cosa dire.»

Il regalo era una reliquia della loro infanzia, una treccina di capelli biondi e castani. L'avevano fatta insieme a dodici anni, quando avevano frequentato il campo estivo e si erano tagliate i capelli l'un l'altra.

Non appena aveva visto la treccia nella scatola di porcellana, Grace aveva ricordato esattamente il posto in cui si erano tagliate i capelli. Era stato su di un molo sulle rive del lago Sagamore. Il sole era basso in un cielo decisamente blu e la brezza era calda. Era successo verso la fine dell'estate, ricordò, e l'aria tiepida era un balsamo perché avevano i costumi bagnati. Riusciva ancora a sentire lo sciabordio dell'acqua che batteva sul legno del molo sotto i loro teli da mare.

Con grandi e decise sforbiciate, avevano trasformato il loro aspetto esteriore, impazienti di sembrare più adulte. Mentre le ciocche cadevano sul legno grezzo del molo, si erano convinte che con i capelli più corti sarebbero sembrate più grandi. Avrebbero fatto un passo avanti sulla strada dei loro grandiosi destini.

Con i capelli più corti, le cose sarebbero state più facili.

Quando avevano finito, avevano raccolto alcune ciocche e ne avevano fatto due trecce, una per ciascuna. Poi avevano gettato il resto dei capelli nell'acqua, dove erano rimasti come ragnatele sulla superficie mentre galleggiavano allontanandosi. Avevano riso per quanto fosse divertente sentirsi libere dal peso che avevano prima sulle spalle.

Crescendo, Grace aveva finito per smarrire la sua treccia e il dolore che aveva provato per quella perdita l'aveva colpita. Quando finalmente era cresciuta, dopo aver raggiunto l'anelata maturità, era stata una sorpresa scoprire di desiderare tornare a quando la vita era più semplice, a quel momento sulle rive del lago con la sua amica. A quel giorno di sole che aveva creduto sarebbe durato per sempre.

«Bo, come sapevi che era molto importante per me?»

«Perché ero con te allora e sono con te adesso. Un giorno, quando sarò io a stare male, me la ridarai.» Grace sentì le lacrime pizzicarle gli occhi mentre Bo rideva. «Prendila come una specie di torta alla frutta delle emozioni. Possiamo continuare a spedircela avanti e indietro.»

«Non so come ringraziarti.»

«Io sì. Dimmi che tu e Ranulf verrete stasera.»

Grace esitò, travolta dal bisogno di vedere l'amica. «Ranulf è... occupato. Credo che porterò qualcun altro.»

«Fantastico. Una tua amica?»

«Un amico. Sì, ah... un amico.»

«Davvero? Ed è single?»

«Ehm... sì, credo di sì.»

«Credi che potrebbe essere interessato a una trentenne stressata dal lavoro, single e madre?» Bo ridacchiò. «Ora ho una ragione in più per insistere ché tu venga.»

Grace non sapeva come rispondere al suggerimento innocente dell'amica. L'idea di John con un'altra donna le faceva torcere lo stomaco.

Quando riappese, lo guardò e si domandò se ci fosse una donna nella sua vita. Non riusciva a immaginarlo sposato, ma questo non significava che fosse solo.

Poteva essere un elemento in più da scoprire prima di prendere la sua decisione, pensò mesta.

«Allora, mi devo mettere lo smoking?» le chiese lui. I suoi occhi attenti le dicevano che non si era perso neppure una delle emozioni che Grace aveva provato.

Lei annuì lentamente. «È difficile dire di no a una donna come Bo.»

«Ovviamente.»

Erano quasi le sei e mezza quando Grace uscì dalla stanza. Smith era in soggiorno, nel suo smoking e con la giacca che gli pendeva sul braccio. Grace rallentò il passo mentre lo raggiungeva, pensando che il bianco della sua camicia gli desse un'aria ancora più oscura.

Poi ogni pensiero svanì, quando si accorse che le stava fissando le labbra.

«È un abito bellissimo» le disse piano, con timbro molto virile.

Lei abbassò gli occhi sull'abito di chiffon giallo limone. Era senza spalline, lungo e semplice.

«Grazie.»

Le si avvicinò. «Anche il girocollo.»

Sporse una mano e accarezzò i diamanti giallo canarino. Erano sei, collegati da grappoli di diamanti bianchi.

«Era di mia madre.» Grace si scoprì quasi senza fiato mentre le dita di John volavano sulla sua pelle. Strinse forte la stola e la borsetta.

Lui lentamente abbassò la mano, e Grace vide che le emozioni che sobbollivano a fuoco lento sul suo volto venivano accantonate.

«Siamo pronti?» le chiese brusco.

Lei annuì e pensò, mentre entravano nell'ascensore, che c'era una forte possibilità che lui le avrebbe spezzato il cuore.

Eddie li portò al Plaza. E mentre si fermava di fronte all'hotel disse: «Spero che abbiate una *splenderrima* serata.»

Smith gli scoccò un'occhiataccia mentre il portiere si faceva avanti e lasciava entrare l'aria fredda. «Questa è una parola che ti sei inventato»

«Sì, non è grandiosa? Mi piacciono gli aggettivi. Bisogna lavorare sul vocabolario, è come un muscolo. Mmm, comunque, buon compleanno, Grace.» Eddie le passò un pacchettino accuratamente incartato. «So che questi non sono i tempi migliori o altre cose così, ma mi sono detto, diavolo, io glielo do adesso.»

«Ma grazie, Eddie.»

«Non devi aprirlo.»

«Certo che lo apro! È stato un pensiero molto gentile da parte tua.» Stracciò la carta. «Ma è... uno spray antiaggressione.»

Gli sorrise.

«So che è illegale averne uno a New York, ma dovresti davvero tenerlo con te tutto il tempo. Sai come usarlo, vero? Metti le dita lì e poi punta alla faccia.» Le mostrò come togliere la sicura del meccanismo e fu soddisfatto quando lei fece pratica un paio di volte. «Mettilo nella borsetta. Lo porterai dappertutto, vero?»

«Okay, Eddie. Lo farò.» Fece scivolare l'oggetto nella borsetta di seta, quindi si chinò sull'uomo e gli premette un bacio sulla guancia. «Grazie ancora.»

Eddie stava ancora sorridendo quando si allontanò dal marciapiede.

«È stato veramente gentile da parte sua» disse lei salutandolo con la mano.

«Sì, molto. Gli piaci. Ma in effetti piaci a molta gente.»

Grace sollevò gli occhi su Smith, ma lui stava scrutando il parco, la strada, le persone che passavano davanti all'hotel.

«Ne sembri sorpreso» disse lei dolcemente.

Lui la guardò. «Ci sono molte cose di te che mi sorprendono. Andiamo.»

Avrebbe voluto chiedergli cosa nello specifico, ma sollevò l'orlo dell'abito e salì sui gradini ricoperti di una passatoia rossa. Mentre oltrepassavano Palm Court, Grace si fermò a parlare con una coppia, poi puntarono verso gli ascensori.

Quando giunsero alla suite, Grace bussò alla porta e la sua amica la spalancò per poi avvolgerla in un abbraccio.

«Eccola qui!» esclamò Bo.

Grace strinse tra le braccia la sua vecchia amica. «Sono così contenta di vederti a nord della linea Mason-Dixon.»

«L'aria è un tantino sottile quassù ma a parte questo è okay.»

Grace si voltò per presentare Smith. «E lui è John... Smith. Il mio amico.»

La senatrice gli offrì un sorriso di benvenuto e poi, mentre si scambiavano una stretta di mano, Grace si domandò cosa

John pensasse di Bo. Era una donna alta, bella, con i capelli castani, gli occhi nocciola e un sorriso ad alto voltaggio. L'abito rosso con la profonda scollatura esaltava il suo aspetto da donna fatale ed era tagliato sulle sue curve. Di fianco a lei, Grace si sentiva annullata, una pallida versione della femminilità che Bo emanava come un profumo esotico.

Quando entrarono in una stanza elegantemente arredata, una ventina di persone emise in coro un grido di benvenuto. Le venne messo nelle mani un bicchiere di vino e Grace si disse che doveva rilassarsi e divertirsi, mentre Carter e Nick si facevano avanti. Era così felice di vederli.

Durante il cocktail, seppe sempre dov'era Smith. Se ne stava ai margini della folla, sembrando a suo agio in mezzo al gruppo.

Lei lo stava fissando, pensando a quanto fosse perfetto in quell'elegante atmosfera, quando guardò verso di lei. Sollevò un sopracciglio e le fece un cenno con la testa.

E fu allora che Grace capì che era troppo tardi.

Guardandolo attraverso la stanza, con la luce che gli disegnava i lineamenti, seppe che si stava innamorando.

Era per quel motivo, ancor più che per la passione, che aveva deciso di fare l'amore con lui.

Grace spostò lo sguardo velocemente, nel caso fosse stato in grado di leggerle i pensieri. In preda alla confusione, scappò dal gruppetto di persone con cui stava parlando con la scusa di doversi rimettere il lucidalabbra.

Mentre la sua mente lavorava alacremente per scoprire i perché e i per come, sapeva che quel guazzabuglio di domande era solo una ginnastica mentale. Non era importante sapere quando era iniziato, e sapere il perché non era la risposta di cui aveva bisogno. La verità era nel suo cuore, non nella sua mente.

Si trovava in una delle camere da letto, a seguire la linea delle labbra col rossetto quando Mimi Lauer apparve sulla soglia.

«Mi dispiace tanto per il ritardo» disse la donna con un sorriso.

Grace si irrigidì quando i loro sguardi si incontrarono nello specchio. Pensò a Cuppie e Suzanna, prima di voltarsi e aprire le braccia. Anche Mimi era nell'articolo.

«Mimi, sono così felice che tu sia venuta! Pensavo che non ci saremmo viste perché domani è la tua grande serata.»

Grace non conosceva i Lauer da molto, ma le erano piaciuti da subito. Si erano trasferiti dalla West Coast quattro anni prima, perché loro figlio soffriva di una brutta artrite giovanile e i trattamenti che New York offriva erano migliori. La personalità calorosa di Mimi e la sua predisposizione a dare ricevimenti le erano servite a introdurla nel nuovo ambiente ed era riuscita a salire presto la scala sociale. Negli ultimi due anni, era stata presidente del consiglio per l'evento del ballo annuale.

Mentre si staccava da lei, Mimi disse: «La performance di domani sarà meravigliosa. Eseguiranno una selezione da Balanchine, alcuni brani tratti dai suoi lavori migliori.»

Grace corrugò la fronte. «Mi dispiace, ma non verrò quest'anno.»

Lei e Smith avevano discusso se partecipare o meno al ricevimento. Lui non pensava che fosse una buona idea trovarsi tra tanta gente, e se poteva evitarlo, preferiva dare ascolto al suo consiglio.

«Per favore, non ti crucciare. Ovviamente ci mancherai, ma posso capire il tipo di pressione che stai subendo.»

Gli occhi di Mimi si socchiusero, come se fosse tentata di affrontare il vero problema nella testa di Grace. L'assassino. Le loro amiche trucidate.

Ci fu un silenzio impacciato.

«Allora, come va?» chiese Grace. «Immagino che ti sarai occupata di ogni dettaglio.»

Mimi scosse la testa. «Al contrario, è un bel casino.»

«Santo cielo, perché?»

«Fredrique è diventato un problema.» Una smorfia di disprezzo aleggiò sul volto della donna. «Sta lavorando talmente male che sto pensando di licenziarlo anche se mancano meno di ventiquattr'ore all'evento. Per il party voleva mettere uno squalo in una vasca. Uno squalo. Che cosa c'entrano delle mandibole con un balletto?»

Grace sorrise e ripose il lucidalabbra nella pochette. «Evidentemente non temeva di fare un bel buco nell'acqua...»

«Ebbene, può andarlo a fare da un'altra parte. Forse Long John Silver sta cercando qualcuno che gli organizzi una festa» replicò Mimi con rabbia. «Cambiando argomento, che cosa sta succedendo tra te e Lamont?»

«Perché me lo chiedi?»

«Mi ha chiamata oggi e mi ha detto che sta pensando di cambiare.»

Grace strinse le labbra. «Non mi sorprende. Lui e io non siamo mai andati troppo d'accordo e so che ha avvicinato un paio di altre persone.»

«Bene, gli ho detto che non penso che abbiamo niente da offrirgli ma credo che sappia qual è la vera ragione. Tu mi hai sempre sostenuta. Né il balletto né io ti sottrarremmo mai una delle tue persone chiave.»

«A dire il vero, non mi importerebbe se lui se ne andasse.»

Mimi sorrise. «In quel caso, davvero non lo vorremmo. Se non riesce ad andare d'accordo con te, dev'essere una persona impossibile.»

«È una bella dimostrazione di fiducia» disse Grace ridendo.

Ci fu una pausa mentre Mimi abbassava gli occhi.

«Grace... posso chiederti una cosa?» La voce della donna divenne un sussurro.

«Certo.»

«Che cosa stai facendo per... essere al sicuro?»

Grace sentì il cuore sprofondarle nel petto quando Mimi

sollevò lo sguardo su di lei. C'era una paura pura nei suoi occhi, la stessa che Grace provava ogni volta che pensava a ciò che era successo alle sue amiche.

«Ho assunto una guardia del corpo.» Grace prese la mano della donna. «Tu ti stai proteggendo?»

«Sono sempre piena di persone che mi seguono dappertutto e Marks è davvero di sostegno, ma non lo so. Ted e io stavamo pensando di tornare a San Francisco per un po', finché tutta questa storia non sarà finita, solo che in realtà non possiamo. Nostro figlio deve rimanere qui per il trattamento fisioterapico.» Mimi fece una pausa. «Sai se Suzanna aveva qualcuno che l'aiutasse?»

«Marks è restato sul vago per i dettagli. Mi stavo domandando se chiunque stia facendo questo stia seguendo la sequenza dell'articolo.»

«Saresti fortunata allora. Perché sei l'ultima che viene menzionata.»

«E Isadora la prossima.»

Bo comparve sulla porta. «Sto interrompendo qualcosa?»

Grace si obbligò a sorridere. «Nient'affatto.»

Mimi sbottò in una risata forzata. «Non volevo monopolizzare l'ospite d'onore. Sarà meglio che vada a salutare tutti gli altri.»

«Ti chiamo» disse Grace. «Pranziamo insieme, così potrai raccontarmi del successo di domani sera.»

«Mi piacerebbe. Mi piacerebbe davvero.»

Si scambiarono uno sguardo carico di significati mentre Mimi si allontanava. Grace si ributtò nel party per far piacere a Bo, ed entrambe lo sapevano bene.

«Dunque, te lo devo chiedere» le disse Bo con un sorriso ferino. «Che cosa ne pensa Ranulf che te ne vai in giro al braccio di un bell'uomo come quello laggiù?»

«John è solo una conoscenza professionale.»

«Professionale? Davvero? Per me ha più l'aria del militare.

Ha gli stessi occhi vispi e le spalle larghe di mio padre. E papà, lo sai, era un generale.»

Grace cercò di sorriderle come se niente fosse e cercò qualcosa da dire che non fosse proprio una bugia. Prima che potesse dire qualcosa però furono interrotte da uno dei camerieri che annunciò che la cena era servita.

Bo sorrise. «Be', spero che non ti dispiaccia se l'ho messo a sedere accanto a me. Mi è sembrato carino, dal momento che non ho un uomo da così tanto tempo. Questi politici con cui passo tutto il tempo, non lo so... Hanno la tendenza a essere un po' mollicci, e non solo nella testa.»

Grace sorrise debolmente e Bo corrugò la fronte. «Cosa c'è che non va?»

«Te lo dico dopo.»

Il volto dell'amica assunse un'espressione ostinata e Grace ebbe la netta impressione che, cena o non cena, Bo era pronta a chiudersi con lei in bagno finché non le avesse raccontato tutta la storia.

«Non fare la mammina con me» ribatté Grace. «Risparmia il senso materno per tuo figlio. È pieno di gente di là che aspetta di mangiare e anch'io sono piuttosto affamata.»

Bo le lanciò un'altra occhiata. «Finiremo più tardi, mi hai capita?»

«Sì, mamma.»

Raggiunsero gli ospiti e Grace accettò un altro bicchiere di vino, che bevve velocemente mentre entrava in sala da pranzo. Era seduta di fronte a Bo e Smith e, mentre la cena veniva servita, continuò a guardarli. Bo era un'esperta conversatrice e, anche se Smith non disse molto, sembrò divertirsi.

O, perlomeno, questo fu ciò che sembrò a Grace, e vederlo guardare la sua amica non era facile.

Quell'uomo che era stato per lei solo un estraneo fino a poche settimane prima, le aveva catturato il cuore.

Ma lui voleva solo il suo corpo.

Quando a Bo cadde il tovagliolo e Smith si chinò per raccoglierglielo, Grace chiese al cameriere di riempirle ancora il calice del vino.

13

Smith corrugò la fronte nel vedere il cameriere che versava dell'altro vino nella coppa di Grace. Non l'aveva mai vista bere tanto e ora era già al terzo bicchiere. Quando poi si voltò verso Nick Farrell e gli sorrise, John pensò che lo stress stesse avendo la meglio su di lei. Stava giocherellando col cibo, muovendolo nel piatto e la sua risata gli sembrava tesa.

La sua proposta di andare a letto insieme di certo aveva aggiunto confusione alla sua vita, pensò John. E tanti saluti alle sue regole professionali.

Aveva costruito un mirabile castello di illusioni, dal quale era riuscito a cancellare ogni dettame del suo addestramento e ogni traccia di buonsenso per giungere alla conclusione che fare sesso con lei era accettabile. Doveva chiedersi perché aveva pensato che avesse senso dodici ore prima. Ora, notando la stanchezza che le tirava la pelle del volto, vedendola bene, si sentiva...

Rodere dal rimorso.

Il che, per una persona impulsiva e abituata a correre dei rischi era comune come trovare un cartello segnaletico nel deserto.

«Grace non mi ha mai raccontato come vi siete incontrati»

disse la senatrice Bradford rivolta a Smith. Sollevò il tovagliolo senza farci caso e si asciugò le labbra. I suoi occhi erano molto diretti.

Lui si strinse nelle spalle. «A un party.»

A giudicare dall'occhiata severa, la risposta evasiva non dovette soddisfare la senatrice che si preparò a fare la prossima mossa. John ebbe l'impressione che le buone maniere della donna nascondessero una volontà di ferro e gli ricordò Grace.

«Conosce suo marito?»

Sentir menzionare quell'uomo gli fece desiderare di poter imprecare perché gli ricordò ancora una volta che lei non solo era una sua cliente, ma che era anche legalmente sposata. Di solito non si crucciava molto dell'adulterio, immaginando che se una donna voleva ingannare il compagno, non erano affari suoi. Ma il fatto che Grace fosse la moglie di qualcuno gli bruciava e non perché avesse il timore di urtare i preziosi sentimenti del conte.

La voleva tutta per sé.

Fu sorpreso per quella reazione, ma disse a sé stesso che avrebbe dovuto saperlo. Niente che riguardasse Grace era scontato, neppure le sue reazioni a lei.

«Le ho chiesto se conosce Ranulf» ripeté la senatrice gentilmente.

«No, non lo conosco» le rispose posando forchetta e coltello e appoggiandosi allo schienale della sedia. «E non ho alcun interesse a conoscerlo.»

Un sopracciglio perfettamente disegnato si inarcò. «Molte persone desiderano incontrarlo. È considerato una delle figure internazionali più importanti.»

«Sulla base di cosa? Per aver vinto alla lotteria dell'ereditarietà? Questa è fortuna, non talento.»

Bo lo studiò attentamente e poi disse, gentile: «Alcuni si chiedono quale sia il suo fascino. Posso dire che ha una bella figura e per molti uno stile elegante e un titolo altolocato sono abbastanza per guadagnargli stima. Francamente, sono rimasta sorpresa che Grace lo sposasse, anche se capisco che i suoi genitori possano esserne stati contenti.»

«Senza offesa, senatrice, ma il suo matrimonio non mi riguarda. La nostra relazione è puramente professionale.»

«Davvero? Grace non riesce a toglierle gli occhi di dosso e lei, Smith, ha passato la maggior parte della cena a lanciare sguardi dall'altra parte del tavolo, ricambiando il favore. A meno che entrambi non stiate facendo degli esercizi per gli occhi, devo presumere che ci sia qualcos'altro che sta succedendo.»

John scoccò un'occhiata a Bo, la quale gli sorrideva con calore. Non poteva farci niente, quella donna gli piaceva, anche se la trovava irritante quanto l'inferno con tutto quel parlare riguardo a Grace. «Credo che stia saltando troppo in fretta alle conclusioni, senatrice.»

«Vengo da una famiglia di distillatori di bourbon, signor Smith. Mi creda, ne so un sacco dell'amore.» Guardò apertamente Grace, che stava sorseggiando un altro long drink. «Gli affari di cuore hanno tenuta impegnata la mia famiglia per generazioni. L'amore fa in modo che le persone cerchino conforto e l'alcol sembra funzionare particolarmente bene. Credo che sia per questo che la nostra Grace sta alzando un po' il gomito stasera.»

«Credo sarebbe meglio che rivedesse l'aggettivo che ha usato.»

«Benissimo. La *sua* Grace» disse Bo senza battere ciglio.

Poi Bo suonò la campanella d'argento accanto a lei e un cameriere in uniforme entrò nella stanza. Mentre la tavola veniva sparecchiata, la senatrice, si chinò verso di lui e gli sussurrò: «Le dirò cosa penso. Lei è il suo amante.»

Smith inarcò un sopracciglio. «Be', si sbaglia.»

Avrebbe voluto esserlo. Disperatamente, dannazione. Ed

era evidente che a farne le spese sarebbe stato il lavoro per cui era stato assunto.

Bo gli scoccò un'occhiata consapevole mentre ripiegava il tovagliolo e se lo riponeva in grembo. «Bene, le lascio tenere i suoi segreti, ma solo perché la mia mamma mi ha educato bene.»

Lui scosse il capo, sarcastico. «E la sua educazione raffinata ha incluso anche un addestramento per le tecniche di interrogatorio?»

«Oh, no, quelle le ho imparate da papino.» Il sorriso che gli fece era pienamente deliziato.

Bo annuì al cameriere da sopra la spalla e questi iniziò a posizionare dei bicchieri alti e sottili di fronte a ciascuno degli ospiti. Erano alti all'incirca venti centimetri e ciascuno conteneva qualche dito di liquido ambrato.

Bo gli mise elegantemente una mano sul braccio. «Non fatele del male, okay? Ha già sofferto abbastanza. Anche se cerca di mostrarsi allegra, si dà il caso che io sappia che il conte non è quello stinco di santo che dà a vedere. Ci ha provato con me a una cena la sera prima del loro matrimonio. Io gli ho aperto gli occhi riguardo al fatto che forse non è proprio così irresistibile come crede di essere, con un bel calcio al cavallo dei pantaloni, ma è e rimarrà sempre una merda. Grace merita molto di meglio.»

«Perché mi sta dicendo tutto questo?»

«Perché mi piace il modo in cui Grace la guarda.»

Smith sorrise debolmente. «Siete buone amiche, vero?»

«Ci può scommettere il suo fondoschiena.»

«Non pensavo che ai senatori fosse permesso usare un tale linguaggio.»

«Non conta qui al Nord. Devo sfogarmi quando sono qui.» La donna si alzò e l'intero tavolo ammutolì.

Smith guardò Grace mentre la sua amica parlava.

«E ora vorrei proporre un brindisi. Se volete tutti prendere il bicchiere col migliore Bradford, ingolliamo un po' di bourbon per la nostra cara amica, Grace. Tutto l'amore del mondo, per il tuo trentesimo compleanno, cara.»

Mentre una fiammante torta di compleanno veniva portata in tavola, Smith posò il bicchiere senza aver assaggiato il liquore. Stava pensando a ciò che Bo gli aveva detto riguardo all'alcol e all'amore e al fatto di trovare un certo transitorio sollievo nel fondo di una bottiglia. Era così represso che avrebbe potuto anche farsi qualche bicchiere, ma mai mentre era in servizio.

Quella perlomeno era una regola che ancora teneva ben presente.

Un'ora più tardi, gli ospiti iniziarono ad andare via. La gente si disperse finché Bo, Grace e Smith rimasero soli nel foyer della suite.

«Grazie» disse Grace sollevando una mano alla tempia. Strinse gli occhi e guardò il lampadario come se la luce le desse fastidio. «È stato tutto adorabile.»

«Penso che sia meglio che tu vada a casa.» La senatrice sorrise. «Non hai mai retto bene l'alcol.»

«Non credo di averne bevuto molto.»

«Molto è un termine relativo, cara.»

Dopo che le due donne si furono salutate con un abbraccio, Smith porse la mano alla senatrice. «Mi ha fatto piacere conoscerla.»

«Lo stesso per me» replicò lei. «La riporti a casa sana e salva, va bene?»

Smith annuì, pensando che non era l'unico a tenere d'occhio Grace.

Quando uscirono dall'hotel, Grace si fermò e guardò il cielo, stringendosi addosso la stola. Sopra di lei, una luna velata era appesa sulla città, lo splendore dei raggi indebolito dal bagliore dei lampioni e dalle luci dei grattacieli.

«Fa caldo stanotte» disse, facendo un profondo respiro. «Camminiamo un po'.»

Smith si mise tra Grace e la strada e fece capire a Eddie, che li aspettava nella Explorer, di aspettarli.

Mentre camminavano verso la Quinta Strada, i loro passi sul marciapiede erano sincronizzati, il ticchettio delle loro scarpe ritmico e lento. I taxi passavano loro accanto, con le luci posteriori rosso incandescente e, ogni tanto, un altro pedone attraversava il loro cammino.

Una leggera brezza le soffiava sulle spalle, facendole sentire a tratti il profumo della strada.

«Mi è sempre piaciuta la città di notte» mormorò Grace, sollevando lo sguardo verso gli edifici.

All'improvviso, il tacco le si impigliò in una fenditura nel cemento e Grace si sbilanciò in avanti.

Smith l'afferrò per la vita e la sentì rilassarsi contro di lui. Lei era calda e morbida e le dita di Smith si chiusero intorno alla sua vita sottile. Non voleva lasciarla andare, anche se camminare col braccio intorno a lei non sarebbe stato intelligente. Ci mancava solo che qualcuno li fotografasse insieme per aggiungere alla vita di Grace complicazioni su complicazioni.

«Non dovremmo stare così vicini» mormorò lei un momento dopo.

Quando si scostò da lui, John non tentò di trattenerla.

«Dopotutto» disse a voce un po' più alta. «Sono una donna sposata. Maledettamente sposata.»

Smith la guardò. Era sconvolta.

«Bo non lo è, sai. Sposata, intendo.»

Lui tornò a osservare la strada e il marciapiede. «Mi ha detto che suo marito è morto.»

«Tre anni fa.» Grace si fermò. «Voi due siete sembrati molto affiatati durante la cena. È bellissima, non pensi?»

Lui inarcò un sopracciglio, domandandosi dove volesse andare a parare. «È vero.»

«Dimmi, John.» Si rimise a posto lo scialle con un movimento brusco. «Che cosa rende una donna bella ai tuoi occhi? Cosa c'è di tanto bello in Bo?»

Mentre camminavano sotto i lampioni, la luce cadeva sui lineamenti delicati di Grace e Smith sapeva esattamente come avrebbe definito la bellezza. Prima che potesse darle una risposta, però, lei parlò di nuovo.

«Oh, non mi rispondere.» Grace batté le mani come per cancellare quella domanda. «Non so perché te l'ho chiesto. Forse per torturarmi ancora un po'.»

Sembrò sorpresa della sua stessa ammissione e aggiunse in fretta: «Il marito di Bo era un uomo meraviglioso, che l'amava profondamente. Quello sì che era un matrimonio che funzionava. È terribile che sia finito tanto presto.»

L'istinto di Smith lo mise in allerta.

Lanciando uno sguardo dietro di sé, aveva percepito, e poi visto, una figura che era poi scomparsa nell'oscurità. Senza dare nell'occhio, slacciò la giacca dello smoking, nel caso avesse avuto bisogno della pistola.

«Credo sia tempo di tornare» sottolineò afferrando saldamente il braccio di Grace. Lei lo guardò. Non la voleva allarmare, perciò disse gentilmente. «Si sta facendo tardi.»

«Qualcuno ci sta seguendo, vero?» mormorò lei.

«Forse.»

Dalla tensione che le attraversava il corpo e dalla stretta che diede al suo bicipite, Smith capì che aveva paura, ma non mostrava altri segni. E continuò a camminare a testa alta.

Brava, ragazza.

Smith si guardò attorno con aria distratta, alla ricerca di un'opportunità per toglierla dalla strada. Videro un vivace ristorante.

«Entriamo lì» le disse, conducendola verso l'elegante locale. Non appena furono dentro, aprì il suo cellulare e chiamò Eddie.

Attraverso il folto gruppo di persone in attesa di un posto, il maître riconobbe Grace e le si precipitò incontro con un largo sorriso. «Benvenuta, contessa. Vuole unirsi a noi questa sera?»

Mentre Grace iniziava a conversare, Smith rimase da parte a cercare con lo sguardo Eddie attraverso le ampie finestre che si affacciavano sulla strada. Quando la Explorer nera si fermò, Smith prese la contessa per un braccio e la trascinò fuori. Erano appena usciti che un uomo saltò loro addosso. Smith fece scudo a Grace con il suo corpo mentre un flash li illuminava.

Muovendosi ancora prima che la luce si fosse spenta, Smith la spinse verso la macchina, richiuse la portiera con uno schianto e inseguì il paparazzo. Acchiappò l'uomo in tre falcate e lo trascinò nel vicolo dietro al ristorante. Mentre il ragazzo iniziava a gridare, Smith gli afferrò la macchina fotografica e ne estrasse la scheda, quindi lo spintonò contro il muro di mattoni dell'edificio.

«Scusami, cosa stavi dicendo?» Smith gli premette l'avambraccio sotto la gola mentre gli sorrideva amabile.

«Ti denuncio! Quella è la mia scheda!»

«Ecco, tieni.» Ruppe la scheda in due con l'altra mano e la infilò nella tasca del ragazzo.

«Lasciami andare!»

«Non finché mi avrai promesso di lasciarla in pace.»

«Questo è un Paese libero! Non puoi farmi del male. Se lo fai, io denuncio lei!»

L'uomo continuò a divincolarsi, il volto che diventava sempre più paonazzo per la rabbia. Smith lo teneva fermo facilmente, domandandosi quanto ci sarebbe voluto prima che si stancasse.

«Quella donna è un personaggio pubblico!» gridò il fotografo. «Anche se non capisco come faccia a piacere una fottuta principessa di ghiaccio come lei...»

Smith smise di sorridere. «Che cosa hai detto?»

«Ho detto...»

Spostò il peso del corpo, spingendo l'avambraccio ancor più forte contro la gola dell'uomo, togliendogli il fiato. «Ci ho ripensato, nel tuo interesse, non credo dovresti ripeterlo. Potrei arrabbiarmi e le cose si metterebbero male per te.»

«Oh, sì?» tossì il ragazzo. «Che cosa mi farai?»

Smith avvicinò il volto a quello del fotografo e questi si immobilizzò completamente. «Tu non vuoi sapere di cosa sono capace.»

Il giovane iniziò a sembrare preoccupato, con gli occhi continuava a percorrere il vicolo su e giù in cerca d'aiuto. Non c'era nessuno in giro.

Smith lo teneva intrappolato contro il muro e aveva tutto il tempo di pensare le peggiori ingiurie. Sperava che il paparazzo dicesse qualcos'altro, qualcosa che gli desse la scusa di picchiarlo. Forte.

Sentire quelle parole spregevoli riguardo a Grace gli aveva fatto davvero perdere le staffe.

«Ne hai avuto abbastanza?» gli chiese.

L'altro si affrettò ad annuire con vigore.

«Allora do per scontato che tu e io siamo d'accordo riguardo alla contessa. Se ti rivedo in giro, farò molto peggio che toglierti la scheda dalla macchina fotografica, mi hai capito?»

Quando Smith lo lasciò andare, il fotografo crollò lungo il muro dell'edificio, portandosi le mani alla gola. Smith si voltò e iniziò ad allontanarsi.

«Non ho paura di te!» gli gridò l'uomo quando ci fu una buona distanza tra loro.

Una sola occhiata da oltre la spalla bastò a zittirlo.

Quando entrò nella Explorer, Grace lo fissò in silenzio. Sembrava sotto shock e non poteva biasimarla.

«Ti muovi velocemente» mormorò mentre la macchina partiva.

«Quando devo. Eddie,» disse «facci fare il giro sul retro.

Nel caso in cui il nostro amichetto con il flash avesse chiamato dei suoi amici.»

Il giorno prima, sotto richiesta di Smith, Eddie era andato a esplorare l'entrata di servizio dell'edificio. C'era un passaggio che tagliava attraverso il seminterrato e usciva nell'atrio. Sembrava proprio che avrebbero iniziato a usarlo.

Mentre sfrecciavano nel traffico, John percepì lo sguardo di Grace su di sé.

«Quel fotografo... gli hai fatto del male?» gli chiese con un filo di voce.

«No.»

Ci fu una pausa. «Sei sicuro?»

E così era quella la ragione per cui lo guardava di sottecchi come se fosse un estraneo. Non aveva mai visto qualcuno spingere un'altra persona in un vicolo e uscirne da solo.

«Sì, starà benissimo.»

Lei si strinse le braccia intorno al corpo, e Smith fu contento che non sapesse cosa avrebbe voluto fare a quell'uomo.

Dieci minuti più tardi, Eddie si fermò dietro all'edificio e Smith scortò Grace fino alla porta del retro e poi attraverso il corridoio odoroso di muffa, fino all'atrio. Il portiere stava sonnecchiando alla sua postazione e Smith lo strattonò per una spalla.

«Sveglia, non la pagano per dormire» disse ruvido.

L'uomo scosse la testa, forse per la vergogna o forse solo per svegliarsi, Smith non poteva dirlo.

Premette il pulsante dell'ascensore e interruppe le scuse del portiere di notte. «Se non riesce a stare sveglio, si trovi un'altra posizione oppure un altro lavoro.»

La voce di Grace fu molto più gentile quando offrì all'uomo un sorriso rincuorante. «Va tutto bene, so che il suo bambino è appena nato e probabilmente la sta sfinendo.»

I due parlarono della famiglia dell'uomo finché arrivò l'ascensore.

Quando entrarono nell'attico, Smith vide che lo sguardo di Grace tornava cupo e non poteva biasimarla per essere scossa. Prendersi uno spavento per colpa di un paparazzo accanito e vedere il proprio bodyguard malmenarlo non era certo un divertimento.

Smith ripensò a ciò che era successo nel vicolo. C'era mancato poco a che perdesse davvero il controllo con quel fotografo, che gli facesse davvero male. Assicurarsi che quella foto non vedesse mai la luce del giorno non gli era sembrato abbastanza, considerato lo spavento che aveva fatto prendere a Grace e l'insulto che le aveva rivolto.

Ripensandoci però la sua reazione era stata preoccupante. Una cosa era difendere il proprio cliente, ma vendicare l'onore di Grace era del tutto diverso. Ricordò a sé stesso che era stato ingaggiato per proteggerla, non era un picchiatore a pagamento.

Mentre entravano in casa e disattivava l'allarme, Smith seppe che stavano andando incontro a dei guai. Tutte le linee di confine tra lui e Grace stavano svanendo e nessuno dei due si poteva permettere che lui perdesse la sua lucidità mentale.

Lei meritava di averlo al meglio delle sue abilità. Glielo doveva.

E non si sarebbe accontentato di niente di meno.

Grace sentì la porta che si chiudeva mentre entrava in soggiorno.

«Hai bisogno di qualcosa?» le chiese Smith.

Si voltò. Lui stava aspettando che gli dicesse qualcosa, una figura alta e scura in controluce dalle lampade del corridoio.

Non riusciva a togliersi dalla testa il confronto con il fotografo e continuava a vedere la scena con una fine diversa, più violenta. Quando Smith era balzato davanti a lei per farle da scudo con il proprio corpo, dio solo aveva saputo se di fronte a lei c'era stata una macchina fotografica o una pistola. Eppure, lui era stato pronto a prendersi qualsiasi cosa fosse arrivata, che fosse un proiettile o un coltello o un pugno o un flash.

Grace meditava su quanto sarebbe stato facile che l'esito fosse stato una tragedia. E di come, in quel momento, mentre le si parava davanti, John era stato pronto a dare la vita per lei. Gli era grata ed era allo stesso tempo arrabbiata perché, se era stato pronto a fare quello per lei, di certo lo era stato anche per altri clienti. Non gli importava niente di essere ucciso?

All'improvviso, guardare al futuro le sembrava un mero esercizio di ottimismo. John era con lei adesso. Quella notte erano insieme.

E lei lo desiderava.

Al diavolo il lieto fine, pensò.

Prendendo coraggio dai persistenti effetti del vino, Grace gli si avvicinò piano e lasciò cadere la stola dalle spalle. Nella luce fioca, lo vide seguire la seta mentre le scivolava sulle braccia, oltrepassava la vita e finiva sul pavimento. Quando i suoi occhi tornarono su di lei, brillavano.

Con la mano sfiorò il risvolto di raso del suo smoking, facendo fluttuare le dita sulla stoffa. Si appoggiò a lui con disinvoltura, premendogli i seni contro il petto e sollevando le labbra al suo orecchio.

«Fa' l'amore con me» gli sussurrò contro la pelle della gola.

Sentì il brivido che lo percorse tutto.

L'esitazione che seguì non fu incoraggiante.

«Cosa c'è?» gli chiese.

«Tutto questo è sbagliato» le disse lui, allontanando le sue mani. «Mi dispiace, Grace.»

Lei lo guardò confusa, lottando per toccarlo di nuovo. «Mi avevi detto che potevo scegliere. Ho scelto.»

«Non avrei mai dovuto metterti in quella posizione.» Si allontanò di un passo.

Grace lo fissò, incapace di comprendere cosa stesse dicendo.

Quando lo guardò negli occhi e capì che non c'era niente da fare, la rabbia le montò dentro.

«Accidenti a te.» Lui rimase in silenzio. «Perché mi stai facendo questo? Vuoi sentirmi implorare?» gli chiese.

«Certo che no.»

«Allora perché? Se sapessi che è solo una specie di gioco...»

«Non è mai stato un gioco» disse lui con veemenza.

La frustrazione la indusse a rispondergli a tono. «Be', non ho mai creduto che fossi un codardo. Se davvero sei il re di una-botta-e-via, che cosa hai da temere da un po' di sesso? Lo hai già fatto prima e sei sopravvissuto all'esperienza col tuo spirito da sono-duro-come-una-roccia ancora intatto.»

Con la velocità del lampo, lui l'afferrò per le braccia e così forte da farle male.

«Non insistere, Grace. Non sono in vena.»

«Allora vedi di esserci. Baciami» gli mormorò guardandolo negli occhi.

«Smettila.»

«No.»

In uno slancio, lui le imprigionò le braccia dietro la schiena e la spinse contro il muro.

«Cristo, è questo che vuoi?» Premette la sua erezione contro il corpo della ragazza.

Lei lo fissò con fierezza. «Stanotte? Sì.»

John chiuse gli occhi. E poi li riaprì di scatto e calò le labbra su quelle di lei.

Fu un bacio duro, ed era quello che Grace voleva. Liberandosi, gli si aggrappò alla giacca, strattonandogliela giù dalle spalle, mentre sentiva le sue mani salire sul corpetto dell'abito. Udì il rumore di uno strappo quando lui ruppe il delicato chiffon, per poi coprirle i seni con le sue mani.

Le labbra di John erano calde e sembravano avere fame di lei, la sua lingua si insinuava nella bocca mentre le si premeva addosso. Affondando le unghie nella sua schiena, Grace emise un gemito.

Nel sentire quel suono roco, lui si immobilizzò. La guardò negli occhi e poi la spinse via da sé con brutalità.

Si passò una mano tra i capelli cortissimi e si chinò per raccoglierle lo scialle.

«Va' a letto» le disse, gettandoglielo addosso.

Grace afferrò la stola di seta, ma rifiutò di coprirsi, consapevole che, con i seni scoperti, lui faceva fatica a toglierle gli occhi di dosso. «Tu mi desideri.»

Smith si precipitò di nuovo su di lei, piantando le mani sul muro, da entrambi i lati della testa di Grace, con un rumore forte. Si sporse verso di lei, ma Grace non ebbe paura mentre con lo sguardo le percorreva tutto il corpo.

«Sì, ti desidero. Così tanto da fare un male del diavolo. Soddisfatta?»

«Neanche un po'» disse lei dolcemente, snocciolando quelle parole di proposito. Sollevò una mano e gli accarezzò una guancia.

Lui strinse gli occhi fissandole le labbra, poi li chiuse e rimase immobile a lungo.

Quando tornò a guardarla, la sua voce era fredda come il ghiaccio. Lentamente, fece un passo indietro.

«Cos'è cambiato?» chiese lei in un sussurro.

«Non sei lucida stasera. E io non lo ero stamattina.»

Si voltò e puntò verso la sua camera. Grace udì la porta che si chiudeva piano e pensò che era la prima volta che la chiudeva.

Nel silenzio, la realtà tornò a investirla e il dolore fu così forte che le venne voglia di piangere. Abbassò gli occhi in un muto stupore, sull'abito rovinato. Con mani tremanti, sollevò il corpetto a coprirsi il seno e andò nella sua stanza.

Non riuscì a guardare la porta di Smith, quando vi passò accanto.

Il primo pensiero di Grace, il mattino seguente, fu che forse era stato tutto un orrendo incubo. Poi si guardò attorno e vide l'abito strappato pendere dalla sedia.

Oddio. Aveva cercato veramente di sedurlo e lui l'aveva rifiutata davvero.

Mugugnando, andò in bagno e prese due aspirine. Dopo essersi fatta una doccia, si mise addosso l'accappatoio e uscì nel corridoio.

La porta di John era socchiusa.

«Smith?» chiamò piano. Quando non ottenne risposta, entrò nella stanza.

Qualcuno aveva dormito in uno dei letti, o perlomeno vi si era seduto sopra. Due cuscini erano impilati contro il muro e un libro era aperto sulla coperta. L'altro letto era rifatto e sopra, ai piedi, vi erano appoggiati la giacca di pelle e lo smoking.

Stava per andarsene quando vide il portafogli di Smith sul mobile antico. Accanto, c'erano la sua pistola, la fondina e un mazzo di chiavi.

«Cerchi qualcosa?»

Gli occhi di Grace volarono allo specchio del comò. Lui era in piedi davanti alla porta, con una tazza di caffè in mano. Aveva l'aspetto del bello e dannato, con una maglietta bianca e un paio di pantaloni comodi indosso. Le si seccò la bocca pensando che desiderava baciarlo e le venne voglia di imprecare. Sembrava che la sua vivida immaginazione non avesse misure come il desiderio di gettarsi tra le sue braccia. Dopo la notte precedente, avrebbe dovuto imparare un paio di cosette.

«La doccia è libera» gli disse.

Se ne andò in fretta, cercando di ignorare lo sguardo duro che lui le aveva lanciato quando gli si era avvicinata. Tornata nella sua stanza, iniziò a vestirsi e pensò che era andata da un estremo all'altro. Dalla regina delle nevi si era trasformata in una prostituta.

Non proprio un passo in avanti, pensò mesta.

***

Quando Grace e John entrarono in ufficio, lunedì mattina, Kat sollevò gli occhi dalla scrivania con un sorriso. «L'ufficio è sotto assedio oggi. Mr Lamont è già venuto due volte. Ci sono dieci messaggi per te. E, oh, gli addetti al catering hanno chiamato. Dicono che Fredrique è andato da loro per discutere del menu per il gala. Sembravano un po' confusi, ma ti manderanno una prima proposta per il menu. Credo che avessero l'impressione che Fredrique non fosse coinvolto quest'anno.»

«Non lo è.» Grace ingoiò la propria irritazione.

«Oh, e un'altra cosa ancora. Ha appena chiamato il tenente Marks, della polizia di New York. Dice che sai di cosa si tratta.»

Smith estrasse il cellulare e se lo portò all'orecchio.

Grace si sentì rivoltare lo stomaco.

Entrarono nell'ufficio e lei chiuse le porte mentre gli sentiva dire: «Sì, sono con lei adesso.»

Grace osservò Smith in ansia, mentre si sedeva. Lui rimase al telefono per pochi minuti, ma Grace non riuscì a intuire nulla dalle sue risposte monosillabiche.

Non appena riappese, Grace sentì la propria voce chiedere: «Chi?»

Lui aggirò la scrivania, avvicinandosi a lei più di quanto avesse fatto per giorni. Il suo sguardo era gentile e la terrorizzò.

«Chi?» ripeté.

«Non vogliono dire il nome perché devono ancora avvertire la famiglia. È successo stanotte. È stata una cameriera a trovare il corpo.»

Grace chiuse gli occhi.

Sentì la mano di Smith coprire le sue e pensò che era la prima volta che lui la toccava dalla terribile scenata della notte del suo compleanno.

«È un bene che ce ne stiamo andando a Newport questo week-end, vero?» disse Grace fingendo una risolutezza che non sentiva. «Sembra che muoiano tutte a New York.»

Cercò di sorridergli con coraggio, senza riuscirci. Mestamente, lanciò uno sguardo alle finestre, così che lui non potesse leggerle la paura negli occhi.

«Guardami. Grace?» Riluttante, lei spostò ancora lo sguardo su di lui. «Non ho intenzione di lasciare che ti accada niente.»

«Voglio crederci.»

Quando Kat chiamò con l'interfono annunciando l'arrivo del primo appuntamento, John raggiunse il tavolo delle conferenze.

Grace premette il pulsante dell'intercom e disse che aveva bisogno di qualche minuto.

Stava pensando a Mimi Lauer e prese il telefono.

L'idea che Isadora potesse essere morta era orribile e aveva bisogno di parlare con qualcuno che sapesse esattamente quanto si sentisse perduta e triste.

Quando a rispondere fu una voce registrata, lasciò un messaggio.

Riappese il ricevitore e sentì una goccia di sudore scenderle dalla fronte. Le vertigini arrivarono subito dopo come una mareggiata, investendo il suo corpo con un lampo di calore, offuscandole la vista. Cercando di immettere aria nei polmoni, che sembravano esserle diventati di pietra, si disse che non sarebbe morta. Nessuno moriva per un attacco d'ansia. E non l'avrebbe fatto nemmeno lei.

Sussultò pensando all'assassino e alla donna che era appena stata ammazzata.

Quella era un'espressione che non avrebbe mai più usato.

14

Quella notte Grace non riusciva a dormire. Dopo un'ora che tentava invano di addormentarsi, vagò fino alla cucina.

In serata, aveva portato una coppia di potenziali donatori al Congress per cena, sperando di assicurarsi un pezzo per l'asta. Cercare di concentrarsi sul lavoro era stato impossibile e forse era quello il motivo per cui le era stato risposto di no quando aveva chiesto agli Stafford la loro collezione di primi esempi di ricamo americani. Quegli imparaticci avrebbero potuto costituire un buon richiamo per l'asta. Pur non essendo appariscenti come le lettere di Franklin e Jefferson, erano pur sempre pezzi notevoli per la loro rarità e il loro eccellente stato di conservazione.

Aprì il frigo e pensò a Smith. I ripiani erano pieni di verdure fresche, carne, cartoni di succo d'arancia e latte di soia. Immaginò che l'elettrodomestico fosse felice di essere usato in modo diverso dal solito cimitero per condimenti.

Stava tornando in camera da letto, dopo essersi fatta un sandwich, quando il telefono squillò. Smith si materializzò sulla porta e lei, riluttante, sollevò il ricevitore del soggiorno.

«Grace?» Era la voce di un uomo. Una voce di uomo scossa dal dolore.

«Sì?»
«Sono Ted Lauer.»
Grace sentì il sangue gelarsi nelle vene. «Oddio, no...»
«Mimi è... se n'è andata, Grace...» Ted tossì e poi si schiarì la gola.
Emettendo un gemito soffocato, ferito, Grace si lasciò andare su di una poltrona, figurandosi Mimi, come l'aveva vista quando aveva lasciato la suite di Bo. L'idea che fosse morta quando Grace aveva provato a contattarla quella mattina era orribile.
Cercò di immaginarsi Ted che doveva dire al loro figlio che sua madre non sarebbe mai più tornata a casa.
«C'è qualcosa che posso fare per te?» gli chiese.
«Nessuno può fare niente.»
Quando alla fine mise giù il telefono, dopo aver offerto parole di cordoglio e condoglianze penosamente inconsistenti di fronte alla sofferenza dell'uomo, Grace sollevò gli occhi su Smith.
«La vita di quella famiglia è rovinata. Suo figlio...» Si alzò scuotendo la testa desolata. «Non possiamo andare a Newport. Il funerale è questo fine settimana.»
«Non voglio che tu ci vada.»
«Al funerale?» Grace corrugò la fronte. «Come posso non andare?»
Lui scosse il capo. «Non voglio sentire ragioni.»
«Ma è perfettamente sicuro. Tu sarai con me...»
«Ci sarà una gran folla. Te l'ho detto, evitare le grandi resse se possibile.»
«Ma era mia amica.» Grace incrociò le braccia sul petto, cercando di trattenere lacrime di rabbia e frustrazione e paura.
«Grace, dobbiamo essere ragionevoli.»
«Sarà pieno di poliziotti. Tu riesci a proteggere anche i politici, non è così? Persone come l'ambasciatore» replicò lei. «Allora perché è diverso per me?»

«Quella sera, il Plaza pullulava di miei uomini.»

«Allora portali, ricoprimi di guardie del corpo. Non me ne importa.»

Lo sguardo di Smith si incupì. «Abbiamo un accordo. Devi fare quello che ti dico.»

Grace prese a scuotere la testa. «Non è giusto. Io devo andare.»

«Questo non ha niente a che vedere con la giustizia. Riguarda il rischio e andare a quel funerale è un rischio evitabile. Ai serial killer piace assistere alle conseguenze del loro operato. C'è una buona possibilità che lui sia là, in mezzo alla folla e io non voglio che si avvicini a te.»

«E cosa succederà dopo? Mi dirai che non posso andare al gala?» Quando lui non disse niente, Grace rispose sollevando il mento. «Io andrò al gala della fondazione, John. Non importa quello che dici tu.»

«Allora potremmo avere un problema.»

«E questo cosa diavolo vorrebbe dire? Stai forse minacciando di andartene?»

«Te l'ho detto fin dall'inizio. Resto solo ai miei patti.»

Era pronta a ribattere quando un bagliore di speranza attutì la sua rabbia. «Ma forse per allora lui sarà stato catturato. Forse tutto questo sarà finito tra un paio di settimane.»

«Forse.»

Ma il tono di John significava piuttosto: 'forse no.'

«Al gala mancano ancora tre settimane» disse lei. «Non possiamo almeno discuterne più avanti?»

«Non puoi mercanteggiare con me.»

Lei si lasciò andare a un'imprecazione ad alta voce. «Fantastico! Posso mettermi a urlare, allora? Perché mi sto stufando e sono piuttosto stanca di non poter dire la mia sulla mia vita.»

Sentì le guance umide e comprese di aver iniziato a piangere. Con un gesto impaziente, si asciugò gli occhi.

«Cristo» ringhiò lui allungando le braccia. «Vieni qui.»

Grace esitò ma poi corse tra le sue braccia, cedendo alla sua forza, appoggiando la guancia al suo torace possente. Lui la tenne stretta a lungo, accarezzandole la schiena con le sue mani grandi.

«In questo momento ti odio» gli disse contro la camicia.

«Lo so.»

Smith la cullò tra le braccia per un certo tempo, cercando di venire a patti con la sua frustrazione e la sua paura. Aveva deciso ancora prima della morte di Mimi Lauer che sarebbe stato meglio tenere Grace lontana dal gala e sapeva che quando glielo avesse comunicato la discussione sarebbe stata dura.

Lei aveva ragione. Smith aveva protetto gente come ambasciatori, persone perseguitate da killer che non avrebbero esitato a colpire i loro bersagli in pubblico. Mentre l'assassino che stava dietro a Grace seguiva uno schema diverso, colpiva in privato. Probabilmente preferiva un ambiente intimo, il che spiegava perché uccidesse le sue vittime nelle loro case. Eppure, anche se Smith aveva fiducia nei suoi uomini e fosse sicuro di sé stesso, quando c'era di mezzo Grace il minimo rischio gli sembrava inaccettabile.

Mentre la teneva stretta contro di sé, pensò che gli era intollerabile l'idea che qualcuno le facesse del male e provò compassione per il marito della Lauer. Come doveva essere per un uomo che neppure aveva un addestramento militare scoprire che alla propria moglie era stata tagliata la gola, ed era stata lasciata a morire dissanguata nel soggiorno di casa? La morte era già abbastanza terribile quando eri addestrato ad averci a che fare e toccava i tuoi colleghi e i tuoi nemici. Ma una moglie?

Cristo.

Ricordò quello che Marks gli aveva detto al telefono poco prima. L'omicidio era avvenuto con le stesse modalità dei due precedenti. La serratura non era stata forzata. Il lavoro era stato portato a termine brutalmente, con un coltello. Nessuna impronta. E i vestiti della donna erano stati sistemati con cura dopo la lotta. L'omicidio seguiva lo schema, anche se non rispettava l'ordine. Isadora Cunis avrebbe dovuto essere la prossima, se il serial killer avesse proseguito nella sequenza dell'articolo, ma Smith sapeva che ciò non significava che la donna non era più in pericolo. Marks aveva detto che la Cunis e suo marito avevano lasciato la città e non sarebbero tornati fino al grande evento che lei stava organizzando per la fine del mese.

La mancata disponibilità aveva senza dubbio scombussolato l'ordine, con un tragico svantaggio per Mimi Lauer.

Smith si domandò come l'assassino fosse riuscito a raggiungere la donna. Era stata protetta da dei buoni poliziotti. Gli uomini di Marks erano stati nell'edificio e fuori sul marciapiede.

Solo, non nello stesso appartamento, evidentemente.

Sentì che Grace si stava staccando da lui. I suoi occhi erano illuminati dal velo delle lacrime e la sua voce era un sussurro quando parlò.

«Non voglio stare da sola stanotte. Resti con me?»

Smith soffocò un gemito e si irrigidì. Dormirle accanto non era il genere di supporto che si sentiva in grado di offrirle. Poco importava quanto stesse male, o quanta compassione meritasse, non era cambiato il modo in cui lui si sentiva quando lei gli era vicina. Voleva lenire le sue sofferenze, ma giacerle accanto tutta la notte non lo avrebbe fatto sentire molto compassionevole.

«Sei sicura?» le chiese goffamente.

Quando lei annuì, e presero ad allontanarsi per il corridoio, disse a sé stesso che c'erano prove di forza ben peggiori.

Certo, per la gran parte, ciò che gli era richiesto era di spostare dei pesanti macchinari o grossi elettrodomestici. Con un braccio legato dietro la schiena e le gambe in ceppi.

Eppure non pensava di poterla respingere.

Dopo che si fu infilata a letto, Smith si sdraiò sopra le coperte. Pensava che non sarebbe andata tanto male se ne fossero stati ognuno sul suo lato, ma fu allora che lei lo abbracciò, raggomitolandosi contro di lui in una piccola palla. Gradualmente, il respiro di Grace rallentò e la tensione che aveva in corpo si sciolse, finché non diventò esattamente come Smith aveva temuto.

Morbida, docile, calda.

Sentiva il suo respiro contro l'avambraccio, il suo sederino stretto nascosto nella culla dei fianchi di lui, il peso della testa sulla sua spalla.

Cristo.

Era un uomo duro. Aveva superato l'addestramento dei ranger senza problemi – solo un po' di fango, di sudore e di privazione di sonno. Gli avevano sparato? Era guarito bene, grazie mille. Lo stesso quando era stato accoltellato, quando lo avevano colpito alla testa con una spranga di ferro, o quando era stato investito dalla Chevrolet.

Okay, aveva dovuto passare un po' di tempo in trazione, dopo la Chevrolet e ancora adesso gli doleva un po' il ginocchio quando pioveva. Eppure, era niente in confronto al dover passare una notte accanto a Grace.

Si domandò quando era stata l'ultima volta che era stato a letto con una donna. A parte che per il sesso. Non riusciva a ricordare quanto tempo fosse passato. Forse non era mai successo.

Grace si mosse nel sonno, strofinandosi contro le sue anche.

John strinse i denti, e seppe che non avrebbe chiuso occhio. Immaginò che, se giacere di fianco a lei, separato dalle coperte, dall'accappatoio e dai vestiti che indossava era così difficile, fare l'amore con la contessa lo avrebbe spedito esattamente dove lo aveva spedito la Chevrolet: a gambe all'aria e con un bello shock.

Chiuse gli occhi, pensando che era un vero peccato che non si fossero incontrati in circostanze diverse.

Anche se non riusciva a immaginare in quali altre circostanze avrebbero mai potuto incontrarsi.

Il venerdì pomeriggio del week-end del Columbus Day, Grace si stropicciò gli occhi stanchi e si stirò sulla poltrona di suo padre. Smith era al tavolo delle conferenze, a parlare al telefono. Lo faceva molto spesso quando erano in ufficio e lei si era abituata a sentire il borbottio della sua voce profonda.

Grace lo studiò di nascosto, ripensando alla notte che avevano passato insieme. Qualche momento prima dell'alba, si era svegliata sentendo un braccio possente che le stringeva il sedere e un corpo muscoloso contro il suo. Era rotolata via facendo attenzione, cercando di non disturbarlo, perché voleva vedere com'era quando stava dormendo.

Ma i suoi occhi erano già in allerta e attenti quando l'aveva guardato ancora. L'espressione del suo volto era stata intensa nella luce del mattino e l'aveva fissata per quella che le era parsa un'infinità di tempo. Si era domandata se l'avrebbe baciata, ma lui era scattato fuori dal letto con un movimento fluido ed era uscito dalla stanza senza dirle altro che buongiorno.

Il tenue ronzio del fax dietro alla scrivania la riportò al presente. Distrattamente, sporse la mano e prese le pagine che uscivano dal macchinario.

Dopo quella notte, Smith aveva evitato di avvicinarsi a lei ed era difficile non sentirsi una lebbrosa quando lui faceva un passo di lato ogni volta che si incontravano nel corridoio o davanti al bagno. Grace si ripeteva che non era niente di personale, ma non le era comunque d'aiuto.

Quando il fax continuò ad andare, sparando fuori pagine su pagine, Grace abbassò gli occhi sulla lista di firme e corrugò la fronte.

«È per me.»

Sobbalzò al suono della voce di John. Era riuscito ad attraversare la stanza senza fare rumore e lei si domandava se mai si sarebbe abituata alla silenziosità con cui si muoveva.

«Cosa sono?» Gli consegnò i documenti.

«Registri delle consegne e dei visitatori.» Tornò al tavolo delle conferenze.

«Di dove?»

Quando lui non rispose, Grace seppe che avevano a che fare con il caso.

«Dimmi dell'indagine» gli chiese piano.

Lui sollevò la testa. «Non voglio turbarti.»

«Ti ho già detto che sto meglio a sapere cosa succede.»

«Di questo non ne sono sicuro» borbottò lui. Quando lei rimase a fissarlo risoluta, Smith si strinse nelle spalle. «Voglio rivedere i registri dei palazzi, da una nuova prospettiva. Per cercare uno schema che potrebbe essere sfuggito a Marks e la sua squadra.»

Lei lo raggiunse, piegandosi sulla sua spalla e osservando le colonne di firme, con date e orari. Vide ripetersi molti nomi e ne riconobbe altrettanti.

«Non è tempo di andare all'aeroporto?» le chiese lui bruscamente.

«Sì, suppongo di sì.»

Non le sarebbe dispiaciuto rimandare il viaggio. Si rammaricava ancora di non poter andare al funerale di Mimi e non moriva dalla voglia di vedere sua madre. La conversazione che aveva avuto con Carolina il giorno precedente, quando le aveva dovuto spiegare che Ranulf non sarebbe andato con lei, non era andata bene. La disapprovazione già palpabile che aveva percepito dalla telefonata si era solo intensificata quando aveva detto che sarebbe stata accompagnata da un amico *maschio*.

Quando lei e Smith lasciarono l'ufficio, Grace sperava solo che il tempo volasse. Voleva bene a sua madre, per quanto la donna glielo permettesse, ma Carolina andava presa a piccole dosi.

Eddie li condusse fuori città all'aeroporto Teterboro, dove l'aereo di famiglia li stava aspettando, pieno di benzina e luccicante sull'asfalto. Il jet della Corrente del Golfo era stato usato di frequente da suo padre, ma Grace stava pensando di venderlo, temendo che le spese superassero la convenienza. Il viaggio non era lungo. C'era poco più di un'ora dal T. F. Greene Airport, che si trovava appena fuori Providence, a Rhode Island. Mentre scendevano dall'aereo, vide la Mercedes che conosceva bene attenderla a un ingresso speciale, sulla pista.

«Salve, Wilhelm» Grace salutò il conducente non appena si furono avvicinati, un facchino in uniforme, dietro di loro, spingeva i bagagli su di un carrello.

«Miss Grace» replicò l'uomo, togliendosi il copricapo da chauffeur. Aveva un pesante accento tedesco.

«Come sta Marta?»

Mentre l'uomo le apriva la portiera posteriore, replicò: «Bene. Sta bene come al solito. Non vede l'ora di avervi a casa di nuovo, anche se solo per un fine settimana.»

«Wilhelm, lui è John Smith. Un amico.»

L'uomo più anziano abbozzò un inchino con il busto. «Sir.»

Smith gli rispose con un cenno e s'infilò in macchina.

Ci volle un'ora intera per raggiungere Newport e, quando salirono sul maestoso ponte che portava all'isola, un'improvvisa trepidazione solleticò lo stomaco di Grace. La dimora di Newport era la sua vera casa, un posto che amava come ogni membro della sua famiglia. I ricordi delle estati, assolate di giorno e dolci di notte, della sua infanzia, passata in riva all'oceano, erano più vividi nella sua mente di tutto quello che le era successo il giorno prima in ufficio.

E con tutto quello che riguardava il gala, quell'amnesia cronologica era una buona cosa. Ancora non aveva un pezzo adeguato per l'asta e c'erano seri problemi con il cibo per l'evento.

Grazie alle interferenze di Fredrique, i catering addetti alla ristorazione avevano proposto un oscuro menu Asian Fusion che era così stravagante e fuori luogo che Grace aveva dovuto chiedere di ripartire daccapo. Servire del pesce palla al gala non era proprio ciò che aveva avuto in mente – visto che era costoso, e mortale se preparato in modo scorretto. Voleva offrire ai suoi ospiti un biglietto a buon prezzo, non un viaggio in ambulanza fino al pronto soccorso di Lenox Hill.

Si prendeva la completa responsabilità per il casino che era saltato fuori con il menu. Aveva dato per scontato che la telefonata che aveva fatto a Fredrique, dopo aver saputo della sua intromissione, fosse stata sufficiente per farlo desistere, ma chiaramente si era sbagliata. Stando a ciò che le avevano detto Lolly Ramparr e il suo staff alla NightWorx, l'uomo si era ripresentato al loro negozio rifiutando di andarsene quando gli era stato detto che, da ciò che sapevano, non era coinvolto nell'organizzazione del gala di quell'anno. Quando lui aveva continuato a dare ordini, Lolly aveva cercato di raggiungere Grace, che però era a una riunione e irraggiungibile. Fredrique allora aveva chiesto che venisse chiamato Lamont, e Lou aveva prontamente garantito per l'autorità che l'uomo stava esigendo. Lolly aveva fatto ciò che le era stato detto.

Ovviamente, Grace avrebbe dovuto insistere ancora. Magari per iscritto.

Era terribilmente inopportuno dover licenziare qualcuno che non si era mai assunto, ancora e ancora, pensò.

Abbassò il finestrino, sporse la testa verso la fresca brezza marina e fece un bel respiro. L'agitazione per tutto quello che succedeva sembrava leggermente attenuata quando guardava l'oceano ed era grata di quella pausa.

«Ti piace molto qui, vero?» disse Smith.

«Amo questo posto» mormorò lei, guardando le barche affrontare le onde.

«La villa della tua famiglia è proprio sull'oceano, non è vero?»

Lei annuì. «Willings non è la più grande delle nostre proprietà, ma ha una bellissima vista sul mare e un meraviglioso giardino.»

«Nome interessante.»

Lei sorrise, ricordando la storia.

«La mia trisavola, che era di Grosse Pointe, nel Michigan, odiava l'idea di passare le estati a Newport, dopo il matrimonio. La sua famiglia aveva sempre trascorso luglio e agosto nelle Adirondacks e la mancanza di aria frizzante in riva all'oceano era per lei un insulto alla respirazione.»

«Non riesco a immaginare niente di peggio» commentò lui senza troppa fantasia.

«Era una donna con alti standard» Grace lo guardò, contenta che parlassero di qualcosa di diverso dalla logistica del lavoro che stava facendo per lei. Dalla notte che aveva passato nel suo letto, Grace aveva l'impressione che lui mantenesse la conversazione su un livello professionale deliberatamente. «Dopo innumerevoli blandizie, e complicati studi architettonici, il mio trisavolo le si presentò con una serie di progetti per la casa. Lei disse che se il posto fosse stato all'altezza del suo potenziale allora forse avrebbe potuto acconsentire di andare al mare. Due anni più tardi, nel 1879, la costruzione fu ultimata, le piacque e si chiamò Willings perché significava che lei era disposta ad andarci.»

Svoltarono sulla Bellevue Avenue, passando Marble House e the Breajers, la ex dimora estiva della famiglia Vanderbilt, che ora era aperta al pubblico per opera della Preservation Society of Newport County. Meno di un chilometro dopo, Wilhelm prese una rotonda e poi fermò la macchina davanti a una casa di tre piani.

Grace esitò prima di sollevare lo sguardo sulla torreggiante casa fatta di terrazze, colonne e porticati. Era la prima volta che vi tornava dopo il funerale. Allora era stata distratta e sopraffatta dagli ospiti che le offrivano le loro condoglianze. Ora, nel silenzio, poteva sentire la mancanza di suo padre più acutamente.

«Sua madre attende il suo arrivo con ansia» le disse Wilhelm aprendole la portiera.

Grace uscì e lentamente si avvicinò all'ingresso principale di Willings. Cinque scalini di marmo conducevano a un paio di porte massicce di ferro e vetro, sotto a un portico con delle colonne. Sulle porte, appesa al soffitto tramite una spessa catena nera, c'era una pesante lanterna vecchio stile, ancora con le candele, per la notte. C'erano un paio di bossi d'arte topiaria in urne di pietra a incorniciare le porte, e Grace ricordò di averle decorate con nastri bianchi, rossi e blu un 4 luglio, quando era ragazzina.

Wilhelm fece strada, reggendo alcuni dei loro bagagli e lanciando ripetute occhiate oltre la spalla. Smith lo seguiva a ruota, portando il resto delle loro cose senza sforzo, rompendo così una delle ferree regole del maggiordomo. L'anziano servitore non era mai stato a suo agio con gli ospiti autosufficienti e aveva disapprovato a lungo l'indipendenza di Grace. Considerava il suo disfarsi i bagagli da sola o anche soltanto guidare fino in città per andare a fare compere una falla nell'ordine naturale delle cose. I modi di fare del Vecchio Mondo facevano parte del motivo per cui Grace gli voleva bene.

Grace seguì gli uomini attraverso le porte dell'ingresso e, mentre il suono dei loro passi riecheggiava attraverso la vasta anticamera, cercò di vedere la sua casa attraverso gli occhi di Smith. La reazione tipica della gente che entrava per la prima volta era timore reverenziale e meraviglia, e gli architetti avevano lavorato proprio per ottenere questo. C'erano camini di marmo su entrambi i lati della sala d'ingresso, con enormi specchi dorati appesi alla loro sommità. Porte di ottone massiccio si aprivano sulla sala da pranzo ufficiale e un salottino, ma né loro né lo scintillante lampadario che pendeva dal soffitto erano l'attrazione principale. Più avanti, a sollevarsi come le ali di un grande uccello, c'era un doppio scalone di marmo. Tra tutti i dettagli della casa, la scalinata, con i suoi due bracci che si congiungevano a formare il ballatoio del secondo piano, era stato il più fotografato.

Grace guardò Smith. Lui non stava osservando l'opera d'arte o i dettagli architettonici. Stava prendendo nota delle porte e delle finestre, e Grace sorrise tra sé e sé. Per l'interesse che stava dimostrando verso l'arredamento, avrebbero anche potuto camminare in una caverna semi buia, e le piacque il fatto che non fosse impressionato.

Mentre si toglieva il cappotto, vide il portabastoni di suo padre in un angolo. I bastoni erano di varie fogge e misure, alcuni col manico fine di avorio, altri massicci e nodosi come radici d'albero. Ricordava quando suo padre li aveva usati durante le loro passeggiate per la campagna, un ornamento elegante che aveva utilizzato per indicarle i fiori che gli interessavano o le navi all'orizzonte.

Wilhelm le stava prendendo il cappotto quando sua madre uscì dal salottino. Carolina indossava un abito chiaro color crema ed era elegante come una rosa tea.

«Tesoro, com'è andato il viaggio?» Mentre si abbracciavano, l'attenzione di sua madre andò a Smith. «Grace, non vuoi presentarci?»

«Lui è John Smith. Ehm, John, questa è mia madre, Carolina Woodward Hall.»

Sua madre gli offrì una stretta di mano debole e un ancor più debole sorriso. «Non conosciamo molti Smith. Si pronuncia s-m-i-t-h, giusto?»

Lui annuì.

«Sì, avevo l'impressione che non ci fossero 'y' ed 'e'» mormorò. «Non l'ho vista di recente al Congress Club?»

«Può essere.»

«Di chi era ospite?»

Grace la interruppe. «Quando arrivano Jackson e Blair?»

«Dovrebbero arrivare a minuti» disse Carolina voltandosi verso sua figlia «Saremo dieci a cena stasera, con Mr Cobith, i Raleigh e i Blankenbaker. Marta sta lavorando a un arrosto favoloso.»

Ci fu una pausa e Carolina gettò un'occhiata a Smith, puntando gli occhi sulla sua giacca di pelle. «Qui usiamo vestirci eleganti per cena.»

Quando lui non distolse lo sguardo, né mostrò alcuna reazione, Carolina sollevò un sopracciglio.

Grace intervenne ancora. «Credo che sia meglio andare a sistemarci. Posso mostrare a John la sua stanza?»

«È nella suite verde.»

Con Wilhelm e Smith dietro di lei, Grace li guidò su per la scala. Sul ballatoio al piano superiore, chiese a Wilhelm di portarle i bagagli nella sua stanza e condusse Smith lungo il corridoio nella direzione opposta.

Quando lei aprì la porta che dava su di una camera dall'arredamento maschile color verde profondo e legno, lui non si diede neppure la pena di guardarsi in giro.

«Tu dove dormi?» le chiese.

«Dall'altra parte della casa. Questa è l'ala degli ospiti.»

«Quanto è distante?»

«Giù per il corridoio, a sinistra, passate le scale. Sono nella camera d'angolo, sul lato dell'oceano.»

«Mostramela.»

Grace notò che prendeva con sé i bagagli mentre si avviavano alla sua stanza.

«Di chi è la camera davanti alla tua?» le chiese mentre lei apriva la porta.

«Non lo so. Probabilmente di nessuno.»
«Allora prendo quella.»
«Ma non puoi...»
L'alzata di sopracciglio la interruppe. «A meno che tu non voglia farmi dormire sul pavimento.»
Quando lei scosse la testa con vigore, Smith entrò nell'altra stanza.
Mentre lasciava cadere i suoi bagagli con un tonfo, Grace cercava di visualizzare la propria ansia in un fascio di serpenti. Era altamente improbabile che sua madre si sarebbe avventurata fuori dalla sua suite padronale al primo piano per controllare esattamente chi dormiva dove.
Anche se non era proprio un'eventualità da scartare.
Grace entrò nella sua stanza sentendosi irritata con sua madre. E con Smith. E più ancora con sé stessa. Nel grande disegno universale, c'era da chiedersi perché avesse tanta paura di assegnare a un ospite una camera da letto diversa da quella che sua madre gli aveva riservato. Aveva trent'anni ormai, per l'amor del cielo. Quando sarebbe stata abbastanza adulta da riuscire a tenere testa a sua madre?
Per come stavano le cose, poteva arrivare a dover mangiare semolino e usare un tutore per muoversi prima di trovare la spina dorsale per rispondere a tono a quella donna.
Mentre si guardava attorno, fu come se il tempo si ripiegasse su sé stesso. Aveva trascorso molte estati a Newport e la stanza non era cambiata in quei trent'anni. I tendaggi e la carta da parati erano dello stesso giallo pallido di sempre e i mobili non erano stati cambiati da quando si era guadagnata quella stanza 'da grandi', emancipandosi dalla nursery all'età di tre anni. Le finestre, che guardavano l'oceano e i giardini, ancora disegnavano la luce sul pavimento in uno schema che le era familiare. E le porte-finestre, che si aprivano sulla terrazza, emettevano un confortante e ciarliero rumore mentre la brezza che proveniva dal mare aperto si scontrava con la casa.

Grace aprì le porte e uscì sotto il portico del secondo piano, che correva tutto intorno alla casa. Al di sotto, oltre i giardini e il prato, l'oceano si abbatteva e si ritirava sulla spiaggia. Era un suono che Grace associava a quella casa, alla sua stanza. A un tempo felice.

Quando udì dei passi dietro di lei, si irrigidì.

«Vorrei solo che non fossi così bella...»

Grace si voltò. «Jack!»

Grace rise forte e gettò le braccia al collo dell'amico. Si stava staccando da lui, con un largo sorriso sul volto, quando colse l'espressione di Smith, che li guardava entrambi dal corridoio, con gli occhi stretti in due fessure.

«Ehm, John» disse facendo un passo e tornando in camera. «Voglio presentarti un mio vecchio amico, Jack Walker.»

Jack sorrise in direzione della porta, ma poi sollevò un sopracciglio. «Be', questo è un piacere. Come va, straniero?»

La tensione crebbe ancora quando Smith entrò nella stanza dal corridoio e i due uomini si strinsero la mano. Mentre si squadravano l'un l'altro, Grace ricordò della serata al Congress e si domandò che cosa avesse creato attrito tra i due.

«Dov'è Blair?» chiese sperando di dissipare un po' del testosterone nell'aria.

Ma se quello era il suo scopo, probabilmente avrebbe ottenuto migliori risultati proponendo a tutti e due manicure e pedicure.

Jack la guardò. «Blair si è rotta un molare e aveva bisogno di una devitalizzazione. È rimasta a casa per fare amicizia col suo odontoiatra e una gran quantità di Novocaina. Verrà qui, sotto l'effetto del Motrin, domani, non so bene quando.»

Grace fece una smorfia. «Mi dispiace.»

«E Ranulf?»

«Non c'è. Impegni.» Quelle parole le uscirono in fretta dalla bocca. «È molto preso. È in Europa. Molto impegnato.»

Oh, quello sembrava credibile, pensò, ricordando con una certa ironia che c'era stato un tempo in cui riusciva anche ad articolare un discorso.

Jack le strizzò l'occhio e le mise un braccio intorno alle spalle con nonchalance. «È perfetto. Occhio non vede, cuore non duole.»

Grace guardò Smith mentre uscivano dalla stanza.

Sarebbe stato un week-end incredibilmente lungo, pensò.

15

Quando vennero serviti i drink in biblioteca, era ormai calato il buio e la temperatura si era abbassata drasticamente. Per combattere il freddo, Wilhelm aveva acceso il fuoco nel camino e Grace se ne stava in piedi dando la schiena alle fiamme, sorseggiando uno Chardonnay.

La stanza era una delle sue preferite in quella casa perché, diversamente da molte altre, non aveva un'aria cupa. Le pareti erano ricoperte di librerie piene di volumi dalle copertine di pelle e a Grace era sempre piaciuto il modo in cui le scritte dorate sulle coste brillavano alla luce del fuoco. Poltrone e divani, coperti di seta rosso scuro, erano posti strategicamente vicino alle finestre per leggere e pesanti tendaggi cadevano fino al pavimento in un profluvio di velluto. Un tappeto orientale di un profondo rubino aggiungeva preziosità al tutto.

Da ragazzina era convinta che quella fosse la stanza di un mago, e che provenisse da qualche universo fantastico.

Jack le si avvicinò, bellissimo nel suo completo nero. Con i suoi lineamenti aristocratici e gli occhi socchiusi, Grace si domandò perché non se ne fosse mai sentita attratta. Molte donne lo erano. La maggioranza, a dire il vero.

Le sorrise. «Il tuo amico non parla molto, vero?»

Grace guardò Smith, appoggiato allo stipite della porta, dall'altra parte della stanza. Vestiva completamente di nero, anche se non un completo, e nella luce fioca i suoi occhi sembravano ancora più scuri.

Grace sorrise a Jack. «È solo che non lo conosci.»

«E nemmeno mi interessa conoscerlo. Come ospite, quel tizio fa sembrare una corrente fredda dannatamente stuzzicante.»

«Sai, non vedo l'ora di incontrare Blair, domani» disse lei, che non vedeva l'ora di distogliere l'argomento della conversazione da Smith. «Dimmi, quando stringerete il vostro legame?»

Jack rise e prese un sorso del suo bourbon. «Cambio d'argomento. Ottima manovra difensiva e soggetto particolarmente ben scelto, anche. Dobbiamo parlare del tempo?»

Grace rise. «Glielo chiederai, non è vero?»

Gli occhi del suo amico si strinsero mentre fissava il drink, facendolo ondeggiare. «Ci sto girando intorno. Chi lo sa? Magari più prima che poi.»

«Che cosa stai aspettando?»

Un'elegante scrollata di spalle fu seguita da un sorriso malizioso. «I pianeti devono essere allineati in modo appropriato. La mia luna ha bisogno di essere crescente, ma negli scorsi trent'anni è sempre stata calante o roba così. O forse tutto il contrario.»

«È una donna adorabile.»

«Lo so. E mi sopporta, il che fa di lei una santa.» Jack sollevò lo sguardo. «Ma non cercare di convincermi con tutta quella storia che il matrimonio è una fantastica routine. Mia madre sta usando questa linea da un po' di tempo a questa parte e sta perdendo fascino.»

Grace si portò il bicchiere alle labbra e rimase in silenzio, pensando che quella era l'ultima cosa che avrebbe detto a chiunque.

Quando Marta annunciò che la cena era servita, Jack le offrì il braccio e lei lo prese. Mentre si avviavano verso la sala da pranzo, sentì gli occhi di Smith trafiggerle la schiena. Dovette lottare contro l'impulso di voltarsi e dirgli che tanta intensità la stava rendendo nervosa. Era in casa sua, tra i suoi amici, per l'amor del cielo. Hugh Blankenbaker non le sarebbe saltato addosso brandendo una forchetta da insalata o altro.

Anche se, non appena si sedettero, ebbe altre cose di cui preoccuparsi.

Mentre consumavano la zuppa, udì sua madre chiedere senza mezzi termini: «Mi dica, Mr Smith, che lavoro fa?»

Tutti smisero di parlare e puntarono gli occhi in direzione di John, a eccezione di Grace. Lei fissò il suo piatto, domandosi se ci fosse un modo per distogliere l'attenzione di sua madre.

Poteva sempre menzionare il suo impellente divorzio, pensò con sarcasmo.

«Sono nel settore dei servizi» disse John con aria annoiata.

«Che tipo di servizi offrite?»

Grace rispose prima che lo facesse lui. «John aiuta a organizzare il settore sviluppo. Gli ho chiesto di venire alla fondazione e di lavorare sull'unione del gruppo, dopo la morte di papà.»

Gli occhi di Carolina si spostarono lungo il tavolo e si mantennero in quelli della figlia per un lungo momento. «Ebbene, se proprio devi. Anche se ancora non capisco perché non lasci che sia Lamont a condurre le cose. Tuo padre aveva la massima fiducia in lui.»

Forse era così, Grace fu sul punto di ribattere, che non aveva lasciato la carica a quell'uomo, non era vero?

Invece, sorrise graziosamente a denti stretti. «Ancora grazie per il tuo suggerimento.»

Mentre la conversazione riprendeva, Grace incontrò gli occhi di Smith attraverso il tavolo.

Jack le diede un colpetto al braccio. «Allora?»

«Scusami.»

«Che cosa batterai all'asta per il gala di quest'anno?»

Prima che potesse rispondergli, le altre persone al tavolo si zittirono di nuovo e guardarono nella sua direzione. Lei si stampò un sorriso sulla faccia e fece il balletto delle pubbliche relazioni.

«Abbiamo trasferito l'evento quest'anno. Lo daremo nell'atrio del grattacielo Hall invece che al Plaza. Sarà spettacolare in quello spazio, sempre se riusciremo a procurarci un impianto acustico.»

Mr Blankenbaker si sporse un poco in avanti, sollevando il bicchiere al suo piccolo naso. «Che pezzo batterete all'asta?»

«Stiamo cercando di decidere» gli rispose.

Ed è una scelta maledettamente difficile. Tra il niente e il nulla.

«Sareste interessati al ritratto di Nathaniel Walker di Copley?»

Lentamente, Grace abbassò il cucchiaio nel piatto, sicura di aver sentito male. «Prego?»

«Il ritratto di Nathaniel Walker realizzato da John Singleton Copley. È stato dipinto nel 1775, credo. Giusto prima della battaglia di Concord nel Massachusetts, dove Walker fu catturato dagli inglesi e spedito via a Fort Sagamore. Di certo ricorda la storia.»

«Certo che la ricordo. E la fondazione sarebbe assolutamente interessata al dipinto.»

Mr Blankenbaker annuì rivolto a Jack. «Il suo antenato se ne sta appeso sul nostro camino da parecchio tempo. Mia moglie lo acquistò da suo padre, Jackson.»

C'era un tono di sottile disapprovazione, come se l'uomo non potesse immaginare come un tale tesoro di famiglia fosse caduto fuori delle mani dei Walker.

«Ricordo quando lo vendette» mormorò Jack, condividendo il sentimento di Blankenbaker.

«Ebbene, Walker fa il suo figurone nel nostro salottino ma mia moglie continua a comprare cose, mentre lo spazio che abbiamo sui muri rimane sempre uguale. Credo che donare il ritratto alla fondazione incontrerebbe la sua approvazione. Specialmente se lei finisse con l'esserne il compratore.»

«Se sarà messo in vendita, verrà a casa con me. A qualsiasi prezzo.» Il sorriso di Jack non mitigò la risolutezza dei suoi occhi.

Blankenbaker si rivolse a Grace. «Domani deve venire a Edge Water e vedere il dipinto. Credo abbia bisogno di essere pulito. È piuttosto scuro, ma è un esempio eccellente del primo periodo di Copley, prima che si facesse un nome a Londra.»

Mentre lei ringraziava l'uomo, Jack si sporse vicino al suo orecchio. «Ciò significa che non vuoi più quel paio di mutandoni che ho nel mio baule? Sulla mia parola, se li è messi Benedict Arnold.»

Sollevando gli occhi al soffitto, Grace gli diede una gomitata, poi tornò a guardare i commensali.

Smith la fissava dall'altra parte del tavolo, lo sguardo severo. Grace capì che era in qualche modo offeso e pensò che potesse essere stata sua madre ad averlo irritato. Dio solo sapeva con quanta gente Carolina Woodward Hall ci fosse riuscita.

Grace bevve un sorso d'acqua e si domandò se suo padre e Smith sarebbero andati d'accordo. Decise che probabilmente sarebbe stato così. A Cornelius piacevano le persone di nerbo e Smith era di certo il tipo dominante. Tuttavia, dubitava che suo padre avrebbe approvato la sua attrazione per quell'uomo.

Quando gli aveva confessato che il suo matrimonio stava andando a rotoli, un paio di settimane prima della sua morte, la sua risposta era stata enfatica. Suo padre le aveva detto che doveva tornare immediatamente a casa e sistemare le cose con suo marito. Si era dato un gran daffare per sottolineare il peso internazionale della famiglia dei von Sharone e le aveva elencato tutti i vantaggi che derivavano dal possedere un titolo nobiliare. E una discendenza titolata. Quando lei aveva insistito, raccontandogli di quanto fosse infelice, lui aveva sorvolato sul fatto che non amasse l'uomo a cui dormiva di fianco la notte. Ai suoi occhi, lei aveva preso un impegno con un uomo facoltoso e avrebbe fatto meglio a esserne all'altezza.

Suo padre quel giorno l'aveva delusa. Ma era tornata da Ranulf.

Grace guardò il ritratto di Cornelius appeso dietro la parete a capotavola. Lui la fissava dalla cornice con durezza, con i suoi capelli rosso scuro pettinati indietro, la fronte autoritaria, gli occhi socchiusi, giudicanti.

No, non avrebbe approvato quello che sentiva per Smith. Nient'affatto.

Quando la cena finì, e il gruppo si disperse, Smith accompagnò Grace in camera da letto, poi tornò ad attraversare il corridoio e prese a passeggiare avanti e indietro nella stanza che aveva requisito. Non era un uomo felice.

Osservando Grace e Mr Fascino flirtare durante la cena gli aveva davvero dato sui nervi. E quel sorriso Durban's che l'uomo aveva sfoggiato quando le aveva dato la buonanotte era stato la classica goccia che aveva fatto traboccare il vaso. Smith non aveva potuto fare a meno di chiedersi se Walker fosse così dannatamente di buonumore perché aveva in programma di passare la notte con Grace.

Smith si passò con forza una mano tra i capelli e colse la propria immagine riflessa in uno specchio. Sembrava un animale in trappola e si domandò che diavolo gli prendesse.

Sei geloso, brutto stupido.

«No, non è vero» borbottò voltandosi.

Si disse di essere realista. Non poteva rivendicare alcuna

pretesa su Grace. Non c'era ragione per cui gli importasse ciò che lei faceva al calare del buio. Con chi lo faceva.

Lui l'aveva rifiutata e lei stava andando avanti. E perché non avrebbe dovuto avere un'avventura con qualche sottospecie di Hugh Grant da due soldi? Era una giovane donna bella, vivace e libera di fare ciò che desiderava.

Imprecò ad alta voce, pensando che era molto razionale, molto logico. Peccato che gli facesse male come un paio di tirapugni di ferro.

La sola idea di lei con Jack Walker gli faceva desiderare di tirare qualche bomba a mano. Voleva andare da Walker, trascinarlo fuori e risistemargli l'ordine di quei suoi denti perlacei. Il che era del tutto ridicolo.

Eppure, reagire fisicamente avrebbe avuto i suoi vantaggi.

Smith si guardò attorno, adocchiò il comò in un angolo e respinse la tentazione. Il mobile sarebbe stato un ottimo avversario per sfogare la rabbia, ma lui si sarebbe sentito un idiota. Non era una rock star, Cristo santo.

No, era solo un uomo sessualmente frustrato che avrebbe tentato di dormire quando dall'altra parte del corridoio c'era la donna che desiderava... che stava facendo l'amore con qualcun altro.

Oh, merda. Non era *lei* il problema. Il problema era che aveva iniziato a essere così possessivo. Dopo anni passati a fregarsene di ciò che gli altri facevano, e ancor di più della vita sessuale di un'altra persona, non poteva credere di essere interessato alla vita amorosa di qualcuno.

Ma dannazione, aveva scelto proprio un pessimo momento per quel cambiamento.

Mugugnò mentre un pensiero lo attraversava. Doveva dare a Grace un pulsante antipanico, nel caso succedesse qualcosa nel cuore della notte. Erano fuori dalla città, ma Willings non le garantiva di essere al sicuro.

Raggiunse il suo borsone. Quando trovò ciò che stava cercando, si fece una bella ramanzina. Non avrebbe perso un secondo nella stanza di Grace. Le avrebbe dato quel che aveva in mano e al diavolo tutto il resto.

Non aveva alcuna voglia di incontrare Walker.

Dopotutto, aveva fiducia nel suo autocontrollo. Ma non aveva intenzione di tentare la fortuna.

Grace sedeva davanti allo specchio della toeletta, nella stanza da bagno, quando sentì bussare alla porta. Appoggiò la spazzola e tese l'orecchio.

Ci fu un altro colpo, si tolse l'asciugamano che aveva avvolto intorno al corpo, si mise la vestaglia di seta e andò alla porta. Si sorprese di vedere Smith nel corridoio.

Dall'espressione si capiva che il suo umore non era migliorato.

«Posso entrare?»

«Prego.» Si fece da parte, acutamente consapevole di essere nuda sotto la vestaglia.

Quando chiuse la porta, gli occhi di lui indugiarono sui suoi capelli umidi, ma la sua voce era aspra e altezzosa.

«Prendi questo.» Smith le porse una scatoletta delle dimensioni di un cercapersone. «È un pulsante antipanico. Schiaccialo e io arriverò.»

«Grazie» disse lei esaminandolo.

Lui si voltò per andarsene.

«Smith?» Non aveva avuto intenzione di dirgli niente, ma il suo nome le era saltato fuori dalla bocca. Quando lui si voltò per guardarla, il cuore di Grace iniziò a correre.

C'erano così tante cose che avrebbe voluto dirgli. Nessuna era facile. Poche avevano senso. E lui non sembrava essere dell'umore per parlare.

«Non fa niente» mormorò Grace.

Ci fu un lungo silenzio tra loro. E poi Smith si voltò del tutto, le labbra che si sollevavano in un sorriso privo di gioia.

«Sembravi sorpresa che fossi io alla porta. Aspettavi qualcun altro?»

Lei corrugò la fronte. «No.»

«Ne sei sicura?»

«Chi intendi? Jack?»

«Sembra proprio il tipo di uomo da fare il giocoliere con due donne allo stesso tempo. Probabilmente è anche discreto. Ottima scelta, se stai cercando un'avventura.»

Grace si strinse i risvolti della vestaglia sotto la gola. «Non sto cercando un'avventura.»

«Ne sei certa, contessa?»

Gli brillavano gli occhi mentre la guardava e lei si sentiva confusa ma anche attratta da quel cambiamento in lui. Emanava energia sessuale come onde di calore.

«John?» mormorò, consapevole che quello fosse una specie di invito.

Lui scosse la testa, anche se Grace non fu sicura che fosse per rifiutarla o perché era deluso.

«Sei maledettamente bella» le disse, gli occhi che si muovevano sul suo viso, giù per il suo collo, su tutto il suo corpo. «Quasi ti odio per questo.»

«Io non voglio che mi odi.»

«Già, be', sarebbe più facile da gestire piuttosto che quello che provo adesso.»

«Che cosa provi?» gli chiese quasi senza fiato.

«Ti vorrei nuda e sotto di me.»

Involontariamente, Grace fece un passo avanti e lui, confuso da quel movimento, la prese tra le braccia. Le chiuse le labbra con le sue in un bacio che era esigente e pieno di richieste. Schiudendo la bocca, accettandolo dentro di sé, Grace emise un gemito. Era questo ciò che aveva desiderato tanto a lungo, sin dalla notte in cui avevano quasi fatto l'amore.

E quella notte, lei non si sarebbe tirata indietro.

Sentì le mani di John slacciarle la vestaglia e infilarsi sotto la stoffa, sulla sua pelle. Quando le accarezzò i seni, lei inarcò la schiena per premersi contro di lui. Afferrandolo per la camicia, Grace iniziò ad armeggiare per slacciargli i bottoni.

All'improvviso, ci furono altri colpi secchi alla porta.

«Sei presentabile?» disse Jack aprendo. «Ho portato il vino...»

Grace e Smith si staccarono, senza fiato. Mentre lei si riallacciava la vestaglia, sentiva il calore salirle alle guance. Nell'imbarazzante momento che seguì, pensò a quando gli operai li avevano interrotti, quel mattino ormai tanto lontano.

Lei e John avevano una maledetta sfortuna con i tempi, pensò. O forse era il resto del mondo ad avere problemi. In qualsiasi caso, c'era da uscirne pazzi.

Jack sollevò un sopracciglio. «Non era mia intenzione...»

«Me ne stavo andando» bofonchiò Smith. Mentre oltrepassava l'altro uomo a grandi passi, Jack si fece da parte.

Dopo che la porta venne sbattuta con violenza, il suo amico la guardò mestamente. «Non avevo idea che voi due foste... ah... Di sicuro spiega molte cose.»

Grace si schiarì la gola e si domandò cosa dovesse fare. Voleva attraversare di corsa il corridoio e andare da John per dirgli che era saltato alle conclusioni sbagliate. Tuttavia, dalla faccia che aveva fatto quando era uscito, l'ultima cosa che desiderava era una sua visita.

Nel frattempo, il suo amico stava aspettando una spiegazione.

«Ah... non stiamo insieme. O, perlomeno, non è come sembra... come potrebbe sembrare.» Si fermò. «Oh, al diavolo.»

Andò alla finestra e fissò l'oceano. Il chiaro di luna cadeva sulle onde, danzando sui flutti.

«Che cosa sta succedendo, Grace?»

Lei sollevò le mani, sentendo che non poteva continuare a

mentire dicendo che il suo matrimonio era felice. «Devi sapere che Ranulf e io ci siamo separati.»

Jack emise un fischio. «Mi dispiace. Quando è successo?»

«Un mese fa. Sto chiedendo il divorzio.»

«Per via dell'uomo che è appena uscito?»

Lei scosse la testa. «No, non ha niente a che vedere con John. Ranulf e io non avremmo mai dovuto sposarci, tanto per incominciare.»

«Cristo, mi dispiace tanto.» Ci fu una pausa, poi Jack sbottò in una risata a bassa voce. «Va bene se ti dico che Ranulf non mi è mai piaciuto? Nonostante il suo alto lignaggio, non era alla tua altezza.»

«Hai detto una cosa molto carina.» Grace si voltò verso l'amico, un sorriso triste sul volto.

«E chi è questo Smith?»

«È complicato. Ma non c'è niente... Non è successo niente tra di noi.» Gli scoccò un'occhiata severa. «Nonostante quello che hai appena visto entrando.»

«Ne sei sicura? Ora credo di capire perché mi guardava come se volesse darmi un pugno nello stomaco o volesse usarmi come bersaglio per giocare a freccette. Era geloso. Di te.»

Grace scosse la testa. «Senti, non voglio parlare di lui se non ti dispiace. È...»

«Complicato. Ci credo.»

Lei gli sorrise dolcemente. «Ascolta, mia madre non sa ancora niente di Ranulf. Perciò tieni la bocca chiusa. Le darò la notizia prima di andare via.»

Lui scosse la testa. «Questo sarà un lungo fine settimana.»

«L'ho pensato sin dal momento in cui abbiamo attraversato il ponte.»

Jack esitò. «Però devo dire ancora una cosa riguardo a John Smith.»

«Sì?»

L'espressione del suo amico era molto seria quando le indicò la porta con un cenno del capo. «Sta' attenta con quell'uomo. Hai il cuore negli occhi quando si tratta di lui.»

Grace si sentì attraversare da un brivido freddo. Era chiaro che Jack riuscisse a leggere attraverso il suo finto coraggio e le sue bugie.

«Non è come con Ranulf» sussurrò. «Non è come con nessun altro.»

Jack posò il vino e i bicchieri e la raggiunse. «Non scegliamo le persone di cui ci innamoriamo.»

Le mise un braccio intorno alla vita e Grace gli appoggiò la testa sulla spalla per un lungo momento. Quando si staccò, Jack le sorrise e le sistemò una ciocca di capelli dietro all'orecchio.

«Mettiamo da parte il vino e i ricordi dei vecchi tempi per un'altra volta.»

«Grazie, Jack. Sei un buon amico.»

Lui si chinò per baciarle la guancia. Mentre si rialzava, il suo telefono prese a squillare. In qualche modo, riuscì a rispondere, prendere la bottiglia e i bicchieri e andarsene senza far cadere niente.

Grace spense le luci e andò a dormire. Il suo ultimo pensiero fu per la rabbia che aveva letto sul volto di John, prima che se ne andasse.

Gli avrebbe dato un po' di tempo per sbollire e poi gli avrebbe parlato.

Quando Smith chiuse la porta della sua stanza, si sentiva un idiota. Un idiota totale.

L'immagine di lei, con quella dannata vestaglietta di seta, lo perseguitava insieme all'idea di ciò che gli era stato negato.

Il fatto che Walker e lei fossero insieme in quello stesso momento era...

Aveva qualche problema a trovare le parole giuste.

Cristo.
E aveva pensato che fosse stato difficile arrivare in fondo alla cena? Essere rinchiuso nella stanza davanti a quella di lei, proprio accanto al letto di cui stava per fare buon uso era intollerabile.
Si disarmò con movimenti sconnessi, pensando che l'ultima cosa di cui aveva bisogno era essere vicino a una pistola.
Quello di cui aveva bisogno era aria.
Usando la porta all'altro capo del corridoio, uscì e camminò lungo la terrazza, finché non riuscì a vedere l'oceano. Sentì il rumore delle onde e la brezza fresca e umida sul volto, e fece un paio di respiri profondi mentre cercava di ricordare quando era stata l'ultima volta che aveva perso il controllo.
Era passato un bel po' di tempo.
Per un bel po' aveva creduto di essere superiore a certe cose, finché non aveva incontrato Grace. Per gentile concessione dei capricci del destino, stava provando molte sensazioni, ma il controllo non era tra quelle. Si sentiva frustrato. Maledettamente eccitato. Arrapato fino a diventare potenzialmente aggressivo.
Strinse la ringhiera con entrambe le mani e si sporse in avanti. Fissando l'oscurità, l'orizzonte stellato, comprese di stare cercando una risposta di qualche tipo nel cielo notturno e questo lo sorprese. Di solito non era tipo da momenti di riflessione e la bramosia che sentiva gli era sconosciuta così come la pena che gli affliggeva il petto.
Voltando la schiena a quel paradiso silenzioso, si trovò di fronte alla casa, solo per rendersi conto di essere proprio fuori dalla camera da letto di Grace. Attraverso il vetro, la vide parlare con Jack e poi fare un passo in avanti, per rifugiarsi tra le braccia dell'uomo.
Il dolore fu lacerante, forte e freddo.
Il suo primo istinto fu di buttare giù la porta e dividere i

due. Per frenarsi da quell'impulso, si aggrappò alla ringhiera di legno freddo fino a che non sentì bruciare i palmi.

Quando lei sollevò la testa dalla spalla di Jack Walker e lo guardò negli occhi, Smith si impresse l'immagine nella mente. Con terribile chiarezza, vide il corpo di Grace inarcarsi verso quello di Walker, i capelli biondi che le ricadevano in onde sulla schiena, le braccia che si sollevavano per posarsi sulle spalle dell'uomo.

Walker le fece una carezza e poi, lentamente, si chinò verso le sue labbra.

Smith si voltò, dirigendosi verso la sua stanza.

Non voleva vedere nient'altro per timore della propria reazione.

16

Il mattino dopo, molto presto, Grace scese ai giardini alla ricerca di un po' di tranquillità per pensare. Mentre vagava tra le aiuole che erano state preparate per l'inverno, ricordò l'aspetto che avevano quando erano in piena fioritura. Piantate in modo studiato, le rose tea e le digitali, le peonie e i gigli, i molti ibridi che suo padre aveva amato coltivare, tutti sbocciati in una grande profusione di colori e vita nei mesi estivi.

Mentre procedeva attraverso il prato, il suono dell'oceano si faceva più insistente. Sopra alla sua testa, qualche gabbiano volteggiava alto sull'acqua e i raggi dell'alba si aprivano a ventaglio nel cielo azzurro pallido. Faceva fresco ed era contenta di essersi messa una maglia pesante.

Ai confini della proprietà, sul ciglio della scogliera, c'era una casupola dipinta di bianco e col tetto verde. Aveva un piccolo portico, con due sedie a dondolo, e Grace la sentì scricchiolare quando vi si sedette. Scalciò via le ciabattine e allungò le gambe, appoggiandole alla ringhiera.

Sfregando le dita dei piedi al calore del sole che spuntava, osservò un gabbiano cambiare direzione e planare a un paio di metri da lei. Fu sul punto di dirgli che era cascato male se aveva puntato su di lei per la colazione, quando intuì di non essere sola.

Si voltò sulla sedia e vide Smith dall'altro lato della proprietà, sotto i rami di un vecchio acero. Era appoggiato al tronco con la schiena e fissava l'oceano. Grace si domandò come avesse fatto a sapere che era uscita di casa, visto che aveva fatto così piano.

Immaginando di non avere niente da perdere, si alzò dalla sedia a dondolo e si avviò verso di lui. Quando notò che non si era accorto del suo avvicinamento, fu tentata di lasciarlo da solo.

«Ciao.» Non fu sorpresa quando la sua risposta fu un mero cenno del capo. Indossava una maglietta nera sotto la giacca di pelle e un paio di jeans slavati, era molto bello nella luce del mattino, una bellezza virile e distante.

«Lo sai che Jack e io siamo solo amici» si lasciò sfuggire.

Lui corrugò la fronte. «Chi scegli di portarti a letto non è affare mio.»

«Io non...» Quando lui le scoccò uno sguardo scettico, lei emise un sospiro esasperato. «Lo sai, trovo davvero idiota dovermi difendere per qualcosa che non ho fatto.»

Quando lui non replicò, la frustrazione ebbe la meglio su di lei. «Avanti, John. Perché non puoi soltanto ammettere di sentirti ferito? E perché siamo a questo punto? Perché non possiamo parlare di quello che sta succedendo tra di noi?»

Lui sembrò disinteressato all'argomento, quando le rispose. «A meno che tu non voglia rivedere i termini del nostro patto, non c'è niente da dire riguardo a un *noi*.»

«Jack non è il mio amante. E la notte scorsa...»

Lui la interruppe con una risata amara. «Forse ti sorprenderà, Vostra altezza, ma il mondo non gira intorno a te. Forse ti interessa discutere dei tuoi exploit notturni, ma a me l'argomento annoia.»

Tornò a guardare l'oceano.

Probabilmente stava affrontando la cosa in modo sbagliato, pensò Grace.

Gli mise una mano sul braccio. «Io voglio stare con te.»
Lui se la scrollò di dosso con impazienza. «Non è proprio un club esclusivo, eh? Ora che ti stai liberando di tuo marito.»
Grace trasalì. «Non posso credere che tu stia dicendo una cosa del genere.»
Smith si sollevò dal tronco e si sporse su di lei. «Vuoi parlare? Benissimo, ma siamo sinceri. Mr Fascino ha un sacco da offrirti, non è così? Ci scommetto che è uno da fiori e gioielli una volta che ha ottenuto quello che vuole. Accidenti, potrebbe anche essere un fantastico secondo marito. Tutto quello che io posso offrirti è una notte e via con qualcuno di una classe inferiore alla tua. Soppesando le tue opzioni, direi che hai fatto la scelta giusta.»
«Scusami» disse lei, accalorata «ma se ti ricordi, sei stato tu quello che mi ha rifiutata la notte del mio compleanno. E poi io non sono andata a letto con Jack!»
Lui le lanciò un'occhiataccia. «Non sprecare il fiato con le bugie, contessa.»
«Non chiamarmi così» ribatté lei.
«Benissimo. Che ne dici di puttana?»
Grace trasalì, accecata dalla rabbia. Con un movimento veloce, tirò indietro la mano, pronta a dargli uno schiaffo.
«Vuoi colpirmi» ringhiò lui. «Avanti.»
Lei rimase dov'era, tremante, incapace di comprendere cosa stesse facendo.
Smith si chinò su di lei, sporgendo il mento. «Al diavolo il tuo aspetto da lady, ti sto anche rendendo le cose più facili. Mira alto e colpisci forte.»
Grace sbatté le palpebre e lentamente lasciò ricadere la mano. Con la voce resa roca dall'emozione, mormorò: «Che dio mi aiuti. Vorrei non averti mai incontrato.»
Con il cuore in gola, corse via verso la casa.

Grace chiuse la porta della camera e passeggiò avanti e

indietro, aspettando che il suo corpo la smettesse di tremare. Non riusciva a ricordare di essere mai stata tanto furiosa con qualcuno prima e sapeva che la forza delle sue emozioni era dovuta a molto di più delle parole che lui le aveva rivolto o del tono che aveva usato. Aveva l'impressione che stessero girando intorno a quello che volevano, evitando la verità. Chiaramente, ne stavano uscendo pazzi entrambi.

Era convinta che Smith iniziasse a volerle bene. Era la sola spiegazione per il suo comportamento con Jack. E sapeva fin troppo bene ciò che lei stessa sentiva per lui. Il fatto che non potessero semplicemente ammettere quello che c'era tra loro era la fonte maggiore della sua pena.

Sedendosi sul letto, vide il pulsante antipanico e lo prese, ripensando con fastidio alla ragione per cui John era entrato nella sua vita. Le era difficile separare i suoi sentimenti per lui dalla realtà del lavoro che stava svolgendo. E se ne sarebbe andato, forse presto. Non riusciva a immaginare di non vederlo mai più. Anche quando la faceva impazzire, desiderava averlo a fianco.

Sentì qualcuno bussare lievemente alla porta, ributtò la scatoletta sul cuscino e raddrizzò le spalle.

«Sì?»

Quando John entrò, lei si alzò in piedi, sorpresa.

«Non ci vorrà molto» le disse chiudendo la porta e appoggiandosi a essa. La sua espressione era distante.

Lei gli offrì un sorriso stentato, contenta che fosse andato da lei. «Non avrebbe importanza. Non ho grandi progetti prima di colazione.»

«Ascolta, mi dispiace di aver perso la pazienza là fuori» le disse goffamente. «Quello che ho detto era del tutto inappropriato e non professionale. Avrei dovuto tenere la bocca chiusa.»

«Non credo che sia la strategia migliore.» Grace prese il cuscino tra le braccia e guardò le lenzuola e le coperte sfatte.

Prove del suo stretto rapporto con l'insonnia, pensò. «Non so se ce la faccio a continuare a vivere sotto questa pressione.»

Lo udì emettere un lungo sospiro, come se nella sua testa stesse cambiando argomento. «Non ti biasimo. Ti prometto che la polizia troverà chi ha ucciso quelle donne...»

«No. Non sto parlando di quello. Sto parlando di noi.» Sollevò gli occhi. «Non mi è piaciuto quello che è appena successo. Ma starti accanto con tutto questo non detto e non spiegato mi sta lacerando. Francamente, credo stia lacerando entrambi.»

Lui incrociò le braccia sul petto. Un atteggiamento tipico, pensò Grace.

«John, non possiamo ignorare quello che sta accadendo tra noi. E non osare dirmi che non è niente. L'altra notte, avevi l'aria di voler uccidere Jack, quando è entrato da quella porta.»

«Mi dispiace se ti ho messa a disagio.» Spostò il peso in un movimento impaziente, e Grace ebbe l'impressione che fosse ansioso di andarsene.

«John...» L'esasperazione le chiudeva la gola.

«Senti, nonostante quello che ho detto laggiù, non è affar mio con chi vai a letto. Quello che fai riguarda la tua vita privata.»

«Lo puoi dire a parole, ma non penso che tu ci creda.»

Per una volta, fu Smith a distogliere lo sguardo. Spingendosi con forza le mani nelle tasche, sembrò lottare con sé stesso. Quando parlò, alla fine, le parole gli uscirono rigide dalla bocca. «Ti ho visto baciarlo. Ero fuori sulla terrazza.»

Grace corrugò la fronte. «Non so cosa pensi di aver visto. Ma Jack non mi ha mai baciata, se non sulla guancia.»

Lui prese a scuotere la testa, come se fosse arrabbiato con sé stesso. «Dannazione, non dovremmo avere questa conversazione.» Fece per raggiungere la porta.

«John, *dobbiamo* parlare di questa cosa. Non andartene.»

«Devo farlo.»
«Di cosa hai tanta paura?» sibilò lei con ferocia.
«Di te.»
Era l'ultima cosa che si era aspettata le dicesse.
«Ma perché? Dovresti sapere come mi sento con te.» Strinse il cuscino tra le braccia. «Credo di essermi innamorata di te.»
«Cristo santo.» Lui si passò una mano tra i capelli.
Lei fece una smorfia. «Non esattamente la risposta che speravo. La prossima volta che una donna ti si dichiarerà, potresti cercare di dire qualcosa di meno aggressivo?»
«Questo è precisamente ciò che volevo evitare» rispose lui d'un fiato.
«Perché?» gli chiese. «Cosa c'è di sbagliato nell'amarti?»
Lui scacciò quelle parole con un gesto della mano. «Prima di tutto, tu non mi ami.»
Grace corrugò la fronte. «Non dirmi quello che provo.»
«Sei in pericolo. Sei nel mezzo di un divorzio. In questo momento, sei vulnerabile. Se ci fossimo incontrati in circostanze diverse, non avresti mai provato un trasporto emotivo per me.»
«Come osi?» Gettò il cuscino da un lato, che cadde dal letto.
«È la verità» le disse lui, cupo. «E quando me ne sarò andato, anche tu lo capirai.»
«E da quando sei un esperto di sentimenti?»
«Prima riconoscerai la realtà della situazione, meglio staremo tutti e due.»
Lei scosse la testa con veemenza.
«Mi rifiuto di lasciarti sminuire i miei sentimenti, il mio cuore.» Si colpì il petto. «Per qualche specie di teoria del contraccolpo.»
«Non è una teoria» le disse sostenendo il suo sguardo con asprezza. «Mi è già capitato prima. Non sei la prima cliente che pensa di essersi innamorata di me, Grace.»

Tacquero per un momento.

Misurandogli con gli occhi l'ampiezza delle spalle, Grace si domandava quante altre donne vi si fossero aggrappate.

«E cosa successe?» gli chiese, tenendosi pronta per la risposta. «Hai...»

«Fatto l'amore con loro? No, non l'ho fatto.» Le sue labbra si piegarono in un sorriso glaciale. «Non sono mai stato tentato... fino a quando sei arrivata tu.»

«Be', perlomeno è un inizio» mormorò lei.

«No, diamine, non lo è.»

«Perché no? Come hai detto, la minaccia che grava su di me non sarà per sempre. Non lavorerai per me per il resto delle nostre vite.»

«Cristo, Grace, qui non si tratta solo del mio dannato lavoro. Ho passato gli ultimi vent'anni da solo. Per scelta. Io non intrattengo relazioni e tu non sei il tipo di donna capace di fare sesso senza queste. Non andremmo da nessuna parte.»

«Cosa ne sai di quello che posso fare o no?»

«Ripensa a quando ti ho portato a letto, la notte in cui rompesti un bicchiere. Sei stata tu a tirarti indietro, contessa, sei scappata velocemente quando il gioco si è fatto pesante. Non proprio il genere di cose che una donna farebbe quando fosse a suo agio con il sesso occasionale, no?»

Grace si sentì avvampare le guance.

Lui imprecò sottovoce. «Guarda, io non riesco più a essere obiettivo e tu non mi paghi per essere distratto. Abbiamo un problema e sto cercando di risolverlo al meglio, non di peggiorarlo.»

«Noi non abbiamo un problema» lo contraddisse lei, tenace.

«Allora ti stai illudendo. E sarai quella che soffrirà di più.»

Lei si strinse le braccia intorno al corpo. «Non lo posso sapere per certo e nemmeno tu.»

Lui la guardò severo. «Se il mio cervello mi va in pappa

nella situazione sbagliata, tu potresti finire morta. Io me ne andrò, alla fine di questo lavoro. Quale finale scegli?»

«Chi lo dice che ci sono solo queste due opzioni?»

«Non c'è un lieto fine qui. Te l'ho già detto.»

«Be', dannazione, potrebbe esserci!»

Lui si passò ancora la mano tra i capelli. «Grace non... non ti innamorare di me.»

«Perché? Perché sei preoccupato che il mio cuore ti rechi disturbo in qualche modo?» esclamò.

«Lo dico per il tuo bene.»

Lei si mise le mani sui fianchi, fissandolo con durezza.

«Chiariamo una cosa, bastardo arrogante che non sei altro. Io sono stata capace di sopravvivere a situazioni ben peggiori della storia d'amore con un maledetto fantasma. La verità è che, quando si inizia un viaggio, non c'è molto da perdere perché non si è ancora ottenuto niente. E tu hai la faccia tosta di venirmi a dire che è per il mio bene. Sei un codardo fatto e finito. Tu...» lo indicò col dito «sei così occupato a proteggere te stesso che è un miracolo che ti rimanga il tempo per prenderti cura dei tuoi clienti. Per il mio bene» borbottò. «Perché non lavori un po' su te stesso prima? Allora potrai giocare al dottor Stranamore o qualsiasi altra cosa.»

John imprecò con così tanta forza che Grace fece un passo indietro.

«Come pensi che sarebbe la tua vita se io rimanessi» le chiese. «Credi di potercela fare a passare notti insonni mentre ti chiedi dove sia o quando e se tornerò mai a casa? Credi di poter tollerare di non potermi raggiungere telefonicamente per intere settimane o anche mesi? Hai abbastanza tempra per tutto questo? Oppure ti aspetti che mi trasformi in uno dei tuoi damerini da salotto, un uomo che possa stare al tuo braccio come una borsetta e accompagnarti a tutti i ricevimenti a cui andrai?»

Lei scosse la testa e cercò di rispondergli pacatamente.

«Non vorrei mai questo. Non mi aspetto che tu sia diverso da come sei. Tutto quello che voglio è darci una possibilità.»

«Vuoi recitare fino in fondo a questa farsa di relazione? Benissimo.» Gli occhi di Smith erano feroci, intransigenti. «Non riesci neanche a dire a tua madre che stai divorziando da un uomo che non ami. Come le dirai che dividi il letto con uno come me? Io sono il suo incubo peggiore.»

Grace sollevò il mento. «Non ti devi preoccupare di mia madre. Lei è un problema mio. Quanto al tuo lavoro, è l'unico che sai fare? Ne dubito.»

Lui le scoccò un altro sorriso privo di allegria. «La gente senza un numero di previdenza sociale, persone con tre passaporti diversi, uomini come me, non possono entrare in un ufficio qualsiasi chiedendo un lavoro.»

«Non ti nascondere dietro alla logica» disse lei di rigetto.

«Logica? Che diavolo pensi che faccia per vivere?»

Lei lo guardò risentita.

«Allora?» le chiese.

«Sei una guardia del corpo.» Quando lui scosse la testa, incredulo, aggiunse: «Avanti, Smith, so che sei un ragazzo duro ma anche i militari pluridecorati ce la fanno a lasciare il servizio e tornare alla vita da civili. Puoi scegliere un'altra strada.»

Fu presa in contropiede quando lui si limitò a fissarla ed ebbe la sensazione di essersi spinta troppo oltre.

«Non lo fanno?» mormorò con qualche dubbio.

«Ecco qui qualche neologismo alla moda pronto per te» le disse. «Specialista del combattimento corpo a corpo. Esperto di munizioni. Tiratore scelto. Killer professionista. Ora, mi vuoi dire per quale tipo di lavoro mi sarebbero utili queste abilità nel tuo mondo?»

«Se tu ci dessi una possibilità, lo faremmo funzionare, insieme.»

«Non ingannare te stessa, Grace.»

La rabbia insorse. «Non mi sto ingannando. Sei tu quello che non vuole vedere...»

«Mi dispiace.»
«Dannazione! Non essere dispiaciuto quando potresti facilmente rendere le cose diverse.» Le lacrime le offuscarono la vista. Era come parlare a un muro. «Oh, al diavolo, forse dovresti solo andartene.»
Quando lei andò ad aprirgli la porta, lui le afferrò la mano. Lei cercò di liberarsi dalla sua stretta, scoccandogli uno sguardo pieno di rabbia, ma fermandosi quando vide gli occhi di John resi quasi neri dall'emozione.
«Pensa a tutte quelle cicatrici a cui eri così interessata, contessa. Come pensi che ci siano finite sul mio corpo? Di certo non standomene dietro a una scrivania.»
Lei distolse lo sguardo.
«Ho dei nemici, Grace» le disse con terribile serietà. «Nemici che non usano avvocati per combattere le loro battaglie. Il tipo che non esiterebbe a ucciderti solo perche dormi al mio fianco la notte.»
Grace sgranò gli occhi mentre lui le lasciava la mano e iniziava a camminare su e giù.
«Anche se lasciassi la Black Watch, non sarebbe semplicemente come cancellare tutto con un colpo di spugna e ricominciare daccapo. Le persone hanno la memoria lunga e il fatto che tu sia un personaggio pubblico è un problema. Non voglio che la mia faccia, o l'indirizzo di dove vivo, finisca sulle prime pagine dei giornali. Non ho mai avuto una casa perché non voglio essere trovato facilmente. Con te, ogni tentativo di preservare l'anonimato sarebbe impossibile e questo non metterebbe in pericolo soltanto me, ma anche te.»
Ci fu un lungo silenzio.
«Operazioni sotto copertura.»
«Puoi dirmi da cosa fuggi?»
Lui esitò. Grace ebbe la sensazione che stesse passando al setaccio la verità per ripulirla.
«Fui ferito. Dopo un paio di settimane in ospedale, decisi che ero sprecato per quel lavoro, che volevo essere io a con-

durre lo show, non volevo più prendere ordini. Nell'esercito, non importa quanto sei alto in grado, c'è sempre qualcuno sopra di te, a meno che tu non sia il presidente. Non appena mi rimisi in piedi, iniziai a prendere lavori subappaltati. Quando ne ebbi più di quelli che potevo svolgere, ingaggiai Tiny e un altro paio di ragazzi veramente bravi. Lavoriamo insieme da cinque anni.»

«Dev'essere una vita dura.» Grace abbassò gli occhi. «Puoi andare avanti a farla per sempre?»

«So che posso cavarmela oggi e domani. È tutto quello a cui penso.»

«Ma non ti senti solo? Non vuoi qualcuno nella tua vita?»

«No.»

«E la tua famiglia?» Doveva pur esserci qualcuno, una qualche persona su cui facesse affidamento. Una madre. Una sorella. Un fratello.

«Non ne ho.»

«Non hai nessuno?»

Quando lui non le rispose, Grace cercò di immaginare come sarebbe stato essere completamente sola.

«Trovo difficile credere che tu possa vivere senza... nessuno.»

«Ho la Black Watch.»

Ma quello è lavoro, pensò Grace.

«Non hai mai pensato di sposarti? Di farti una famiglia? Non hai mai desiderato una relazione stabile con una donna?»

«Se voglio fare sesso, me lo procuro. E poi me ne vado. I legami permanenti sono una perdita di tempo, ti consumano e non ci voglio avere niente a che fare.»

Grace si sentì sprofondare il cuore mentre si domandava come si sarebbe sentita quando fosse uscito da quella porta senza guardarsi indietro. «Non sei mai voluto restare?»

Lui scosse la testa. «Non ricordo l'ultima volta in cui mi sono svegliato accanto a una donna.»

«Be', si dà il caso che sia stato con me. Giusto?»

Riluttante, lui annuì. «Sì, immagino di sì.»

«Quando mi sono alzata e ti ho guardato negli occhi quella mattina, ho capito che mi desideravi.» Gli parlò dolcemente, tornando a guardarlo.

«Certo. Ti volevo allora e ti voglio anche adesso. Ma non posso cambiare tutta la mia vita per te, ed è quello che dovrei fare perché noi due stessimo insieme.»

Lei gli si avvicinò e gli accarezzò il volto. «Non puoi proteggere il mio cuore, John, e nessuno dei due può predire il futuro. Io mi sono già innamorata di te. Se non vuoi stare con me, va benissimo. Ma non prendere decisioni per me perché temi che possa essere io a starci male.»

Lui parlò a voce bassa, roca. «Non credevo che avrei mai incontrato qualcuno come te.»

Le prese la mano e si premette il palmo sulle labbra, quindi se la appoggiò al petto muscoloso.

E poi fece un passo indietro.

«Ma che tu ne sia cosciente o meno, quello che stai cercando è l'amore, Grace. E io non posso darti qualcosa che dentro di me non c'è.»

Fu alla porta, prima che lei potesse rispondergli.

17

Quando scese al piano di sotto per colazione, Grace si stampò un sorriso sulla faccia. Avrebbe preferito mangiare da sola, ma a Willings ogni pasto era una rappresentazione di gala e la sua assenza avrebbe provocato l'ennesimo scontro con sua madre. Visto che si teneva insieme con gli ultimi brandelli di dignità che le rimanevano, voleva evitare altri scompigli.

Altri due giorni, pensò entrando in sala da pranzo.

Si sorprese di vedere Jack e la fidanzata seduti al grande tavolo.

«Blair!» esclamò. «Quando sei arrivata?»

L'altra donna si alzò e si abbracciarono.

«Questa notte tardi.»

Blair, alta e snella con capelli biondi e corti e abbaglianti occhi grigi, era il perfetto complemento alla raffinatezza di Jack. Con i loro abiti eleganti e il loro stile classico, erano perfetti l'uno per l'altra.

Quando fece un passo indietro, Grace vide Smith entrare nella stanza e si mise subito sulla difensiva.

«Come va il dente?»

«Mi fa un po' male.» Blair rise massaggiandosi la mascella. «Ma mi sentivo meglio, così ho pensato di venire stanotte.»

«È un vero soldato» disse Jack.

La donna lo guardò. «Anche se dovrò rinunciare alla vostra escursione in barca di oggi. Non sono abbastanza in forze per affrontare l'oceano con te e Alex.»

«Divertente, sei riuscita a evitarla anche l'ultima volta che ce l'ha chiesto.» Jack rise. «Sei sicura di non aver pianificato la devitalizzazione?»

«Alex è in città?» chiese Grace prendendo posto quando Jack le scostò la sedia.

Alex Moorehouse era uno dei migliori marinai dell'America's Cup ed era un vecchio amico di Jack. Grace lo aveva incontrato in diverse occasioni e le era simpatico.

«È qui, e io non mi perderei per niente al mondo la possibilità di uscire in mare aperto con Moorehouse. Quell'uomo è adrenalina allo stato puro.»

Carolina entrò nella stanza e tutti si alzarono. Era vestita di un bell'abito di tweed, i capelli perfettamente acconciati nello chignon che portava da anni. Grace sentì lo sguardo di sua madre passarla in rassegna e si toccò i capelli, che erano rimasti sciolti sulle spalle.

Poi Carolina adocchiò i blue jeans di Smith, che fissò con disapprovazione prima di sorridere alla sua nuova ospite. «Blair, cara, come stai? Siediti. Sedetevi tutti.»

Jack l'aiutò con la sedia e poi Carolina suonò la campanella. Marta entrò con una colazione fatta di uova strapazzate e frutta tagliata su un grande vassoio d'argento. La donna si fermò accanto a ciascun ospite, reggendo il suo carico con facilità.

Quando venne il suo turno, Grace non prese molto.

«Sembra tutto molto buono, Marta, grazie» disse. «Mamma, oggi andremo da Mr Blankenbaker. Vuoi venire?»

«No. Pranzerò con Harrington Wright. Tuttavia, prima devo vedere Stella Linnean, che non si sente bene. E poi...»

Grace lasciò che la lista delle attività di sua madre le scivolasse addosso in una sorta di nebbia. Invece pensò a John e a quello che le aveva detto poco prima. Era sorpresa che le avesse rivelato così tanto di sé, anche se era un peccato che così poco andasse a suo favore. Nella sua mente, rivisse la loro conversazione ancora e ancora, cercando un modo per dimostrargli che esistevano delle possibilità e non solo ostacoli tra loro.

Il passato dell'uomo era duro da combattere. Non dubitava che le dicesse la verità quando sosteneva di avere nemici pericolosi, ma doveva credere che ci fosse un modo di aggirare anche quell'impedimento.

«Grace?» la chiamò sua madre, secca.

Lei si riscosse e guardò attraverso la tavolata. Sua madre aveva piegato perfettamente il tovagliolo, lo aveva riposto di fianco al piatto e si stava alzando. Evidentemente la colazione era finita.

«Scusa. Dicevi?»

«Mi piacerebbe parlarti per un momento.»

Grace afferrò una fetta di pane tostato e, riluttante, seguì sua madre attraverso l'ingresso, fino al salottino che veniva usato come studio.

La stanza era dipinta di un blu fiordaliso e piena di delicate antichità francesi. Grace non vi si era mai sentita a suo agio. Tutto sembrava piccolo, delicato e fragile. Una trappola esplosiva. Era come se ogni sedia fosse stata tarata sull'esiguo peso di sua madre e qualsiasi cosa più pesante di un uccellino potesse causare un crollo, dell'imbarazzo e una nota di biasimo.

Carolina chiuse la doppia porta dietro di loro e il petto di Grace si contrasse. Era difficile immaginare che una stanza così luminosa ed elegante potesse dare l'impressione di una prigione, ma era così.

«È bello vedere che Blair sta bene» disse Carolina, fermandosi a ispezionare il bouquet di fiori sul delicato tavolino. Strappò un paio di petali da una rosa bianca e li gettò nel cestino a découpage altrimenti vuoto. «È una storia terribile quella del suo dente.»

«Sì, è vero.»

«È proprio adorabile, non trovi?»

«Sì, è vero.»

Grace sapeva benissimo di non essere stata chiamata lì per discutere della fidanzata di Jack e aspettò che la vera conversazione avesse inizio.

Con movimenti fluidi, Carolina raggiunse la sua scrivania, un capolavoro Luigi XIV con pochi oggetti sulla superficie. In un angolo c'era una scatola ricoperta di seta che conteneva la sua cancelleria personale, con sopra il suo nome e l'indirizzo di Willings. Sulla sommità, una sola penna d'oro, fine come lo stelo di un fiore e un libricino rilegato in pelle per gli indirizzi.

«Siediti, Grace.»

Con attenzione, Grace si abbassò fino alla seduta della poltroncina accanto alla scrivania di sua madre. La luce del sole che penetrava dalla finestra a est la colpiva negli occhi, rendendole difficile vedere. Sbatté le palpebre.

«Sono sorpresa che tu stia portando i capelli in quel modo. Sono un po' in disordine, non trovi?»

Ci fu un lungo silenzio.

«Mamma, di cosa vuoi parlarmi?»

Carolina incrociò le gambe e si aggiustò la gonna perfettamente liscia con mano scrupolosa. «Credo che tu mi abbia messo in una situazione piuttosto scomoda.»

«Come sarebbe?»

«Ti ho vista stamattina. Con quell'uomo.»

Grace si sentì strizzare il petto. «Quale uomo?»

«Sai benissimo a chi mi sto riferendo.»

«E?»

«Stavi avendo una discussione con lui. Nel prato. Vi ho visti dalla finestra della mia camera da letto.»

Il suo tono le suggerì che avrebbe preferito svegliarsi e scoprire che il suo prato era diventato un campo nomadi.

Grace lottò contro l'impulso di abbassare gli occhi sulle proprie dita, che era ciò che avrebbe fatto da ragazzina se avesse dovuto subire la stessa elegante reprimenda. Ricordando a sé stessa che era una donna adulta, cercò di sostenere lo sguardo di sua madre. Con il sole che le faceva bruciare gli occhi e la schiena rigida contro lo schienale della poltroncina scomoda, si vide avanti nel tempo, a una cinquantina d'anni, a fare ancora la parte della figliola contrita. Le si rivoltò lo stomaco.

«E allora?» disse a bassa voce.

«Grace, le signore non discutono in quel modo. E più che certamente non in pubblico.» Ci fu una pausa significativa. «Non con un uomo che non è loro marito.»

Grace si aggiustò sulla sedia, sentendola vacillare sotto di sé, e comprese di averne abbastanza. Per la prima volta in vita sua, non le importava dello sdegno compassato di sua madre.

Fu una rivelazione potente.

«Ebbene?» chiese Carolina. «Cos'hai da dire in tua discolpa?»

Che ne diresti se me ne andassi è basta?, pensò.

Si alzò, uscì dalla traiettoria del sole e guardò la stanza, fissando le porte chiuse.

«Dove pensi di andare?» La voce di sua madre era nervosa.

Da qualsiasi parte, pensò lei. Da qualsiasi parte lontano da te.

«Esigo una risposta» disse Carolina, tagliente. «Perché stavi litigando con quell'uomo?»

«Non ho una risposta per te, mamma» mormorò Grace, allontanandosi.

La mano stava per raggiungere la maniglia quando sua madre ringhiò: «Dimmi che non è il tuo amante.»

Grace la guardò e si accorse che, al di là della voce di ferro, sua madre era pallida.

Fece un bel respiro, lungo e lento, e poi parlò con chiarezza. «Anche se lo fosse, non sarebbero affari tuoi.»

Carolina si alzò dalla sedia. «Sei una donna sposata. Come puoi gettare la vergogna su te stessa razzolando con quel...»

«Con chi, mamma?»

«Quel ruffiano!»

Grace si sforzò di non ridere di fronte a quella parola antiquata.

«Non essere ridicola» borbottò.

«Indossava un paio di jeans al tavolo della colazione.»

«Per l'amor del cielo, mamma» ribatté Grace «questa è un'abitazione privata, non un consolato. Può mettersi quello che vuole.»

«È un ospite inadeguato e non capisco perché tu abbia insistito per portarlo qui. Ricordati che sei sposata con un uomo dalle nobili discendenze...»

«Risparmiami lo slogan pubblicitario, okay? Ranulf non ne è all'altezza. Se solo valesse la metà di Smith...»

Carolina trasalì. «Non dire così!»

«È vero.»

«Tu... tu...» E poi, come se un interruttore fosse stato schiacciato, Carolina chiuse la bocca. Dopo aver fatto un respiro profondo, disse: «Non credo di avere nient'altro da dirti per il momento.»

«Il che è un bene, perché me ne sto andando.»

Mentre chiudeva la porta, Grace si domandò se avesse vinto o perso in quella discussione, ma capì che non le importava. Perlomeno, aveva tenuto testa a sua madre.

Un'ora più tardi, quando Grace uscì per giocare a croquet con Blair, sua madre arrivò per annunciare che il ricevimento di quella sera era stato cancellato e che lei avrebbe mangiato da qualche altra parte. Senza dare ulteriori spiegazioni, tornò in casa, evitando di guardare sua figlia.

Tuttavia, non risparmiò un'occhiata fulminante a John.

Passarono il pomeriggio da Mr Blankenbaker, ad ammirare il quadro. Grace era entusiasta del capolavoro, anche se era dispiaciuta che Jack si fosse perso l'anteprima. Mr Blankenbaker acconsentì a firmare i documenti che rendevano ufficiale la cessione per l'asta e di spedire il dipinto al Museo Hall in tempo per il gala.

Ritornarono a Willings quando il sole stava tramontando lentamente dietro la casa e l'oceano si calmava per la notte. Quando entrarono nel foyer, Grace decise che una bella immersione in una vasca piena di acqua bollente era quello che le ci voleva per rilassarsi.

Quello o un trapianto di cervello.

«Dove vai?»

Lei si voltò. John era stato silenzioso per la gran parte della giornata, ma non si era mai allontanato da lei. Dopo tutto quello che si erano detti nella sua camera da letto, stargli così vicino era un tormento dolceamaro.

All'improvviso, le venne un'idea. Quando lei e John avevano parlato, lui aveva usato la testa. La ragione. La logica.

Forse aveva solo bisogno di farlo smettere di pensare così tanto.

Gli offrì un sorriso appena accennato. «Vado a fare il bagno.»

Lui annuì e la seguì su per le scale.

Non aveva mai sedotto un uomo prima d'ora, pensò mentre raggiungeva il ballatoio del secondo piano. Ed era il momento di provare.

Lui aveva detto di desiderarla. Forse il suo corpo poteva avere la meglio sulla sua mente.

Smith si fermò fuori dalla stanza di Grace, dicendosi che

avrebbe usato il tempo che lei avrebbe trascorso nella vasca per fare qualche flessione. Era maledettamente pieno di energia e doveva bruciarne un po'.

«Sarò dall'altra parte del corridoio» le disse. «Tieni vicino il pulsante antipanico.»

«Non posso.»

«Perché no, diamine?»

«Credo che sia rotto.»

Lui corrugò la fronte. «L'ho testato prima di dartelo.»

Lei si strinse nelle spalle e attraversò la porta. «Non lo so. Forse mi sbaglio.»

E poi gli chiuse la porta in faccia.

Smith bussò. «Grace? Devo controllare quel dannato aggeggio.»

Ci fu solo silenzio.

«Cristo santo, Grace?»

Aprì la porta di scatto e si immobilizzò.

Lei si stava togliendo i pantaloni. Si era già levata il maglione. Tutto quello che John vide fu la sua pelle color della crema e poche strisce di seta.

Sbatté le palpebre come se gli avessero tirato un colpo al basso ventre.

Santo cielo, pensò.

Con movimenti deliberatamente lenti, e senza darsi la pena di coprirsi, Grace ripiegò i pantaloni e li ripose sul mobile.

Mentre quella visione gli annacquava il cervello, cercò disperatamente di tenersi ancorato alla realtà.

Il che era praticamente impossibile con la sua fantasia a tre passi di distanza in mutandine e reggiseno.

«Dov'è il pulsante antipanico?»

Lei si strinse nelle spalle. «Non lo so. Da qualche parte nel mio letto.»

«Gesù santis...»

Grace si mise una mano dietro la schiena e slacciò il reggiseno. Lentamente, fece scorrere giù le spalline di raso, una dopo l'altra. Quando le coppe di pizzo finirono sul pavimento, John le vide il seno alla luce del sole, e sentì cedergli le ginocchia.

«Che diavolo stai facendo?» le chiese.

«Mi preparo per il bagno.»

Si voltò, esibendo il suo sederino perfetto, ed entrò in bagno. Lui la guardò chinarsi e aprire il rubinetto.

Visioni di quel tipo potevano rendere cieco un uomo, pensò spassionatamente.

Smith si lasciò andare contro la porta. Cercò di pensare alle varie opzioni che aveva, che erano limitate, ma non riusciva a obbligare il suo corpo a uscire da quella stanza. L'unica cosa che gli veniva in mente era prenderla tra le braccia e portarla a letto.

Grace passò un tempo interminabile ad assicurarsi che l'acqua fosse della giusta temperatura e poi si voltò. Anche se lo stava provocando, i suoi occhi rivelavano un nervosismo che suscitava tenerezza.

Non aveva idea di quello che stava facendo, pensò John, desiderando sorridere.

Ma poi lei infilò i pollici sotto l'elastico delle mutandine.

E Smith si fece del tutto serio.

Lei fece scivolare la seta oltre le anche e giù per le cosce, poi scalciò via l'indumento con un piede, rimanendo in piedi nella stanza da bagno, con il vapore che saliva dall'acqua calda, fluttuando intorno a lei. Era chiaro che lo stesse aspettando.

Esci subito da questa stanza. Ora, pensò John. Prima che sia troppo tardi.

Gli ci volle tutta la forza di volontà che possedeva per voltarsi e andarsene.

Uscito sulla terrazza, costeggiò la casa finché non fu davanti alla finestra del bagno di lei. Quando la rivide, Grace era nella vasca, coperta dall'acqua.

Lui imprecò ad alta voce e sentì la lussuria pulsare attraverso il suo corpo.

Prese una sigaretta, l'accese e ignorò diligentemente il fatto che gli tremassero le mani.

Gli ci volle un po' di tempo prima che riuscisse a mettere insieme un pensiero coerente.

Appoggiato alla ringhiera, mentre fumava, pensò alla dichiarazione d'amore che lei gli aveva fatto. Poteva essere vero? Era mai possibile che una donna come lei potesse innamorarsi di lui?

E cosa sarebbe stato pronto a sacrificare per averla nella sua vita? Pensò alla Black Watch, al suo lavoro, ai suoi clienti. Le immagini di centinaia di stanze d'hotel gli passarono per la testa, così come aerei, jet privati, persone che lo guardavano con la paura negli occhi e con la speranza nei cuori.

Grace gli aveva lanciato una sfida che riguardava qualcosa che lui stesso aveva iniziato a chiedersi. Quanto poteva andare avanti? La sua esistenza senza radici lo aveva mantenuto per anni, era stata l'unica maniera in cui aveva concepito di vivere. Ma se ce ne fosse stata un'altra?

E se quella avesse coinvolto Grace?

Strizzò gli occhi mentre lei si appoggiava al bordo di porcellana della vasca e chiudeva gli occhi. Si era raccolta i capelli sulla testa, ma qualche ciocca si arricciava intorno al suo viso, grazie al calore e l'umidità. Il suo profilo era una composizione perfetta di curve e angoli che le conferiva una grande bellezza, ma non era quello a catturare l'attenzione di John. Intuì che stava iniziando a guardare al di là della sua perfezione fisica. Era molto più interessato al miscuglio di forza e debolezza che c'era dentro di lei.

La osservò mentre sporgeva una mano dall'acqua e si asciugava una guancia. Quando lo fece di nuovo, John capì che stava piangendo.

«Oh, Grace» mormorò.

Lei aveva ragione. Si stavano distruggendo l'un l'altra.

Smith continuò a guardarla finché lei non si alzò. Prima che facesse un passo fuori dalla vasca, lui tornò dentro e la aspettò fuori dalla porta, dalla quale emerse venti minuti più tardi, vestita per la cena. Lei rimase in silenzio quando attraversarono il corridoio.

Prima che imboccassero le scale, John sporse una mano e la prese per un braccio. Le avvicinò le labbra all'orecchio. «Sei la donna più sensuale che abbia mai visto. Mi porterò fin nella tomba l'immagine di te davanti a quella vasca.»

Mentre per poco non inciampava, Grace emise una risatina di biasimo verso sé stessa. «In qualche modo ne dubito. Ho un sacco di qualità ma l'essere sexy non è tra queste.»

Lui la fermò. «Che cosa diavolo stai dicendo, donna?»

Grace si strinse nelle spalle e la sua espressione mostrava una sconfitta che John non pensava le appartenesse.

«Non sei entrato in quella vasca con me, no? Il che era l'unico motivo per cui mi sono comportata... Comunque, avrei dovuto saperlo. Ranulf me l'ha sempre detto che ero bella ma non seducente. Probabilmente è l'unica cosa che ha veramente capito di me.»

«Che cosa ti ha detto?»

Quando lei si rifiutò di guardarlo negli occhi, Smith tornò col pensiero alla notte in cui Grace aveva cercato di tirarsi indietro dal fare l'amore con lui ed era andata nel panico quando lui non l'aveva lasciata andare. Forse c'era dell'altro a parte il fatto di non desiderare del sesso occasionale.

«Grace? Che cosa ti ha fatto?»

Lei esitò. «Diciamo che non era molto soddisfatto di me come amante. E me lo rendeva noto.»

Una rabbia cieca lo invase. Mentre cercava di calmarsi, si domandò se quell'uomo non fosse pazzo e come lui stesso avrebbe potuto mettere le mani addosso a quell'aristocratico figlio di puttana.

«Lascia che ti dica una cosa» le disse con aria minacciosa. «Ranulf è un pezzo di merda. Tu sei incredibilmente sexy.»

Lei sollevò gli occhi al soffitto. «Non devi dirlo per forza.»

Le si avvicinò, le prese la mano e gliela appoggiò sulla sua erezione. Grace trasalì.

«Sono totalmente serio.» Chinò la testa verso di lei, finché le loro labbra non si trovarono a pochi centimetri di distanza. «Tutto quello che devo fare è pensarti.»

Grace dondolò contro di lui.

«Volevo che rimanessi» gli sussurrò.

Cristo, anche lui avrebbe voluto.

«Sappi una cosa» le disse ruvido. «La ragione per cui me ne sono andato non ha niente a che vedere con quanto ti desidero. Sto cercando di fare la cosa giusta per te. Davvero.»

La baciò appassionatamente. Poi le porse il braccio.

Insieme scesero dalla grande scalinata.

Incrociando le braccia sul petto, John fissò Grace alla luce del lampadario. Lei stava facendo ondeggiare il bicchiere del vino. I suoi occhi erano puntati sul cristallo sfaccettato mentre rideva per qualcosa che Walker stava dicendo.

«Certo che ti ho dato buca oggi» gli disse. «Blair aveva bisogno di compagnia più di te e Alex voleva un compagno per andare in barca.»

«Avanti, tu mi dici di no per abitudine. Hai iniziato a rifiutarmi all'asilo e non hai più smesso. Fortunatamente, il mio ego riesce a sopportarlo.» Walker sorrise in modo raffinato mentre si versava dell'altro vino. «Anche solo perché mi ci sono abituato.»

L'uomo scostò la propria sedia dal tavolo e accavallò le gambe. Il bicchiere di vino che gli penzolava in una mano mentre si dondolava sulla sedia.

«Perlomeno tu mi ami» disse rivolto a Blair.

La donna si sporse verso di lui e gli diede un bacio sulla guancia. «Sì, ti amo.»

«Da quanto tempo state insieme?»
«Cinque anni, più o meno.»
«Sai, è un po' di tempo che sto pensando a una cosa.»
Blair sollevò gli occhi al soffitto e poi gli sorrise. «Che ti sei inventato stavolta?» Lanciò uno sguardo a Grace. «Lo scorso inverno, mi ha fatto salire su un aereo, mi ha detto di farmi un pisolino e quando mi sono svegliata stavamo sorvolando l'oceano Atlantico. Eravamo diretti a Portofino. È stato meraviglioso, ma ero un po' disorientata.»
Walker rise e ripose il bicchiere sul tavolo.
«Be', stavolta non ci saranno aeroplani e spero che non ti addormenterai sul più bello.» Si frugò nella tasca interna della giacca e ne trasse una scatoletta di velluto. «Vorrei che diventassi mia moglie. Vuoi sposarmi?»
Smith scoccò immediatamente un'occhiata a Grace. Lei aveva un'espressione estasiata, le mani giunte insieme.
Walker chinò la scatoletta e la spinse verso Blair. Sfoggiava un mezzo sorriso mentre la fidanzata fissava il diamante di ragguardevoli proporzioni, senza parole.
«Lo sai che mi piace molto farti delle sorprese, Blair.»
La donna sollevò gli occhi dall'anello di fidanzamento. «Sei serio?»
Ci fu una pausa impercettibile.
«È ora che ci sistemiamo.» Le sorrise. «E lo farò di fronte a dei testimoni, così saprai che non ho intenzione di tirarmi indietro.»
Blair prese l'anello dalla scatola e se lo infilò al dito. Fece un respiro profondo e poi sorrise. «Okay. Facciamolo.»
Walker si chinò verso la donna e la baciò. Mentre si scambiavano qualche parola sussurrata all'orecchio, Smith studiò il viso di Grace. Lei stava fissando la fiamma della candela, un sorriso dolce sul volto.
Poco dopo, il gruppetto si divise e tutti salirono alle loro stanze. Smith camminava dietro a Grace quando raggiunsero la porta della camera di lei.

«Posso entrare?» le chiese.
«Certo.»
La seguì nella stanza, mentre lei raggiungeva il comò per togliersi gli orecchini.
«Sono davvero saltato alle conclusioni sbagliate riguardo a te e Walker, giusto?»
Lei si voltò, spingendo con le dita il retro del solitario. «Che cosa ti ha indotto a credermi alla fine?»
«Il modo in cui lo guardavi stasera. Dovresti avere del ghiaccio nelle vene per essere stata così felice del suo fidanzamento. Specialmente dal momento in cui ha fatto la dichiarazione davanti a te.»
Grace annuì e prese ad armeggiare con l'altro orecchio. Nella luce fioca, la sua pelle era tralucente. John desiderava toccarla.
Dopo che ebbe posato anche l'altro orecchino, si sedette sul bordo del letto e iniziò a togliersi le scarpe. «Be', grazie per queste parole.»
Lui annuì, osservandola scalciare via una delle scarpe col tacco alto mentre slacciava il cinturino dell'altra. Indugiò con gli occhi sulla graziosa curva del polpaccio e sul collo del piede.
«E hai ragione,» mormorò «sono elettrizzata per Jack. Spero che vada tutto bene. Il matrimonio, anche nel migliore dei casi, è una sfida. A parte che per i miei genitori, ovviamente. Che andavano perfettamente d'accordo.»
«Ne sei sicura?» le chiese lui a bassa voce. «La perfezione è un po' difficile da trovare in questo mondo.»
«È vero» gli rispose. «Ma i miei genitori ci andavano vicino. Lui era l'uomo d'affari, l'astro della filantropia. Lei la sua agente pubblicitaria in società. Roba da anni Cinquanta, è vero, ma erano fatti l'uno per l'altra.»
«Era questo che pensavi di ottenere sposandoti col conte?»
Gli occhi di Grace mostrarono sorpresa, ma poi lei scosse la testa. «No. Non ho mai desiderato essere la cheerleader di nessuno. Volevo scendere in campo. Credevo che Ranulf lo

comprendesse, e in un certo senso lo faceva. Era piuttosto felice di spendere sia il denaro che avevo che quello che guadagnavo.»

Ricordò sé stessa in ufficio, a lavorare tutte quelle lunghe ore, restando salda come una roccia per molte persone.

«Tu meriti di meglio.» Le parole di Smith erano basse e intense.

Lei lo guardò negli occhi e annuì. «Sto iniziando a crederci.»

Anche se sapeva che non avrebbe dovuto, la raggiunse.

Sporse una mano e le accarezzò la morbida pelle della guancia.

«Buon per te» le disse dolcemente. «Ci vediamo domani mattina, Grace.»

18

Quando John se ne fu andato, Grace si tolse l'abito e andò alla finestra. Mentre fissava l'oceano, si sentì triste per averlo lasciato uscire. Quando le aveva posato la mano sulla guancia, lei avrebbe dovuto prendergliela e attirarlo verso di sé.

A dire il vero, avrebbe potuto attraversare il corridoio e baciarlo.

Dopotutto, il suo spogliarello era andato meglio di quanto avesse pensato. Forse era davvero un po' vamp.

Raccogliendo il coraggio, sporse la testa fuori dalla porta e tese l'orecchio verso i rumori che chiunque avrebbe potuto fare muovendosi per la casa. Il silenzio sembrava allungarsi in tutte le direzioni, e si immaginò che Jack e Blair stessero festeggiando il loro fidanzamento in privato. Sua madre non era ancora rientrata, invece.

Bussando piano alla porta di John, aspettò trattenendo il fiato.

Non ci fu alcuna risposta.

Corrugò la fronte e bussò più forte.

Quando ancora non ottenne risposta, mise dentro la testa.

«John?» chiamò nel buio.

Entrò. Mentre i suoi occhi si abituavano al buio, riusciva a vedere delle forme dentro la stanza. Il letto, il comò, alcune delle cose di John, come il suo borsone e la giacca a vento. La porta del bagno era aperta e Grace vide, nel bagliore della luce notturna, un asciugamano arrotolato sul ripiano di marmo e un altro che pendeva sulla porta della doccia. C'erano rasoio e crema per la barba accanto al lavandino.

Sentendosi un'intrusa, ritornò nella propria stanza da letto e lasciò la porta aperta, così lo avrebbe sentito quando fosse tornato. Venti minuti dopo, non si era ancora visto e Grace iniziò a preoccuparsi. Andò a prendere il pulsante antipanico.

Lo tenne in mano, domandandosi se avrebbe dovuto usarlo. Imprecando, rimise l'aggeggio sul comodino di fianco a lei. Non era in pericolo, dopotutto. Voleva solo sapere dove fosse.

Mezz'ora dopo, era irrequieta e preoccupata, e si domandava se gli fosse successo qualcosa. Era dura immaginare cosa avrebbe potuto avere la meglio su un uomo come lui, ma le cose succedevano e basta.

Pensò a Cuppie, Suzanna e Mimi.

Le cose più terribili accadevano di certo.

E lui le aveva detto chiaramente che il tipo di persone che gli volevano male non si sarebbero accontentate di insultarlo o di minacciarlo.

Si disse di non essere ridicola. Quale nemico avrebbe inseguito John fino a Newport, Rhode Island? E chi poi sapeva che era a Willings?

Il tempo passava. E la sua parte più ragionevole cadeva nell'imboscata delle terribili immagini che le si affastellavano nella testa.

Grace guardò il pulsante antipanico. Se lo avesse premuto, e lui non fosse arrivato, avrebbe saputo che era nei guai.

Sì, e poi cosa avrebbe fatto? Si sarebbe armata di una spazzola per capelli e sarebbe andata a cercarlo in camicia da notte?

No, sarebbe andata da Jack, pensò. Insieme avrebbero pensato al da farsi.

Riprese il pulsante antipanico e premette il bottone rosso.

In un nanosecondo, Smith fece irruzione nella stanza attraverso la porta-finestra del balcone, mentre le schegge di legno della serratura rotta cadevano sul pavimento. Aveva tirato fuori la pistola e i suoi occhi erano neri come l'inferno mentre scandagliava la stanza. Quando lei lo guardò, seppe senza ombra di dubbio che era capace di una forza letale.

E lei aveva commesso un terribile errore.

«Oh...» Le mancavano le parole. «Merda.»

Dopo che si fu guardato attorno ed ebbe controllato che lei non fosse ferita, le chiese: «Cos'è successo?»

Grace si sentì malissimo. E stupida. «Ehm... niente.»

«Perché diavolo hai schiacciato il pulsante antipanico allora?»

«Mi dispiace. Non sapevo dove fossi e...»

«Cristo» imprecò Smith mentre rinfilava la pistola nella fondina. «Quel coso non è un giocattolo.»

«Lo so. Non avrei dovuto usarlo a meno che non si fosse trattato di un'emergenza» gli offrì un sorriso imbarazzato. «Credimi, non lo toccherò mai più.»

«No, invece io voglio che lo usi. Solo, fallo per un buon motivo.» Andò a ispezionare la porta. «Questa avrà bisogno di serie riparazioni.»

Scuotendo la testa, la richiuse e ci mise davanti una sedia.

«Che cosa ci facevi sotto il portico?» gli chiese.

«Avevi bisogno di qualcosa?»

Ci fu una lunga pausa. I loro guardi si incontrarono.

Fallo, si disse Grace. Pronuncia quelle parole.

«Ho bisogno di te.»

Prima che lui potesse rispondere, gli si avvicinò.

«Mi hai detto che potevamo passare una notte insieme. So che ti sei pentito dell'invito ma devi ammettere che stiamo impazzendo tutti e due. Hai paura di essere distratto o che io ci rimanga male, ma credi davvero che le cose possano diventare più complicate? Che tu lo voglia ammettere o no, siamo coinvolti, John. Credo che dovremmo smettere di parlare. E iniziare a fare l'amore.»

Con movimenti bruschi, lui iniziò a togliersi la giacca che aveva indossato a cena, come se la stanza fosse diventata improvvisamente calda.

«Sai che ho ragione» gli disse lei dolcemente.

Lui fissò la porta che dava sul corridoio e, quando finalmente si mosse, Grace fu certa che sarebbe stato per andarsene. Invece, le si avvicinò e la prese tra le braccia.

«Che dio ci aiuti» le disse.

Grace sollevò le labbra verso di lui per un bacio, gettando indietro la testa.

«Se anche passiamo la notte insieme, il finale non cambierà» disse John. «Dovrò sempre andarmene.»

Lei lo guardò negli occhi. «Lo so» disse. «Ma sei qui, ora e adesso, non è così? Perciò sta' zitto e baciami.»

Con un sorriso sardonico, lui mormorò: «Stai facendo la dura con me?»

«Sì.» Lei gli attirò la bocca verso la sua.

Quando le loro labbra si toccarono, Grace gli sentì emettere un gemito di desiderio. La lingua di John si immerse nella sua bocca e lei l'accolse rispondendogli con passione. Il bacio divenne presto sfrenato.

Ruvidamente, lui le fece scivolare giù le spalline e poi Grace sentì la camicia da notte cadere sul pavimento. Con l'aria che le accarezzava la pelle, lei gli mise un braccio intorno alle spalle ma si fermò quando sentì la pistola. Lui si staccò, tolse la fondina e poi la camicia. Mentre si svestiva, i suoi occhi non lasciavano mai Grace e lei osservava con gusto le sue spalle larghe e il torso muscoloso. Allungò la mano, toccando la pelle calda e virile.

«Voglio vederti» le disse, facendola spostare verso il letto, in direzione di una pozza di luce. Mentre la guardava, Grace lo sentì trattenere il respiro e si stupì del cupo bisogno che gli lesse sul volto. Lui si sedette, o forse collassò, sul letto.

Sollevò le mani e le avvolse i seni nei palmi, i pollici che le massaggiavano i capezzoli già turgidi. Si indurirono ancora di più al suo tocco, e Grace gettò all'indietro la testa, mentre un gemito di desiderio le sfuggiva dalle labbra. Sporgendosi su di lei, John le prese la punta di un seno nella bocca e lei gli si aggrappò alle spalle, poi al collo, poi alla testa. La bocca di lui si spostò più in basso, sul suo ventre, sui suoi fianchi, mentre con i denti le mordicchiava la pelle.

E poi, come se non ce la facesse più ad aspettare, la sollevò contro di sé. La strinse tra le braccia, il corpo di Grace stretto contro la sua erezione grossa e dura, che le premeva contro. Grace si piegò tra di loro, cercando la fibbia della cintura, mentre lui continuava a baciarla. Con un movimento fluido, la oltrepassò, e si tolse i pantaloni. Al primo impatto che ebbe col suo corpo nudo, Grace si sentì investire da un'ondata di calore quasi dolorosa.

Il tempo si fermò mente lui la esplorava, le baciava il collo, i seni, le copriva la pelle con le sue mani. Grace pensò indistintamente che nessuno si era mai preso tanta cura di eccitarla prima e si sentì come tornare alla vita.

«Ho bisogno che mi tocchi» le disse roco contro la bocca.

Con una sicurezza che lei non avrebbe mai pensato di avere, iniziò ad accarezzarlo, dalle spalle al torso, poi giù, fino al rigido profilo del suo stomaco, alla curva delle anche. Quando andò ancora più giù, prendendoglielo tra le mani, John strinse la testiera del letto, mentre gli spasmi di piacere gli squassavano il corpo possente. Meravigliandosi di essere proprio lei quella di cui aveva così tanto bisogno, Grace iniziò a dargli piacere.

Non andò avanti molto. Con un movimento fulmineo, lui l'afferrò e l'attirò sotto di sé, baciandola ed esplorandole la bocca con la lingua, mentre con le mani le accarezzava senza posa la schiena. Grace ebbe la sensazione che lui stesse cercando di essere gentile, ma che il desiderio lo rendesse ruvido. Lei non aveva paura. Solo, voleva di più.

«Non posso resistere a lungo» gemette lui contro la sua bocca. Rotolò sopra di lei e la guardò negli occhi, mentre il suo peso la schiacciava contro il materasso. Inarcandosi contro di lui, sentendo un crescente, pulsante bisogno fino in fondo alla sua anima, lei aprì le ginocchia. John si sistemò tra le sue gambe, con un'espressione che era vicina all'angoscia.

Si sollevò da lei, guardandola negli occhi. «Sei sicura?»

Lei annuì e lo attirò contro la sua bocca.

Con dolorosa lentezza, lui la penetrò, riempiendo il suo corpo di uno spessore lussureggiante che fu la sua rovina. Grace gridò e lui inghiottì quelle incomprensibili parole iniziando a muoversi dentro di lei. Più forte, più veloce, la dominò finché non vennero insieme, in un'esplosione di grida roche, tenendosi stretti l'uno all'altra.

Nella fissità che seguì, un bagliore si accese dentro di lei, ma non era sicura di cosa provasse John. Lo guardò da sotto le ciglia. Lui teneva gli occhi chiusi e i lineamenti duri del suo volto erano sorprendentemente rilassati.

«Stai bene?» le chiese.

Lei sorrise. «Sì. Sto bene.»

Lui la guardò e le scostò una ciocca di capelli dal viso. «Sei una gran donna.»

«Davvero?»

«Sì. Davvero.» La baciò. A lungo e lentamente.

Lei si sollevò e gli si aggrappò alla schiena.

Mentre lui tornava a indurirsi dentro di lei, Grace sospirò e si arrese al piacere.

Grace si svegliò da sola e capì che era mattina tardi. Il sole, che si riversava nella stanza attraverso le finestre e vagava pigramente sul pavimento, aveva raggiunto i piedi del letto.

Si stirò, sentendo tutta una nuova gamma di sensazioni, e sorrise a sé stessa mentre guardava il letto che avevano disfatto insieme.

Dopo aver fatto a lungo l'amore con John, si sentiva una donna nuova. Era stato tutto ciò che aveva sperato, appassionato e tenero, e, diamine, lui sì che sapeva come usare quel suo corpo ben scolpito. Era stata la notte più appagante di tutta la sua vita.

Guardandosi attorno, vide la sedia che era stata posta davanti alla porta-finestra, e si domandò cosa avrebbe detto per spiegare il danno.

Si stava alzando e infilando la vestaglia quando sentì bussare. Si sorprese di trovare sua madre fuori nel corridoio.

«È presto per te» le disse Grace, cercando di lisciarsi i capelli. Era ben consapevole che fossero in tremendo disordine.

«No, non lo è. Hai saltato la colazione.»

Sua madre fece un passo in avanti, obbligandola a spostarsi. I suoi occhi si posarono sulla porta rotta. «Mi è sembrato di sentire dei rumori la notte scorsa. Cos'è successo?»

Grace si strinse nelle spalle. «Per errore mi ero chiusa fuori sul terrazzo.»

«Perché non hai usato la porta in fondo al corridoio?»

«Era chiusa anche quella.»

Carolina andò a ispezionare la maniglia. «Farò venire Gus a ripararla.»

«Vuoi qualcos'altro?»

Sua madre si voltò. «Perché la stanza da letto che avevo dato a Mr Smith è vuota?»

Grace esitò. «Perché non ci dorme.»

«E dove dorme?»

«Qui davanti.»

Ci fu una pausa terribile. Grace raddrizzò le spalle mentre gli occhi di sua madre diventavano gelidi.

«C'è una qualche ragione particolare per cui la stanza che gli avevo assegnato all'inizio non è di suo gradimento?»

«Mamma...»

«Mi hai mentito, non è vero?» Quelle parole vennero sussurrate con ferocia.

«Riguardo a cosa?»

«Riguardo... riguardo... al fatto che quell'uomo è il tuo amante.»

Non esattamente, pensò Grace. Fino a ieri non lo era.

«Mamma, stai ingigantendo la cosa.»

«Io?» Carolina puntò il dito verso la giacca di Smith, appesa allo schienale della sedia. «Forse c'è un'altra spiegazione al fatto che il tuo letto è totalmente sfatto e che la giacca di quell'uomo si trova nella tua stanza.»

Grace pregò che il suo imbarazzo non fosse ovvio come lo sentiva. «Siamo andati a fare una passeggiata. Avevo freddo e lui me l'ha data.»

«E ti aspetti che ti creda?» Il disgusto tracciò linee evidenti sulla fronte tesa di sua madre.

«Lo sai che questa conversazione non è andata bene ieri. E non migliorerà col tempo.»

«È troppo chiederti di adempiere ai tuoi obblighi come membro di questa famiglia e comportarti come una signora?»

Grace sospirò esasperata. «Per l'amor del cielo, non siamo più ai tempi della regina Vittoria.»

«Ed è un peccato» disse Carolina mordace. «Allora, la gente capiva l'importanza delle buone maniere e delle apparenze.»

«Dimmi solo davanti a chi dovrei fare bella figura, mamma? A parte te, s'intende.»

«Non discutere con me. Lo sai che le persone osservano sempre. Ti assicuro che non c'è niente di pittoresco o nostalgico nel rompere i tuoi voti nuziali.» Carolina le indicò la porta aperta, attraverso la quale era visibile quella che con-

duceva alla stanza di Smith. «Voglio quell'uomo fuori da questa casa.»
Gli occhi di Grace si spalancarono. «Non posso farlo.»
«Sì che puoi.»
«Mamma, John Smith lavora per me.»
«Non mi interessa se è il tuo dottore o il tuo avvocato o l'uomo della spazzatura. Non lo voglio sotto il mio tetto.»
«Allora me ne vado anch'io.»
Quelle poche parole fecero ammutolire la conversazione.
«Cos'hai detto?»
Grace sollevò una mano alla tempia, cercando di massaggiare via la tensione che le si era arrampicata per la schiena fino alla testa. «Senti, non voglio turbarti.»
«È un po' tardi per questo.»
«Ma penso che sia meglio che ce ne andiamo e basta.»
Carolina tirò su col naso con disapprovazione. «Non c'è motivo per essere melodrammatici, Grace. E io sto solo agendo nel tuo interesse.»
«A me sembra che tu stia solo muovendo delle accuse.»
«Meglio io piuttosto che la stampa.» Gli occhi di Carolina si socchiusero, astuti. «Diventerebbe di dominio pubblico, se dovessi indulgere in queste indiscrezioni. Lo sai, non è vero?»
Grace annuì attraverso la propria rabbia. «Certo che lo so.»
«Possiamo anche aver perso tuo padre ma ancora godiamo del prestigio del suo nome. Non voglio che succeda niente alla reputazione di questa famiglia.»
Grace si irrigidì mentre le implicazioni di ciò che le diceva sua madre affondavano dentro di lei.
«Sarebbe la tragedia più grande per te?» sibilò Grace. «Più difficile da sostenere che la sua morte?»
Carolina ignorò la domanda. «Tu sei la sua sola e unica erede. Non voglio che getti tutto via per qualche... uomo. Tu hai sposato un nobile...»
«Fermati, mamma...» la interruppe Grace. «Per favore.»

Si voltò, raggiunse l'armadio e ne trasse la valigia.
«Te ne stai andando davvero?»
Trovò lo sbigottimento di sua madre stridente. «Sì.»
«Ma cosa dirò agli ospiti? Dopo aver cambiato la data del ricevimento di questa sera per colpa della tua crisi.»
Scuotendo la testa rassegnata, Grace mormorò: «Sono sicura che penserai a qualcosa.»
Mentre iniziava a tirare fuori i vestiti dall'armadio, sua madre emise un lamento sprezzante.
«Ebbene, se questo dev'essere il tuo atteggiamento, forse è meglio che te ne vada.» Carolina si fermò sulla porta. «Anche se ti chiedo la cortesia di salutare gli altri, vuoi? È il minimo che puoi fare.»
Non appena Grace fu sola, si lasciò crollare sul letto e guardò gli abiti che aveva gettato a casaccio nella borsa. L'idea che avrebbe potuto non sentirsi mai più a suo agio a Willings, che la frattura tra lei e la madre si sarebbe solo potuta allargare ora che il tampone dell'influenza di suo padre era venuto meno, la sconvolgeva.
Ma forse restare lontana era la sola possibilità. C'era qualcosa in sua madre che le succhiava via la forza di vivere, pensò. Tutta la sua fredda eleganza, il suo biasimo indefesso, era come stare vicino a un buco nero emotivo.
Quando sentì i rintocchi della pendola giù nell'ingresso, comprese che era meglio dire a John che se ne sarebbero andati.
Attraversò il corridoio e bussò sullo stipite della porta. «John?»
Lui uscì dal bagno con indosso una T-shirt e un paio di pantaloni neri. Aveva un asciugamano intorno al collo che reggeva con entrambe le mani, evidenziando i suoi bicipiti.
Il disagio l'attraversò quando i loro occhi si incontrarono e lui non sembrò diverso dal solito. La delusione le fece raddrizzare le spalle.

«Buongiorno» gli disse.

Lui fece un cenno col capo. «'Giorno.»

Le sarebbe piaciuto che le sorridesse. Che le dimostrasse un po' di calore. O sentire il tocco della sua mano. Invece, era come se lui si fosse ritirato in sé stesso e lei ricordò di quando lo aveva visto per la prima volta e si era chiesta se ci fosse qualcosa dietro quella durezza.

«Mmm... c'è stato un cambiamento nei piani. Ce ne andiamo» gli disse.

«Benissimo.»

Grace aggrottò la fronte. La notte prima, l'aveva tenuta stretta contro di sé, aveva sussurrato il suo nome con voce roca mentre il suo corpo esplodeva dentro di lei. Fissando quel volto impassibile, Grace pensò che era come se tutto ciò che era successo la notte precedente fosse stato solo un sogno.

Un sogno di Grace che a lui non apparteneva.

Esitò. «Bene. Vado a fare i bagagli.»

«Sarò pronto in dieci minuti.»

Quando lui si voltò, Grace rimase a fissargli la schiena. «Qualcosa non va?»

«Niente.» La parola fu pronunciata appena sopra la sua spalla, mentre lui entrava in bagno.

Lei sentì l'acqua scorrere nel lavandino e il sibilo soffice del tubetto della schiuma da barba.

Lo seguì. «Perché sei così?»

Gli occhi di John erano fissi sullo specchio mentre prendeva il rasoio e tracciava una striscia lungo la schiuma bianca.

«Come, esattamente?»

«Parlami, per favore.»

«Non ho niente da dire.»

«Niente?»

Lui sollevò un sopracciglio mentre sciacquava il rasoio e tornava al lavoro sulla sua barba. «Vuoi che faccia qualcosa?»

«Solo per la cronaca» gli disse lei, aspra «se il tuo scopo è quello di provare che non c'è un lieto fine per la nostra storia: *missione compiuta.*»

Tornando nella sua stanza, comprese di aver fatto male i suoi calcoli dando per scontato che le cose tra loro non sarebbero potute peggiorare se avessero fatto l'amore.

19

Quando il jet atterrò lungo la pista del Teterboro, Smith guardò fuori dal finestrino ovale accanto al proprio sedile, osservando il paesaggio che correva impetuoso. Aveva trascorso l'ora di viaggio con gli occhi chiusi, ma non aveva dormito.

Sin da quando si era svegliato vicino a Grace quella mattina aveva cercato di convincersi che non si stava innamorando di lei. La paternale che si era rivolto però non funzionava, anche se era basata su princìpi totalmente razionali. Diamine, proprio lui tra tutte le persone avrebbe dovuto sapere che una notte non significava niente. Era solo questione di due corpi nel buio, che ottemperavano alle direttive dell'evoluzione.

Allora perché si sentiva come se avesse perso il proprio centro di gravità?

E perché diavolo si comportava con tanto astio con lei?

Ricordò come gli era apparsa quando era entrata in bagno mentre si faceva la barba. Le parole che gli aveva detto prima di andarsene lo avevano fatto sentire spregevole.

Cristo, che ipocrita che era. Dirle che si meritava di meglio del modo in cui suo marito l'aveva trattata per poi maltrattarla col suo silenzio appena dopo... aver fatto l'amore.

L'amore. Quelle erano le parole giuste, comprese.

La notte prima era stato molto di più che un buon esercizio fisico, e lui si stava sforzando di venire a patti con la sua reazione. Cose come rimanere o anche solo desiderare di stare di nuovo con una donna dopo averla avuta una volta non erano quello che di solito gli passava per la testa il mattino dopo.

Voleva parlare con Grace. Doveva. Doveva soltanto riuscire a capire cosa gli stava succedendo. Doveva trovare qualcosa da dire che avesse un senso.

Be' perlomeno sapeva da dove diavolo cominciare. Doveva scusarsi per non sapere come affrontare al meglio la propria confusione. Un po' di introspezione era una cosa. Tagliarla completamente fuori era inaccettabile.

Mentre l'aereo atterrava sulla pista e l'inversione di spinta iniziava a decelerarlo, John guardò dall'altra parte del corridoio. Grace stava passando in rassegna i suoi report mensili e aveva fogli sparsi dappertutto: sul sedile di fianco, sul pavimento, sul tavolino del sedile alla sua destra. Era vestita in modo informale, con un pullover aderente e un paio di pantaloni di lana leggera, ma riusciva ancora a essere elegante.

John non aveva mai immaginato che si sarebbe sentito attratto da qualcuno così raffinato. O dall'aspetto così sofisticato.

Aveva cercato di restringere il campo sulle ragioni per cui la trovava diversa dalle altre donne che aveva conosciuto. Numerose immagini gli venivano alla mente. Grace che allungava una mano per toccare le sue cicatrici, il suo mento che si sollevava quando aveva paura, il suo sguardo timido quando si spogliava per lui. Era una tale contraddizione, energica e vulnerabile, regale e alla mano, passionale e riservata.

Ed era terribilmente sexy. John non riusciva a pensare ad altro che a toglierle i vestiti, così da poterla amare di nuovo.

L'aereo girò, e un raggio di sole attraversando la cabina cadde sull'anello di fidanzamento di zaffiri del conte. La gemma emanò bagliori luccicanti.

I gioielli sofisticati di un uomo ricco, pensò. Sulla donna sofisticata dell'uomo ricco.

Avrebbe voluto che lei se lo togliesse, ma sapeva che non aveva il diritto di essere possessivo. Specialmente dopo il modo in cui l'aveva trattata.

«Grace?»

Lei non sollevò lo sguardo e la sua voce era pungente. «Sì?»

«Mi dispiace.»

La osservò mentre cerchiava il paragrafo e scriveva un appunto a margine. «Riguardo a cosa?»

«Questa mattina.»

Lei sollevò lo sguardo davanti a sé, come se avesse appena notato che erano atterrati. «Non ti preoccupare.»

Iniziò a raccogliere le carte, mescolandole insieme in pile ordinate e le infilò nelle cartellette.

«Grace. Guardami.» Quando lei non lo fece, John slacciò la cintura di sicurezza e la raggiunse. «Mi dispiace davvero di averti ferita stamattina.»

Le mani di lei si fermarono. Ci fu una lunga pausa.

«Non mi hai ferita. Sono io che ho ferito me stessa, perché sapevo quali erano le regole.» Sollevò gli occhi, lo sguardo cupo. «Hai continuato a ripetermi quello che volevi e quello che potevi darmi. Il mio ego mi ha fatto cercare di più di quello che avrei dovuto.»

«Grace...»

«Te ne andrai?»

«No.» Lui corrugò la fronte. «Che cosa te lo fa pensare?»

«È abbastanza ovvio, non trovi?»

«Devo ancora prendermi cura di te» le disse, fissandola negli occhi. «Non è cambiato niente.»

Lei fece un bel respiro e poi lo lasciò andare. «Sfortunatamente, suppongo che sia vero.»

L'aereo si fermò.

«Non ero preparato per ciò che è successo la notte scorsa» disse lui in tono grave.

«Senti, non ci dobbiamo niente. Né scuse né spiegazioni.» Gli rivolse un sorriso fin troppo smagliante. «Sono grande e grossa, so come aver cura di me. Dovresti solo dimenticarti della cosa.»

Slacciando la propria cintura, lei si sporse a prendere la borsa, raccolse le cartellette e si affrettò a scendere dall'aereo come se non potesse aspettare a liberarsi di lui.

Cristo.

John sapeva che lasciarsi coinvolgere da lei gli avrebbe causato un'infinità di complicazioni. Ora si comportava come un idiota, lei era ferita, e stavano tornando a New York, dove un assassino aveva, probabilmente, passato il weekend ad affilare i suoi coltelli.

Se la sua concentrazione fosse calata, pensò Smith, qualcuno si sarebbe fatto molto male.

Eddie li stava aspettando di fronte al terminal e lo aiutò a riporre i bagagli dentro alla Explorer. Era di umore solare.

«Sono sorpreso che siate tornati tanto presto» disse mentre Grace e Smith entravano in macchina. «Allora, raccontatemi tutto.»

Smith emise una specie di grugnito mentre Grace offrì a Eddie un sorriso tirato. «Dicci come stanno andando le lezioni di scrittura creativa» gli chiese lei.

Eddie sorrise nello specchietto retrovisore mentre si allontanava per la strada. «Stanno andando davvero bene. Ora stiamo studiando la tensione drammatica.»

Molto appropriato, pensò Smith.

La corsa per la città fu tranquilla e tesa. Quando rallentarono di fronte a casa, Smith uscì per primo per guardarsi attorno, poi Grace scese sul marciapiede.

Non appena ci fu il via libera per l'ingresso di servizio, Smith girò intorno alla macchina per prendere le valige. Afferrò la borsa di Grace e la stava togliendo dal bagagliaio quando lei fece per aiutarlo e inciampò nel marciapiede. Le aveva appena passato un braccio intorno alla vita per evitare che cadesse quando sentirono gridare il suo nome.

Entrambi guardarono nella direzione della voce proprio nel momento in cui un fotografo si sporgeva fuori dal finestrino di una macchina e scattava una foto. Mentre il flash si esauriva come una luce stroboscopica, la macchina ripartiva sbandando in mezzo al traffico.

Smith imprecò e quasi si mise a correre dietro al fotografo, ma non voleva lasciare Grace. Fissò gli occhi sulla targa, ma sapeva che era troppo tardi. Le fotografie erano state scattate e non c'era molto che potesse fare al riguardo.

Guardò Grace, e lesse lo sfinimento nei suoi occhi.

«Domani sarà ovunque» gli disse stancamente.

Erano le undici passate quando Grace decise di fare una doccia calda nella speranza di rilassarsi. Si stava dirigendo verso il bagno quando squillò il telefono e lei lasciò che si attivasse la segreteria. Non c'era nessuno con cui volesse parlare a quell'ora.

Se fosse stato il tenente Marks, con un'altra delle sue notizie ferali, avrebbe chiamato John. E se si trattava di sua madre, non voleva alzare la cornetta. Aveva lasciato un messaggio alla segreteria telefonica di Willings, per avvisarla delle fotografie, ma non voleva discuterne con lei. Non quella sera.

Mentre si spogliava, si sentiva lo stomaco pesante anche se non aveva cenato. Smith aveva cucinato qualcosa che sembrava appetitoso, ma Grace aveva declinato l'invito, quando le aveva chiesto di sedersi a tavola con lui. Se con quello stava cercando di scacciarlo dal suo cuore, non ci stava riuscendo. Lui aveva una roccaforte nel suo cervello.

Le aveva detto di essere dispiaciuto e lei credeva che fosse davvero rammaricato. Lo aveva letto con chiarezza nei suoi occhi e nelle sue parole di scusa. Si disse che non doveva sorprendersi. E, perlomeno, aveva avuto la decenza di accorgersi che l'aveva ferita. Grace aveva la sensazione che non si fosse mai dato tanta pena con le altre donne che aveva avuto.

Sospirò, ricordando ancora la sensazione che le dava averlo sopra di se, sentire i suoi baci, le sue carezze.

Che dio mi aiuti. Avrebbe voluto fare di nuovo l'amore con lui, anche se questo significava soffrire il mattino dopo.

Era difficile non prendersela con la propria libido, e Grace si domandava perché non potesse essere attratta da qualcuno di più ragionevole. Dopotutto, Eugene Fessnick, il suo ragioniere, era single. E avrebbe potuto farle gratis la dichiarazione dei redditi, se fossero usciti insieme.

Ma no, invece, lei doveva pescarne uno che non si sarebbe mai sistemato. Un uomo bollente e appassionato, che riusciva a seminare caos e devastazione nella sua vita. Un ciclone di uomo.

Chiaramente, il suo istinto di autoconservazione aveva bisogno di una seria revisione.

Si stava asciugando, quando un'ombra scura apparve nello specchio della porta. Si coprì velocemente, guardando sorpresa la silhouette di John. Nella fissità del momento, era dirompente e Grace percepì la tensione del suo corpo.

Era stato il tenente Marks a chiamare?

Si passò la lingua sulle labbra, nervosamente. «È successo qualcosa?»

La voce di lui era profonda e roca. «Volevo controllare che stessi bene prima di andare a letto.»

«Sto bene.» Quando fece per andarsene, lei si sistemò l'asciugamano e se lo chiuse in alto, sopra al seno. Non vide l'espressione del suo volto, ma percepì chiaramente che qualcosa lo turbava.

Grace lo guardò accigliata. «Tu stai bene?»

Lui si passò una mano tra i capelli. «No, accidenti. No.»
«Qual è il problema?»
«Voglio fare l'amore. Con te. Adesso.»
Grace trasalì senza fiato, mentre faceva esplodere quelle parole tra loro.
«Lo so che ho fatto un casino stamattina. Sono inesperto in questa cosa...» Fece ondeggiare la mano avanti e indietro, come se stesse cercando la parola giusta. «Questa cosa tra uomo e donna. È un maledetto incubo. Sono incazzato con me stesso e ho passato tutta la notte facendo sogni in cui mi scusavo, ed era come stare in una maledetta soap opera. Mi domando dove diavolo sia finita la mia logica, non riesco a liberarmi del peso che sento nel petto, e se ci fosse un modo per tornare indietro a questa mattina e cambiare le cose lo farei. Ogni volta che chiudo gli occhi ti rivedo nuda tra le mie braccia, che mi guardi piena di fiducia e vorrei spaccare il muro con un pugno.»
Prese a camminare avanti e indietro. «Sto impazzendo. Sto impazzendo. Cristo, deve esserci un modo più semplice di questo. Come diavolo fanno le persone ad affrontare questa confusione quando finalmente incontrano qualcuno di importante? È come essere gettati in una caverna senza una dannatissima luce. Non mi sono mai sentito tanto maledettamente disorientato in tutta la mia vita e, lascia che te lo dica, mi sono trovato in situazioni tremendamente incasinate.»
Senza parole, Grace lo guardava mentre lui continuava a parlare. Non gli aveva mai sentito dire più di un paio di frasi per volta e di certo non era mai stato tanto franco riguardo ai suoi sentimenti.
«Questo è terribile. Sto male io. Stai male tu. Tutto quello che voglio è prenderti tra le braccia. Non so cosa mi stia succedendo. So solo che ti desidero e che non voglio ferirti. E...»
Fece un respiro profondo nel suo sproloquio e si fermò.
Grace scosse la testa e sorrise mestamente. «Questa sì che è una filippica.»
«Be', ci ho pensato per tutta la cena.»

«Ovviamente.»

Era difficile non perdonarlo quando sembrava così sinceramente in conflitto con sé stesso e Grace si sentì scaldare tutta. Ma ricordò a sé stessa che anche se si era scusato per quello che era successo non le stava promettendo di restare nella sua vita a lavoro finito.

Avevano quella notte però, pensò. E la mattina successiva. Quando se ne sarebbe andato, le sarebbero rimasti solo i ricordi.

«Vieni qui» gli disse spalancando le braccia.

John sgranò gli occhi, come se lei avesse fatto qualcosa di inaspettato, e il suo corpo sembrò emanare intense onde di calore quando le si avvicinò. Grace gli posò la mano sul petto. John emanava calore attraverso la maglietta e lei riuscì a sentire il suo cuore battere sotto il proprio palmo.

«Sono contenta che tu mi abbia detto quello che provi.»

John chiuse gli occhi, come se si stesse liberando dal senso di colpa che lo aveva afflitto.

«Devi credermi, l'ultima cosa che voglio è ferirti.»

Grace sollevò le labbra verso le sue e lo attirò a sé. La bocca di John era morbida, la carezza sorprendentemente gentile, e sentì che le prendeva la mano sinistra nella sua.

«Ti toglierai questi anelli stanotte?» le chiese.

Grace non esitò. Con movimenti bruschi, gettò gli anelli sul ripiano di marmo.

John la prese tra le braccia e la adagiò sul letto. Quando si sdraiò sopra di lei, puntandosi sugli avambracci da una parte all'altra del corpo di Grace, lei sentì l'eccitazione scorrerle attraverso le vene come una droga. Quando la bocca di John catturò la sua, si arrese al desiderio.

Grace era profondamente addormentata tra le braccia di John quando il telefono suonò alle sei e mezza del mattino dopo. Al terzo squillo, sollevò il ricevitore.

«Dove sei stata?» le chiese sua madre prima che Grace avesse il tempo di cacciar fuori un ciao. «E perché non hai risposto al telefono ieri sera?»

«Eri tu?» Grace si sollevò a sedere, spingendosi via i capelli dal viso.

John si stirò, seguendo i movimenti del corpo di lei, tenendole un braccio intorno alla vita. Grace era sollevata che non se ne fosse andato subito dopo.

«Certo che ero io» ribatté sua madre. «Ho pensato che potessi apprezzare di sapere che mi sono presa il disturbo di sistemare il tuo piccolo problema. Ho trascorso la serata di ieri al telefono con Cameron Brast. Nel bel mezzo del mio ricevimento, potrei aggiungere.»

Grace fece una smorfia. Brast era l'editore di uno dei giornali spazzatura di New York.

«La foto di te e quello Smith abbracciati non apparirà sui giornali questa mattina. È stato necessario tutto il mio potere di persuasione per bloccarne la pubblicazione e, grazie alla tua indiscrezione, ora sono in debito con quell'odioso omuncolo di Brast» continuò sua madre.

«Mi dispiace che tu...»

«Ugualmente increscioso è il fatto che tuo marito mi abbia chiamata per dirmi che qualche reporter lo ha avvicinato a Parigi per un commento. Ranulf era inconsolabile ieri notte. Ha provato a chiamarti e quando non è riuscito a raggiungerti ha telefonato qui. Non hai proprio nessuna vergogna!»

Grace chiuse gli occhi. «Mamma, Ranulf e io stiamo divorziando.»

Lo sbigottimento di Carolina si udì attraverso il telefono come uno spiffero di corrente. «Oh mio dio. È per quell'*uomo*, vero? Stai lasciando Ranulf per quel...»

«Ranulf e io ci siamo separati subito dopo la morte di papà. Prima che incontrassi John.»

«Mio dio... ma perché ti ha lasciata?»

Grace fu quasi in grado di estromettere la rabbia dalla voce. «Sono io che ho chiesto il divorzio.»

Riusciva quasi a sentire il rumore delle rotelle nella testa di sua madre che stridevano fino a fermarsi.

«Ma per quale motivo?»

Tanto per cominciare perché non ci siamo mai amati, pensò Grace.

«Avanti, quanto diversi potete essere voi due? La sua è un'ottima famiglia. Forse potreste riprovarci.»

«È quello che disse anche papà» replicò Grace.

Ci fu una pausa. «Gli avevi parlato di questo?»

«Sì. Durante l'estate. Mi disse di tornare da Ranulf e lo feci. Le cose peggiorarono.»

«Non capisco. Cos'è successo? Sembravate sempre felici insieme.»

«Le apparenze ingannano, mamma.»

Ci fu un lungo silenzio.

«Oh, Grace, non sopporto il pensiero di tutto questo. Prima tuo padre e ora il tuo matrimonio. Quando finirà?»

«Mi dispiace di averti turbata.» Era difficile trattenersi dal mostrare a sua madre quanto la sua reazione la deludesse. Le sarebbe piaciuto poter contare sul suo appoggio, ma sapeva bene che il loro rapporto non aveva mai funzionato in quel modo.

«Lo sai che anche tuo padre e io abbiamo avuto tempi bui» disse Carolina, una nota di speranza nella voce. «Ci abbiamo lavorato. Si può fare.»

Grace trovò difficile credere che i suoi genitori avessero dovuto affrontare qualsiasi cosa di più difficile che scegliere come vestirsi per un party.

«Mamma, la verità è che non avrei mai dovuto sposare Ranulf. Avevo dubbi fin dall'inizio. Anche al ricevimento per il nostro fidanzamento.»

Quando Smith si alzò dal letto completamente nudo e

andò in camera sua, per un momento, Grace dimenticò sua madre.

«Ma cosa farai? Come donna sola?»

«Me la caverò in qualche modo» disse Grace con una punta di sarcasmo. «È incredibile cosa riescano a fare le ragazze di questi tempi. Lo sai che possiamo anche votare?»

«Non c'è motivo per cui tu sia così ostile. E devo dire che sono decisamente costernata che, con la fine del tuo matrimonio, il tuo primo istinto sia stato quello di gettarti in una torbida relazione con quello... quello Smith.»

«John è la mia guardia del corpo.»

Sua madre rimase in silenzio. «La tua guardia del corpo?»

«Ecco perché ha dovuto cambiare stanza. Doveva starmi vicino.»

«Dio del cielo, a che cosa ti serve? Stai bene?»

«Sto... benissimo.» Emise un sospiro frustrato. Aveva appena consolato sua madre per il proprio divorzio e non aveva voglia di rassicurarla anche per gli omicidi delle sue amiche. «È meglio che vada, mamma. È ora di andare al lavoro.»

«Ma oggi è vacanza. È il Columbus Day.»

«Lo so, ma ho comunque del lavoro da fare. Ci sentiamo più tardi.»

Allontanando dalla sua mente la conversazione, Grace riappese il telefono e attraversò il corridoio. Stava per chiedere a Smith se voleva fare la doccia con lei quando sentì la sua voce provenire dalla camera da letto.

«Non lo so quando sarò libero. Potrebbero volerci un altro paio di settimane prima che possa lasciare New York, il che significa che non potrò andare in Medio Oriente prima degli inizi di novembre.»

Grace girò su sé stessa e tornò nella propria camera, con lo stomaco sottosopra. Quel dolore era indice di quanto si stesse illudendo. Da qualche parte dentro di sé stava nutrendo ancora la speranza che lui rimanesse. Sentirlo pianificare la sua partenza era stato come uno schiaffo in pieno volto.

Fece una doccia veloce e, prima di chiudersi nello spogliatoio, gli gridò che il bagno era libero.

Seduta davanti allo specchio della toeletta, le venne voglia di piangere. Quando sentì il rumore dell'acqua che scorreva, decise che quello che doveva fare, invece di piagnucolare rammaricandosi per sé stessa, era uscire dall'appartamento. Erano passati giorni dall'ultima volta che aveva corso e l'idea di un po' di libertà era irresistibile. Tutto quello di cui aveva bisogno era qualcosa di breve e veloce, abbastanza da schiarirle la mente e aiutarla ad arrivare in fondo a quella giornata senza scoppiargli a piangere di fronte.

Aveva solo bisogno di qualcosa che le ricordasse che era forte.

Infilò un paio di pantacollant e le scarpe da ginnastica, e dopo pochi minuti era per strada. Sotto l'androne si accorse che una leggera pioggia iniziava a cadere dal cielo grigio, ma non le importava di bagnarsi e iniziò a correre a un ritmo sostenuto.

Come d'abitudine, prese la strada che percorreva di solito, dirigendosi verso Central Park West ed entrò nel parco. Imboccò uno dei sentieri per lo jogging che l'avrebbe mantenuta accanto alla strada, ma che le avrebbe garantito di non sentire il rumore del traffico e la puzza dell'inquinamento.

Mentre correva, i suoi piedi schizzavano l'acqua dalle pozzanghere, inzuppandole le gambe. Sentiva il sudore scorrerle sulla pelle incontrando la pioggia fredda che le filtrava attraverso i pantacollant, e accelerò un po' l'andatura.

Aveva percorso quasi cinquecento chilometri quando si accorse che qualcuno la stava seguendo.

Il suo primo pensiero fu che doveva essere John. Ebbe voglia di imprecare quando comprese quello che aveva fatto: lui sarebbe andato su tutte le furie perché era uscita da sola senza avvisarlo, e ne avrebbe avuto ogni diritto.

Che diavolo le era passato per la mente?

Non molto, pensò mentre rallentava e si voltava.

Non era Smith.

La paura la investì come un'ondata, togliendole per un momento ogni altra sensazione. Studiò velocemente la persona che era dietro di lei. Non gli vedeva il volto perché aveva indosso un impermeabile col cappuccio alzato. Ma Grace non aspettò di poter avere una visuale migliore.

Iniziò a correre, guardandosi a sinistra e a destra nella speranza di vedere altre persone che facevano jogging. Ma in quel giorno di pioggia era da sola sul sentiero.

Correndo più veloce che poteva, si lanciò a capofitto attraverso gli alberi e i prati, cercando di ricordare come raggiungere la strada. Sentiva il cuore martellare contro la cassa toracica e le gambe intorpidite dallo sforzo, ma continuò a correre.

Lanciò un'occhiata oltre la spalla. Chiunque fosse, stava tenendo il passo.

Le immagini di Mimi, Suzanna e Cuppie, tutte morte con la gola tagliata, le sfilarono nella mente. Racimolò le forze che le erano rimaste, per correre ancora più veloce. Svoltando in direzione di casa, cercò di tranquillizzarsi del fatto che ce la poteva fare.

Ma non ne era sicura.

Era così che doveva succedere?, pensò con terrore. Lì a Central Park? In un lampo di panico, pensò a quello che Smith aveva detto riguardo ai clienti che avevano vita più lunga perché facevano quello che lui diceva.

Lei aveva disobbedito a una delle regole più semplici.

All'improvviso, nell'impeto della corsa, sentì una voce roca gridare il suo nome. Comprese che la persona dietro di lei stava urlando qualcosa.

E poi, un nome che non pensava più di risentire riferito a lei squarciò la paura.

«*Stella Marina!*»

La voce di suo padre era tornata. *Su col morale, Stella Marina, fa' un bel sorriso.*

La corsa di Grace divenne disordinata mentre si voltava per la sorpresa e inciampava. Scivolò sul marciapiede e sentì che la pelle del ginocchio si lacerava, ma era l'ultima delle sue preoccupazioni. Mentre lo sconosciuto si avvicinava, Grace sollevò le braccia come per proteggersi.

«Io... io non voglio farti del male...» Grace si sorprese di sentire una voce femminile, resa roca dalla mancanza di fiato. «Davvero...»

Quando la sua inseguitrice non fece niente di allarmante ma invece si piegò mettendo le mani sulle ginocchia nel tentativo di riprendere il fiato, Grace pensò che doveva essere uscita di senno.

Non appena ritrovò la voce, le chiese: «E tu chi sei? Come conosci il mio nome...?»

La sconosciuta si tirò indietro il cappuccio e Grace la guardò perplessa.

C'era qualcosa di familiare nel volto di quella donna, come se si fossero già incontrate prima...

Oh mio dio, pensò poi, raggelandosi.

Suo padre.

La sconosciuta aveva gli stessi colori di suo padre, la stessa forma del viso, gli stessi occhi blu profondo.

Strizzando gli occhi contro la pioggia e contro l'impossibilità di quello che stava vedendo, si domandò se stesse perdendo la testa.

«Sono... la tua... sorellastra. Callie» disse la donna, respirando ancora a fatica.

20

Smith uscì dalla doccia pensando che era un vero peccato che non l'avesse fatta con Grace. Anche se avevano fatto l'amore tre volte durante il corso della notte, ne voleva ancora. Non riusciva a credere di aver pensato che una notte sola con lei gli sarebbe bastata. Avrebbe avuto bisogno di mesi, forse anche di anni.

Era una tragedia che non avessero tutto quel tempo.

Svegliarsi al suo fianco era stata un'altra rivelazione. Dopo anni in cui aveva lasciato le donne non appena era riuscito a rimettersi i pantaloni, raggomitolato accanto a Grace non aveva avuto alcun interesse a trovarsi da qualsiasi altra parte. L'aveva guardata dormire, avvinto dal modo in cui le sue ciglia si posavano sulla guancia, dalle sue labbra leggermente aperte, dai suoi capelli sparpagliati sul cuscino.

Smith gettò via l'asciugamano, si mise dei vestiti e aspettò che lei uscisse dallo spogliatoio. Quando non lo fece, guardò il letto, perdendosi per un attimo nel ricordo di ciò che lei gli aveva fatto nella notte. Grace aveva acquistato fiducia in sé ed era diventata più disinvolta, sfrontata, esigente... creativa. Smith iniziò a sentirsi eccitato.

Il giorno dopo avrebbe fatto la doccia con lei, questo era certo.

Smith stava uscendo dalla stanza per cercarla in cucina quando vide gli anelli del conte sul cassettone. Prese quello di fidanzamento. Era pesante, la pietra di uno splendido blu, i diamanti sui lati che brillavano come infuocati.

Che razza di anello avrebbe potuto darle lui? Non avrebbe avuto niente a che vedere con i carati e carati di quello zaffiro. Sarebbe stato semplice. Una fascetta, forse...

Scosse la testa. Non avrebbe comprato anelli per nessuno.

E di certo non per lei.

Era un ex teppistello cresciuto in riformatorio, ex militare e spia. Sicuro come l'oro non era la persona adatta a diventare il secondo marito di Grace Woodward Hall, conosciuta anche come la ex contessa von Sharone.

Punto. Fine della storia.

Lasciò che lo zaffiro gli scivolasse via dalle dita e lo guardò rimbalzare e poi traballare fino a fermarsi.

Era sorpreso di aver anche solo pensato al matrimonio per un attimo, anche se in un quadro puramente ipotetico. Per le mogli aveva dei no ancora più categorici che per le fidanzate, perché la famiglia era la più grande minaccia al pensiero lucido. Più legami stringevi con le persone, meno stabilità avevi e più possibilità di essere vulnerabile.

Aveva sempre pensato che le persone sbagliassero a dare per scontato che avere una casa, una moglie e un paio di bambini rendesse il mondo un posto sicuro. Un sacco di gente pensava che solo perché prendeva una tazza di caffè seduta a tavola con la stessa persona tutte le mattine, poteva stare tranquillo. Smith sapeva che non era così. Come chiunque altro, quella gente stava trattando con il fato, solo che non sapeva di trovarsi al tavolo di un negoziato.

John sapeva che era meglio rimanere da soli, perché finché fosse stato per conto suo, tutto ciò che avrebbe dovuto temere era la morte. E quella era una forza della natura che non lo spaventava. Una volta che eri morto, niente importava più.

La chiarezza con cui aveva riconosciuto i tranelli dei legami familiari era sempre stata per lui una fonte d'orgoglio ma adesso non si sentiva più tanto soddisfatto di sé. Incontrare Grace aveva cambiato la sua opinione riguardo all'avere una casa. Per la prima volta nella sua vita, apprezzava la piacevole sensazione di dipendere da qualcuno. La verità era che gli piaceva sentirla muoversi la notte. Gli piaceva vederla in accappatoio al mattino, con i capelli in disordine. Gli piaceva il modo in cui russava debolmente quando dormiva supina. Gli piaceva il suo corpo caldo vicino a lui...

L'istinto lo fece scattare sull'attenti.

Tese attentamente l'orecchio verso il silenzio dell'appartamento, solo un momento, poi corse per il corridoio. Guardò in soggiorno, in sala da pranzo e poi spinse le porte della cucina. Quando tornò nell'ingresso, una voce dentro la sua testa aveva iniziato a urlare.

Grace guardò la donna e sbatté le palpebre per liberarle dalla pioggia che le cadeva sugli occhi. Sentiva la pavimentazione stradale dura sotto di sé, la maglietta umida e fredda appiccicata alle spalle, il dolore caldo e pungente sulla gamba.

Tutto questo doveva essere reale, pensò.

«Io non ho una sorella» sussurrò anche se i suoi occhi dicevano il contrario. La rassomiglianza con suo padre era sottile ma innegabile e, di colpo, il senso di tradimento la investì con un'ondata di nausea.

«Come sai della stella marina?» domandò ruvida.

La risposta fu gentile e venne elargita con diverse pause, come se la donna fosse incerta della reazione di Grace.

«Quando ero piccola, vidi una foto sua con te su un giornale e gli chiesi chi fossi. Lui mi disse che eri l'altra sua figlia e io volli sapere come ti chiamavi. Mi disse Stella Marina. Ho sempre pensato a te con questo nome. Anche quando ho saputo come ti chiamavi davvero.»

Grace si sentì pungere dalla gelosia per quella sconosciuta che conosceva il nome speciale che suo padre le aveva dato.

Suo padre come aveva osato morire proprio quando tutto questo veniva a galla?, pensò irrazionalmente.

Mentre si sforzava di rimettersi in piedi, la donna le tese la mano, ma Grace rifiutò il suo aiuto.

Il braccio della donna ricadde lungo il suo fianco. «Avrei dovuto scriverti prima, ma ho immaginato che mi avresti creduta una matta. Sono così tanti anni che ti vedo nelle foto sui giornali. Era come se non fossi reale. Così bella, così elegante. Da piccola fingevo...» Un sorriso triste le stirò le labbra. «Volevo solo conoscere l'altra parte di lui. La parte più grande... di mio padre.»

Grace fissò la donna. La pioggia le scuriva i capelli rossi, appiccicandoglieli lisci e bagnati alla nuca. I suoi occhi blu sembravano celare vecchie ombre.

«Mi ripeti il tuo nome?» le chiese Grace.

«Callie. A dire il vero, è Calla Lily.»

Un brivido percorse Grace. Quel nome. Il nome che aveva sentito da suo padre in sogno.

Scosse la testa, sentendo che il suo senso di realtà vacillava mentre il suo cervello si sforzava di rimettere in ordine la sua vita.

Rimise a fuoco la donna. «Gli somigli.»

«Lo so. Sono i capelli rossi, credo.»

«Anche i tuoi occhi.» Grace si accorse che c'era della rabbia nella sua voce.

Voleva dire a quella donna di andarsene all'inferno, accusarla di mentire. Quantomeno, avrebbe voluto non essere mai uscita per andare a correre, come se quello avesse potuto in qualche modo prevenire magicamente il loro incontro.

«Lo so che dev'essere uno shock.»

Oh, che bell'eufemismo!

Grace iniziò a passare al vaglio i ricordi della sua infanzia cercando indizi della doppia vita di suo padre. Era stato lontano da casa per lunghi periodi. Era un uomo di grande successo, ovviamente, e sembrava sempre dover andare a qualche riunione o rientrare da qualche incontro d'affari. Che quei viaggi fossero stati una scusa per calarsi nella sua vita parallela? Pensò a quanto erano impegnative le sue giornate alla fondazione. Prima che lui morisse, aveva fatto tutto quello che Grace faceva adesso, oltre a badare ai considerevoli investimenti di famiglia. Dove aveva trovato tutte le energie?

Be', ovviamente da qualche parte le aveva trovate. In qualche modo, aveva avuto il tempo di condurre un'altra vita. Di creare un'altra vita.

Callie sollevò una mano e si tolse i capelli dalla faccia. «Ora che sono qui con te, non so cosa speravo di ottenere.»

Grace scrutò a fondo gli occhi della donna.

La figlia di suo padre.

«Eri tu» disse poi di punto in bianco, osservandone l'impermeabile. «Eri tu che mi osservavi quando andavo e venivo dal lavoro, mi aspettavi fuori dai ristoranti. Mi hai seguita al funerale, non è vero?»

«Sì.» Callie abbassò lo sguardo. «Era difficile avvicinarti. Continuavo a pensare di riuscire a farlo, ma non eri mai sola e io... io non volevo che ne venisse fuori una scenata. Quanto al funerale, dovevo vederlo seppellire perché una parte di me si rifiutava di credere che se ne fosse andato. I giornali non dicevano dove si sarebbe tenuta la cerimonia, solo la data. Ti ho seguito perché non sapevo cos'altro fare per dirgli addio.»

Grace sentì lo stomaco che le si stringeva e prese a scuotere di nuovo la testa.

«Devo andare» bofonchiò.

Mentre iniziava a camminare inconsciamente, percepì la pioggia che le cadeva sul viso. O forse erano lacrime.

Calla Lily.

La voce di suo padre le riecheggiava nella testa.

Aveva percorso una decina di metri quando si fermò e si guardò indietro.

La donna la fissava, e sembrava fragile sotto il suo impermeabile.

L'indumento non era di quelli costosi, pensò Grace. Solo una giacca per la pioggia di plastica dozzinale. E le sue scarpe erano vecchie, pratiche. Non era vestita come qualcuno che aveva denaro.

Che volesse contestare il testamento? Forse era solo interessata al denaro?

Grace pensò a John. Poteva scoprire chi era esattamente la donna e fiutare se avesse degli scopi nascosti.

«Fa freddo qua fuori» le disse Grace. «Vivi qui vicino?»

«Non proprio. Il mio appartamento è a Chelsea.»

Tieniti stretti i tuoi amici e ancor più stretti i tuoi nemici, pensò Grace. Parole sante.

«Allora vieni con me ad asciugarti.»

Gli occhi blu la scrutarono diffidenti. «Sei sicura?»

No, non lo era.

Grace annuì comunque e Callie le si avvicinò cauta.

«Stai sanguinando» le disse, indicandole il ginocchio allarmata.

Grace abbassò gli occhi. Vedeva il graffio lungo la gamba attraverso lo strappo dei pantaloni. Il sangue stava impregnando le sue scarpe da ginnastica.

Avrebbe dovuto sentire dolore, pensò. Strano, non provava niente.

«Sei sicura di riuscire a camminare?» le chiese Callie. «Posso fermare un taxi.»

«Starò bene.»

Quando il film horror della mia vita smetterà di aggiungere nuove scene. E nuovi personaggi.

Tornarono verso la strada insieme, muovendosi lentamente nonostante piovesse, perché Grace zoppicava.

«Davvero non lo sapevi?» le chiese Callie dolcemente. «Mi sono sempre chiesta se l'avessi capito. Dev'essere davvero difficile scoprire che... Io lo so da ventisette anni e ancora trovo difficile venire a patti con tutta la faccenda.»

Conoscere l'età di Callie le fece provare un'altra ondata di rabbia. Suo padre aveva vissuto con quella bugia per oltre un quarto di secolo. Aveva fatto di tutta la vita di Grace una bugia.

Ripensò con amarezza alla ramanzina che le aveva fatto sull'importanza che lei restasse con Ranulf. Aveva anche voluto spiegarle il significato dei voti che aveva fatto, un commento che ora le era ancora più difficile da digerire della sua tirata riguardante l'importanza della famiglia dei von Sharone. Grazie all'inseguimento di Callie, le parole di suo padre ora puzzavano di ipocrisia e Grace avrebbe voluto riavere indietro quei mesi extra che aveva passato con Ranulf.

Insieme a tutti quegli anni in cui aveva pensato che suo padre fosse un uomo onesto.

Quando misero piede sotto la tenda dell'ingresso del palazzo in cui Grace viveva, Callie si fermò e scosse via la pioggia dalla giacca e dai capelli. A disagio, seguì Grace, gli occhi che si spostavano sull'uomo in uniforme che aprì loro la porta, poi sull'atrio lussuoso, sull'ottone e sullo specchio dell'ascensore.

«È un palazzo bellissimo» mormorò mentre salivano all'ultimo piano.

Quando uscirono dall'ascensore, Grace si accigliò.

La porta dell'ingresso era spalancata e uno sconosciuto biondo, grosso come un quarterback e vestito di nero, era in piedi nel corridoio. Quando la vide, il sorriso che le fece non fu per nulla amichevole.

«Credo che la contessa sia tornata» disse seccamente.

Come un fulmine, John corse fuori dalla porta e Grace, involontariamente, fece un passo indietro. Era livido di rabbia.

«Dove diavolo sei andata?» urlò.

Lei dovette lottare contro l'istinto di rifugiarsi nell'ascensore e scomparire di nuovo.

Si schiarì la gola. «Sono uscita per fare una corsa. Mi dispiace di non averti avvisato...» disse con molta calma.

«Che diavolo ti è venuto in mente?» esclamò lui puntandole contro l'indice. «Tu non vai da *nessuna parte* senza di me. Questi sono gli accordi. Vuoi dirmi che cazzo ti passa per la testa?»

Grace gettò un'occhiata a Callie, che sembrava cercare di fondersi col muro. Non la biasimava.

«Devi calmarti» sussurrò a John. «Va tutto bene.»

«Sì, certo, va tutto benissimo. Ora andrò a richiamare la polizia e dirò ai miei uomini di tornare a casa perché è tutto *okay*. Nessun cazzo di problema, *contessa*.» Mentre marciava di nuovo in salotto, si portava il telefonino all'orecchio e iniziava a ringhiare frasi corte, rabbiose e secche.

«Forse non è il momento migliore» disse Callie piano.

«No, ora si calmerà.»

Lo spero, aggiunse mentalmente.

Mentre entrava, vide tre uomini nel suo soggiorno, tutti alti, con le spalle larghe e gli abiti scuri. Sembravano una specie di pattuglia militare, anche se non indossavano l'uniforme. Quando i loro occhi si fermarono su di lei, si sentì come un ragazzino che avesse violato il coprifuoco.

O un agitatore che dovesse essere eliminato.

«Ciao» disse al gruppo.

L'uomo che era alla porta quando era arrivata, quello bello e biondo, le fece un cenno appena percettibile. Gli altri non le risposero affatto.

John chiuse il telefono e si rivolse loro. «Marks e i suoi ragazzi stanno girando le macchine e tornando alla stazione di polizia. Grazie per essere venuti.»

«Felice che lei sia tornata» disse il biondo. Scoccò a John un sorriso sardonico. «Altrimenti avremmo dovuto legarti a una sedia per impedirti di farti del male.»

«Fottiti, Tiny.»

Tiny gettò un braccio intorno al collo di John e gli grattò la sommità della nuca, finendo con uno scrollone. A voce più bassa gli chiese: «Stai bene?»

John bisbigliò qualcosa e Grace guardò i due uomini scambiarsi un'occhiata intensa.

«Okay, tutti fuori di qui, signorine» disse Tiny rivolto agli altri uomini. Mentre oltrepassavano Grace, si fermò e le disse: «Ci faccia un favore, contessa: non si allontani da casa, va bene?»

«Ciao, Tiny» gli disse John in tono minaccioso.

L'uomo sollevò gli occhi al soffitto e sorrise, gettandogli un'occhiata.

Poi gli fece un cenno di saluto e guidò gli uomini fuori dalla porta.

Grace guardò John. Teneva le mani sui fianchi e fissava il pavimento, la mascella rigida.

Fu Callie a parlare. «Senti, davvero, penso che dovrei andare.»

John sollevò la testa di scatto. «E tu chi diavolo sei?»

«Questa è Callie» disse Grace. «La mia... ehm... la mia sorellastra.»

Gli occhi di John si chiusero in due fessure mentre fissava la donna. «Non sapevo che ne avessi una.»

«Neppure lei» rispose Callie.

«Be', benvenuta in questa cavolo di famiglia. Parlerò *con te* più tardi» disse John rivolto a Grace, prima di puntare verso il corridoio.

«Mi vuoi scusare un attimo?» disse Grace veloce, mentre gli correva dietro.

Gli era praticamente a un passo, quando lui si fermò di fronte alla porta della sua stanza. «Ti avviso, è meglio che tu mi stia lontana finché non mi sarò calmato.»

Detto quello, le chiuse la porta in faccia.
Grace sospirò.
Quando tornò in soggiorno, si pentì di aver portato con sé Callie, specialmente perché avrebbe dovuto sapere quanto sarebbe stato furioso John.
Stava facendo stupidaggini su stupidaggini quel giorno.
«Vuoi toglierti la giacca?» chiese a Callie.
Gli occhi della ragazza erano cupi mentre si toglieva l'impermeabile dalle spalle e se lo metteva sul braccio, tenendoselo stretto, anche se era bagnato.
«Ecco, dammelo.» Grace notò che gli abiti umidi di Claire erano puliti ma non alla moda e che non indossava gioielli di nessun tipo.
Richiuso l'armadio, Grace osservò che Callie stava guardando la fotografia che la ritraeva con suo padre. Quando prese in mano la cornice, il cuore di Grace si contrasse.
Accidenti, pensò.
«Ah... io vado a farmi una doccia» disse con un certo sforzo. «Vuoi dei vestiti per cambiarti?»
Callie ripose la fotografia e si guardò gli abiti. «Volentieri, grazie.»
Poco dopo, Grace si sedette sul bordo del letto, avvolta nell'accappatoio e aspettò che Callie uscisse dallo spogliatoio. Quando lo fece, Grace si sorprese nel notare la trasformazione. I lunghi capelli rossi della donna si stavano asciugando i morbidi ricci e, con indosso un paio di pantaloni di Grace e una giacca aderente, sembrava sofisticata, non più una trovatella bagnata fradicia.
Abbiamo la stessa taglia, pensò Grace.
«È un bellissimo completo.» Callie accarezzò la stoffa pregiata.
«Il rosso sta bene con i tuoi colori.» Grace reclinò la testa da un lato. «Che cosa fai nella vita?»
«Sono una restauratrice di opere d'arte, ma in questo

momento lavoro come receptionist in un museo. Ho bisogno di trovare un altro impiego, ma negli ultimi anni le cose sono state... difficili.»

Ci fu un momento di imbarazzo.

«Come posso raggiungerti?» le chiese Grace andando al comodino e prendendo un blocchetto di fogli. Gli occhi di Callie si accesero di quella che sembrava felicità genuina e Grace avvertì una punta di rimorso. Quella ragazza sembrava in cerca di un'amica, ma Grace non credeva che potessero intrecciare quel tipo di relazione.

Callie le annotò il proprio numero e Grace fu colpita dal fatto che scriveva con la sinistra. Proprio come lei. Proprio come loro padre.

«Sai, non devi sentirti obbligata a chiamarmi» disse Callie restituendole il blocco. «Davvero, io volevo solo conoscerti. Vederti da vicino una volta. Rendermi conto che eri vera.»

Grace fissò il numero.

«Possiamo darti un passaggio a casa?» le offrì, domandandosi dove vivesse a Chelsea. «Andremo in centro tra poco.»

Callie guardò la pioggia che ancora cadeva fuori dalla finestra. «Sarebbe fantastico. Grazie.»

Mentre Callie aspettava nel soggiorno, Grace si avvicinò alla porta di John con cautela. Bussò lievemente, poi aprì quando sentì la sua risposta secca.

Stava facendo le flessioni alla sbarra che aveva installato sopra la porta del bagno. A ritmo sostenuto, si sollevava su e giù, i muscoli delle braccia tesi e coperti di vene per lo sforzo. Grace si domandò da quanto tempo lo stesse facendo.

«Mi dispiace davvero di essermi comportata così» gli disse esitante mentre chiudeva la porta. «Avevo solo bisogno di uscire per un minuto. Non riuscivo a pensare.»

Lui si fermò e saltò a terra. «Hai fatto una cosa maledettamente stupida.»

«Lo so. Non si ripeterà.»

«Sarà meglio per te. Non mi prendo nemmeno la briga di chiederti cos'è successo.» Si piegò per prendere una salvietta e asciugarsi il volto dal sudore. «Vuoi andare alla fondazione?»

Grace notò che lui evitava il suo sguardo e desiderò che ci fosse un modo per tornare indietro nel tempo, al momento in cui si era infilata le scarpe da corsa.

«Mi dispiace di averti turbato.»

«Non sono turbato.» Si avvicinò al mobile e iniziò a controllare la sua pistola. Grace udì il ticchettio del metallo che colpiva altro metallo.

«Sì che lo sei.»

Lui si voltò, gli occhi stretti per la rabbia. «Vatti a vestire, Grace.»

Invece di indietreggiare, Grace riuscì a leggere attraverso quelle parole dure, a percepire la paura sotto di esse.

«Sono tornata. Sto bene.» Quando lui non rispose, disse: «John, sto bene.»

Lui ripose l'arma sul mobile e si mise un orologio nero. «Credi che la polizia abbia preso quel pazzo che sta facendo fuori le tue amiche? Perché non l'hanno preso, sappilo. Avresti potuto benissimo non tornare a casa dopo una bravata come questa.»

«Ma l'ho fatto.»

John imprecò. «Dovresti essere abbastanza sveglia da non credere nella fortuna.»

Grace cercò di avvicinarsi, ma lui si scostò. «Mi hai assunto per essere sicura di venire fuori viva da questa storia. Non mettermi più nella posizione di non poter adempiere al mio lavoro.»

Lui andò alla porta e l'aprì. «Contessa» ringhiò facendole segno col braccio di passare.

Grace aspettò che lui la guardasse. Non lo fece.

«Per favore, non usare questa storia come scusa per allontanarmi» gli disse piano, mentre lo oltrepassava.
Non aspettò la risposta.

Non appena Eddie si fermò davanti all'edificio, tutti e tre entrarono nella Explorer. Callie gli consegnò un indirizzo di Chelsea e Grace osservò le costruzioni trasformarsi da lussuosi grattacieli a palazzine senza ascensore in pietra arenaria. Quando si fermarono di fronte a una di queste, dall'aspetto meno fatiscente delle altre, Calle aprì la portiera.
«Grazie del passaggio» disse. «Ti rimanderò i vestiti.»
«Non ti preoccupare» replicò Grace.
La donna scosse la testa. «Grazie, ma non posso tenerli.»
Con un cenno di saluto, chiuse la portiera e scomparve nella squallida abitazione.
Grace si voltò verso John mentre la macchina ripartiva. Lui fissava fuori dal finestrino con un'espressione pensierosa.
«John?» Lo vide sollevare un sopracciglio, ma non voltò la testa. «Vorresti per cortesia controllare il suo profilo?»
«Ho già iniziato.»
Grace lo fissò con la terribile sensazione che qualcosa tra loro fosse cambiato. Forse irrevocabilmente.

Dieci minuti dopo, lei e John facevano il loro ingresso nell'atrio del grattacielo degli Hall. C'erano pochi impiegati intorno perché era un giorno di vacanza, ma molti turisti in visita al museo. Dopo essersi fermati brevemente per firmare l'ingresso al bancone con la guardia di sicurezza, entrarono nell'ascensore.
Quando arrivarono al piano, Grace si sorprese di vedere Kat alla sua scrivania e un uomo in piedi di fronte a lei. Aveva le mani sui fianchi e un'espressione arrogante sul volto.
«Non sapevo che saresti venuta oggi» le disse Grace ralle-

grata. Fece un esame rapido dell'uomo. Ottimo completo, capelli lisci, pessima cravatta.

Doveva essere un avvocato, pensò, domandandosi come avesse fatto a passare i controlli al piano di sotto.

Kat sorrise a denti stretti. «Mr Lamont ha chiamato dicendo che aveva bisogno che venissi. Immagino che il suo assistente abbia dato forfait. Quest'uomo... ehm... non se ne vuole andare.»

Il tizio lanciò a Grace un sorriso smagliante e tese la mano. «Sono Fritz Canton. Credo che sappiate chi sono.»

«Oh, certo, il legale di Ranulf. Abbiamo un appuntamento?» gli chiese, sapendo che non ce l'avevano.

«No, ma mi piacerebbe scambiare due parole con lei.» Lo sguardo dell'uomo scivolò su John. «Da soli, se è possibile. Non ci vorrà molto.»

«Molto bene» disse lei, quando Smith diede il suo consenso, facendosi promettere che la porta sarebbe rimasta aperta.

Grace lo condusse nel suo ufficio e prese posto sulla poltrona di suo padre.

Canton si guardò attorno e sorrise. «Ha dei bellissimi pezzi d'arte.»

«Grazie.» Grace si sporse in avanti. «Non voglio metterle fretta, ma può dirmi perché si trova qui?»

L'uomo prese posto di fronte a lei, giunse insieme le mani in un ponte e vi appoggiò sopra il mento. «Il mio cliente non è soddisfatto dell'ammontare degli alimenti che ha proposto.»

Grace lo guardò accigliata. «Considerato quanto del mio denaro ha già speso, non penso che sarebbe appropriato chiedere di più. E francamente, non tollero di dover pagare per il privilegio di divorziare da lui.»

«Vuole solo ciò che gli spetta.»

«Allora che se ne vada con quello che aveva prima. Gli restituisco anche il suo anello.»

Gli occhi di Canton scintillarono e Grace seppe che stava

facendo una stima dello zaffiro. «Sappiamo entrambi che non è così facile.»

«Mr Canton, se è qui per cercare di negoziare, deve chiamare il mio avvocato» si alzò. «Ora, se vuole scusarmi.»

L'avvocato sorrise. «Io credo invece che vorrà ascoltarmi.»

«Perché?»

«Ho appreso che ieri sera è stata fotografata con un uomo. Fuori da casa sua. Il mio cliente ha ricevuto una copia della foto.» Canton si alzò. «Desterebbe un certo scalpore se l'immagine arrivasse alla stampa e sua madre non avesse la possibilità di coprire tutto di nuovo. L'adulterio non fa mai fare una bella figura, specie a una donna, e io posso immaginare quanto sia importante per lei essere vista come una cittadina modello, in questo momento soprattutto. Con suo padre appena morto e lei che ha preso le redini di questa venerabile istituzione. Sarebbe un vero peccato che ci fosse uno scandalo. Un vero peccato.»

Mentre l'avvocato si avvicinava ai finestroni, Grace pensò a quel proverbio che diceva che era meglio una mano dal giudice che un abbraccio dall'avvocato. Quello, per esempio, l'avrebbe strozzato.

«Mi sta ricattando?» gli chiese.

«Affatto.» Si voltò verso di lei. «E neppure il mio cliente, ovvio.»

Quando lei rimase in silenzio, lui sollevò un sopracciglio.

«Allora, cosa dite, contessa? Se ci accordiamo su una cifra ora, questa spiacevole storia sarà finita. Entrambi potrete rilasciare una dichiarazione alla stampa indicando che il tutto si è svolto in modo molto amichevole e nessuno vedrà mai la foto che suggerisce che avete tradito vostro marito. Il mio cliente e io pensiamo che qualcosa con otto zeri possa essere sufficiente.»

Il primo pensiero di Grace fu che lui e il suo cliente potevano andare all'inferno.

Invece, gli sorrise con calma. «Grazie di essere venuto.»
«Non c'è niente che voglia dirmi?»
Dire a quel tizio di andare a farsi fottere probabilmente non era una buona idea, pensò.
«Credo che abbia reso chiara la sua posizione e io non negozierò niente senza la presenza del mio legale.»
Grace raggiunse la porta e aspettò che l'uomo se ne andasse.
«Non sia insensata riguardo a questa offerta» le disse quello uscendo.
«Grazie del suggerimento» gli rispose lei con secca ironia.

21

Quella notte, Smith chiamò Eddie. Si stava facendo tardi. Erano quasi le undici.

«Sì?» disse l'altro assonnato.

«Dobbiamo partire presto domani.»

Un grugnito passò attraverso l'apparecchio. «Di che ora stiamo parlando, Boss?»

«Le sei.»

Un altro grugnito. «Una di bell'aspetto come lei dovrebbe essere ancora al primo sonno. Dove siamo diretti?»

«Deve essere a un incontro per colazione sul confine del Connecticut.»

«Okay, sarò lì con annessi e connessi. Ma potrei essere in pigiama.»

«Eddie?»

«Sì, Boss?»

«Di' a Tiny di farmi uno squillo quando farà il controllo domani.»

«Per quale motivo?»

Smith si passò una mano tra i capelli. Erano cresciuti da quando aveva iniziato a lavorare per Grace. Aveva bisogno di tagliarli.

«Sto pensando di lasciare quest'incarico.»

«Perché?» Quando lui non rispose, Eddie incalzò: «Cosa sta succedendo?»

Smith riviveva quello che aveva provato nello scoprire che Grace se n'era andata. Parte dell'orrore che provava per ciò che era successo era dovuto al suo fallimento. Quando era uscito dal bagno, era stato distratto, aveva perso tempo con quegli anelli, pensato al matrimonio, Cristo santo. Invece di concentrarsi sul lavoro, gli ci era voluto molto di più del necessario per capire che lei era uscita e quel ritardo era una prova evidente che la sua obiettività era andata a farsi fottere.

La prima regola nel settore della sicurezza era dannatamente semplice: sapere sempre dove si trova il vostro cliente. Lei aveva rischiato la vita, ma lui ci aveva messo del suo crollando e aumentando il pericolo. Era proprio ciò che aveva temuto sarebbe successo: una tempesta perfetta di pensieri sbagliati da entrambe le parti.

«Boss? Sei ancora lì?»

«Sì, sono qui.» Smith si sedette sul bordo del letto.

«Lei non ha più bisogno di te?»

Lui aggirò la domanda. «È venuto fuori che era la sua sorellastra a seguirla.»

«Ha una sorellastra?»

«Ce l'ha adesso. Sto conducendo delle ricerche su quella donna, ma per ora, è chi dice di essere.»

«Ma perché vuoi andartene? Hanno trovato il killer?»

«No.»

«Boss, vuoi dirmi che cosa sta succedendo davvero?» Quando Smith non rispose, Eddie continuò: «Hai paura di rimanere coinvolto con lei?»

John aprì la bocca ma la bugia gli morì sulla lingua. «È così maledettamente ovvio?»

«No, ma io ti conosco da troppo tempo. Ehi, lo so che non

me lo stai chiedendo, ma quella è una brava donna. E ci tiene a te. Mi fa piacere che tu tenga il suo indirizzo accanto al cuore, se capisci cosa intendo.»

«Stai davvero diventando poetico per la tua età» disse Smith sentendosi sempre più a disagio in quella conversazione.

«È per via del corso di scrittura.»

«Senti, ci vediamo domani.»

«Ehi, Boss?»

«Sì, Eddie.»

«È tempo che ti sistemi.»

«Gli uomini come me non si sistemano. Lo sai.»

«Non ci pensi mai?»

Non fino a poco tempo fa, si disse Smith.

«Lo sai» continuò Eddie «La Black Watch può andare avanti senza di te. Tiny è superiore a tutti gli altri, come un martello lo è sui chiodi.»

«Ora sei passato alle metafore?»

«Era una similitudine, Boss.»

Dopo aver riagganciato, Smith iniziò a camminare su e giù per la stanza intuendo che chissà come, con tutta la sua disciplina e il suo autocontrollo, aveva perso la direzione.

Per anni aveva avuto un solo obiettivo. Aveva voluto guadagnare un sacco di soldi facendo ciò che gli veniva naturale e senza essere ucciso. Era una vita semplice e chiara, per chi sapeva maneggiare una pistola, e lui lo sapeva fare. Ma, dopo anni in cui ci era riuscito a meraviglia, era confuso e dibattuto. Gli sembrava che la Black Watch e tutto quello che rappresentava fossero arbitrari.

Stringere Grace tra le braccia non lo era.

Cercò di ricordare quando era stata l'ultima volta in cui aveva ottenuto quello che voleva o di cui aveva bisogno come uomo e ripensò a qualcosa che lei gli aveva detto durante un litigio. Gli aveva detto che era un fantasma. Che non gli sarebbe mancato perché non era mai stato realmente nella sua vita.

Aveva ragione, pensò, a un livello basico e forse anche a uno più profondo, e più problematico. Che cosa le aveva dato davvero a parte il piacere? E delle pene di cuore? Grace non conosceva neppure il suo vero nome, per amor del cielo.

Se ci pensava bene, non usava il suo vero nome da anni.

Un fantasma.

Pensò che forse era scomparso tempo prima e solo ora se ne stava accorgendo. Forse si stava solo nascondendo per avere successo nel suo lavoro particolare e violento. Dopotutto cosa potrebbe distrarti maggiormente, se non volessi pensare a te stesso, che proteggere altri esseri umani?

Si domandò quando aveva iniziato a dissolversi. Quando era scappato dalla brutalità di suo padre? Durante il periodo di addestramento con i Ranger? Oppure era stato durante quegli anni in cui aveva cambiato pelle, subito dopo aver lasciato l'esercito, quando aveva iniziato a usare nomi falsi e sotterfugi così che i suoi nemici non potessero trovarlo?

Più probabilmente era stato l'accumulo di tutte quelle ombre con le quali si era mascherato.

Fottutamente ironico, pensò. Il culmine della sua vita lavorativa era stato quello di farlo scomparire.

Ripensò a quello che gli aveva detto Eddie a proposito di sistemarsi, di ricominciare daccapo. L'idea gli sarebbe sembrata ridicola se fosse venuta da chiunque altro, a eccezione forse di Tiny. Ma se si fosse staccato dalla Black Watch, cosa sarebbe successo? Che cosa ne avrebbe fatto delle sue ore, del suo tempo? E lui e Grace sarebbero stati in grado di vivere una vita insieme? Mentre immaginava la distesa di tempo davanti a sé, sentiva il fardello delle scelte come un peso morto sul petto.

Bella similitudine del cazzo, pensò.

Mentre malediceva Eddie e la sua sincerità, Grace apparve sulla porta. Indossava una di quelle camicie da notte che le scendevano dalle spalle delicate come una nuvola di nebbia, quel tipo di indumento attraverso cui potevi intravedere e immaginare. Gli occhi di John tracciarono i contorni dei suoi fianchi e della vita, alzandosi fino ai seni.

«Cosa c'è?» le chiese ruvido.

«È tutto pronto per domani?»

«Sì.»

Il silenzio si prolungò tra di loro e Smith percepì un cambiamento nell'aria, quando i loro sguardi si incontrarono. Il tempo iniziava a sciogliersi. A rallentare. A fermarsi.

Le andò incontro, pensando che non c'era niente che non avrebbe fatto per proteggerla.

Anche se avrebbe significato lasciarla.

Allungò una mano per toccarla, le sue dita le accarezzarono il collo, continuando verso la seta e i pizzi. Si fermò qualche secondo più in basso sul corpetto, proprio sopra al cuore. Lo sentì battere forte.

Avvolgendola tra le braccia, l'attirò contro di sé e chiuse le labbra sulle sue. Lei emise un lungo sospiro, che lui inalò nei polmoni, amandolo più dell'ossigeno stesso.

La sollevò da terra e la portò a letto. Si fermò prima di coprirla col proprio corpo, memorizzando quell'immagine di lei, la testa voltata da un lato, la schiena inarcata, i capelli sparsi sul fine tessuto della federa del cuscino. Era così che aveva desiderato vederla, giorni e settimane prima, quando per la prima volta gli aveva mostrato la sua casa. Sarebbe stato così che l'avrebbe ricordata per sempre.

Una donna indimenticabile.

Si tolse la camicia, sentì le mani di Grace su di sé, affamate della sua pelle, e si sentì percorrere da un brivido mentre lei gli esplorava il torace e il ventre. Il bisogno di entrarle dentro era enorme, tanto che si accorse che gli tremavano le mani mentre le faceva scivolare via la camicia da notte e le strappava il resto degli indumenti. Le diede piacere ancora e ancora con la bocca, prima di penetrarla con potenti spinte e trasportare entrambi in un altro mondo.

Quando tornò alla realtà, rotolò sulla schiena, portandola con sé, così che Grace si trovò distesa sopra di lui.

«Non mi libererò mai di te» le sussurrò contro la pelle del collo imperlata di sudore.

«È una promessa?» gli chiese lei con voce roca.

Lui annuì, maledicendosi.

Perché sapeva che avrebbe dovuto andarsene.

La fece rotolare accanto a sé, mettendole un braccio intorno alle spalle.

Quando si addormentò, Smith pensò che non era giusto continuare a torturare entrambi rinviando l'inevitabile. Prima avesse effettuato il passaggio, meglio sarebbe stato. Avrebbe chiesto a Tiny di venire subito.

E per ciò che riguardava il loro futuro a lungo termine, quando il pericolo fosse finito, John non pensava che sarebbe stata fiera di riaverlo nella sua vita. Grace meritava una vita normale, normali prove e tribolazioni. Non aveva bisogno di essere una specie di bagaglio da portare in giro. L'ultima cosa che voleva era dover fare i conti con un pazzo armato di pistola nella sua camera da letto, pronto a sparare in testa alla sua amante.

Quando fu sicuro che stesse dormendo, sgusciò fuori dal letto, prese il telefono e andò in soggiorno. Non avrebbe aspettato che fosse Tiny a chiamare.

Il suo più vecchio amico era l'uomo migliore della Black Watch, bravo quasi quanto lo stesso Smith. Forse anche migliore, in questo caso, perché il ragazzo si sarebbe calato in quella situazione con la mente sgombra così come con un corpo forte.

Se doveva fidarsi a lasciare Grace nelle mani di qualcuno, quello era Tiny.

«Cosa stai facendo?» gli chiese Smith non appena sentì la voce dell'uomo.

Tiny rise. «Sto cercando di togliermi dalle palle i ragni, se devo dirti la verità. Dio, quanto odio tutti questi dettagli tropicali. C'è sempre qualcosa che ti striscia nei vestiti, solo che di rado si tratta di una donna.»

«Ho bisogno che tu prenda un lavoro.»

«Quando?»

«Ora» disse Smith aspro.

«Cos'hai detto, scusa?»

«Ora.»

Tiny emise un lieve sibilo. «Gesù, stai mollando la contessa. Che diavolo ti ha fatto quella donna?»

Smith lasciò cadere la domanda. «Quando puoi essere qui?»

«Ah... Vedo cosa posso fare. Significa che sarai libero di coprire il senatore Pryne durante il suo viaggio in Medio Oriente? L'avrebbe fatto Puntaspilli, ma è meglio che stia qui.»

«Se riesci a raggiungere New York, andrò io.»

«Ottimo affare. Ti chiamo domani per dirti quando dovrei arrivare.»

Smith chiuse il telefono.

Fissò un punto davanti a sé senza vederlo davvero. Ci volle un po' prima che comprendesse che stava fissando il pianoforte.

Lo raggiunse. Ogni volta che vi si era imbattuto, aveva pensato che una volta l'avrebbe suonato. C'erano state poche occasioni quando era stato nell'esercito, ma una volta uscito, aveva suonato nei bar degli alberghi, nelle case private, in alcuni locali.

Sollevò le mani e le guardò. Erano allenate a fare molte cose, poche di quelle erano edificanti.

Suonare però gli veniva naturale.

***

Grace si svegliò sentendo la musica. Era bassa e dolce, potente eppure tranquilla.

Raccolse la camicia da notte dal pavimento, se la infilò dalla testa e uscì nel corridoio. Si fermò prima di entrare in soggiorno, affascinata dal suono ma col timore che se John avesse saputo che stava ascoltando avrebbe smesso di suonare. Appoggiata al muro, girò la testa verso le note e chiuse gli occhi. Bravo. Più che bravo.

Mentre suonava, Grace si concesse alcune stuzzicanti fantasie. Di lui nella sua vita. Che viveva con lei. Che le dava dei figli.

Quando la musica cessò, Grace entrò nella stanza. John era seduto sulla panca, la testa china, le lunghe dita ancora sulla tastiera. Indossava solo un paio di boxer ed era terribilmente affascinante.

«Da quanto stai ascoltando?» le chiese senza voltarsi.

«Da un po'.»

Lui si girò. Nella luce fioca, i suoi occhi brillavano. «Non volevo svegliarti.»

«Sono contenta che sia successo. Suoni magnificamente.» Lui si alzò e chiuse la tastiera. «Hai studiato da qualche parte?»

«Ho solo fatto un po' di pratica in giro.» Si alzò e si mise le mani sui fianchi. Aveva un'espressione grave.

Quando era andata da lui, quella sera, apparentemente per dargli la buona notte, era stata sorpresa e sollevata quando John l'aveva baciata, perché era stato distante tutto il giorno. Mentre facevano l'amore, era stata tentata di credere che tutto fosse perdonato, ma dopo aveva avuto dei dubbi.

L'intensità con cui l'aveva stretta mentre dormiva era stata curiosamente strana. Era stato come se le stesse dicendo addio.

«Dobbiamo parlare» le disse.

Grace si sentì stringere lo stomaco. «Riguardo a cosa?»

«Ho chiamato uno dei miei ragazzi stanotte. Voglio che venga qui a lavorare.»

Grace respirò a fondo, assumendo un tono rilassato. «Non m'importa di quanti membri della Black Watch fai venire. Specie se questo significa che posso andare avanti con il gala.»

«Non è ciò che avevo in mente.»

Istintivamente, Grace si strinse le braccia intorno al corpo. «Che cosa stai dicendo?»

«Me ne vado.»

Grace udì quelle parole, ma le rifiutò all'istante. «Che cosa significa? Non te ne puoi andare. Io... noi... non hanno ancora trovato chi ha ucciso...»

«Tiny è un uomo capace. Gli affiderei la mia vita. E la tua.»

«Io non voglio Tiny. Voglio te.»

«Ho accettato un altro incarico.»

Lei rimase a bocca aperta, poi scoppiò in una risata amara. «Mi stai lasciando?»

«Sto cambiando lavoro.»

«È lo stesso tipo di lavoro, giusto?»

«Diverso.» Fece una pausa. «Diverso cliente.»

Glielo aveva detto solo a conti fatti, pensò lei. Solo quando ormai aveva pensato a tutto e non c'era più modo di ribattere.

Gli voltò le spalle mentre le lacrime le inondavano gli occhi. Grace si rifiutò di piangere, sbattendo le palpebre con foga.

«Grace,» le disse lui, ruvido «devo andare.»

Lei si voltò di nuovo. «No, non devi.»

«Non posso più fidarmi di me stesso con te. Non sono l'uomo giusto per questo lavoro.»

«Non credi che dovrei deciderlo io? Sono io quella che paga.»

«Non sei qualificata per giudicare le mie abilità.»

Lei gli scoccò un'occhiata di fuoco. «Grazie per il voto di fiducia.»

«Non sei più obiettiva di me su questo punto.»

Con un gesto impaziente, lei si scostò i capelli oltre le spalle. «E quando hai deciso tutto questo?»

«Stanotte.»

«Tu... tu hai fatto l'amore con me e poi mi dici che mi lasci?» esclamò. «Che significa? Eri preoccupato che ti avrei detto di no se mi avessi detto prima del nuovo incarico?»

Lui corrugò la fronte, le sopracciglia che si inarcavano sopra agli occhi. «Lo sai che non è mai stato così tra di noi.»

«Oh, davvero? Allora forse vorresti dirmi che cosa succederà dopo che te ne sarai andato? Ti rivedrò ancora?»

Il silenzio di John fu la risposta.

«Oddio» disse lei.

«Non voglio che sia in questo modo.»

«Allora rendilo diverso» esclamò lei.

Lui la fissò in un silenzio pesante, lei scosse la testa. «Non posso credere che tu possa andartene così semplicemente.»

«Mi dispiace Grace. Davvero, mi dispiace.» Fu la sua risposta.

Lei sollevò il mento e lo oltrepassò, andando alla scrivania e traendone il libretto degli assegni.

«Credo che dovresti andartene adesso.» Iniziò a scrivere furiosamente con una penna d'oro. Strappò l'assegno e glielo tese. «Avanti. Prendilo. Facciamola finita.»

«Non finché non sarà arrivato Tiny.»

«Hai detto di volertene andare, allora va' a fare i bagagli e vattene all'inferno. Non voglio che mi passi a uno dei tuoi *ragazzi*.»

La tensione immobilizzava l'aria mentre l'assegno pesava tra di loro. Lentamente, lui si avvicinò e lo prese, ma solo per rimetterlo sulla scrivania.

«Non vado da nessuna parte finché non arriva Tiny.»

«Non credo che tu abbia capito» ribatté lei, indicandogli la porta dell'ingresso. «Tu e la Black Watch siete licenziati. Fuori di qui.»

La voce di John era piatta quando parlò, la dolcezza distorceva la sua terribile forza di volontà. «Non me ne andrò finché non ti saprò al sicuro.»

La rabbia, fatta di dolore e frustrazione, le fece ricacciare indietro le lacrime. «Questo è incredibilmente crudele da parte tua. Dire che te ne vai e poi forzarmi a...»

«Non hai idea di come sia stato quando eri scomparsa.»

Lei sollevò le braccia.

«Mi dispiace. Ti ho detto che mi dispiace.» Strinse le mani in pugni. «E sono tornata.»

Lui la interruppe. «Mi sono già trovato di fronte alla morte, Grace. E immaginare la tua mi ha fatto arrivare alle lacrime per la prima volta in trent'anni.»

Lei chiuse la bocca, stupefatta.

«Non so cosa avrei fatto,» le disse con dura enfasi «se ti fosse successo qualcosa. Le mie più profonde paure mi dicono che ti devo lasciare sotto la protezione di qualcun altro. E che non devo più rivederti.»

D'impulso, lei cercò di prendergli le mani. «No, ti sbagli. Se t'importa così tanto di me, non dovresti andartene.»

«Grace, non illuderti. Quelle tre donne che sono state uccise non sono state abbastanza caute. Devi essere spietata per quanto riguarda la tua incolumità, spietata tanto quanto quell'uomo che taglia la gola alle tue amiche. Tu non mi vuoi per controllarti e non mi vuoi attorno a te nella tua vita. Credimi.»

«E allora lascia che Tiny o chiunque altro venga. Ma questo non significa che tu te ne debba andare. Possiamo avere un futuro, insieme.»

Lui scosse la testa. «Un taglio netto è la cosa migliore.»

Lei lasciò ricadere le braccia e si voltò, sentendo che non c'era più modo di negoziare. John se ne stava andando e non c'era niente che lei potesse fare. All'improvviso, una sorta di intorpidimento calò su di lei, alleviando un po' il dolore.

«Non voglio Tiny» disse. «Non voglio lui.»

Perché non farà altro che ricordarmi te, pensò.

«Grace, non lasciare che la rabbia che provi nei miei confronti pregiudichi il tuo giudizio riguardo alla persona che dovrà proteggerti. Lo sai che non sei al sicuro da sola, per adesso.»

Lei pensò alle sue tre amiche.

Per quanto fosse arrabbiata con John, non si sarebbe comportata da stupida quando c'era in ballo la sua vita. Nessun uomo, neppure lui, valeva il fatto di lasciarsi uccidere.

Anche se, dio, il dolore che sentiva nel petto in quel momento, le faceva pensare di essere già mezza morta.

Grace raddrizzò le spalle. «Quando arriverà Tiny?»

«Tra ventiquattr'ore, se tutto andrà bene.»

«E che mi dici del gala? Lo sai che è questo week-end. Ho ancora tutta l'intenzione di andare.»

«Se potrà avere qualche uomo in più di copertura, e consentirai a Marks e la sua squadra di controllare l'edificio per tutto il giorno e durante l'evento, i rischi dovrebbero essere mitigati. L'assassino sembra voler sorprendere le sue vittime da sole a casa loro. Ma starà a Tiny. Per quanto mi riguarda, non mi prenderei il rischio.»

Col cavolo che sarebbe stato a Tiny, pensò lei.

Era pronta a concedergli di avere ragione sul fatto che avesse ancora bisogno di una guardia del corpo. Ma non uno della Black Watch. Grace aveva ventiquattr'ore per trovare un'altra agenzia.

E un giorno con John, che poi non avrebbe rivisto mai più.

Sollevò il mento.

«Voglio che sia chiara una cosa,» disse «credo che tu stia commettendo un terribile errore allontanandoti da me e non posso fare a meno di chiedermi se i tuoi sentimenti per me siano così profondi come dici oppure no. Credo che se fossi davvero preoccupato per il mio benessere, smuoveresti mari e monti per stare al mio fianco.»

«Grace, io...»

«Smettila di farmi la predica. E visto che ci sei, smettila di essere così convinto di avere tutte le risposte e ascoltami. Credo che tu sia innamorato di me, John, e per un uomo abituato a vivere la sua vita da solo, probabilmente te la stai facendo sotto dalla paura. Non posso fare a meno di sperare che tu abbia la forza di restare, ma non ti pregherò più. Se mi lasci ora, sappi questo: io non ti aspetterò. Andrò avanti con la mia vita. E potrei non essere mai più capace di aprirti il mio cuore.»

Scosse la testa tristemente e gli voltò la schiena.

22

Quando Grace si svegliò, alle cinque del mattino dopo, colse nell'aria il profumo del caffè e seppe che John si era alzato.

Doveva prepararsi ad affrontarlo, perciò si fece una corroborante doccia fredda e mise uno dei suoi abiti preferiti. Era nero e aderente, con i risvolti della giacca profilati da fini decori rossi, e si sentiva più forte con quello indosso. Con un paio di tacchi alti e un po' di rossetto rosso sulle labbra, riteneva di essere armata fino ai denti per affrontare quella giornata.

Quando attraversò il corridoio, John era al cellulare, e andava avanti e indietro tra il soggiorno e la sala da pranzo. L'espressione del suo volto era cupa e non la guardò.

«No, lascia fare a me» disse d'un fiato e poi riappese.

Lei gli scoccò un'occhiata gelida.

«Isadora Cunis è stata attaccata stanotte.»

Grace si sentì serrare la gola.

Avvertendo che le sue difese si sbriciolavano, iniziò a tremare. «Credevo che lei e il marito fossero usciti dallo Stato. Cos'è successo?»

«Era tornata per preparare il suo evento. È stata trovata

nell'atrio del palazzo. È stata attaccata in casa sua, ma evidentemente è riuscita in qualche modo a trascinarsi fino all'ascensore. È in coma al Lenox Hill.»

Grace sporse una mano per cercare di riguadagnare l'equilibrio e sentì il muro freddo sotto il palmo. «Come ha fatto ad arrivare a lei?»

John scrollò le spalle. «C'è una sola spiegazione possibile. Lo conosceva e lo ha lasciato entrare.»

Grace armeggiò con i bottoni della giacca e se la tolse, gettandola sul bracciolo del sofà. Contro la stoffa color crema, le venne da pensare che quella macchia nera sembrava violenta.

«Buon dio» mormorò sedendosi. Incrociò le gambe all'altezza delle caviglie e congiunse le mani in grembo.

Come se in quella posizione potesse mettere ordine nella sua mente. «Io... io non penso che andrò in Connecticut» disse.

«Chiamo Eddie.»

Grace sentì i toni della tastiera del telefono di John mentre componeva il numero, poi il brontolio della sua voce.

Immaginò Isadora in un letto d'ospedale e si sentì profondamente addolorata per le sofferenze della donna.

«Grace?»

Al suono del suo nome, Grace sollevò la testa e vide che lui le si era inginocchiato di fronte.

«Grace? Vuoi che dica a Kat che non andrai oggi?»

Lei iniziò ad annuire ma poi si guardò attorno nell'appartamento. Il fatto che le donne fossero state aggredite in casa loro le faceva percepire una sorta di contaminazione in quel posto.

«No, credo che sia meglio che vada.»

Inizió ad alzarsi e John le offrì la mano per aiutarla.

Lei si sforzò di non prenderla.

«Ho bisogno di stare un po' da sola» gli disse, dirigendosi in camera sua. «Mi puoi scusare?»

Non aspettò una sua risposta.

***

Più tardi quel mattino, quando raggiunse la scrivania di Kat, Grace si stampò in faccia un sorriso incrollabile dal quale però la ragazza non si lasciò ingannare.

«Stai bene?» le chiese Kat.

«Benissimo. Proprio benissimo.»

«Com'è andata in Connecticut?»

«Ho rinviato l'incontro.» Prima che Kat potesse farle altre domande, continuò: «Puoi farmi il favore di cancellare gli appuntamenti che ho oggi? Devo lavorare ai preparativi del gala e ho bisogno un po' di tempo senza interruzioni.»

«Nessun problema.»

Col suo programma di appuntamenti ripulito, Grace passò il resto della mattina in una sorta di stordimento. Cercò di lavorare un po', ma non capiva niente di ciò che leggeva e nulla di quello che scriveva aveva un senso. In un ultimo sforzo di combinare qualcosa, cercò di finire l'organizzazione dei tavoli per il gala.

Dopo averlo fissato per venti minuti, lo spinse via e guardò il busto di suo padre. Premette il pulsante dell'interfono.

«Kat? Puoi chiamare la manutenzione, per favore? Vorrei far portare via qualcosa giù al museo. Oh, e di' loro che voglio cambiare alcuni dei dipinti. Quelli che stanno sulle pareti sono stati qui troppo a lungo.» Lasciò andare il bottone e guardò John, che stava parlando al suo telefono. Era tutta la mattina che lo faceva, raccoglieva informazioni, immaginò Grace, su quello che era successo a Isadora. Avrebbe voluto chiedergli dettagli, ma non era sicura che l'avrebbero fatta sentire meglio. Le cattive notizie sentite da lui sembravano colpirla due volte.

Grace tornò a guardare il busto e poi il piattino con le caramelle e la pipa. Non pensava che avrebbe potuto liberarsi anche di quelli, ma poi l'immagine di Callie le si affacciò alla mente.

Quando John ripose il telefono, gli chiese: «Che cosa sai di Callie?»

Lui finì di scrivere qualcosa e poi alzò lo sguardo.

«Vive nell'edificio davanti a cui l'abbiamo lasciata. Ha ventisette anni, non si è mai sposata, vive da sola, non ha un soldo in banca. Lavora in una galleria, era molto brava a scuola. Si è laureata con lode alla New York University prima del tempo e ha ottenuto il massimo dei voti nel master in conservazione di opere d'arte. Sua madre è morta.»

Grace sollevò un sopracciglio. «Quando?»

«Due anni fa. Di sclerosi multipla.»

Fu sul punto di chiedergli se Callie avesse dei fratelli, quando Kat fece suonare l'interfono. «C'è qui Mr Lamont che vuole vederti.»

Grace fece una smorfia e fu tentata di mandarlo via. Col gala a un solo giorno di distanza, tuttavia, non credeva di poterlo fare. Poteva anche avere qualcosa di costruttivo da dirle. «Fallo passare, ma digli che non ho molto...»

Lamont spalancò le doppie porte.

«Ehi, ciao, Lou» gli disse lei, secca.

Mentre l'uomo marciava verso la sua scrivania, Grace guardò il suo completo chiccoso e la sua cravatta dai colori vivaci. Notò vagamente che il fazzoletto nel taschino della giacca era dello stesso tipo che portava suo padre.

«Il tuo pezzo per l'asta è arrivato» le disse con un sorriso senza gioia. «Lo hanno appena spacchettato. Quella cosa è così scura che dio solo sa che c'è sotto.»

Grace si morse la lingua per non rispondergli a tono. «Credo che la documentazione riguardo al dipinto parli da sola, Lou. O forse vuoi prendertela con l'esperto di Copley che l'ha autenticato?»

Lui emise un grugnito sprezzante.

«Farai meglio a prepararti a nasconderti domani sera, perché farai la figura della pazza. Tutta questa cosa è stata un disastro dall'inizio alla fine. Gli inviti erano sbagliati, ci sono volute due settimane per sistemare il menu, e non ho ancora visto la retrospettiva dedicata a tuo padre. Il ritratto è un incubo e dio solo sa come faremo a ospitare il party nell'atrio al piano di sotto. Te lo dico, Bainbridge è molto a disagio.»

«Stai lontano dal mio consiglio d'amministrazione» gli disse lei tagliente.

«Sto solo cercando di salvarti da te stessa.»

Grace si morse le labbra e si impedì di rispondergli. Era stanca e stufa di tutti i problemi che Lou sollevava, o di rispondere ai suoi rimproveri solo con calmo distacco. La rabbia le indurì la voce.

«Grazie, ma non ho bisogno di essere salvata da te.»

Una chiazza di rossore dovuto alla rabbia gli comparve sulla faccia. «Oh, mi dispiace. Dimenticavo. Hai un incredibile senso dell'equilibrio in questa città sul filo del rasoio. Te lo dovrò ricordare che quando i nostri donatori vorranno sapere perché l'unico evento importante dell'anno è risultato niente più che una pessima cena e l'esibizione imbarazzante di un dipinto che nessuno voleva comprare.»

Lei si massaggiò un nodo di tensione alla base della nuca. «Lou, non posso continuare a lottare così.»

«Non dovremmo farlo se tu ti limitassi a fare ciò che dico. Ma no.» Sollevò le mani in aria in un gesto teatrale. «Sei ancora così gelosa della mia relazione con tuo padre che non puoi dimostrarmi del rispetto.»

«Scusami?» Grace era onestamente sorpresa. Lou non le piaceva, ma non aveva niente a che vedere col fatto che fosse stato vicino a suo padre.

«Mi hai sempre odiato perché lui mi apprezzava, perché è stato il mio mentore.»

Lei scosse il capo. «A mio padre è piaciuto crescerti, ma io non mi sono mai sentita minacciata da questo. Tu eri un hobby per lui, Lou, non sei mai stato il surrogato di un figlio. Non lasciare che il tuo ego riscriva la realtà.»

Lamont piantò le braccia sulla scrivania di Grace e si sporse verso di lei, pieno di rabbia. «Tu, piccola...»

Una mano lo afferrò per la spalla.

«Vogliamo rilassarci, ragazzo mio?» Smith gli sorrideva feroce mentre si sporgeva verso l'uomo.

«Toglimi le mani di dosso!»

«Non appena ti sarai calmato.»

Lamont guardò Smith con astio e poi si liberò da lui con uno strattone.

«Sei davvero un gran consulente, lo sai? Ero venuto ad avvertirla che il consiglio non è soddisfatto del suo operato e tu mi dai addosso.» Lamont si sistemò la giacca e lisciò la cravatta. «Non dirmi che hai studiato per questo?»

Grace prese a scuotere la testa. «Lou, forse te ne dovresti andare.»

«Su questo hai ragione. Ho un incontro con il mio staff tra dieci minuti e dirò loro di venire tutti al gala, anche le dannatissime segretarie. Solo perché tu lo sappia, lo faccio per riempirti i posti vuoti.»

«No, quello che intendevo, è che dovresti andartene davvero. Dalla fondazione.»

Le sue sopracciglia scattarono in alto, toccando quasi l'attaccatura dei capelli. «Mi stai licenziando?»

Grace si alzò dalla pesante poltrona. Aveva avuto paura di lasciare andare Lamont, anche sapendo che era un problema, perché aveva temuto che potesse avere ragione. C'era una parte dentro di lei che si chiedeva se sapesse cosa stava facendo e sperava che Lou fosse nei paraggi per darle aiuto.

Guardandolo in faccia, però, seppe che era ora di lasciar perdere.

«Sì, Lou, ti sto licenziando. Non vorrei, ma è ovvio che non possiamo lavorare insieme.»

«Ti pentirai amaramente se mi lasci andare» le disse come una debole minaccia. «Non sono stato altro che leale con questo posto e tuo padre.»

«So che sei già andato a chiedere lavoro a diverse persone.»

«Non è vero.»

«Sì che è vero. Perché Suzanna van der Lyden e Mimi Lauer mi avevano detto di averti rifiutato.»

La bocca di Lamont si piegò sotto il peso delle sue stesse bugie.

«Lou, siamo a un punto di stallo. Tu non sei felice di lavorare sotto di me e io non mi dimetterò. Ti suggerisco di andartene. Se deciderai di lasciarci in modo civile, stileremo un buon comunicato stampa e farò in modo che tu abbia delle ottime referenze.»

Lui strinse gli occhi, ma Grace non riuscì a capire se stava pensando agli zeri della buonuscita o stava misurando la distanza tra loro per poterla colpire.

Menò il dito in aria. «Ti prometto che tutto questo ti si ritorcerà contro.»

Non appena se ne fu andato, chiamò Kat all'interfono. «Fa' in modo che la sicurezza scorti Lou fuori dall'edificio. E assicurati che prendano il suo badge e le chiavi, okay?»

L'ultima cosa di cui aveva bisogno era che Lamont rubasse la lista dei loro donatori, a meno che non l'avesse già fatto.

Mentre tornava a sedersi, cercava di immaginare chi avrebbe potuto prendere il suo posto a capo del Dipartimento sviluppo. Doveva iniziare a cercare adesso, perché per trovare qualcuno le sarebbero occorsi mesi.

Seduto al tavolo delle conferenze, Smith tamburellava nervosamente con la penna sul blocco che stava usando.

Cristo, perché Tiny non era ancora tornato?

Prese il telefono e provò di nuovo. Quando sentì la voce dell'uomo sbottò dicendo: «Dove diavolo sei stato?»

La connessione telefonica andava e veniva e sembrava che Tiny fosse sott'acqua. «Sto facendo di tutto per uscire dal dannato Sud America. Puntaspilli finalmente ha preso il mio posto qui e ho cercato di chiamarti tre volte stamattina. Non riuscivo a prendere la linea.»

«Quando arriverai?»

«Sto cercando di prendere un volo proprio adesso.»

«Non perdere tempo.»

«Lo faccio mai?»

Smith chiuse la conversazione e compose il numero della linea privata del tenente Marks. «Cos'ha per me?» gli chiese non appena l'uomo rispose al telefono.

«La donna è ancora priva di conoscenza. I medici pensano che possa farcela, il che significa che potremmo identificarlo. La scena del crimine è stata passata al setaccio, ma non ho scoperto niente di illuminante. Cristo, vorrei che ne sapessimo di più di questo tizio.»

«Quelle donne dell'articolo sono state tutte attaccate in prossimità delle date delle feste mondane che organizzavano e sa bene che questi grandi ricevimenti sono eventi esclusivi. Chi entra e chi no desta clamore. Dovremmo cercare qualcuno che è stato escluso, qualcuno a cui è stato negato di fare parte di quell'intima cerchia di persone, o qualcuno che c'era e che è stato allontanato.»

John scoccò un'occhiata a Grace. Lei aveva sollevato il ricevitore e stava parlando, un'espressione grave sul volto. Si domandò con chi fosse al telefono.

«Mi sembra ragionevole» disse Marks. «Ma al livello di cui stiamo parlando, le macchinazioni sociali sono così aggressive che un pugile ci penserebbe due volte prima di andare a uno di quei maledetti eventi. Chi non sta salendo o scendendo la scala sociale ogni benedetto momento?»

«Le sei donne dell'articolo, ecco chi. Loro sono al top. Sono considerate gli aghi della bilancia per quel che riguarda il buongusto in città, il che significa che decidono loro chi è estromesso dalla lista dei privilegiati. Io dico che questo è qualcuno che è stato calpestato, o che si è sentito così per il modo in cui quelle donne l'hanno trattato. E ognuna di loro lo conosceva personalmente. Ecco come riesce a entrare.»

«Ma non abbiamo prove. Hai visto i registri di quei palazzi. Non ci sono irregolarità e tutti sono stati registrati. Avevano tutti un motivo per trovarsi in quei posti quei giorni e, cosa ancora più importante, se ne sono andati prima dell'ora degli omicidi. Dentro e fuori.»

Smith pensò all'entrata di servizio del palazzo di Grace. «Forse sono entrati dal retro.»

«Che vuoi dire?»

«Non potrebbe essere che quel tizio entri firmandosi, poi una volta dentro apra una porta o una finestra di servizio. Quando se ne va, firma l'uscita, si assicura che il portiere lo veda bene, ma poi rientra dal retro. Quei vecchi palazzi sono dei labirinti. Potrebbe anche aspettare fuori per ore, se sapesse dove nascondersi. Questo spiegherebbe perché non ci sono effrazioni e perché non ci sono discrepanze sui registri.»

Marks rimase in silenzio per un momento. «Cristo, potresti avere ragione.»

Quando Smith chiuse la telefonata, si accorse che Grace lo stava guardando. Aveva un aspetto terribile, pensò, gli occhi di una sfumatura verde spento e la bocca triste. Era come se la luce dentro di lei fosse stata smorzata.

«Vado fuori a pranzo» gli disse.

«Bene. Dove?»

«Chelsea. Pranzerò con la mia sorellastra.»

Dopo che ebbero lottato nel traffico cittadino, causato dalla rottura di una tubatura stradale, Eddie li lasciò di fronte a una pretenziosa galleria d'arte moderna. Mentre Grace stu diava la sua facciata di acciaio e vetro, Callie uscì. Con i capelli raccolti, somigliava meno a loro padre e Grace dovette ammettere di esserne sollevata.

«Ciao. Dove vuoi andare?» le chiese Callie.

Grace le suggerì un posticino fuori mano dove avrebbero potuto godere di un po' di privacy.

Mentre camminavano, il vento autunnale turbinava intorno a loro, facendo tremare le foglie dai colori accesi sui giovani alberi piantati sul marciapiede. John restava vicino, solo due passi dietro di loro.

Il silenzio era imbarazzante.

«La tua chiamata mi ha sorpresa» mormorò Callie. «Sono contenta che tu l'abbia fatta.»

«Anch'io.» Grace non era sicura di sentire davvero quelle parole, ma non sapeva in che altro modo rispondere. La sola cosa che avevano in comune era il padre, e non era esattamente un argomento leggero da affrontare.

Quando si sedettero nel caffè, John prese il tavolo vicino, per concedere loro un po' di intimità.

Dopo che ebbero ordinato, ci fu un altro silenzio impacciato.

Grace stava cercando di non fissare la donna ma non ci riusciva, mentre domande senza sbocco le fluivano nella mente. Le cose che avrebbe voluto sapere avrebbe potuto chiederle solo a suo padre e la sua morte la irritava. Eppure, per quanto si sentisse frustrata, Grace sapeva di non potersela prendere con Callie. La ragazza non aveva chiesto di nascere in quel casino.

Mentre il cameriere riempiva d'acqua i loro bicchieri, Grace si domandò di cosa avrebbero parlato, ma poi, sorprendentemente la conversazione iniziò a fluire. Iniziò con un soggetto di nessuna importanza, l'arredo di quel ristorante. Callie fece un commento sulla pavimentazione, che era un enorme collage di immagini di ballerini. Grace indicò una maschietta del 1920 che le era sempre piaciuta e Callie scelse una ballerina di Cancan. Quello condusse a una discussione riguardante le riproduzioni di litografie francesi appese alle pareti e poi alla recente visita che Grace aveva fatto a Parigi. Prima lentamente, poi a ritmo crescente, si scambiarono le loro storie. Come per tacito accordo, non parlarono della loro infanzia e si concentrarono invece sugli anni più recenti, ma il passato era sempre tra loro.

In particolare nelle pause della loro conversazione.

«Sono andata alla New York University per la laurea e il master» stava dicendo Callie quando i loro piatti vennero portati via. «Volevo stare vicina a mia madre durante la malattia.»

«L'hai accudita per molto tempo?» le chiese Grace cercando di immaginare la pressione a cui Callie doveva essere stata sottoposta all'epoca.

«Pochi anni, ma gli ultimi mesi furono i più difficili. Lei rifiutò l'aiuto di mio... di nostro padre.» Gli occhi di Callie guizzarono su di lei con incertezza. Quando Grace le fece un cenno col capo, continuò. «Lui voleva metterla in una clinica privata, ma lei era irremovibile, più per dargli contro che per altro. Era una donna molto indipendente. La perdita di controllo che le derivava dalla sclerosi multipla è stata molto difficile da accettare. Quegli ultimi mesi sono stati i più lunghi della mia vita. E della sua. È stato un sollievo per entrambe quando è morta.»

Grace osservò Callie sollevare il cucchiaino e iniziare a tracciare delle linee sulla tovaglia. Le tornò in mente l'immagine del padre e si sforzò di non distogliere gli occhi. Osservare quei movimenti leggeri, sentire il lieve fruscio che producevano sulla stoffa, le faceva avvertire un terribile senso di perdita. E uno strano sollievo.

Anche se l'inizio del loro pranzo era stato impacciato, era contenta di aver chiamato Callie. La donna era intelligente, onesta e sembrava sincera e non c'era niente di lei che suggerisse che era un'arrampicatrice sociale. L'impressione che dava era che fosse una persona che aveva avuto una vita difficile. Grace intravedeva, qui e là, ciò che Callie aveva dovuto affrontare, non solo la malattia di sua madre ma anche l'isolamento dell'essere una figlia non riconosciuta.

Quando venne servito il caffè, Grace capì che Callie non voleva più parlare della madre. «E così ti piace la conservazione dei beni culturali?»

«Sono appassionata e mi piacerebbe lavorare in quel campo invece che rispondere al telefono alla galleria. Ho fatto esperienza in grandi progetti quando studiavo, ma il mondo reale è duro. L'arte è un campo dove c'è molta competizione e, visto che mia madre era malata, non ho mai considerato di spostarmi da questa città.» Si strinse nelle spalle. «Probabilmente adesso è tempo che mi rimetta a cercare. Ora che sono sola, posso andare a vivere in qualsiasi parte del paese. O del mondo, davvero.»

«Dove ti piacerebbe andare?»

Callie rise e sorseggiò il caffè. «Non ne ho idea. Ho sempre voluto avere una scelta, ma ora che ce l'ho, ne sono sopraffatta e capisco che vorrei solo stare dove sono.»

Grace pensò al reparto di conservazione delle opere d'arte della fondazione. Ma una parte di lei non voleva che Callie si avvicinasse alla Hall. Che cosa sarebbe successo se qualcuno si fosse accorto della somiglianza con suo padre? Fissò il viso della donna. La somiglianza era sottile. Probabilmente solo qualcuno che l'avesse cercata se ne sarebbe accorto, e chi l'avrebbe fatto? Nessuno sapeva dell'altra vita di Cornelius.

Esitò, ma poi decise che era brutto rifiutare di aiutare qualcuno solo perché aveva paura di una conseguenza remota.

«Callie» le disse «forse potresti venire da me e parlare con Miles Forsythe. È il nostro esperto per la tutela delle opere al museo. Potrebbe avere qualche dritta riguardo a una posizione per te. O, alla peggio, potrebbe darti i nomi di qualcuno con cui andare a parlare.»

Lentamente, Callie posò la tazzina del caffè. Il suo sguardo era spaventato, come se non si fosse mai aspettata di ricevere aiuto da Grace. O da chiunque.

Con quell'espressione, era impossibile pensare che volesse il suo denaro, pensò Grace.

«Te ne sarei molto grata» le rispose.

Quando ebbero finito, tornarono a piedi alla galleria e si salutarono sul marciapiede.

«Parlerò con Miles e ti fisserò un appuntamento.»

«Grazie.» Callie spinse la borsetta sulla spalla. «E non dovevi pagarmi per forza il pranzo.»

«Lo so.»

Quando la donna voltò la testa verso il conducente del taxi che suonava il clacson passando, il sole le illuminò il viso evidenziando gli zigomi aristocratici che Grace aveva sempre ammirato in suo padre.

Callie tornò a guardarla. «Ti avrei riportato i vestiti, ma non sapevo che avresti chiamato e...»

«Va bene così. Non c'è fretta.»

Callie sorrise. Nei suoi abiti modesti e senza forma, la giacca larga, sembrava vulnerabile, eppure era chiaro che non stesse cercando favori.

«Ti vedrò quando andrò all'incontro con Mr Forsythe?» le chiese.

«Sì» disse Grace. «Mi vedrai.»

23

Il giorno seguente, Grace entrò al lavoro sentendosi soffocare. Mancavano solo ventiquattr'ore al gala e la grande serata incombeva su di lei come una valanga.

Ma era l'imminente partenza di Smith a occuparle davvero la mente.

«Buongiorno» disse Kat consegnandole alcune carte. «Miles Forsythe è passato di qui. È libero per l'appuntamento con quella donna più tardi questo pomeriggio. Oh, e ha chiamato Jack Walker. Chiede se è possibile che venga a vedere il Copley stanotte. Gli ho detto di sì. Ho pensato che ti sarebbe stato bene.»

«Perfetto.»

«E Fredrique è tornato.»

Grace la guardò sorpresa. «Davvero?»

«È andato di nuovo dagli addetti del catering. Dicono che se non glielo togli subito dai piedi se ne andranno.»

«Sarà meglio che me ne occupi.»

Grace entrò in ufficio e telefonò ai ristoratori. Lisciò le penne agli addetti per una trentina di minuti, quindi questi tornarono al lavoro.

Ma imprecò lo stesso quando posò il ricevitore, pensando

che la tenacia di Fredrique era un problema di cui avrebbe fatto volentieri a meno.

Dall'altra parte della stanza, John sollevò gli occhi da ciò che stava scrivendo.

«Scusa» borbottò lei.

Lui si strinse nelle spalle e si alzò. Quando iniziò a stirarsi i muscoli, Grace abbassò gli occhi sulla scrivania. Anche se nella mente aveva iniziato ad accettare di perderlo, il suo corpo aveva programmi ben diversi. Lo voleva, anche adesso.

Anche dopo che le aveva spezzato il cuore. E dopo che se ne sarebbe andato e lei non l'avrebbe mai più rivisto.

Immaginava che una parte di lei l'avrebbe sempre desiderato. L'avrebbe sempre amato.

«Ho qualcosa per te» le disse velocemente. La raggiunse e le consegnò una busta.

Corrugando la fronte, Grace l'aprì e ne trasse uno spesso plico di documenti. Li sparpagliò sul tavolo e iniziò a studiarli. Erano stampate di conti, dal casinò di Las Vegas a un hotel di Monte Carlo, un altro era di un albergo sulla riviera francese.

«Cosa sono?» chiese alzando la testa.

«Mi sono preso la libertà di fare qualche ricerca su tuo marito. Questi sono conti di hotel non pagati e debiti di gioco. Si trova sul lastrico da quando lo hai lasciato e sta usando il nome della sua famiglia e il tuo per assicurarsi credito. E oltre a essere sfortunato al gioco, evidentemente ha un forte appetito e una certa affinità con i liquori più costosi. Che non si dà molta cura di pagare, però.»

Lei guardò i totali. «Questo è tanto, ma non per un von Sharone.»

«Be', questo è il punto. A quanto pare la famiglia non è così facoltosa come un tempo. Lo sapevi che stanno vendendo le loro cantine in Francia?»

«No.» Lei si accigliò ancora. «Ma perché? Posseggono quelle cantine da generazioni.»

«Hanno messo diverse altre proprietà sul mercato, così come alcuni dipinti e sculture. Il tutto è stato fatto con molta discrezione, certo, ma a conti fatti si stanno sbarazzando di un bel carico di roba.»

«Cielo. Che cosa gli è successo?»

Lui si strinse nelle spalle. «Troppi discendenti con l'interesse di condurre una vita piena di agi. Il risultato è che la famiglia non ha più denaro e i viaggi per il mondo che a tuo marito piacciono tanto diventeranno scampagnate fuoriporta, molto presto.»

«E questo è il motivo per cui sta cercando di mungermi con gli alimenti del divorzio» mormorò Grace. Ora era tutto più chiaro. Aveva dato per scontato che lui si stesse vendicando. Invece, era una questione di sopravvivenza. Dio solo sapeva che Ranulf era totalmente incapace di fare tutti i soldi di cui aveva bisogno.

John le indicò i conti. «Mandati al giornalista giusto, questi farebbero partire un'inchiesta sulle finanze dei von Sharone e non potrebbero fare niente per evitarla.»

«Perché le apparenze sono tutto» disse lei piano. Poi lo guardò, consapevole che le avesse appena fornito quello che le ci voleva per il suo divorzio. «Grazie.»

«Ho avuto il presentimento, quando il suo avvocato è arrivato nel tuo ufficio tutto compiaciuto di sé stesso, che stessero cercando di tenerti sulla graticola. Probabilmente facendo leva su quella nostra foto, dico bene?»

Lei annuì.

«Allora lascia che ti dica che scoprire tutte queste cose è stato un piacere per me.»

Grace guardò di nuovo i conti. Ranulf faceva conto sulla sua immagine di uomo di mondo, di uomo facoltoso, e quel genere di notizia l'avrebbe rovinato. Quasi riusciva a vedere l'articolo su *Vanity Fair*.

Non voleva fargli del male. Tutto quello che chiedeva era la sua libertà senza dover pagare cifre esorbitanti per ottenerla.

«Kat, chiama al telefono il mio avvocato, per favore» disse nell'interfono.

Verso la fine della giornata di lavoro, Grace e John scesero nell'atrio per incontrare Callie. Mentre tagliavano in mezzo all'andirivieni di persone, Grace vide la donna davanti all'entrata in marmo del museo. Indossava un paio di pantaloni neri e un maglione nero aderente, era calma e composta.

Callie la salutò con la mano quando li vide avvicinarsi.

«Benvenuta» le disse Grace. «Miles non vede l'ora di conoscerti.»

Si lasciarono alle spalle la confusione delle persone che andavano e venivano e delle voci quando fecero il loro ingresso nell'interno tranquillo del museo. Grace salutò le guardie e le guide e iniziò a camminare velocemente verso il retro quando si rese conto che Callie era rimasta indietro, fermandosi davanti a una parete.

Era quella che mostrava il contributo della famiglia Woodward Hall allo studio della storia americana. C'erano fotografie e ritratti di varie generazioni, così come un dipinto raffigurante Willings. La foto di Grace era stata aggiunta, accanto a quella di suo padre.

Di loro padre, si corresse. Cercò di immaginarsi come avrebbe potuto essere fissare la storia di una famiglia che era anche sua per diritto, ma non in pratica.

«Mi dispiace» mormorò Callie raggiungendola.

«Vuoi...»

«Dobbiamo andare, vero?» la voce della ragazza aveva un tono forzato e Grace annuì.

Callie era silenziosa quando passarono la parte del museo che riguardava gli scavi archeologici che la fondazione sponsorizzava e attraversarono una galleria che mostrava la prima ritrattistica americana.

Quando arrivarono a un grosso montacarichi, Grace passò il proprio badge nel lettore. «Grazie per tutto questo» le disse Callie mentre le porte si aprivano e vi entravano.

«Mi fa piacere» replicò Grace, e lo pensava davvero.

Spinse il pulsante del quarto piano e l'ascensore si mise in moto con uno sbalzo. A un certo punto, Grace capì che se fossero state sole avrebbe chiesto a Callie cosa stesse pensando, perché voleva aiutarla. Aveva la sensazione che le emozioni che lottavano in lei fossero simili a quelle che avevano fatto stringere le labbra di Callie e le avevano fatto corrugare la fronte, abbassandole le sopracciglia sugli occhi. Grace non era sicura di quello che poteva fare.

Forse si potevano aiutare l'un l'altra, pensò.

Quando le porte si riaprirono, uscirono in un corridoio lungo. «L'ufficio di Miles è laggiù sulla destra.»

Grace portò Callie da lui e poi decise di rimanere a chiacchierare con qualcuno degli amministratori del museo mentre aspettava che Jack arrivasse. Con sollievo, constatò che erano tutti entusiasti del Copley e, nonostante le terribili profezie di Lamont, l'opinione generale era che le offerte per l'asta sarebbero state alte.

Un po' di tempo dopo, Jack emerse dall'ascensore e un paio di membri dello staff si scansarono deferenti per lasciarlo passare. Indossava un completo nero, camminava a passo energico, e Grace pensò che aveva una figura che emanava potere. Come John, solo in modo diverso.

«Sono pronto a rivedere il mio antenato» disse mentre le dava un bacio sulla guancia. Lui e John si scambiarono un cenno col capo.

In quel momento, la voce di Callie risuonò nel corridoio.

«Ancora grazie per il consiglio.» Stava uscendo dall'ufficio di Miles, sorrideva mentre lo salutava con la mano.

Jack si voltò nella sua direzione proprio mentre lei si girava. Quando incontrò lo sguardo di lui, gli occhi di Callie si allargarono, fissandosi sul suo volto.

Grace sorrise, pensando che Jack aveva la tendenza a fare quell'effetto sulle donne. E poi esitò, insicura di come presentargli Callie.

Il suo amico la tolse dall'imbarazzo tendendo per primo la mano. «Sono Jack Walker.»

Callie esitò prima di stringergli la mano. Non appena si staccarono, la ragazza fece un passo indietro e guardò Grace.

«Ehm, grazie per avermi fatto incontrare Miles. È sempre bello poter parlare con un collega restauratore.»

«Come ti chiami?» le chiese Jack, gli occhi che non lasciavano il viso di Callie.

Lo sguardo della giovane tornò su di lui. «Callie Burke.»

«E sei?»

Grace arrossì, consapevole della scortesia con cui l'apostrofava. «È una mia amica. È venuta qui per incontrare Miles.»

«Sei nel mondo dell'arte?»

Callie annuì, con l'aria di quella che sperava che l'uomo la smettesse di fissarla. Grace si domandò se Jack l'avesse offesa, ma poi notò che gli occhi di Callie tornavano su di lui.

Come se fosse affascinata tanto quanto diffidente.

«Se ti piace l'arte, allora vieni a conoscere Nathaniel» le disse laconicamente.

«Nathaniel?»

«Si tratta del ritratto di Nathaniel Walker, di John Singleton Copley. Perché non rimani e gli dai un'occhiata? Non ci vorrà molto e sarei curiosa di sentire cosa ne pensi.»

Gli occhi di Callie schizzarono su Jack. E poi, con un cenno della testa, seguì il gruppetto nel laboratorio di restauro.

Grace amava fare visita al laboratorio e vedere le opere in corso di restauro. La stanza odorava di vernice e pittura e c'era sempre qualche disco di musica classica che suonava in sottofondo. Appoggiati tutto intorno alla stanza, c'erano quadri in diversi stati di conservazione, appesi a delle barre di legno. Accanto a ognuno c'era un carrello delle attrezzature con dei barattoli scuri pieni di soluzioni così come pennelli e tamponi di cotone

Il personale se ne era già andato perché era sera, ma Grace sapeva dove trovare il Copley.

«È laggiù, sottochiave» disse, raggiungendo un gruppo di armadietti frazionati in cinque cassetti poco profondi. Con il mazzo di chiavi che aveva portato con sé ne aprì uno, fece scivolare fuori e arrotolò il tessuto che lo copriva. Udì il sospiro di soddisfazione di Jack mentre osservava il suo antenato.

«Fammelo tirare fuori» disse Grace. Lo afferrò e cercò di sollevarlo, ma il dipinto era enorme, con una pesante cornice dorata, e riuscì a stento a smuoverlo. Smith allora lo prese con delicatezza e lo portò ai tavoli da lavoro, dove lo depose.

«È bellissimo» mormorò Callie, in piedi da un lato.

«Un tipo dall'aria pensosa, o così sembra.» Jack si sporse sul quadro, osservando da vicino il volto che sembrava fissarlo dalla tela. «Credo che gli sia particolarmente rassomigliante.»

«Gli occhi sono straordinari» sussurrò Callie. «Così espressivi. Peccato che diano l'aspetto di un uomo tormentato.»

Jack la fissò, dall'altra parte del dipinto, per un lungo momento.

«Sì, è così.»

Grace fece un passo in avanti, indicando l'angolo in basso a destra. «Qui c'è la firma e la data. È lo stesso periodo in cui Copley fece il ritratto di Paul Revere che è appeso all'MFA di Boston.»

«Posso dargli un'occhiata da vicino?» chiese Callie.

«Prego.»

Callie voltò una delle lampade regolabili sul tavolo, angolandola in direzione della superficie del dipinto. Si avvicinò, restando a neanche tre centimetri dalla tela, muovendosi piano dai bordi al centro. Quando si sposto, avvicinandosi a Jack, lui non fece un passo indietro.

Un sorriso dolce le incurvava le labbra quando si rialzò.

«Che cosa hai visto?» chiese Jack.

«Ha bisogno di un po' di lavoro. Ci sono circa settantacinque anni di fumo e sporco sulla pittura, che lo hanno ingiallito. Dovrà essere trattato con molta cautela, con molto amore, ma la tela è buona.»

«Forse ti piacerebbe fare tu il lavoro.»

Callie lo guardò sorpresa. «Scusa?»

Grace cercò di coprire il silenzio impacciato che seguì emettendo una risatina. «Lo devi comprare, lo sai, prima di ingaggiare qualcuno per lavorarci sopra.»

«Non m'importa di quanto costerà, tornerà alla mia famiglia.» Si voltò verso Callie. «Saresti interessata al progetto?»

Passò un lungo attimo prima che lei rispondesse: «Questo dipinto ha un'enorme importanza storica sia per il soggetto che per l'artista.»

Jack fece spallucce. «Perciò stai dicendo che non sei interessata?»

«È più di quanto abbia mai affrontato prima.»

«Perciò se lo farai bene, ti farai un nome.»

«Se lo facessi male sia il dipinto che la mia reputazione sarebbero rovinati.»

Grace spostò lo sguardo dall'uno all'altro. Callie fissava Nathaniel Walker. Jack guardava lei.

Grace si domandò a che cosa stesse mirando Jack e decise che forse aveva solo visto in Callie l'opportunità di dare a qualcuno la chance di farsi notare a grandi livelli.

Smith si era appena acceso una sigaretta e stava appoggiato allo stipite della porta della sua stanza quando il cellulare suonò.

«Ehi» disse Tiny. C'erano molte interferenze nella conversazione.

«Dimmi che sei da qualche parte sopra il New Jersey.»

«Non ci sono neanche vicino. Il volo è stato rinviato per via della minaccia di un attentato, poi dirottato per il maltempo. Non sarò a New York prima della metà della mattinata di domani. Dove vuoi che venga?»

Smith imprecò e poi gli diede l'indirizzo del grattacielo Hall. «Saremo in ufficio. Ultimo piano.»

«Ricevuto. Ora, che mi dici di questa storia del gala?»

«Solita cosa, ricevimento alla moda. Circa cinquecento invitati. Ho parlato con Marks. Se deciderai che è sicuro, i suoi ragazzi si distribuiranno tutto intorno al palazzo. Avrai tutto il sostegno se ne avrai bisogno.»

«Buono a sapersi. Che ne pensi?»

Smith sbuffò fuori la propria frustrazione. «Non lo so. Le vittime sono state uccise nelle loro case e sono piuttosto sicuro che questo tizio lavori da solo. Devi vedere il posto prima di decidere. Se credi che possa essere sicuro per lei, vorrebbe dire molto per lei poter partecipare.»

«Tu sarai rintracciabile?»

Questo era qualcosa su cui Smith aveva dibattuto con sé stesso. Se non era lui a fare il lavoro, non avrebbe dovuto continuare a vagare intorno a lei. Una persona, e solo una persona, doveva essere in carico e non c'era modo che lui potesse fare la parte del secondo violino, anche con Tiny, in una situazione che coinvolgesse Grace. La cosa migliore per lui sarebbe stato andarsene fuori città, ma non riusciva a decidersi a partire. Non finché il gala non fosse finito e lei si fosse svegliata il giorno dopo sana e salva.

«Ho prenotato una stanza vicino. Mi puoi raggiungere in qualsiasi momento e sarò lì in un battito di ciglia se le cose si mettono male.»

«Mi sta bene.»

«Vic» Smith fece una pausa. Non usava mai il vero nome di Tiny. «Prenditi cura di lei.»

La linea fu disturbata da una scarica quando l'amico disse: «Senti, te lo devo chiedere. Che cosa significa questa donna per te?»

Tutto, pensò Smith.

«È solo una cliente.» Spense la sigaretta.

«Sì, certo, Boss. In cinque anni che lavoro con te, non ti ho mai sentito così.»

«Tutto quello che devi fare è assicurarti che rimanga in vita, okay? Fallo e potrei anche darti una promozione.»

«A cosa?»

«Potrei iniziare a chiamarti Medio.»

Tiny scoppiò a ridere.

Non appena la telefonata finì, Smith compose un altro numero. In breve, il capo dello staff del senatore Pryne rispose alla linea privata.

«Sono Smith» gli disse. «Quando vuole partire?»

«Sarà in grado di essere a Washington dopodomani?» l'untuosità della voce femminile, la dizione, la puzza di potere politico fecero rivoltare lo stomaco di John.

«Sì.»

«Bene. Il senatore ne sarà contento. Lei ci è stato caldamente raccomandato, Smith.»

Quando concluse la chiamata, il cuore gli doleva come se qualcuno gli avesse sparato nel petto.

Il mattino dopo, Grace prese una decisione. Avrebbe chiamato Blair e le avrebbe chiesto di venire a dare un'occhiata all'ufficio di suo padre. Al *suo* ufficio. Era tempo di rendere personale quello spazio. Di dare luce alle pareti. Mettere delle tende alle finestre.

Aveva già ordinato una nuova scrivania. Ci sarebbero voluti due mesi per farla, ma era proprio quello che Grace voleva. Di legno chiaro di tasso, aveva linee leggere e cassetti su cilindri, così non si sarebbe più slogata una spalla ogni volta che cercava di prendere dei documenti. La poltrona era anch'essa su rotelle e ricoperta di pelle chiara.

E c'erano anche altre cose che avrebbe fatto.

Aveva sempre desiderato un cane.

Un golden retriever, pensò. Qualcosa di grande e felice.

Suo padre disapprovava possedere cani per divertimento, gli unici che aveva erano quelli da caccia. Sua madre disprezzava qualsiasi cosa facesse rumore o avesse una pelliccia e, da parte sua, Ranulf non aveva voluto niente che competesse con lui. Ecco quello che voleva. Un cane.

Mentre fantasticava delle orecchie pendule e di dolci occhi nocciola, Grace comprese che stava finalmente prendendo il controllo della propria vita. Grazie a quel cambiamento, stava riprendendo in esame ogni cosa che prima aveva semplicemente accettato come *il modo in cui andava la vita*. Con suo padre, aveva perso la mano che la dominava e ora metteva in discussione tutto ciò che sapeva di lui. Stava lentamente imparando come tenere testa a sua madre. E grazie a ciò che John aveva scoperto di Ranulf e dei von Sharone, avrebbe ottenuto un accordo di divorzio ragionevole.

Le perdite che aveva subito con i recenti avvenimenti della sua vita erano dure da sostenere, ma si era fatta l'idea che fossero state inevitabili e attese da tempo. E aveva sicuramente appreso la dura verità sulle apparenze di ogni giorno. Come la giovinezza, le illusioni svanivano e appassivano, ma lo scambio, con saggezza e indipendenza e libertà, ben valeva la perdita di una bella facciata.

Su col morale, Stella Marina. Fammi un sorriso.

«Non più. A meno che non sia reale» disse a voce alta.

Prese il vestito che avrebbe indossato al gala e la cassetta dei gioielli, poi lasciò la sua stanza. John la stava aspettando all'ingresso, e lei lo raggiunse facendogli un rigido cenno col capo. Continuava ad aspettare il suo partner e le sembrava che quell'inferno del suo doverla lasciare da un momento all'altro non dovesse finire mai.

Entrarono nella Explorer e Grace si sforzò di chiacchierare con Eddie di scrittura. L'uomo aveva iniziato un progetto, per il suo corso, un libro per bambini sulla sicurezza, e lei gli disse che conosceva un agente letterario che poteva leggerglielo quando l'avesse finito.

Grace passò tutta la mattina giù nell'atrio, supervisionando l'organizzazione del gala. I tecnici audio-video avevano eretto un piccolo palco vicino all'entrata del museo e portato dentro uno schermo che avrebbe mostrato un breve omaggio alla vita del padre di Grace. Il personale del catering brulicava lì attorno, sistemando i tavoli per il cibo e il bar, e il fiorista era arrivato con centinaia di boccioli profumati.

Era primo pomeriggio quando Grace pensò che si riteneva soddisfatta per come stavano procedendo le cose. Dopo un pranzo veloce con alcuni membri della stampa, lei e John salirono al suo ufficio.

Le porte dell'ascensore si erano appena aperte quando il cellulare di John suonò. Lei non vi fece molta attenzione finché non gli sentì dire: «Lo avete preso in custodia?»

Grace si fermò mentre gli occhi di John sprofondavano nei suoi.

«Quando avete saputo che era lui?» Ci fu un momento di silenzio. «Me ne dai conferma?»

Non appena chiuse la comunicazione, Grace chiese: «Lo hanno trovato...?»

John annuì e lei non fu sorpresa quando non lo vide sollevato.

«Allora dimmi» lo incalzò, sentendosi travolgere da una dolce ondata di sollievo.

«Isadora si è svegliata stamattina. Ha identificato l'uomo che l'ha aggredita, un socio di suo marito. Marks e i suoi lo hanno arrestato.»

«Chi è?»

«Qualcuno di nome Margis. Hai mai sentito il suo nome?»

Lei annuì, ammutolita dalla notizia. «Certo. È un consulente finanziario e anche un vero gaudente. L'ho sempre visto correre intorno alle donne, specie quelle più ricche. So che ha lavorato per il marito di Mimi per un affare e credo che si occupasse in qualche modo del denaro di Cuppie. Non sono sicura che Suzanna avesse contatti con lui, ma non mi sorprenderebbe. Quanto a Isadora, Margis era molto vicino a Raphael Cunis. Erano soci.»

«E che mi dici di te? Hai mai fatto affari con lui?»

Grace ci rifletté un momento.

«Ora che me lo chiedi, mi avvicinò subito dopo la morte di mio padre. Mi fece notare che con il cambio nel valore netto del patrimonio, avrei avuto bisogno di fare più attenzione e si disse pronto a occuparsi della questione per me. Gli dissi di no. Avevo sentito che la sua compagnia navigava in cattive acque per via della flessione del mercato e c'era qualcosa che mi diceva di non fidarmi di lui.»

John sembrò riflettere a fondo.

«Qual è il problema?» gli chiese lei.

Lui si strinse nelle spalle. «Marks dice che Isadora ha ammesso di aver avuto una relazione con quel tizio. Evidentemente, stava cercando di romperla, ed è questo il motivo per cui è tornata in città. È un legame molto personale, diverso da quello che l'assassino aveva con le altre donne. Anche se suppongo che potesse aver avuto delle relazioni con tutte loro.»

«Il suo nome era sugli elenchi» si lasciò sfuggire Grace. «Quelli dei registri dei palazzi. L'ho visto il giorno che li stavi guardando tu.»

«Sì. I ragazzi di Marks hanno controllato e l'uomo è stato nei palazzi dei van der Lyden e dei Lauer nei giorni degli omicidi.»

«Bene, sono sollevata» disse Grace. Misurando l'espressione di John, si sentì quasi di difendere il proprio ottimismo. «Che cosa ne pensa Marks?»

John scrollò le spalle. «Pensa che sia stato lui. A quanto pare, hanno trovato una collezione di armi in casa di Margis. Gli piacciono i coltelli.»

«Perciò è finita» mormorò lei. «E io posso tornare alla mia vita.»

Lo fissò e gli occhi di John incontrarono quelli di Grace con intensità. Per un momento, lei trattenne il fiato e tutta la sua pena, le sue speranze segrete tornarono.

Dimmi che hai cambiato idea, pensò. Dimmi che mi ami e che resterai. Dimmi che io avevo ragione e tu torto e che non riesci a immaginare una vita senza di me. Dimmi che quando mi sveglierò domattina tu sarai al mio fianco. Che non mi domanderò dove sei.

Ma quando lui rimase in silenzio, Grace si voltò e attraversò il corridoio. Senza lacrime. Quelle sarebbero arrivate più tardi, ne era sicura.

Kat sollevò gli occhi dalla scrivania. «C'è un uomo qui che vuole vederti.»

Grace si voltò e vide il gigante biondo, Tiny, alzarsi in piedi. Il cuore le sprofondò nel petto quando lui si fece avanti, una sacca che gli pendeva dalle spalle grosse, un sorriso smagliante diretto verso John. L'espressione dell'uomo si fece assolutamente sospettosa, invece, quando guardò lei.

Smith batté la mano sulla schiena del socio, ma Grace non sentì cosa dicevano per via dello squillo del telefono.

Entrò nel suo ufficio e si sedette alla scrivania. Alcuni minuti dopo, i due uomini entrarono, John con un'espressione seria sul viso e Tiny con l'aria di quello a cui è appena stato chiesto di prendersi in carico una bomba a orologeria. Il bagaglio dell'uomo colpì il pavimento con un tonfo pesante.

Quando la porta si chiuse, Grace si rivolse loro usando il suo tono più autorevole. «Anche se apprezzo molto che lei abbia fatto tutta questa strada, Mr...» Aspettò che l'uomo riempisse lo spazio con il suo nome.

«Può chiamarmi Vic» le disse.

«Vic. Ma non credo di avere più bisogno dei servigi di una guardia del corpo.» Prese a sfogliare le carte che aveva sulla scrivania, cercando di sembrare occupata.

«Sì che ce l'hai» ribatté John.

«No.» Lei gli scoccò un'occhiata rabbiosa. «Non ce l'ho.»

«Grace...»

Lo ignorò. «E così, Vic, può riprendere il suo borsone e andarsene. Non ho dubbi che si sentirà sollevato per essere stato destituito dall'incarico.»

L'uomo arrossì.

Smith attraversò veloce la stanza. «Tiny rimane e questo è quanto.»

«Perché? Quell'uomo è dietro le sbarre perciò il pericolo è passato. Non sono minorenne e sono in grado di intendere e di volere, perciò non ho bisogno di un guardiano. E non ho neppure chiesto una tua opinione.»

«Vic, dacci un minuto» disse John senza distogliere lo sguardo da lei.

Il socio scomparve senza dire una parola.

Ma lasciò lì il suo dannato borsone.

«Non credo che abbiamo più molto da dirci.» Grace stava facendo fatica a guardarlo negli occhi, perciò prese un foglio dalla scrivania. Era un appunto che aveva scritto a proposito della nuova politica dei profitti.

«Guardami.» Quando lei si rifiutò di farlo, Smith sbatté il pugno sul tavolo. Lei sussultò e afferrò una penna prima che rotolasse sul pavimento. Riluttante, sollevò gli occhi in quelli di lui. «Dannazione, Marks non ha ottenuto una confessione da quel tizio. Potrebbe non essere lui l'assassino. Devi avere cura di te stessa.»

«Lo sto facendo. Sto sciogliendo i miei impegni con la

Black Watch. La copertura a cui voi ragazzi mi avete sottoposta è stata un trauma, sin qui, come nient'altro prima d'ora.» Rise nervosamente. «Lo sai, immaginavo che ci sarebbe stato un momento altamente drammatico in cui tu saresti sbucato da chissà dove per salvarmi. Non so perché, ma non penso che il lavoro che hai fatto con la finestra del terrazzo conti. Ma la vita reale non ha molto in comune con i film, vero?»

Perché a Hollywood, loro sarebbero finiti insieme, pensò.

Prese la borsetta e ne trasse l'assegno che aveva scritto prima, quello che lui aveva rifiutato. «Sei pronto ad accettarlo adesso?»

«Non voglio i tuoi soldi.»

«Ma li prenderai, vero? Così non ci saranno più legami tra noi, così il taglio sarà netto.»

John prese l'assegno con un'espressione truce.

«Ora, prendi il tuo amico e vattene» gli disse.

«Tiny rimane.» La mascella di John era dura, ma Grace rifiutò di lasciarsi intimidire dalla sua forza di volontà. O di lasciarsi dominare.

«Tiny o Vic, o comunque si chiami può andare all'inferno e ci puoi andare anche tu. Non ho bisogno di un altro uomo tutto d'un pezzo nella mia vita o nel mio letto. D'ora in poi, sarò io a scegliere.»

«Non me ne frega niente di quello che dici, Tiny rimarrà qui stanotte.»

«Oh no, non lo farà. Io ti ho licenziato, te e tutta la tua squadra!» Si stava comportando in modo totalmente irrazionale, ma non riusciva a fermarsi. Aveva perso di vista qualunque altra cosa che non fosse la pena che sentiva nel petto. «La Black Watch è fuori dal mio libro paga.»

«E allora lui lavorerà *pro bono*.»

«Lo farò arrestare per sconfinamento.»

«Voglio proprio vedere» ribatté John freddamente. «Il

New York Police Department non toccherà uno dei miei ragazzi, contessa.»

Grace scattò in piedi, stringendo le mani in pugni. Tremava dalla testa ai piedi. «Fuori di qui! Vattene all'inferno e fuori dalla mia vita!»

Lui rimase in silenzio per un lungo momento.

E poi, accondiscese, semplicemente girandosi e attraversando la stanza. Quando raggiunse le doppie porte, si fermò. Chinò la testa, come se si stesse facendo forza.

«Addio, Grace.»

E con quelle due semplici parole, uscì.

Grace respirò a fondo, rabbrividendo mentre lasciava andare il fiato.

Ciecamente, prese a sfogliare le carte sul tavolo, tirando fuori i documenti a caso, facendo un casino. Più veloce, sempre più veloce, rovistava tra i fogli senza cercare niente.

Le lacrime iniziarono a cadere, staccandosi dagli occhi e finendo sulla scrivania di suo padre, lasciando chiazze salate sugli appunti e sui contratti, sulle polizze e sui rendiconti.

Stava ancora piangendo in silenzio, venti minuti dopo, quando Kat la chiamò all'interfono.

«Sì?» Grace si schiarì la gola. «Cosa c'è?»

«L'uomo è ancora qui» disse Kat senza inflessioni nella voce.

Tiny. Vic. Il socio di John.

Un altro uomo duro con la pistola.

«Ebbene, per quanto mi riguarda può restarsene lì a marcire.»

24

Dopo aver parlato con Tiny del gala, e sentito che l'uomo lasciava che Grace partecipasse all'evento, Smith salì al volo su di un taxi e tornò a casa di lei. Per strada, pensò che probabilmente Tiny aveva ragione. Il rischio era piccolo ormai, specialmente visto che ci sarebbero stati anche gli uomini di Marks in giro, e Tiny gli aveva promesso di proteggerla come se fosse il presidente degli Stati Uniti in persona, il papa, e Nelson Mandela tutti insieme.

Non appena Smith entrò dalla porta principale, sentì l'impellente desiderio di non lasciarla, insieme a un'ondata di dubbi che lo fece imprecare. Correndo per la casa, raccolse le sue cose mentre cercava di ignorare quella maledetta scia sottile del profumo di lei ancora sospesa nell'aria. Prima di andarsene, diede un ultimo sguardo alla foto di Grace e di suo padre.

Poi lasciò la sua chiave sul tavolino, attivò l'allarme e uscì.

Raggiunta la strada, fermò con la mano un taxi e chiese di essere portato all'hotel vicino alla Hall, giù a Wall Street. Nell'istante in cui entrò nella sua stanza, prese il telefono e compose il numero della linea privata del senatore Pryne. Aveva bisogno della conferma delle posizioni e sbrigò un po' di noioso lavoro informatico, nella speranza che entrambe le cose riuscissero a distrarlo.

Il telefono squillò solo una volta prima che riattaccasse.

Seduto sul letto, Smith si prese la testa tra le mani.

Sentiva che era tutto sbagliato. La stanza d'albergo. La stessa idea di partire per l'altro capo del mondo. La sua dannatissima sacca e le valigette di metallo.

Quando sollevò la testa, colse l'immagine di sé stesso riflesso nello specchio dell'armadio. Si guardò in faccia e vide un uomo che soffriva per una donna. Un uomo che molto probabilmente si sarebbe sempre sentito perduto senza di lei. Un uomo che stava commettendo un errore.

Grace aveva ragione. Lui l'amava.

Che cosa diavolo stava facendo?

Ma doveva lasciarla andare, si disse. Per proteggerla.

In un lampo, sentì Grace che lo chiamava codardo.

O era solo sé stesso che stava proteggendo?

Quel che Grace sentì dopo fu la voce di Kat all'interfono. «Io sto scendendo. Sei già pronta?»

Grace diede uno sguardo all'orologio. Le ore erano passate ed era quasi in ritardo per il suo ricevimento.

«Ho solo bisogno di vestirmi. Ci vediamo nell'atrio.»

Si cambiò velocemente infilandosi l'abito che aveva portato con sé, senza curarsi davvero del proprio aspetto. In bagno, si sistemò una collana di diamanti intorno al collo, si allacciò gli orecchini e si mise un velo di trucco.

Dopo essersi spruzzata un po' di Cristalle, uscì dal suo ufficio e fu sorpresa di trovare Tiny ancora nell'area d'attesa. Si era dimenticata che l'uomo fosse lì e il ricordo di John le portò nuove lacrime.

Tiny si alzò come per scattare sull'attenti e le fece un rigido cenno col capo. Aveva indossato uno smoking.

«Deve andarsene» gli disse lei.

Lui si strinse nelle spalle. «Non ho nessun posto dove andare, a parte qui.»

«Sia creativo. Questa città è piena di attrazioni turistiche.»

«Mi dispiace, contessa, ho ricevuto degli ordini.»

Lei raddrizzò le spalle e lo fulminò con lo sguardo. «Non da me e lei non è il proprietario di questo posto. Non è il benvenuto qui.»

«Ho molta esperienza nel non essere ben accetto.»

«Immagino che sia vero. Ma se ne deve andare.»

Prima che lui aprisse di nuovo la bocca, Grace raggiunse la scrivania di Kat e compose il numero della sicurezza. Sapeva di stare esagerando ma, con il sospetto in custodia, non c'era motivo che continuasse a torturarsi nel vedere quell'uomo intorno a sé.

«C'è un intruso nel mio ufficio» disse sfinita. «Per favore, venite subito.»

Quando riappese, Tiny la stava guardando indulgente. «Pensa davvero che sia necessario?»

«Se se ne va adesso non lo sarà.»

Qualche momento dopo, il capo della sicurezza e altri tre uomini sbucarono nel corridoio. Quello che successe fu molto confuso. Le guardie della fondazione si sparpagliarono intorno a Tiny, solo per finire sul pavimento o contro il muro. Il socio di John era un derviscio volante di pugni e calci ed era ovvio che stesse per vincere anche se era in inferiorità numerica. Mentre osservava il corpo a corpo, e si domandava quanti uomini avrebbero avuto bisogno di attenzioni mediche, Grace si ricordò del regalo di Eddie. Frugò nella borsa e ne trasse lo spray proprio mentre due guardie afferravano Tiny per le spalle. Era indecisa se utilizzarlo o meno, ma poi decise che l'uomo aveva già fatto abbastanza danni alla sua squadra di sicurezza. Tiny non mostrava segni di affaticamento e a lei dispiaceva che qualcuno si facesse male.

«Mi dispiace di doverlo fare» gridò al di sopra di quel fracasso. Tutti si fermarono e lei approfittò di quell'opportunità, liberando il liquido, proprio in faccia a Tiny.

L'uomo imprecò e iniziò a sbattere le palpebre furiosamente mentre la lotta ricominciava. Anche se continuava a inveire, gli ufficiali della sicurezza ebbero il sopravvento e riuscirono finalmente a sottometterlo.

«Lo portiamo di sotto e facciamo rapporto» disse il capo della sicurezza, senza fiato. Stava strattonando Tiny per la schiena, quando un altro ufficiale gli mise un paio di manette. «E poi lo faremo arrestare.»

«Non è necessario. Fatelo solo uscire dall'edificio.» Grace si fermò. «Starà bene?»

«Starò benissimo, accidenti,» ringhiò Tiny sotto quell'ammasso di uomini «se richiamerà i suoi cani da guardia e mi lascerà proteggerla!»

L'uomo alle sue spalle la guardò confuso.

«Assicuratevi solo che stia bene» disse Grace, sentendosi incredibilmente intorpidita. «Gliene ho data davvero una bella spruzzata.»

«Contessa» protestò Tiny sollevando la testa dal tappeto. Gli lacrimavano gli occhi e iniziò ad avere dei conati di vomito. «Non lo faccia. Non sa se hanno preso l'uomo giusto o se potranno tenerlo in custodia.»

Mentre lo guardava negli occhi gonfi e rossi, Grace fece un respiro profondo e si rivolse al capo della sicurezza. «Carmine, vorrei un paio dei nostri addetti alla security intorno a me per tutto il tempo stasera.»

Lui sollevò un sopracciglio. «Certo. Ma non deve preoccuparsi per questo qui. E ci sono gli uomini di Marks. È pieno di uniformi blu là sotto.»

Lei sbuffò. «A meno che non siano in borghese, gli dica di andarsene. Non voglio che tutti si spaventino e pensino che è successo qualcosa. Voglio qualcuno con me tutto il tempo e basta.»

L'uomo annuì e le assegnò uno degli altri.

Quando Grace scese al ricevimento, era perversamente sollevata per come non sentiva niente. In circostanze normali, sarebbe stata nervosa per la riuscita della serata. Il tipo di persone che presenziavano ai costosi gala come quello della fondazione ragionava in branco come tutti gli altri esseri umani e considerava un'inflessione nel prestigio come un cattivo investimento – qualcosa che doveva essere evitato a ogni costo. Quella serata sarebbe stata un test sulla forza della fondazione. Sulla fiducia che la gente le accordava.

Grace emerse nell'atrio e vide che tutto era stato predisposto in tempo per gli ospiti, che già iniziavano ad arrivare. I tavoli erano stati sistemati in cerchi sempre più ampi intorno all'entrata del museo e, al centro di ciascun tavolo, magnifici bouquet di rose bianche e rosse si mischiavano col blu profondo delle digitali, che li rendevano spettacolari. Camerieri in uniforme stavano già passando con i vassoi e distribuivano bevande, mentre un ottetto d'archi iniziava a suonare.

Prima che Grace si mettesse a salutare i primi invitati, Kat le si avvicinò e ripassarono gli ultimi dettagli.

Mezz'ora dopo, l'atrio della Hall era decisamente pieno di gente. La massa scintillante era stretta attorno alla fondazione. E a Grace. Lei si stupì del numero di persone che sembravano davvero augurarle ogni bene e le offrivano il loro sostegno per aver preso il posto di suo padre. Avevano anche un sacco di cose buone da dire riguardo al ritratto di Walker, al cibo e al cambio della sede della festa.

Anche i vecchi parrucconi del consiglio sembravano desiderosi di entrare nelle sue grazie, ora che la serata si stava rivelando un successo. Le si avvicinavano uno a uno dichiarandole il loro supporto, e lei annuiva e sorrideva. Notò che nessuno protestava per l'allontanamento di Lamont.

Stava pensando che avrebbe potuto provare un qualche moto di trionfo, ma niente squarciò il velo di nebbia che l'avvolgeva. Per affrontare quel successo, che aveva desiderato e per il quale aveva lavorato duramente, doveva sedare la sua voglia di rivalsa verso la famiglia e, solo per arrivare in fondo alla serata, essere chi tutta quella gente voleva che fosse: Grace Woodward Hall. La bellissima figlia di Cornelius e Carolina Woodward Hall. La punta di diamante della società che lanciava nuove mode, ora a capo della fondazione.

Mentre guardava la folla, osservava i bellissimi abiti e i gioielli, i larghi sorrisi che sbocciavano sulle facce note, comprese che si trovava in una stanza piena di gente che le somigliava, ma si sentiva anche totalmente fuori posto.

Anche se la sua era una reazione normale, visto tutto quello che aveva passato di recente, quella dislocazione sembrava qualcosa destinata a durare più che le crescenti fatiche che inevitabilmente accompagnavano i grandi cambiamenti della vita. Stava iniziando a vedere diversamente il suo mondo e ciò che un tempo le era stato familiare ora le sembrava estraneo.

Dove l'avrebbe condotta quella nuova direzione, ancora non lo sapeva.

Quando giunse l'orario del programma, Grace salì sul palco e presentò il video sulla vita di suo padre. Mentre lo guardava, ricordò i posti, i momenti, le circostanze in cui era stata scattata ogni foto. Anche se le conosceva tutte, le guardava con occhi diversi ora, come se i colori fossero stati aggiustati. Quando comparve l'ultima fotografia, fissò l'immagine di suo padre, seduto alla scrivania, con la pipa tra i denti, con occhi combattuti tra diverse emozioni.

Sapeva che ogni domanda riguardo alla bugia in cui era vissuto sarebbe stata senza alcuna spiegazione o scusa. Si domandò allora se il ricordo dell'amore che lui le aveva dimostrato le sarebbe bastato per aiutarla a trovare pace. Ma non ne era sicura.

Mentre le immagini di suo padre sfumavano, Grace deglutì varie volte prima di riuscire a parlare.

Quando le luci tornarono, Grace guardò giù dal palco e vide sua madre in piedi davanti alla folla di persone, la schiena ritta come un fuso, il collo elegante come quello di un cigno, il vestito nero che le cadeva perfettamente dalle spalle delicate. L'espressione del viso era di regale indulgenza, anche se nei suoi occhi c'era una luce in qualche modo calda.

Quando il ritratto di Walker venne svelato, la folla cadde in silenzio. Jack e Blair si avvicinarono e ne seguì una battaglia tra il suo amico e un magnate dei media rinomato per la sua passione per l'arte americana. Mentre i due si affrontavano rilanciando con accanimento le loro offerte, il prezzo salì a tre milioni di dollari, con Jack che poi riuscì ad accaparrarsi il dipinto per una cifra vicina ai cinque milioni.

Gli invitati scoppiarono in un applauso. I flash scattarono come petardi, Jack andò ad abbracciare Grace, il suo volto austero ora mostrava il piacere per quel successo.

Un po' più tardi gli ospiti iniziarono a disperdersi e la madre di Grace fu tra i primi ad andarsene.

«Mi sembra sia andato tutto bene» disse Grace, mentre baciava Carolina e la salutava. «Anche se, ovviamente, i ricevimenti di papà avevano uno standard difficile da raggiungere.»

Sua madre le prese la mano e gliela strinse con una certa sorprendente insistenza.

«È stato perfetto, cara. Hai fatto un ottimo lavoro.» I loro sguardi si incontrarono. «Tuo padre sarebbe stato molto orgoglioso di te stasera.»

«Grazie, mamma.» Ma quello che provava era più sollievo che piacere per quell'encomio.

«Anch'io sono molto orgogliosa di te. Ho detto la stessa cosa a Bainbridge.» Carolina si sporse verso di lei e le baciò una guancia. «Sarai un magnifico presidente.»

Con un cenno di saluto della mano, sua madre si voltò e scomparve tra la folla.

Grace scosse la testa. Era difficile riconciliarsi col fatto che, dopo aver rinunciato a sentire anche solo una parola di supporto da quella donna, sua madre fosse finalmente riuscita a farle un complimento. Nel momento stesso in cui Grace ne aveva bisogno. Avrebbe fatto meglio a non abituarcisi, ma apprezzava il gesto.

E poi il gala finì.

Grace indugiò ancora, a parlare con i ristoratori per un po' mentre osservava gli addetti alle pulizie che iniziavano a ripulire l'atrio dai resti del ricevimento. Ringraziò il tizio della sicurezza che l'aveva seguita con discrezione per tutta la serata e stava quasi per congedarlo quando decise che farsi scortare sino a casa era probabilmente una buona idea.

Chiese all'uomo di chiamare una macchina mentre saliva in ufficio per prendere la borsa con i suoi abiti e quella che aveva usato durante la giornata. Mentre entrava nell'ascensore, si sentì sola e il silenzio si fece strada dentro di lei.

La distrazione che il gala le aveva offerto era stata un sollievo, ma, come tutti i cerotti sulle ferite fresche, il suo effetto era stato transitorio. Ascoltando i bip elettronici dei piani che scorrevano, non poteva fare a meno di domandarsi dove fosse John e cosa stesse facendo. Se lo figurò su di un aereo, da qualche parte sopra l'oceano, diretto dio solo sa dove.

Una parte di lei si rifiutava di credere che fosse davvero finita. Il buonsenso le diceva che era meglio accettare l'idea e affrontare la realtà.

Il suo ufficio era buio quando vi entrò, ma trovò facilmente la scrivania, scivolando accanto al tavolo delle conferenze e alle varie sedie. Accese la lampada accanto al telefono.

Stava prendendo la borsa dal cassetto quando una voce maschile ruppe il silenzio.

«Che grande successo è stato.»

Grace sollevò lo sguardo e vide Fredrique in piedi in mezzo alle porte. Poi le richiuse ed entrò nella stanza.

***

Smith tornò dalla palestra dell'hotel di pessimo umore. Aveva cercato di sfogarsi, ma anche dopo chilometri e chilometri di corsa, dopo aver sollevato pesi fino a farsi dolere le spalle, ancora non era soddisfatto. Aveva mirato ad ammazzarsi di fatica, a quella sorta di sfiancamento a cui si era ridotto nel periodo in cui aveva combattuto. Invece, era ancora in piedi, solo più indolenzito.

Sapeva di dover chiamare l'ufficio di Pryne. Stavano aspettando di avere sue notizie.

Prima si fece una doccia.

Si stava asciugando quando sentì suonare il telefono. I suoi istinti scattarono in allerta, il suo primo pensiero fu Grace.

Quando rispose, la voce di uno sconosciuto gli disse: «Il signor Smith?»

«Sì?»

«Sono Joey. Il portiere della contessa.»

Smith si aggrappò al cellulare. «Cos'è successo?»

«Lei... ah, lei mi ha detto di chiamarla nel caso in cui qualcuno fosse voluto entrare dalla contessa. Be', questo tizio è arrivato poco fa.»

«Mi dica.»

«È un addetto alla ristorazione. L'ho già visto qui prima. Fredrique qualcosa. Mi ha detto che la contessa aveva bisogno di cambiarsi d'abito dopo il gala e che gli è stato chiesto di venire a prenderli e portarli alla fondazione per lei. Voglio dire, l'ho già visto con lei prima. L'anno scorso, a dire il vero. Ma lei mi aveva detto di chiamarla.»

«Lo ha lasciato entrare?» gridò Smith.

«No. Si è un po' arrabbiato. Spero che non mi faccia passare dei guai per questo.»

Grazie a dio.

«Ha fatto la cosa giusta, Joey. Lei è già tornata a casa?» Smith corse al telefono accanto al letto.

«No, non ancora.»

«Mi dice come era vestito l'uomo?»

«Indossava un'uniforme da chef. Bianca. Mi ha detto di essere il cuoco del gala, ma gli abiti erano puliti, e ho pensato che fosse strano.»

Smith stava componendo il numero di Tiny mentre continuava a parlare. «Le dica di chiamarmi appena la vede. Grazie, Joey.»

Quando una donna rispose al telefono di Tiny, ebbe la sensazione che tutto stesse andando a rotoli. Un minuto dopo, finalmente Tiny fu in linea, la voce roca e il fiato corto.

«Che cosa diavolo sta succedendo?» gridò Smith.

«Ah, merda, Boss.»

«Parla!» Smith si premette il telefono all'orecchio e iniziò gettarsi addosso dei vestiti e ad allacciarsi la fondina della pistola intorno alle spalle. «Dov'è Grace?»

«Non lo so. Ho passato la serata al Pronto Soccorso e questa è la prima volta che mi lasciano usare il telefono. Guarda, non è da sola. Credo che abbia preso con sé uno di quei babbei della sicurezza e so che Marks e i ragazzi sono in giro. Sta bene.»

«Al diavolo sta bene! Hanno preso l'uomo sbagliato.» Smith gli chiuse il telefono in faccia e ricompose il numero al cellulare mentre lasciava la stanza. Stava correndo per il corridoio, verso le scale, quando Tiny rispose di nuovo. «Come diavolo sei finito all'ospedale?»

«Mi ha spruzzato un lacrimogeno negli occhi.»

Smith guardò il telefono come se stesse funzionando male. «Lei cosa?»

«E ho avuto una reazione allergica a quella merda.»

«Cristo. Abbi cura di te.»

«Mi dispiace, Boss.»

Smith era già per le scale, a metà strada. Chiuse la comunicazione e compose il numero del tenente.

Non appena Marks rispose, Smith disse: «Quanti dei tuoi ragazzi sono alla fondazione?».

«Nessuno. Li abbiamo tolti sotto sua richiesta. Ci ha detto che avrebbe usato i suoi uomini stasera e considerato che abbiamo...»

«Manda subito degli sbirri da lei. Adesso. Chiunque abbiate preso, non è il tizio che sta uccidendo quelle donne.»

Smith uscì dall'hotel attraverso una delle porte di servizio e prese a correre a rotta di collo.

«Di cosa diavolo stai parlando?»

«È quel maledetto addetto alla ristorazione. Fredrique.»

«L'addetto alla ristorazione?»

«Ha già tentato di entrare nell'appartamento di Grace stanotte. Il portiere mi ha chiamato. Non ho tempo per darti i dettagli. Devi fidarti di me.»

«Sai che aspetto ha?»

Smith gli diede la descrizione di Fredrique. «Ed è vestito di bianco, in uniforme da chef.»

Marks stava già abbaiando ordini quando Smith riappese.

Quando corse nel salone d'ingresso dell'Hall Building, un uomo della sicurezza sollevò gli occhi dal bancone, lo riconobbe e gli sorrise. «Ehi...»

«Dov'è lei?»

«La contessa? Credo che se ne sia già andata. A casa.»

Grace indietreggiò finché non si trovò con le gambe contro la poltrona. «Cosa ci fa lei qui?»

Fredrique sorrise.

«Non potevo perdermi il grande evento della stagione. I canapè erano ottimi, anche se io non avrei fatto qualcosa di così comune, certo. I suoi ospiti sarebbero rimasti molto più colpiti. Ma lei non mi ha ingaggiato.»

Le si avvicinò, il corpo tozzo che si muoveva convulsamente per la rabbia.

«Lei mi ha rovinato. Tutte voi» disse, con voce intensa. «Avete rovinato *me*. Lei mi ha tagliato fuori, contessa. Ho perso *tutto*. Voi tutte pensavate di poter prendere così la vita di qualcuno e mandarla in pezzi solo perché siete ricche e potenti. Le persone sono giocattoli per voi. *Giocattoli.*»

Grace stava misurando la distanza che la separava dalla porta quando vide il coltello che lui aveva in mano. La lama rifletté la luce in un flash che le fece stringere lo stomaco.

La voce farneticante di Fredrique divenne stridula. «Quando ero nuovo di pacca, avevate bisogno di me per trasformare i vostri ricevimenti in un successo. Mi cercavate. Mi volevate. E poi qualcun altro è arrivato in città e nessuna di voi si ricordava più il mio nome. Come se non esistessi!»

Grace gettò un'occhiata alla scrivania, in cerca di qualcosa con cui difendersi se le si fosse avvicinato di più. Perché diavolo aveva fatto portare via la massiccia palla di cristallo dove teneva le mentine? Avrebbe potuto essere un'arma efficace.

Smith aveva quasi raggiunto le porte girevoli che portavano alla strada quando un altro addetto alla sicurezza lo chiamò. «Ehi! Sta cercando la contessa? È appena salita di sopra per prendere la borsa. Ho chiamato una macchina per accompagnarla a casa io stesso.»

Smith imprecò mentre faceva dietrofront e correva agli ascensori. «La polizia è per strada. Li porti all'ufficio non appena arrivano.»

La corsa fino all'ultimo piano fu un'eternità. Pensò che avrebbe dato tutto ciò che possedeva pur di salvarle la vita. Pur di trovarla illesa. Viva.

E quello includeva la Black Watch, la sua vita, tutto.

Grace aveva ragione. Aveva voluto proteggere sé stesso

perché amarla era la cosa più spaventosa a cui riuscisse a pensare. Ma l'alternativa era peggiore. Preferiva di gran lunga stare con lei che starle lontano, anche se il prezzo da pagare era quel fasullo senso di sicurezza che sentiva di avere quando era da solo.

Tutto quello che voleva era lei. Tutto quello di cui aveva bisogno.

Lei gli aveva detto che non lo avrebbe aspettato. Bene, non era quello che le avrebbe chiesto. Le sarebbe rimasto vicino.

Oh dio, ti prego. Fa' che stia bene.

Quando schizzò fuori dall'ascensore, e vide la luce dell'ufficio filtrare da sotto la porta, sentì una dolorosa scarica di speranza mentre correva silenziosamente giù per il corridoio. Probabilmente era salita per cambiarsi d'abito. Probabilmente si sarebbe tolta i tacchi alti e avrebbe sospirato appoggiando i piedi nudi sul tappeto. Probabilmente stava bene.

Per favore, fa' che stia bene.

Stava per aprire la doppia porta quando sentì la voce dell'uomo. La minaccia dietro le parole era ovvia, anche attraverso il legno, e Smith passò dall'ansia al terrore.

Silenziosamente, spinse una delle due ante, per aprirla di uno spiraglio. Vide l'uomo, il coltello e la cieca paura sul volto di Grace.

Era tutto quello di cui Smith aveva bisogno.

Con un affondo vigoroso, spinse la porta. Nelle sue vene scorreva solo sete di sangue e nient'altro quando affrontò Fredrique e lo atterrò sul pavimento. Smith era più pesante e aveva dalla sua il fattore sorpresa, ma con tutta la rabbia che aveva in corpo non avrebbe avuto bisogno di quel vantaggio.

L'altro uomo iniziò a lottare, ma era roba da dilettanti. Smith afferrò il coltello e presto prese il controllo. Dopo pochi attimi, Fredrique era inebetito e disteso sulla schiena.

Ma Smith non si fermò. Prima di prendere piena coscienza di quello che stava facendo, aveva messo una mano intorno alla gola dell'uomo e con l'altra stringeva il coltello. Per tutto quello che l'assassino aveva quasi fatto a Grace, era preparato a scannarlo sul posto.

Sollevò il braccio sopra la testa, inclinando la lama in modo da colpire Fredrique in pieno petto. Sentì uscire dalla propria gola un rantolo animale mentre calava l'arma.

«John! No!»

Smith s'irrigidì non appena sentì la voce di Grace. Scosse la testa per schiarirsi le idee e la guardò. Il viso di Grace era di un grigio innaturale e le mani erano tese verso di lui.

«Metti giù il coltello» gli disse in tono gentile.

Lui si accorse del proprio cuore che martellava nel petto, del rantolo del proprio respiro che gli usciva dalla bocca, della sensazione dell'arma tra le sue mani. Abbassò lo sguardo, negli occhi di Fredrique. Erano sbarrati per il terrore, le pupille dilatate per la paura.

Smith guardò di nuovo Grace.

«Sei ferita?» le chiese, roco.

«No, sto bene.»

La sua attenzione tornò all'assassino. L'uomo stava iniziando a tossire e Smith immaginò Grace a terra, nel sangue, mentre la vita pian piano la lasciava. Rafforzò la stretta e sollevò il coltello più in alto, preparato a mostrare a Fredrique quello che tutte le sue vittime avevano provato.

«John, mettilo giù! *Per favore*, non ucciderlo.»

La paura nella sua voce lo riportò brutalmente alla realtà. Sapeva dannatamente bene di essere a un soffio dal commettere un omicidio, perciò gettò il coltello dall'altra parte della stanza, fece voltare Fredrique e, gli strattonò brutalmente le mani dietro la schiena.

Poi guardò Grace. «Sei sicura di stare bene?»

Lei gli offrì un sorriso tremulo. «Sì.»

Quando Fredrique iniziò a protestare, Smith digrignò i denti e si avvicinò all'orecchio dell'uomo.

«Sarà meglio che tu chiuda quella fottuta bocca prima che ti tagli la lingua.»

Fredrique non disse molto altro dopo.

«Grace, chiama gli uomini della sicurezza. I ragazzi di Marks dovrebbero arrivare presto, ma fa' portare su delle manette.»

Mentre lei annuiva e raggiungeva il telefono, tutto quello che John voleva fare era prenderla tra le braccia, ma non avrebbe lasciato andare l'assassino.

Dopo pochi minuti, due guardie in uniforme entrarono nella stanza. Smith scese dalle spalle di Fredrique dopo averlo ammanettato e andò immediatamente da Grace. L'abbracciò, circondandola col proprio corpo, e quando lei si lasciò andare tra le sue braccia, il sollievo che sentì quasi gli diede alla testa. Respirando il suo profumo, sentendo il suo calore vivo contro di sé, pensò che non era niente di meno di un miracolo.

Con l'arrivo del tenente Marks e dei suoi uomini, l'ufficio di Grace si trasformò in un serraglio di poliziotti. Fredrique fu scortato fuori, intontito, mentre farfugliava che c'era stato una specie di errore.

«Potete darci un secondo, ragazzi?» disse Smith sopra la testa di Grace, rivolto ai poliziotti e agli addetti alla sicurezza che brulicavano per la stanza. Gli uomini in uniforme blu erano in attesa di raccogliere la dichiarazione di Grace, ma Smith aveva bisogno di parlarle.

Quando rimasero soli, John fu sorpreso di sentirla irrigidirsi contro di lui.

«E così mi hai salvata, dopotutto» mormorò facendosi indietro. «Hai fatto irruzione dalla porta... e mi hai salvata. Proprio come dovrebbe fare una guardia del corpo.»

Grace raggiunse le finestre, muovendosi piano, come se non si fidasse delle proprie gambe. La mano che sollevò al collo tremava e si guardò le dita con curiosità, come se si rendesse conto solo in quel momento di quanto stesse tremando forte.

Smith corrugò la fronte, pensando al recupero che Grace avrebbe dovuto affrontare. Non era stata ferita fisicamente, ma avrebbe continuato a sentirsi minacciata per un po'. John lo aveva già visto prima. Si era sentito così anche lui.

«Grace, avrai bisogno di aiuto per superare questa cosa. Posso raccomandarti qualcuno con cui poter parlare.»

«Starò bene. Anche se è gentile da parte tua preoccuparti.» Era rigida mentre fissava le luci della città. «Potresti per favore far rientrare la polizia? Sono piuttosto stanca e vorrei tornare a casa.»

Le parole erano formali e la sua voce falsamente calma gli diceva che era a un passo dal baratro.

«Grace...»

«Comunque, dovresti andare ora. Hai assolto più che degnamente il tuo compito. Mi hai salvata.»

Emise un lieve singulto dopo l'ultima parola.

«Non vado da nessuna parte.»

Lei si portò una mano alla base della gola. «Non c'è alcuna ragione per cui tu debba rimanere.»

«Quello che sto cercando di dirti è...»

«Oppure vuoi farmi arrestare per ciò che ho fatto a Tiny?»

Smith corrugò la fronte. «Di quello parleremo dopo.»

«Non c'è un dopo per noi.»

«Sì che c'è.» Le si avvicinò e la indusse a voltarsi. «Non ho idea di come faremo a far funzionare le cose, ma non posso lasciarti. Allontanarmi da te questo pomeriggio mi è sembrato sbagliato, come se stessi lasciando indietro una parte di me stesso. Non voglio stare senza di te. Non so se posso... vivere senza di te.»

Gli occhi di Grace erano sospettosi. «E che mi dici della Black Watch? Del tuo passato?»

«Come ti ho detto, ci lavoreremo insieme.»

«Oh, davvero?» Lei si scostò. «Ti preoccupava molto prima. Cos'è cambiato?»

John scosse il capo. «Niente. Tutto.»

«Ora, questa sì che è una risposta.» Gli fece un sorriso triste. «A dire il vero, era proprio quello che volevo sentirmi dire prima.»

Lui la guardò accigliato. «Grace, io...»

La voce di lei era stanca quando lo interruppe. «Mi dispiace John. Ma non penso che ci sia niente che tu possa dire in grado di convincermi che tutti i problemi che vedevi tra noi siano scomparsi.»

«Che ne dici di questo.» John aspettò finché Grace lo guardò negli occhi. «Ti amo.»

Lei spalancò gli occhi e la bocca si aprì leggermente.

«Ti amo. E non voglio vivere senza di te.» Fece una pausa. «Non ti dirò di aver saputo gestire bene la cosa. Ma ti prometto di migliorare col tempo. E sono addestrabile. È così che ce l'ho fatta nell'esercito.»

Le offrì un sorriso storto, sperando con tutto sé stesso che lei gli volesse credere. Che volesse credere in loro. Ora che riusciva finalmente a vedere tutto quello che avevano insieme, pregava che non fosse troppo tardi.

Grace si limitò a continuare a fissarlo. Mentre il silenzio si stendeva tra di loro, un nodo di paura gli si formava nello stomaco. Gli aveva detto che ci sarebbe voluto molto tempo per riaprirgli il suo cuore e John si domandava se l'amore fosse abbastanza.

Era pronto a supplicarla quando lei barcollò in avanti.

Con uno slancio impacciato, Grace lo afferrò, e per poco non lo fece cadere sul pavimento per il suo impeto.

Lo strinse forte a sé, tanto che John pensò che non sarebbe

più riuscito a respirare, ma non gliene importava niente di soffocare o meno.

Quando Grace allentò la stretta, John si chinò sopra di lei per baciarla dolcemente.

«Ti amo» le sussurrò, compiaciuto del bagliore che le accendeva il viso. Le accarezzò la guancia con un dito. «E voglio che tu sappia che sono pronto a cambiare. Non sarà facile, ma...»

«Smettila di parlare e baciami ancora» mormorò lei con un sorriso.

«Non me lo devi chiedere due volte, milady» le disse, mentre chiudeva le labbra su quelle di lei.

Epilogo

Il mattino seguente, Grace sorrise mentre sdraiata a letto guardava Smith uscire dalla doccia. Quel corpo scolpito era tutto suo, pensò. Ogni centimetro di muscoli duri come la roccia.

E ci si era aggrappata con tutte le forze la notte precedente, ricordò con soddisfazione.

Mentre lui si voltava per asciugarsi le gambe, Grace vide i graffi che gli aveva lasciato sulla schiena.

«Guarda cosa ti ho fatto» disse facendo una smorfia.

Lui si guardò le spalle attraverso lo specchio. Quando si voltò verso di lei, il suo sorriso era pieno di approvazione virile.

«Porto con orgoglio i tuoi marchi e spero di averne degli altri stanotte.»

Si allacciò l'asciugamano intorno alla vita e, quando lei gli tese le braccia, la raggiunse. I suoi capelli erano ancora umidi e sapevano di uomo e di pulito.

Il suo uomo.

Ho scelto bene, pensò guardando nei suoi occhi blu scuro.

Quando lo sentì ridacchiare, Grace sollevò un sopracciglio.

«Stavo solo pensando a Tiny» le disse. «Non riesco a credere che tu gli abbia spruzzato l'antistupro.»

Grace arrossì. «Me ne vergogno tanto.»

«Non ti preoccupare. È grande abbastanza per sopportarlo. Stavo ridendo perché proprio ora si starà ingozzando di uova di plastica su di un aereo diretto in Medio Oriente. Lui odia mangiare sugli aerei.»

Lei lo guardò accigliata. «Doveva essere quello il tuo prossimo lavoro?»

Quando lui annuì, lei si sentì di nuovo tesa.

«Ti sarebbe piaciuto andare?»

Lui scosse la testa

«No. Senza dubbio qualche volta lo desidererò, ma non stamattina. Oggi voglio essere qui.» Si chinò per darle un bacio.

«Ti amo, John» le sussurrò.

Lui si scostò e la guardò serio. «C'è qualcosa che voglio fare.»

«Cosa?»

«Ti voglio portare fuori a cena.»

Lei sorrise. «A cena?»

John si schiarì la gola. «Voglio presentarmi alla tua porta con dei fiori e un ninnolo di Tiffany. Ti voglio portare fuori, tenere la mano e scostare la sedia per te. Ti voglio trattare come una lady. Voglio essere il tuo uomo.»

Grace rise dolcemente.

«Tu mi hai sempre trattata come una lady. E io non ho bisogno di fiori, di una cena o di gioielli. Ho bisogno solo di te.»

Lui la fece rotolare sopra di sé. «Ebbene, mi hai.»

Grace stava per baciarlo, quando lui le prese il viso tra le mani.

«Grace, fammi un favore.» Si fermò un attimo. «Voglio che mi chiami Ross.»

Lei si sentì morire il fiato nella gola mentre lo guardava negli occhi.

«È il nome che avevo quando sono nato. Mi sembra giusto usarlo, ora che sto ricominciando tutto daccapo. Il mio cognome è svanito per sempre, ma perlomeno posso resuscitare la prima metà di me stesso.»

Il romance nel catalogo One

One Love

On Fire di Sylvia Day
Attrazione profonda di Maya Banks
On Desire di Sylvia Day
Luci d'inverno di Nora Roberts
Beautiful Bitch di Christina Lauren
Il gioco dei sensi di Shiloh Walker
Heaven, Texas, un posto nel tuo cuore di Susan Elizabeth Phillips
Il bacio cremisi di Lara Adrian
Quattro cuori e un matrimonio di Stephanie Bond
Gioco pericoloso di Karin Tabke
Segreti di una notte d'estate di Lisa Kleypas
Un amore su misura di Sugar Jamison
E se fosse lui quello giusto? di Susan Elizabeth Phillips
Beautiful Bombshell di Christina Lauren
Intime promesse di Sherry Thomas
Temptation di Jennifer Crusie
Segreto inconfessabile di Shayla Black
Il giardino dei nuovi inizi di Nora Roberts
Amanti pericolosi di Lisa Marie Rice
Le coincidenze dell'amore di Colleen Hoover
Lezioni di seduzione di Emma Wildes
Il paradiso non può attendere di Pamela Clare
Il legame del drago di Thea Harrison
Sogno inconfessabile di Shayla Black
Beautiful Bastard di Christina Lauren
Corinna. La regina dei mari di Kathleen McGregor
Un piccolo sogno di Susan Elizabeth Phillips
La casa dei grandi incontri di Nora Roberts
Brivido inconfessabile di Shayla Black
La sposa in bianco di Nora Roberts
Innamorarsi a Manhattan di Kate Parker
Segreti pericolosi di Lisa Marie Rice
Roma 40 d.C. Destino d'amore di Adele Vieri Castellano
Accadde in autunno di Lisa Kleypas
Rossa d'Irlanda di Theresa Melville
Tentazioni deliziose di Sherry Thomas
Rischio letale di Pamela Clare
Le sintonie dell'amore di Colleen Hoover
Il lago dei desideri di Susan Elizabeth Phillips

L'ora della verità di Maya Banks
Il cuore della tempesta di Thea Harrison
Passione pericolosa di Lisa Marie Rice
Letto di rose di Nora Roberts
Ladra di cioccolato di Laura Florand
Una promessa d'amore di Mary Balogh
Beautiful Stranger di Christina Lauren
Ménage proibito di Lora Leigh
La meraviglia delle piccole cose di Dawn French
Scandalo in primavera di Lisa Kleypas
Proposta indecente di Emma Wildes
Colpevole d'amare di J.R. Ward
Pazza di te di Jennifer Crusie
Beautiful Beginning di Christina Lauren
Lady Cupido di Susan Elizabeth Phillips
Angeli ribelli di Sylvia Day
Il sapore della felicità di Nora Roberts
Angel Fall – L'angelo caduto di Susan Ee
Una dolce scoperta di Nora Roberts
L'angelo eterno di Heather Killough-Walden
La sposa spagnola di Kathleen McGregor
Piacere estremo di Georgia Cates
Roma 42 d.C. Cuore nemico di Adele Vieri Castellano
Il frutto proibito di S.C. Stephens
Desiderio inconfessabile di Shayla Black
Un amore per sempre di Nora Roberts
Piacere malizioso di Lora Leigh
I ricordi della casa sul lago di Rosie Thomas
Peccati d'inverno di Lisa Kleypas
L'ultima volta che ho visto Parigi di Lynn Sheene
Una donna indimenticabile di J.R. Ward
A fior di pelle di Lauren Dane

Il catalogo Leggereditore

Il bacio di mezzanotte di Lara Adrian
Dark Love di Kresley Cole
Le avventure di una Kitty Addicted di Eliselle
Lasciami volare di Alyson Noël
L'amore ritrovato di Nora Roberts
Il bacio cremisi di Lara Adrian
La principessa di Beverly Hills di Jackie Collins
Oltre le apparenze di Kathryn Fox
Dark Pleasure di Kresley Cole
Orgoglio e perdono di Susan Donovan
La dodicesima vittima di Iris Johansen
Il bacio perduto di Lara Adrian
Il peso del silenzio di Heather Gudenkauf
La sposa in bianco di Nora Roberts
Muori per me di Karen Rose
Magia nel vento e *Oceani di fuoco* di Christine Feehan
Blood Dreams di Kay Hooper
La finestra sul bosco di Karen Robards
Ménage proibito di Lora Leigh
Il bacio del risveglio di Lara Adrian
Dark Passion di Kresley Cole
I love you, goodbye di Cynthia Rogerson
Legami pericolosi di Kate Brady
Letto di rose di Nora Roberts
La ragazza del libro dei fuochi di Jane Borodale
Intime promesse di Sherry Thomas
Il buongiorno del mattino di Diana Peterfreund
Passione contro il tempo di Suzanne Brockmann
Brivido eterno di Larissa Ione
Oogy di Larry Levin
Il profumo dell'oscurità di Emma Holly
Un'ombra dal passato di Nora Roberts
Lezioni di seduzione di Emma Wildes
Highlander: amori nel tempo di Karen Marie Moning
Passione Vintage di Isabel Wolff
Il bacio svelato di Lara Adrian
La confessione di Julie Garwood
Una scommessa per amore di Jennifer Crusie
Dark Night di Kresley Cole
L'anello di ferro di Ornella Albanese
Un cuore nelle tenebre di Roberta Ciuffi

Le streghe di East End di Melissa de la Cruz
Tentazioni deliziose di Sherry Thomas
La regina dei diamanti di Linda Howard
La concubina russa di Kate Furnivall
Desiderio eterno di Larissa Ione
Il bacio del demone di Eve Silver
Grida per me di Karen Rose
La cacciatrice di anime di Darinda Jones
Il bacio eterno di Lara Adrian
Il sapore della felicità di Nora Roberts
Corinna. La regina dei mari di Kathleen McGregor
La meraviglia delle piccole cose di Dawn French
L'ultima volta che ho visto Parigi di Lynn Sheene
Torna da me di Karen Marie Moning
Melodia al crepuscolo di Christine Feehan
Il richiamo dell'oscurità di Emma Holly
Dark Forever di Kresley Cole
Innamorarsi a Manhattan di Kate Parker
Proposta indecente di Emma Wildes
Venti d'amore e di guerra di Paola Picasso
Dark Desire di Kresley Cole
Il fuoco della tentazione di Lora Leigh
Il segreto del libro proibito di Karen Marie Moning
Il bacio oscuro di Lara Adrian
Passione eterna di Larissa Ione
Dark Dream di Kresley Cole
Il gioco della seduzione di Susan Elizabeth Phillips
Un amore per sempre di Nora Roberts
Le ombre del demone di Eve Silver
Il mistero del talismano perduto di Karen Marie Moning
Istinto animale di Lora Leigh
Amanti pericolosi di Lisa Marie Rice
Una donna indimenticabile di J.R. Ward
Temptation di Jennifer Crusie
La cacciatrice di anime. Il fascino del male di Darynda Jones
Uccidi per me di Karen Rose
La notte degli Angeli caduti di Heather Killough-Walden
Il bacio di fuoco di Lara Adrian
La pittrice di anime di Isabel Wolff
L'inganno dell'oscurità di Emma Holly
Roma 40 d.C. Destino d'amore di Adele Vieri Castellano
Highlander. L'ultimo dei Templari di Karen Marie Moning
Estasi eterna di Larissa Ione
I ricordi della casa sul lago di Rosie Thomas
Segreto inconfessabile di Shayla Black

Dark Whisper di Kresley Cole e Gena Showalter
La musica delle parole di Emily St. John Mandel
Un segno nelle tenebre di Roberta Ciuffi
La sposa spagnola di Kathleen McGregor
La maledizione della luna nera di Karen Marie Moning
Heaven, Texas, un posto nel tuo cuore di Susan Elizabeth Phillips
Il giardino dei nuovi inizi di Nora Roberts
La notte del vento e delle rose di Anna Bulgaris
Ladra di cioccolato di Laura Florand
Il bacio immortale di Lara Adrian
Peccato eterno di Larissa Ione
Danzando sui vetri rotti di Ka Hancock
Il patto di Julie Garwood
Il signore della vendetta di Lara Adrian
L'oscuro mosaico di Ornella Albanese
Il messaggero dell'angelo di Heather Killough-Walden
Il bacio dell'Highlander di Karen Marie Moning
Il bacio rubato di Lara Adrian
Segreti pericolosi di Lisa Marie Rice
Dark Prince di Kresley Cole
Piacere malizioso di Lora Leigh
Il bacio ribelle di Lara Adrian
Colpevole di amare di J.R. Ward
Il profumo dell'amore ritrovato di Eliselle
Roma 42 d.C. Cuore nemico di Adele Vieri Castellano
Dark Demon di Kresley Cole
Alla ricerca dell'ultima verità di Karen Marie Moning
E se fosse lui quello giusto? di Susan Elizabeth Phillips
Desiderio inconfessabile di Shayla Black
Un oscuro risveglio di Gena Showalter
Pazza di te di Jennifer Crusie
Easy di Tammara Webber
La signora della tentazione di Lara Adrian
Dimmi che ti dispiace di Dawn French
Poison Princess di Kresley Cole
La casa dei grandi incontri di Nora Roberts
A fior di pelle di Lauren Dane
L'angelo della morte di Heather Killough-Walden
Cuore pirata di Kathleen McGregor
La magia del cioccolato di Laura Florand
Un cuore d'oro di J.R. Ward
La fiamma della passione di Jessica Andersen
Sottomessa di Lora Leigh
Tuo per sempre di Lisa Kleypas
Amore eterno di Larissa Ione

Il bacio rivale di Lara Adrian
Roma 39 d.C. Marco Quinto Rufo di Adele Vieri Castellano
Dark Warrior di Kresley Cole
Una dolce scoperta di Nora Roberts
La rivelazione dell'antica carta di Karen Marie Moning
Il bacio della strega di Melissa de la Cruz
Un solo piacere di Lora Leigh
Un piccolo sogno di Susan Elizabeth Phillips
Segreti di una notte d'estate di Lisa Kleypas
Accadde in autunno di Lisa Kleypas
Un amore su misura di Sugar Jamison
Una passione pericolosa di Lisa Marie Rice
Un dono prezioso di Nora Roberts
Estasi infinita di Maya Banks
Appuntamento con l'amore di Jules Stanbridge
Il gioco dell'inganno di Adele Vieri Castellano
Le coincidenze dell'amore di Colleen Hoover
Il mistero del lago di Nora Roberts
Due vite in gioco di Nora Roberts
Il lago dei desideri di Susan Elizabeth Phillips
Beautiful Bastard di Christina Lauren
La sfida del cuore di J.R. Ward
Passione inconfessabile di Shayla Black
Un regalo d'amore di Lisa Kleypas
Una promessa d'amore di Mary Balogh
You & Me di Valentina F.
Il frutto proibito di S.C. Stephens
Piacere colpevole di Lora Leigh
Peccati d'inverno di Lisa Kleypas
Lothaire di Kresley Cole
L'ora della verità di Maya Banks
Seduzione deliziosa di Tara Sivec
La signora della passione di Lara Adrian
Il fuoco della notte di Larissa Ione
Piacere estremo di Georgia Cates
Rischio letale di Pamela Clare
Scandalo in primavera di Lisa Kleypas
Beautiful Stranger di Christina Lauren
Piacere pericoloso di Lora Leigh
Lady Cupido di Susan Elizabeth Phillips
L'eroe dimenticato di Suzanne Brockmann
Il richiamo dell'ombra di Kresley Cole
Tutti pazzi per Gaia di Stefania Nascimbeni
Nove regole da ignorare per farlo innamorare di Sarah MacLean
L'amore è come un film di Victoria Van Tiem

Brivido inconfessabile di Shayla Black
Prigioniera del tuo amore di J.C. Reed
L'irlandese di Kathleen McGregor
Nessuna via di fuga di Maya Banks
Un amore pericoloso di Nora Roberts
L'amore che viene di Lisa Kleypas
Sogno impossibile di Georgia Cates
Le sintonie dell'amore di Colleen Hoover
L'eroe ribelle di Suzanne Brockmann
Il gioco perfetto di Jaci Burton
Intrigo delizioso di Tara Sivec
La signora del coraggio di Lara Adrian
MacRieve di Kresley Cole
Angeli ribelli di Sylvia Day
Seduttore dalla nascita di Susan Elizabeth Phillips
Brucio d'amore di Darynda Jones
Dieci cose da seguire per non farselo sfuggire di Sarah MacLean
Magia di un amore di Lisa Kleypas
Il conte di Glencrae di Stephanie Laurens
La prova d'amore di S.C. Stephens
Il regalo più grande di Jenny Hale
Obiettivo pericoloso di Pamela Clare
Le parole infinite di Nora Roberts
Il desiderio della notte di Lara Adrian
Beautiful Player di Christina Lauren
Il canto del deserto di Adele Vieri Castellano
Ghiaccio nero di Anne Stuart
Odio quindi amo di Susan Elizabeth Phillips
Felicità perduta di Georgia Cates
Undici sfide da affrontare per domare il suo cuore di Sarah MacLean
Sublime di Christina Lauren
Forse un giorno di Colleen Hoover
Cuori selvaggi di Sylvia Day
Stregata dalla notte di Larissa Ione
Gioco senza regole di Jaci Burton
La ragazza dagli occhi scuri di Lisa Kleypas
Nascosti nell'ombra di Maya Banks
Il professionista di Kresley Cole
Dolce & selvaggio di Christina Lauren
La fuga di L. Adrian e T. Folsom
Amore inconfessabile di Shayla Black
Freddo come il ghiaccio di Anne Stuart
Amami per come sono di Jenny Hale
Dark Skye di Kresley Cole
I segreti della casa sul mare di Nora Roberts

La forza dell'angelo di Heather Killough-Walden
Leggenda di sangue e amore di Theresa Melville
Volare fino alle stelle di Susan Elizabeth Phillips
Cuore di ghiaccio di Anne Stuart
L'ultima occasione di S.C. Stephens
Eccitante & divertente di Christina Lauren
Contatto illecito di Pamela Clare
L'incastro (im)perfetto di Colleen Hoover
Resistere è inutile di Jenny T. Colgan
Tristan e Doralice – Un amore ribelle di Francesca Cani
Amori, bugie e dolci al limone di Sue Watson

Questo libro è stampato col sole

Azienda carbon-free

Finito di stampare nell'ottobre 2015 presso
Grafica Veneta - via Malcanton, 2 - Trebaseleghe (PD)
Printed in Italy